백
야
행

BYAKUYAKO by Keigo Higashino
Copyright ⓒ 1999 Keigo Higashino
All rights reserved.
First published in Japan in 1999 by SHUEISHA Inc., Tokyo.
Korean translation rights in Korea arranged by SHUEISHA Inc., Tokyo
in care of Tuttle-Mori Agency, Inc., Tokyo through EntersKorea Co., Ltd., Seoul.

백야행 1

초판 1쇄 펴낸 날 2016년 4월 6일 **11쇄** 펴낸 날 2024년 4월 8일
지은이 히가시노 게이고 **옮긴이** 김난주 **펴낸이** 박설림 **펴낸곳** 도서출판 재인 **디자인** 오필민디자인
등록 2003. 7. 2. 제300-2003-119 **주소** 서울시 강남구 도곡동 467-6 대림아크로텔 1812호
전화 02-571-6858 **팩스** 02-571-6857

ISBN 978-89-90982-61-2 03830 Copyright ⓒ 재인, 2016 Printed in Korea.

책값은 뒤표지에 표시되어 있습니다. 잘못된 책은 바꿔 드립니다.

백야행

하얀 어둠 속을 걷다

1

히가시노 게이고

김난주 옮김

재인

차례

1
장

1

긴테쓰 후세 역에서 나와 선로 옆을 서쪽 방향으로 걸어갔다. 10월인데도 날씨가 몹시 후텁지근하다. 땅이 바짝 말라 있어 트럭이 씽 지나가고 나자 흙먼지가 눈으로 날아들었다. 얼굴을 찡그리고 눈가를 비볐다.

사사가키 준조의 발걸음은 결코 가볍지 않았다. 원래 오늘은 비번이다. 오랜만에 느긋하게 책이나 읽을까 생각했다. 오늘을 위해 마쓰모토 세이초의 신작을 읽지 않고 아껴 두기도 했다.

왼쪽으로 공원이 보였다. 꼬마들이 하는 동네 야구라면 두 게임 정도는 동시에 할 수 있을 만한 넓이였다. 정글짐, 그네, 미끄럼틀 등 기본적인 놀이 기구도 있다. 이 부근에 있는 공원 중에서는 제일 크다. 정식 명칭은 마스미 공원이다.

그 공원 너머에 7층짜리 건물이 서 있다. 언뜻 보기에는 특별할 게 없는 건물이다. 그러나 사사가키는 그 건물 안이 거의 텅 빈 상태라는 것을 알고 있었다. 부경 본부로 발령 나기 전까지 그는 이 부근을 관할하는 서(西)후세 경찰서에서 근무했다.

건물 앞에는 이미 구경꾼들이 몰려와 있었다. 그들에게 에워싸이듯이 서 있는 경찰차 몇 대가 보인다.

사사가키는 곧장 그 건물로 향하지 않고 공원 앞길에서 오른쪽으로 돌았다. 모퉁이에서 다섯 번째 집에 '오징어구이'라고 쓰인 간판이 걸려 있었다. 입구의 너비가 1미터도 채 안 되는 조그만 가게다. 길을 향해 오징어를 굽는 철판이 놓여 있고, 그 안에서 쉰 살 전후로 보이는 뚱뚱한 여자가 신문을 읽고 있었다. 가게 안에서는 막과자도 팔고 있지만 아이들은 보이지 않는다.

"아줌마, 한 장 구워 봐요."

사사가키가 말을 건넸다.

중년 여자는 얼른 신문을 덮었다.

"아, 네, 네."

여자가 일어서며 신문을 의자에 내려놓는다. 사사가키는 담배를 입에 물고 성냥으로 불을 붙인 후 그 신문을 들여다보았다.

'후생성, 시장의 어패류 수은 농도 검사 결과 발표'

그런 제목이 보인다. 그 옆에 조그맣게 '생선을 대량으로 섭취해도 허용치를 넘지 않는다.'라고 쓰여 있다.

지난 3월에 구마모토 미나마타병에 대한 판결이 있었고, 니가타 미나마타병, 욧카이치 시 대기오염, 이타이이타이병 까지 4대 공해 재판의 결심이 있었다. 모두 원고인 환자 측이 승소했다. 이 일련의 사건으로 공해에 대한 국민들의 관심이 높아졌다. 특히 자신들이 평소에 자주 먹는 생선이 수은이나 PCB에 오염되지 않았을까 하는 불안이 전국적으로 확산되었다.

오징어는 괜찮으려나, 사사가키는 신문을 보면서 그런 생각을 했다.

오징어를 굽는 철판은 두 장의 철판을 경첩으로 이어 놓은 모양이다. 한쪽 철판에 밀가루와 계란 반죽을 입힌 오징어를 올려놓고, 그것을 다른 쪽 철판으로 덮어 누르며 열을 가하는 식이다. 오징어 굽는 구수한 냄새가 식욕을 자극했다.

10분쯤 열을 가한 후 여자는 철판을 벌렸다. 둥글넓적한 오징어구이가 한쪽 철판에 들러붙어 있다. 거기에 소스를 얇게 바르고 반으로 접는다. 그리고 갈색 종이에 싸더니 "여기 있어요."라며 사사가키에게 내밀었다.

오징어구이 40엔, 이라고 쓰인 팻말을 보고서 사사가키는 돈을 지불했다.

"고맙습니다."

여자는 사근사근하게 말하고 나서 신문을 집어 들고 다시 의자에 앉았다.

사사가키가 몸을 돌려 가게를 떠나려는데 한 중년 여자가 가게 앞에서 걸음을 멈추고 가게 여자에게 인사를 건넸다.

"별일 없죠?"

동네 주부인 모양이다. 시장바구니를 들고 있다.

"저기가 왜 저렇게 시끌벅적한지 모르겠네. 무슨 일이 생겼나⋯⋯."

주부인 듯한 여자가 건물 쪽을 가리킨다.

"그런가 봐요. 아까부터 경찰차가 여러 대 가던데, 아이들이 다치기라도 했나 보죠."

오징어구이 가게 여자가 말했다.

"아이들이라니요. 건물에 웬 아이들이 있죠?"

사사가키가 돌아서서 물었다.

"저 건물, 지금은 아이들 놀이터예요. 저러다 언젠가는 다치지 했는데, 정말 다친 아이가 생긴 거 아닐까요?"

"허, 저런 건물 안에서 뭘 하고 논답니까?"

"글쎄요. 저야 모르죠. 아무튼 저 건물은 하루빨리 어떻게 해야 해요. 얼마나 위험하다고요."

사사가키는 오징어구이를 다 먹고 난 후 건물로 향했다. 오징어구이 가게 여자가 뒤에서 보고 있다면, 한가한 참에 호기심이 발동한 중년 남자로 여길 것이다.

건물 앞에 가까이 가니 제복 경찰들이 로프를 치고 구경꾼들을 저지하고 있었다. 사사가키는 로프 밑으로 기어 들어갔다. 경찰 한 명이 위협적인 눈으로 보자 그는 자신의 가슴을 가리켰다. 여기 경찰수첩이 들어 있다, 그런 뜻이다. 그 뜻을 헤아렸는지 경찰이 목례를 했다.

건물에는 현관 비슷한 것이 있기는 했다. 원래 설계도대로라면 대형 유리문이 설치됐을지도 모르겠다. 그러나 지금은 합판과 목재 등으로 막혀 있다. 그 합판 일부가 떨어져 나가 안으로 드나들 수 있게 되어 있다.

입구를 지키고 있는 경찰에게 인사를 건네고 사사가키는 건물 안으로 발을 들여놓았다. 예상대로 안은 캄캄했다. 곰팡이와 먼지 냄새가 섞인 공기가 텁텁하게 고여 있다. 눈이 어둠에 익을 때까지 그는 가만히 서 있었다. 어디에선가 말소리가 들렸다.

한참을 그렇게 있자 주위가 부옇게 보이기 시작했다. 사사가키는 자신이 서 있는 곳이 엘리베이터 홀로 예정된 장소라는 것을 알았다. 오른쪽에 엘리베이터 문 두 개가 나란히 설치되어 있었기 때문이다. 그 앞에는 건축자재와 전기 부품 등이 쌓여 있었다.

바로 앞은 벽인데 출입구용 네모난 구멍이 뚫려 있다. 구멍 저쪽은 어두워서 보이지 않지만 주차장으로 예정됐던 장소인지도 모르겠다.

왼쪽에는 방이 있었다. 엉성한 합판 문이 대충 달려 있다. 분필로 '출입 금지'라고 휘갈겨 쓴 글자가 보인다. 아마도 공사 관계자가 썼을 것이다.

그 문을 열고 두 남자가 나왔다. 둘 다 사사가키가 잘 아는, 같은 반에서 일하는 형사들이다. 그들이 사사가키를 보고 걸음을 멈췄다.

"오, 수고가 많군. 모처럼의 휴일인데 운이 없었어."

한쪽이 말을 건넸다. 그는 사사가키보다 두 살 위다. 다른 쪽인 젊은 형사는 수사 1과에 배치된 지 채 1년이 되지 않은 신참이다.

"아침부터 예감이 불길했다니까요. 그런 예감은 맞지 않아도 되는데 말입니다."

그렇게 말하고서 사사가키는 갑자기 목소리를 낮췄다.

"반장님은 기분이 어떠신지?"

상대는 얼굴을 찡그리며 손을 내저었다. 옆에서 젊은 형사가 피식 웃는다.

"하기야 좀 한가롭게 지내 볼까 하던 참이었으니. 지금 안에서는 뭐하고들 있습니까?"

"마쓰노 선생이 방금 도착했어."

"아, 그래요."

"우리는 밖을 좀 돌아보고 오려고."

"수고하십시오."

밖으로 나가는 두 사람의 뒷모습을 바라본다. 보나 마나 탐문 수사 명령이 떨어졌을 것이다.

사사가키는 장갑을 끼고 천천히 문을 열었다. 실내는 일고여덟 평 정도의 넓이였다. 창문으로 햇빛이 들어오는 덕분에 엘리베이터 홀만큼 어둡지는 않다.

창문 반대쪽 벽 앞에 수사관들이 모여 있었다. 모르는 얼굴도 섞여 있는데, 아마도 이 지역 관할인 서후세 경찰서 소속인 듯하다. 나머지는 모두 지겹도록 보아 온 얼굴들이다. 그중에서도 가장 오래 보았던 남자가 맨 먼저 사사가키를 보았다. 반장인 나카쓰카였다. 짧게 깎은 머리에, 렌즈 위쪽 절반이 엷은 보라색인 금테 안경을 끼고 있다. 미간에 잡힌 주름은 웃을 때도 없어지지 않는다.

나카쓰카는 수고한다는 말도, 왜 이렇게 늦었느냐는 말도 없이 그쪽으로 오라는 듯이 턱만 살짝 움직였다. 사사가키는 그쪽으로 다가갔다.

방 안에는 가구다운 가구가 거의 없었다. 벽 앞에 검은색 합성피혁으로 된 긴 의자가 놓여 있을 뿐이다. 잘하면 어른 셋이 끼어 앉을 수 있는 크기였다.

사체는 그 위에 누워 있었다. 남자였다.

긴키 의과 대학 교수 마쓰노 히데오미가 사체를 조사하는 중이었다. 마쓰노 교수는 오사카 부 검시관으로 일한 지 20년이 넘은 사람이다.

사사가키는 고개를 쭉 빼고 사체를 들여다보았다.

나이는 사십 대 중반에서 오십이 조금 넘었을까. 키는 170센티미터 남짓. 키에 비해서 체구는 약간 뚱뚱한 느낌이다. 갈색 윗도리를 입었고 넥타이는 매지 않았다. 옷가지는 대체로 고급스러워 보인다. 다만 가슴에 직경 10센티미터 정도의 검은 혈흔이 있다. 그 외에도 몇 군데 상처가 있지만 다량의 출혈은 없었던 것 같다.

사사가키가 보기에 몸싸움을 한 흔적은 없었다. 옷매무새도 흐트러지지 않았고 뒤로 바짝 넘긴 머리에도 흐트러짐이 거의 없었다.

몸집이 자그마한 마쓰노 교수가 일어나 수사관들 쪽으로 몸을 돌렸다.

"타살이야. 틀림없어."

교수는 단정적으로 말했다.

"자상은 다섯 군데. 가슴에 두 군데, 어깨에 세 군데. 직접적인 사인은 아마 왼쪽 가슴 아래의 자상이겠지. 가슴뼈에서 몇 센티미터 왼쪽. 늑골 사이로 관통한 흉기가 그대로 심장을 찌른 것 같아."

"즉사했습니까?"

나카쓰카가 물었다.

"1분 이내에 죽지 않았을까 싶네. 관상동맥에서 터져 나온 혈액이 심장을 압박해서 심장 탐포나데를 일으켰을 테니까."

"범인의 몸에도 피가 튀었을까요?"

"튀기는 했겠지만 양은 많지 않을 걸세."

"흉기는요?"

교수는 아랫입술을 쑥 내밀고 고개를 약간 비튼 채 말했다.

"가늘고 예리한 칼로 보이는군. 일반적인 과도보다는 좀 가늘고. 아무튼 식칼이나 등산용 나이프는 아닐 걸세."

사사가키는 오가는 대화를 통해 흉기가 아직 발견되지 않았다는 것을 알았다.

"사망 추정 시각은요?"

이번에는 사사가키가 질문을 던졌다.

"전신이 경직된 상태고, 시반의 이동은 전혀 보이지 않아. 각막의 투명도는 아주 낮고. 약 17시간에서 하루가량 지나지 않았을까 짐작되는군. 부검을 통해 얼마나 좁힐 수 있느냐가 문제야."

사사가키는 자신의 손목시계를 보았다. 2시 40분이었다. 단순 감산을 하면 피해자는 어제 오후 3시경에서 밤 10시 사이에 살해당했다는 얘기다.

"그럼 바로 부검에 회부할까요?"

나카쓰카의 물음에 마쓰노 교수는 즉시 대답했다.

"그러는 게 좋겠어."

그때 젊은 형사 고가가 들어왔다.

"피해자의 부인이 도착했습니다."

"이제야 왔군. 시신을 먼저 확인시키도록 하지. 이리 모시고 와."

나카쓰카의 지시에 고가는 고개를 끄덕이면서 방을 나갔다.

"피해자의 신원은 밝혀졌어?"

사사가키가 바로 옆에 있는 후배 형사에게 작은 소리로 물었다.

"운전면허증과 명함을 지니고 있었습니다. 이 근처에 있는 전당포 주인이더군요."

"전당포라……, 없어진 것은?"

"아직 모릅니다. 일단 지갑은 발견되지 않았다고 합니다."

문소리가 나고 다시 고가가 들어오더니 뒤를 보며 말했다.

"이리 들어오시죠."

형사들이 사체에서 두세 걸음 물러섰다.

고가의 등 뒤에서 여자가 나타났다. 처음 사사가키의 눈에 날아든 것은 선명한 오렌지색이었다. 여자는 오렌지색과 검은색이 섞인 체크무늬 원피스를 입고 있었다. 거기에 굽 높

이가 10센티미터는 됨직한 하이힐을 신고 있다. 또 긴 머리
는 미장원에 금방 다녀온 것처럼 완벽하게 세팅되어 있었다.

짙은 화장으로 강조된 커다란 눈이 벽 앞의 긴 의자를 향했
다. 그녀는 두 손을 입으로 가져가면서 딸꾹질을 하는 것처
럼 이상한 소리를 냈다. 그러고는 몇 초 동안 몸의 움직임이
정지되었다. 이런 때 괜한 말을 해 봐야 별 소득이 없다는 것
을 아는 수사관들은 가만히 상황을 지켜보았다.

마침내 그녀가 천천히 사체에 다가가기 시작했다. 긴 의자
바로 옆에서 걸음을 멈추고 누워 있는 남자의 얼굴을 내려다
본다. 그녀의 아래턱이 파르르 떨리는 것을 사사가키도 알
수 있었다.

"남편 분이 맞는지요?"

나카쓰카가 물었다.

그녀는 대답 대신 두 손으로 볼을 감쌌다. 그 손이 천천히
온 얼굴을 덮었다. 그리고 무너지듯이 무릎을 꺾더니 바닥에
주저앉는다. 마치 연기하는 것 같군, 사사가키는 그렇게 생
각했다. 그녀의 손가락 사이로 오열하는 소리가 흘러나왔다.

2

피해자의 이름은 기리하라 요스케. 전당포 '기리하라'의 주인이다. 가게 겸 자택은 사건 현장에서 약 1킬로미터 떨어진 곳에 있다고 했다.

피해자의 아내 야에코가 신원을 확인하자 사체는 곧바로 반출되었다. 사사가키도 감식반원들을 도와 들것에 사체를 실었다. 그런데 그때 그의 눈길을 끄는 것이 있었다.

"피해자가 밥을 먹은 후였나······."

사사가키가 중얼거렸다.

"뭐라고요?"

옆에 있던 고가 형사가 되묻는다.

"이거 말이야."

사사가키가 가리킨 것은 피해자의 벨트였다.

"이거 보라고. 벨트 구멍이 평소와 두 개나 차이가 나잖아."

"아, 정말 그러네요."

기리하라 요스케는 갈색 발렌티노 벨트를 매고 있었다. 벨트 표면에 나 있는 버클 자국과 구멍이 길쭉하게 늘어나 있는 것으로 보아 늘 사용하던 구멍은 끝에서 다섯 번째가 분명했다. 그런데 지금은 끝에서 세 번째 구멍에 끼워져 있다.

사사가키는 근처에 있던 젊은 감식반원에게 그 부분의 사진을 찍어 달라고 부탁했다.

사체가 반출되고 나자 현장을 검증하던 수사관들도 잇달아 탐문 수사에 나섰다. 감식반원 외에 남은 사람은 사사가키와 나카쓰카뿐이었다.

나카쓰카는 방 한가운데 서서 새삼스럽게 실내를 빙 둘러보았다. 왼손을 허리에, 오른손을 볼에 대는 것은 그가 선 채로 생각에 잠길 때의 버릇이다.

"사사가키, 어떻게 생각하나? 범인은 어떤 사람일 것 같아?"

나카쓰카가 물었다.

"전혀 모르겠습니다."

사사가키도 실내를 죽 훑어보며 대답했다.

"면식범이라는 것 정도만 알겠는데요."

옷매무새와 머리에 흐트러짐이 없다는 것, 몸싸움을 한 흔적이 없다는 것, 정면에서 찔렸다는 것 등이 그 근거였다.

나카쓰카가 고개를 끄덕였다. 이견이 없다는 뜻이다.

"문제는 피해자와 범인이 여기서 뭘 했느냐 하는 건데 말이야."

사사가키는 재차 방 안을 꼼꼼하게 점검했다. 건축 중일 때 이 방은 사무실로 사용된 듯하다. 사체가 누워 있던 검고 긴 의자도 그 당시에 사용됐을 것이다. 그 의자 외에 철제 책상 하나와 파이프 의자 두 개, 그리고 접거나 펼 수 있는 회의용 책상 하나가 벽 쪽에 방치되어 있었다. 모두 녹이 슬고, 위에서 밀가루라도 뿌린 것처럼 먼지가 쌓여 있다. 이 건물의 건축이 중단된 것은 벌써 2년 반 전의 일이다.

사사가키의 시선이 검은 의자 바로 옆 벽의 한 지점에서 멈췄다. 천장 아래에 사각형 배기관 구멍이 뚫려 있었다. 원래는 철조망이 끼워져 있어야 하지만 지금은 물론 그런 게 없다.

이 배기관이 없었더라면 사체 발견이 훨씬 늦어졌을 것이다. 사체를 발견한 사람이 이 배기관을 통해 실내로 들어왔기 때문이다.

서후세 경찰서 수사관들의 보고에 따르면, 사체를 발견한 사람은 근처 초등학교에 다니는 3학년 학생이었다. 오늘은 토요일이라 학교 수업이 오전 중에 끝났고 오후에 소년은 친구 다섯 명과 이 건물에서 놀고 있었다. 물론 건물 안에서 공놀이를 하거나 술래잡기를 한 것은 아니다. 그들은 건물 내부를 이리저리 관통하는 배기관에 들어가 미로 놀이를 하고 있었다. 구불구불 복잡하게 얽힌 배기관 속을 기어 다니는 것은 사내아이들의 모험심을 자극하는 놀이였을 것이다.

어떤 규칙을 정하고 놀았는지는 불분명하지만, 도중에 여섯 명 중 하나만 다른 루트로 빠진 모양이다. 그 소년은 친구들과 떨어진 불안감에 배기관 속을 이리저리 마구 기어 다녔다. 그러다 도착한 곳이 이 방이었던 것이다. 처음에 소년은 긴 의자에 누워 있는 남자가 죽은 것을 전혀 몰랐다고 한다. 그래서 배기관에서 뛰어내릴 때 남자가 눈을 뜨면 어떻게 하나 걱정했다는 것이다. 그런데 남자는 조금도 움직이지 않았다. 의아하게 생각한 소년은 조심조심 남자에게 다가갔다. 그리고 가슴의 핏자국을 보았다.

집으로 돌아간 소년이 가족에게 상황을 알린 시각은 1시 조금 전이었다. 소년의 어머니가 아들의 얘기를 곧이듣기까지 20분 정도가 걸렸다. 기록에 의하면 서후세 경찰서에 신고가 들어온 시각은 오후 1시 33분이다.

"전당포라……."

나카쓰카가 불쑥 중얼거렸다.

"전당포 주인이 굳이 이런 곳에서 사람을 만나야 할 일이 있을까?"

"남의 눈에 띄어서는 안 되는 상대, 남이 보면 곤란한 상대를 만났다는 뜻 아닐까요?"

"그렇다고 해도 굳이 이런 장소일 필요는 없잖아. 사람 눈을 피해 밀담을 나눌 수 있는 장소는 얼마든지 있어. 게다가 사람들 눈이 신경 쓰였다면 집에서 더 멀리 떨어진 장소를 택했어야 하는 것 아닌가 말이야."

"하긴 그렇군요."

사사가키는 천천히 고개를 끄덕이면서 턱을 문질렀다. 비죽비죽 돋은 수염에 손바닥이 따끔거렸다. 서둘러 나오느라 수염을 깎을 시간이 없었다.

"그건 그렇고, 아내라는 사람이 정말 화려하더군."

나카쓰카가 화제를 돌렸다. 기리하라 요스케의 아내 야에코를 말하는 것이다.

"서른이 조금 넘었겠지. 피해자의 나이가 쉰둘이니까 나이차가 좀 심한 거 아닌가 싶군."

"초혼이 아닌가 보죠."

흠, 하며 나카쓰카가 두 줄로 접힌 턱을 위아래로 움직였다.

"여자란 참 무서워. 현장이 집에서 코앞인데 화장을 그토록 요란하게 하고 오다니. 그런 주제에 남편의 시신을 보고는 대성통곡을 하고 말이야."

"화장도 화장이지만 그렇게 우는 것도 좀 과하다, 그런 말씀입니까?"

"그런 말은 하지 않았어."

나카쓰카가 히죽 웃더니 이내 정색한 얼굴로 돌아왔다.

"그 여자의 진술은 얼추 다 들었을 것 같은데, 사사가키, 미안하지만 자네가 집까지 좀 데려다주지."

"알겠습니다."

사사가키는 고개를 까딱 숙인 후 문으로 향했다.

건물 밖으로 나와 보니 구경꾼들의 숫자가 많이 줄어 있었다. 대신 신문 기자의 모습이 부쩍 눈에 뜨인다. 방송국에서도 나온 듯했다.

사사가키는 경찰차가 서 있는 쪽으로 시선을 돌렸다. 이쪽에서 두 번째 경찰차 뒤 좌석에 기리하라 야에코의 모습이 보였다. 그녀 옆에는 고바야시 형사, 조수석에는 고가 형사가 앉아 있다. 사사가키는 경찰차로 다가가 뒤 좌석의 유리문을 톡톡 두드렸다. 고바야시가 문을 열고 나왔다.

"어떻게 돼 가고 있어?"

사사가키가 물었다.

"참고인 조사는 한 차례 끝났습니다. 아직은 흥분한 상태입니다."

손바닥으로 입을 가리고 고바야시가 말했다.

"소지품은 확인했나?"

"네. 역시 지갑이 없어진 것 같고, 라이터도요."

"라이터?"

"던힐의 고급 제품이라는데요."

"흠……. 그래서, 남편은 언제부터 행방불명이었대?"

"어제 두세 시경에 집을 나갔다고 합니다. 어디로 가는지는 몰랐던 것 같고, 아침이 돼도 돌아오지 않아서 걱정하고 있었답니다. 조금 더 기다리다 경찰에 신고하려고 했는데 사체가 발견되었다는 연락을 받았다는군요."

"남편은 누가 불러서 나간 건가?"

"모르겠다는데요. 집을 나서기 전에 전화를 받았는지 안 받았는지 기억하지 못한답니다."

"남편이 나갈 때 모습은?"

"딱히 이상한 점은 없었다고 합니다."

사사가키는 집게손가락 끝으로 뺨을 긁적거렸다. 단서가 될 만한 내용이 전혀 없었다.

"그렇다면 범인으로 지목할 만한 사람도 없겠군."

그러자 고바야시가 얼굴을 찡그린 채 고개를 끄덕거렸다.

"이 건물에 대해 아는 게 있는지 물어봤나?"

"네. 여기에 이런 건물이 있다는 건 전부터 알고 있었지만 어떤 건물인지는 전혀 몰랐다고 합니다. 들어가 본 것도 오늘이 처음이고, 남편이 이 건물 얘기를 하는 것도 들은 적이 없다네요."

사사가키는 자신도 모르게 피식 웃었다.

"하나같이 없다는 얘기뿐이로군."

"죄송합니다."

"자네가 죄송할 일은 아니지."

사사가키는 손등으로 후배의 가슴을 툭 쳤다.

"부인은 내가 데려다주지. 고가가 운전을 해 줬으면 하는데, 괜찮겠지?"

"네, 그렇게 하시죠."

차에 올라탄 사사가키는 고가에게 기리하라의 집으로 가자고 했다.

"조금만 돌아서 가자고. 피해자의 집이 이 근처라는 걸 매스컴에는 아직 알리고 싶지 않으니까."

고가가 알겠다고 대답했다.

사사가키는 옆에 앉은 야에코 쪽으로 몸을 돌려 재차 자기소개를 했다. 야에코는 고개만 살짝 끄덕거렸다. 형사의 이름까지 애써 기억하고 싶지 않다는 투였다.

"댁에는 지금 아무도 없습니까?"

"아니요, 가게를 지키는 사람이 있어요. 아들도 학교에서 돌아왔고요."

그녀가 고개를 숙인 채 대답했다.

"아드님이 있군요. 몇 살이죠?"

"5학년이 되었어요."

그렇다면 열한 살이나 열두 살이겠군. 머릿속으로 그렇게 계산하고 나서 사사가키는 다시 야에코의 얼굴을 보았다. 화장으로 가리고는 있지만 피부가 거칠고 잔주름도 눈에 띈다. 그 정도 나이의 아이가 있다 해도 이상할 것은 없어 보였다.

"남편 분이 어제 아무 말 없이 외출을 했다고 들었는데, 그런 일이 자주 있었습니까?"

"간혹 있었어요. 그렇게 나갔다가 술을 마시러 가는 일도 잦았고요. 그래서 어제도 그런가 보다 하고 별로 신경을 쓰지 않았는데……."

"이전에도 아침까지 돌아오지 않을 때가 있었나요?"

"아주 가끔요."

"그럴 때도 전화는 없었습니까?"

"전화를 하는 일은 거의 없었어요. 늦어지게 되면 전화라도 걸어 달라고 몇 번이나 당부했지만 늘 알았다는 말뿐이었어요. 그래서 저도 늦으면 늦는가 보다 하고 내버려 두게 되었는데 설마 이런 일이 생길 줄이야……."

야에코는 손으로 입을 막았다.

차는 적당히 먼 길을 돌아 '오에 3번지'라는 표지판이 붙은 전신주 옆에 섰다. 좁은 골목길 양옆으로 1층짜리 주택이 죽 들어서 있다.

"저깁니다."

고가가 앞 유리창 너머를 가리켰다. 20미터 정도 앞에 '전당포 기리하라'라고 쓰인 간판이 보였다. 매스컴은 아직 피해자의 신원을 파악하지 못했는지 가게 앞에 얼씬거리는 사람은 없었다.

"나는 부인을 집까지 모셔다드리고 갈 테니까 자네 먼저 가도록 해."

사사가키가 고가에게 지시했다.

'전당포 기리하라'는 셔터가 사사가키의 머리 높이까지 내려와 있었다. 야에코에 이어 사사가키도 그 아래를 지났다. 셔터 안쪽으로 입구가 있고 그 안으로 상품을 진열하는 케이스가 보였다. 입구 문에는 뿌연 유리가 끼워져 있고 거기에도 '기리하라'라는 글자가 금색 붓글씨체로 쓰여 있었다.

야에코가 문을 열고 안으로 들어갔다. 사사가키도 그 뒤를 따랐다.

"아, 오셨어요."

정면 카운터 안에 있던 남자가 말했다. 나이는 사십 전후쯤일까. 호리호리한 몸에 턱이 뾰족하다. 거뭇거뭇한 머리는 옆쪽에 가르마가 반듯하게 나 있다.

야에코는 후우 한숨을 내쉬고 손님용인 듯한 의자에 걸터앉았다.

"대체 어떻게 된 일이랍니까?"

남자가 그녀의 얼굴과 사사가키를 번갈아 보면서 물었다.

야에코가 볼에 손을 대고 대답했다.

"그이였어."

"저런……."

남자의 얼굴이 흐려졌다. 미간에 주름이 잡혔다.

"그러니까 역시, 살해당했다는 말인가요?"

그녀가 고개를 위아래로 희미하게 흔들며 응, 하고 대답했다.

"어떻게 그런 어처구니없는 일이……."

남자가 손을 입으로 가져갔다. 생각을 정리하려는 것인지 시선을 비스듬히 아래로 향하고 계속 눈을 깜박거렸다.

"오사카 부경의 사사가키라고 합니다. 이번 일은 참 안타깝게 됐습니다."

경찰수첩을 내보이며 그는 자기소개를 했다.

"그쪽은?"

"마쓰우라라고 합니다. 여기서 일하고 있습니다."

남자가 서랍을 열고 명함을 꺼내 건네주었다.

사사가키는 목례를 하고 명함을 받아 들었다. 그때 남자의 오른손 새끼손가락에 있는 플래티넘 반지가 눈에 띄었다. 남자가 멋은, 하고 사사가키는 생각했다.

마쓰우라 이사무. 남자의 직함은 '전당포 기리하라 점장'이었다.

"이 가게에서 일한 지는 얼마나 됐죠?"

"아, 한 5년 됐습니다."

5년이면 오래됐다고는 할 수 없다. 그 전에는 어디서 무슨 일을 했으며 어떤 경위로 이 전당포에서 일하게 됐는지 묻고 싶었지만 오늘은 참기로 했다. 이 집에는 앞으로 몇 번이나

드나들게 될 것이다.

"기리하라 씨가 어제 낮에 나갔다죠?"

"네, 아마 2시 반경이었을 겁니다."

"용건에 대해서는 별 얘기 없었습니까?"

"그렇죠. 사장님은 독자적으로 움직이는 스타일이거든요. 일을 가지고 저와 의논한 적도 거의 없었습니다."

"외출할 때 평소와 다른 점은 없었습니까? 차림새가 달랐다든지, 보지 못하던 물건을 들고 있었다든지."

"글쎄요, 잘 모르겠는데요."

마쓰우라는 고개를 옆으로 기울이고 목덜미를 왼손으로 긁적거렸다.

"시간에 신경을 쓰는 눈치기는 했는데……."

"시간에요?"

"손목시계를 몇 번이나 보는 것 같았습니다. 제가 괜히 그렇게 봤는지는 모르겠지만요."

사사가키는 넌지시 가게 안을 둘러보았다. 마쓰우라의 등 뒤로 꼭 닫힌 장지문이 보였다. 그 안쪽은 아마도 방인 듯하다. 카운터 왼쪽으로 신발 벗는 곳이 있고, 거기서 집으로 들어가도록 되어 있다. 들어가서 바로 왼쪽으로도 문이 있는데 창고라기에는 위치가 묘했다.

"어제는 몇 시까지 문을 열고 있었죠?"

"음, 그러니까."

마쓰우라가 벽에 걸린 동그란 시계를 보았다.

"보통 때는 6시에 문을 닫는데, 어제는 이럭저럭하다 7시 까지 문을 닫지 못했습니다."

"가게에는 마쓰우라 씨 혼자 있었습니까?"

"네, 사장님이 없을 때에는 대개 그렇죠."

"가게 문을 닫은 후에는?"

"곧장 돌아갔습니다."

"댁은 어디신지?"

"데라다 초입니다."

"데라다 초라……, 차를 운전해서 오갑니까?"

"아니요, 전철을 이용하는데요."

전철이라면 환승하는 시간까지 포함해서 데라다 초까지 약 30분이 걸린다. 7시가 조금 지나 이 가게를 나섰다면 늦어도 8시에는 집에 도착해야 한다.

"가족은요?"

"없습니다. 6년 전에 이혼해서 지금은 아파트에서 혼자 살 고 있어요."

"그럼 어젯밤 집에 들어간 후로도 줄곧 혼자였겠군요."

"그렇죠, 뭐."

즉 알리바이가 없다는 얘기로군, 하고 사사가키는 속으로 되짚었다.

"평소 부인은 가게 쪽에는 나오지 않습니까?"

사사가키는 의자에 앉아 손으로 이마를 누르고 있는 야에코에게 물었다.

"저는 가게 일에 대해서는 아무것도 몰라요."

그녀가 가느다란 목소리로 대답했다.

"어제는 혹시 외출을 하셨나요?"

"아니요, 종일 집에 있었어요."

"한 발짝도 안 나가신 겁니까? 시장을 보러 나가지도 않았고요?"

네, 하며 그녀가 고개를 끄덕거렸다. 그리고 몸이 무거운 듯 힘겹게 일어섰다.

"저, 미안하지만 좀 쉬어도 될까요? 앉아 있기도 힘이 드네요."

"아, 죄송합니다. 그렇게 하세요."

야에코가 휘청거리며 신발을 벗더니 왼쪽에 있는 문의 손잡이를 잡았다. 문이 열리자 그 안쪽으로 계단이 보였다. 아하, 하면서 사사가키는 고개를 끄덕였다.

다시 닫힌 문 너머에서 그녀가 계단을 올라가는 발소리가 들렸다. 소리가 사라진 후 사사가키는 마쓰우라 곁으로 바짝 다가갔다.

"기리하라 씨가 돌아오지 않았다는 얘기는 오늘 아침에 들었습니까?"

"네. 그러잖아도 사모님과 둘이서 걱정을 하고 있는데 경찰에서 연락이……."

"몹시 놀라셨겠습니다."

"당연하죠. 아직도 믿기지 않습니다. 사장님이 살해당하다니, 뭐가 잘못된 게 아닐까 싶을 정도입니다."

"그러니까 심증이 가는 일은 전혀 없겠군요."

"그런 게 있을 리 없죠."

"하지만 이런 일을 하다 보면 다양한 손님을 접할 텐데요. 돈 때문에 사장님과 옥신각신한 사람은 없었나요?"

"그야 물론 이상한 손님도 있죠. 우리야 돈을 빌려줄 뿐인데, 괜히 원한을 사게 되는 일도 없지는 않습니다. 그래도 그렇지, 사장님을 살해한다는 건……."

마쓰우라는 사사가키의 얼굴을 보면서 고개를 저었다.

"도저히 있을 수 없는 일입니다."

"마쓰우라 씨야 손님을 상대하는 일을 하고 있으니 어떤 손님이든 나쁘게 말할 수 없겠지요. 하지만 그러면 저희가 수사를 할 수 없습니다. 최근에 찾아온 손님의 장부를 볼 수 있으면 큰 도움이 되겠는데요."

"장부 말입니까?"

마쓰우라가 난감하다는 듯이 얼굴을 찡그렸다.

"당연히 그런 게 있겠지요? 장부가 없으면 누구에게 돈을 빌려줬는지 알 수 없을뿐더러 손님이 맡긴 물건도 관리할 수 없을 테니 말입니다."

"그야 물론 있죠."

"미안하지만 장부를 빌려주셔야겠습니다."

사사가키는 얼굴 앞으로 한 손을 들어 몇 번 위아래로 흔들었다.

"본부에 가져가서 복사를 한 후 곧바로 돌려드리겠습니다. 물론 제삼자에게는 절대 공개되지 않도록 주의하죠."

"저 혼자 결정하기는 좀⋯⋯."

"그럼 여기서 기다릴 테니 부인에게 허락을 받아 오세요."

마쓰우라는 얼굴을 찡그린 채 잠시 생각하더니 마침내 고개를 끄덕거렸다.

"알겠습니다. 빌려드리기는 하겠지만 최대한 주의해 주십시오."

"감사합니다. 부인께는 양해를 구하지 않아도 되나요?"

"뭐, 괜찮습니다. 나중에 말씀드리죠. 생각해 보니 사장님도 이제 안 계시고."

마쓰우라는 의자를 90도 돌려 바로 옆에 있는 캐비닛 문을 열었다. 두툼한 파일이 여러 권 세워져 있었다.

사사가키가 몸을 앞으로 좀 더 내밀려는 찰나였다. 소리 없이 쓰윽 열리는 계단 문이 시야 끝에 들어왔다. 그쪽을 보는 것과 동시에 사사가키는 움찔 놀랐다.

문 안쪽에 한 소년이 서 있었다. 열 살 전후로 보였다. 트레이너에 청바지 차림이고 몸은 비쩍 말랐다.

사사가키가 움찔 놀란 건 소년이 계단을 내려오는 발소리를 듣지 못했기 때문만은 아니었다. 소년과 눈이 마주치는 순간 그 눈 속에 깔린 어둠에 충격을 받은 것이다.

"아드님?"

사사가키가 물었다. 소년은 대답하지 않았다. 대신 마쓰우라가 돌아보며 말했다.

"아, 그렇습니다."

소년은 아무 말 없이 운동화를 신기 시작했다. 얼굴에 아무런 표정이 없다.

"료, 어디 가는 거야? 오늘은 집에 있는 게 좋을 텐데."

마쓰우라가 말을 건넸지만 소년은 무시한 채 나가 버렸다.

"참 딱하군요. 충격이 몹시 컸을 텐데."

사사가키가 말했다.

"충격도 충격이지만, 저 아이는 좀 이상한 구석이 있어요."

"어떻게 이상하다는 거죠?"

"말로는 뭐라 설명을 잘 못하겠군요."

그리고 마쓰우라는 캐비닛에서 파일 한 권을 꺼내 사사가키 앞에 내려놓았다.

"이게 최근 손님들 장부입니다."

"그럼 잠시 실례하겠습니다."

사사가키는 장부를 받아 들고 페이지를 넘기기 시작했다. 남녀의 이름이 주르륵 적혀 있었다. 그것을 보면서 그는 소년의 어두운 눈을 떠올렸다.

3

사체가 발견되고 하루가 지난 날 오후, 서후세 경찰서에 설치된 수사본부에 부검 소견서가 도착했다. 소견서의 내용은 사인 및 사망 추정 시각에 마쓰노 교수의 견해와 큰 차이가 없었다.

단, 위 잔류 내용물에 관한 기술을 보면서 사사가키는 고개를 갸우뚱했다.

소화되지 않은 메밀국수, 파, 청어의 잔류물. 식후 약 두 시간에서 두 시간 반 경과, 라고 적혀 있었다.

"이게 사실이라면 그 벨트에 대해서는 어떻게 생각해야 좋겠습니까?"

팔짱을 끼고 앉아 있는 나카쓰카를 내려다보면서 사사가키가 물었다.

"벨트?"

"벨트를 두 구멍 여유 있게 맸더라고요. 보통은 밥 먹은 직후에 그러는 거 아닙니까? 두 시간이나 지났다면 원래대로 매지 않았을까 싶은데."

"깜박했겠지. 흔히 있는 일이야."

"그런데 피해자의 바지를 조사해 봤더니 본인의 체격에 비해 허리 사이즈가 넉넉하더라고요. 그런 데다 벨트 구멍을 두 개나 헐겁게 매면 바지가 흘러내려 걷기 힘들었을 텐데요."

흠, 하며 나카쓰카는 애매하게 고개를 끄덕였다. 그리고 미간을 찡그리며 회의용 책상 위에 놓인 부검 소견서를 바라보았다.

"자네는 왜 그랬을 거라고 생각하나?"

사사가키는 주위를 살피면서 나카쓰카 쪽으로 얼굴을 가까이 가져갔다.

"피해자가 현장에 간 후에 바지 벨트를 느슨하게 풀 일이 있었다는 거 아니겠습니까? 그러다 다시 맬 때 잘못 끼운 거겠죠. 본인이 그랬는지 범인이 그랬는지는 알 수 없지만."

"뭐라는 거야, 벨트를 풀 일이라니?"

나카쓰카가 눈을 치켜뜨고 사사가키를 보았다.

"뻔하지 않습니까, 벨트를 풀고 바지를 내린 거죠."

사사가키가 히죽 웃어 보였다.

나카쓰카가 몸을 의자에 기댔다. 파이프가 삐걱거리는 소리가 났다.

"다 큰 어른이 그렇게 더럽고 먼지 날리는 장소에서 밀회를 즐겼을 리 있나."

"그거야 뭐, 좀 부자연스럽긴 하지만."

사사가키가 말을 흐리자 나카쓰카는 파리라도 쫓는 것처럼 손을 저었다.

"흥미로운 얘기지만, 그런 억측을 하기 전에 정보를 모으라고. 피해자의 동선을 추적해 봐. 우선은 메밀국수 가게."

책임자인 나카츠카가 그렇게 말하면 반론할 수가 없다. 알겠습니다, 하고 머리를 숙인 후 사사가키는 그 자리를 떠났다.

그리고 얼마 후, 기리하라 요스케가 들른 메밀국수 집이 파악되었다. 그가 후세 역 상점 거리에 있는 '사가노야'의 단골이었다고 야에코가 진술한 것이다. 수사관이 당장 '사가노야'를 찾아가 확인한바, 금요일 오후 4시경 기리하라가 왔었다는 증언이 확보되었다.

기리하라는 '사가노야'에서 청어 메밀국수를 먹었다. 소화 상태로 보아 사망 추정 시각은 금요일 오후 6시에서 7시 사이로 좁혀졌다. 따라서 알리바이를 조사할 때에는 다소 여유를 두어 오후 5시에서 8시 사이에 집중하게 되었다.

그런데 야에코와 마쓰우라의 증언에 따르면 기리하라가 사건 당일 집을 나선 시각은 2시 반경이었다고 한다. '사가노야'에 가기 전까지 한 시간 남짓한 시간 동안 그는 어디에 갔던 것일까. 집에서 '사가노야'까지는 아무리 천천히 걸어도 10분 정도밖에 걸리지 않는다.

의문은 월요일에 풀렸다. 서후세 경찰서로 걸려 온 한 통의 전화가 그 문제를 해결해 주었다. 전화를 건 사람은 산쿄 은행 후세 지점 여직원이었다. 전화의 내용은 지난주 금요일 은행 문을 닫기 전에 기리하라 요스케가 왔었다는 것이었다.

사사가키와 고가가 곧장 은행으로 달려갔다. 지점은 긴테쓰 후세 역 남쪽 출구에서 길 하나 건너에 있었다.

전화를 건 사람은 창구 업무를 담당하는 젊은 여직원이었다. 동그랗고 애교 많은 얼굴에 짧은 머리 스타일이 잘 어울렸다. 사사가키와 고가는 칸막이로 나뉜 접대실에서 그녀와 마주 앉았다.

"어제 신문에서 이름을 보고 그분이 아닐까 싶어서 내내 마음에 걸렸어요. 그래서 오늘 아침에 이름을 다시 한 번 확인하고 상사와 의논해서 전화를 한 거예요."

그녀는 등을 꼿꼿하게 펴고 말했다.

"기리하라 씨는 몇 시쯤 오셨나요?"

사사가키가 물었다.

"3시 조금 전이었어요."

"용건은 뭐였죠?"

여직원이 잠시 머뭇거렸다. 손님의 비밀을 어디까지 얘기해야 좋을지 판단하기 어려운 것인지도 몰랐다. 그러나 결국 그녀는 입을 열었다.

"정기 예금을 해약하고 돈을 인출해 갔어요."

"금액은?"

그녀가 또 머뭇거렸다. 입술을 축이고 멀리 있는 상사 쪽을 힐끔 본 후에 작은 소리로 대답했다.

"정확하게 백만 엔입니다."

호오, 하고 사사가키는 입술을 오므렸다. 부담 없이 지니고 다닐 수 있는 금액이 아니다.

"어디에 쓴다든가 하는 말은 안 하던가요?"

"네, 그런 얘기는 없었어요."

"기리하라 씨가 백만 엔을 어디에 넣었죠?"

"글쎄요, 저희 은행 봉투에 넣었던 것 같기는 한데……."

그녀가 고개를 갸웃거렸다.

"기리하라 씨가 그렇게 갑자기 정기 예금을 해약하고 백만 단위의 돈을 인출하는 일이 과거에도 몇 번 있었나요?"

"지난해 말부터 기리하라 씨의 정기 예금을 관리하고 있는데, 제가 아는 한 처음이에요."

"돈을 인출할 때 기리하라 씨의 인상이 어땠습니까? 안타까워하던가요, 아니면 즐거워하던가요?"

글쎄요, 하며 그녀가 또 고개를 갸우뚱했다.

"안타까워하는 것처럼 보이지는 않았어요. 머지않아 빠진 만큼 다시 메우겠다는 말은 했지만요."

"머지않아……, 그렇게 말했단 말이죠."

그 내용을 수사본부에 보고한 후 사사가키와 고가는 '기리하라'로 향했다. 기리하라 요스케가 인출한 돈에 대해 아는 바가 있는지 야에코와 마쓰우라에게 확인하기 위해서였다. 그런데 집 근처까지 갔다가 두 사람은 걸음을 멈췄다. '기리하라' 앞에 상복을 입은 사람들이 모여 있었다.

"그렇군. 오늘이 장례식 날이었어."

"깜빡했습니다. 오늘 아침에 얘기를 듣기는 했는데."

사사가키는 고가와 함께 조금 떨어진 곳에서 장례식 상황을 지켜보았다. 마침 출관이 시작되려는 참이었다. 영구차가 집 바로 앞까지 이동했다.

가게 문은 활짝 열려 있었다. 그 문으로 맨 먼저 기리하라 야에코가 나타났다. 며칠 전 사사가키가 만났을 때보다 안색이 나쁘고 몸도 작아진 듯이 보였다. 그러나 한편으로 요염함은 더해진 것처럼 느껴졌다. 상복이 풍기는 묘한 매력 때문인지도 몰랐다.

야에코는 기모노에 아주 익숙한 몸놀림을 보였다. 걸음걸이조차 자신이 매력적으로 보이도록 계산하는 것 같았다. 비탄에 젖은 젊고 아름다운 미망인을 연기하고 있다면 완벽하군, 하고 사사가키는 다소 삐딱한 감상을 품었다. 그녀가 과거 기타신치 환락가에서 호스티스로 일했다는 것은 조사를 통해 이미 알고 있었다.

그녀의 뒤를 따라 기리하라 요스케의 아들이 영정이 담긴 액자를 껴안고 나왔다. 아직 얘기를 나눠 본 적은 없지만 이름이 료지라는 것은 사사가키의 머리에 이미 입력되어 있다.

기리하라 료지는 오늘도 표정이 없었다. 어둡게 가라앉은 눈동자에는 감정이라 할 만한 것이 전혀 어려 있지 않았다. 만들어 붙인 듯한 눈이 앞서 걸어가는 어머니의 발치를 향해 있었다.

밤이 되어 사사가키와 고가는 다시 '기리하라'를 찾았다. 전에 왔을 때와 마찬가지로 셔터가 절반쯤 열려 있었다. 그런데 안쪽 문이 잠겨 있었다. 사사가키는 문 바로 옆에 있는 버튼을 눌렀다. 안에서 부저 울리는 소리가 들렸다.

"다들 나간 걸까요?"

고가가 물었다.

"나갔다면 셔터를 완전히 내렸겠지."

잠시 후 자물쇠가 풀리는 소리가 났다. 문이 20센티미터 정도 열리고 그 사이로 마쓰우라가 얼굴을 내밀었다.

"어, 형사님!"

마쓰우라는 약간 놀란 표정이었다.

"잠깐 물어보고 싶은 게 있어서 말이죠. 지금 괜찮을까요?"

"아…… 글쎄요. 사모님께 물어볼 테니 잠시 기다리시죠."

마쓰우라는 그렇게 말하고 문을 닫았다.

사사가키와 고가는 서로 얼굴을 마주 보았다. 고가가 고개를 갸우뚱했다.

그때 다시 문이 열렸다.

"괜찮다고 합니다. 들어오시죠."

실례합니다, 하고 사사가키는 가게 안으로 들어갔다. 향냄새가 고여 있었다.

"장례식은 무사히 끝났습니까?"

사사가키가 물었다. 관을 들고 나가는 사람 중에 이 남자가 있었던 것을 기억하고 있다.

"네, 덕분에. 좀 피곤하기는 합니다만."

마쓰우라는 그렇게 말하고서 머리를 쓸어 넘겼다. 여전히 상복 차림이지만 넥타이는 매고 있지 않다. 와이셔츠의 첫 번째와 두 번째 단추가 풀어져 있었다.

카운터 뒤 장지문이 열리면서 야에코가 나왔다. 그녀는 상복을 벗고 감색 원피스로 갈아입은 상태였다. 올렸던 머리도 풀어 내렸다.

"피곤하실 텐데 죄송합니다."

사사가키가 고개를 숙였다.

아니요, 하면서 그녀는 살짝 머리를 흔들었다.

"새로운 정보라도 있나요?"

"네, 여러모로 정보를 수집하고 있습니다만, 그 과정에서 한 가지 걸리는 게 있어서 그 점에 대해 확인하려고 이렇게 찾아왔습니다."

사사가키는 그렇게 말하고 그녀가 열고 나온 장지문을 가리켰다.

"그러기 전에 고인의 명복을 빌고 싶은데, 괜찮겠습니까?"

야에코는 순간적으로 당황한 표정을 지었다. 그녀는 마쓰우라 쪽을 보았다가 다시 사사가키에게 눈길을 돌렸다.

"네, 뭐, 그러시죠."

"감사합니다. 그럼 잠시 실례하겠습니다."

사사가키는 카운터 옆에서 구두를 벗었다. 문턱을 넘어설 때 옆에 있는 문으로 눈길이 향했다. 계단을 가리고 있는 문이다. 그 손잡이 옆에 자물통이 걸려 있었다. 이렇게 밖에서 잠그면 계단 쪽에서는 문을 열 수 없다.

"뜬금없는 질문인지 모르겠지만, 이 자물통은 왜 걸려 있는 겁니까?"

"아, 그건 밤중에 도둑이 2층에서 내려오는 걸 막기 위해서예요."

야에코가 대답했다.

"2층에서요?"

"이 부근은 주택이 다닥다닥 붙어 있어서 도둑이 2층으로 들어오는 일이 제법 있거든요. 실제로 이 동네 시계포도 그렇게 도둑을 맞았고요. 그래서 만에 하나 그런 일이 생겼을 때 1층으로 내려오지 못하도록 남편이 자물통을 달았어요."

"도둑이 1층으로 내려오면 곤란한 거군요."

"금고가 1층에 있거든요. 손님이 맡긴 물건도 전부 1층에서 보관하고 있고요."

마쓰우라가 뒤에서 대답했다.

"그렇다면 밤에는 2층에 아무도 없겠네요."

"네, 아들도 1층에서 자니까요."

"아하, 그렇군요."

사사가키는 턱을 비비면서 고개를 끄덕거렸다.

"자물통이 달려 있는 이유는 알겠는데, 지금은 왜 자물통이 걸려 있는 겁니까. 낮에도 이렇게 걸어 두나요?"

"아, 그건,"

야에코가 사사가키 옆으로 와서 자물통을 벗겨 냈다.

"버릇이 돼서…… 아무 생각 없이 그냥 걸어 둔 거예요."

"아하, 그렇군요."

그러니까 지금 2층에는 아무도 없다는 얘긴가, 사사가키는 그렇게 생각했다.

장지문을 여니 세 평 정도 되는 다다미방이 있었다. 그 안쪽으로도 방이 있는 듯한데 역시 장지문에 가려 보이지 않는다. 사사가키는 부부가 침실로 사용했던 방이겠거니 짐작했다. 야에코 말로 미루어 보건대 료지도 함께 자는 듯하다. 그렇다면 부부 생활은 어떻게 했을지 궁금해졌다.

불단은 서쪽 벽 바로 앞에 설치되어 있었다. 그 옆에 놓인 액자에는 양복 차림의 기리하라 요스케가 미소 짓고 있는 사진이 담겨 있었다. 지금보다 약간 젊은 시절의 사진인 듯하다. 사사가키는 향을 피우고 10초 정도 두 손 모아 그의 명복을 빌었다.

차를 끓여 온 야에코에게 사사가키와 고가는 무릎을 꿇고 예를 표한 뒤 찻잔으로 손을 뻗었다.

사건과 관련해서 더는 기억나는 일이 없느냐고 야에코에게 물어보았다. 그녀는 바로 고개를 저었다. 가게 쪽 의자에 앉아 있는 마쓰우라도 별말이 없었다.

사사가키는 기리하라 요스케가 은행에서 백만 엔을 인출했다는 얘기를 조심스레 꺼냈다. 야에코도 마쓰우라도 놀라는 표정이었다.

"백만 엔이라니, 그런 얘기는 들은 적이 없어요."

"저도 전혀 짚이는 일이 없는데요. 사장님이 독자적으로 움직이기는 해도, 일과 관련해서 그렇게 큰돈을 인출하게 되었다면 제게 한마디 정도는 의논했을 겁니다."

"남편 분이 돈 드는 취미를 즐기지는 않았나요? 예를 들어 도박이라든지."

"그 사람은 도박에는 일절 손을 대지 않았어요. 취미 같은 것도 딱히 없었고요."

"취미가 일이라고 할 수 있는 분이었습니다."

옆에서 마쓰우라가 말했다.

"그렇다면, 어…… '그쪽'은 어땠습니까?"

사사가키가 잠시 머뭇거리다 물었다.

"'그쪽'이라니요?"

야에코가 미간에 주름을 잡으며 되물었다.

"그러니까 그…… 여자관계 말입니다."

아아, 하고 그녀가 고개를 끄덕였다. 그 말이 신경을 건드리지는 않은 듯하다.

"여자가 있지는 않았을 거예요. 우리 그이는 그럴 수 있는 사람이 아니었어요."

그녀가 단정적으로 말했다.

"남편 분을 신뢰하고 있군요."

"신뢰한다기보다……."

아에코가 말꼬리를 흐리면서 그대로 고개를 숙였다.

몇 가지 질문을 더 한 후 사사가키와 고가는 자리에서 일어났다. 수확이 있다고는 할 수 없었다.

구두를 신는데 한쪽 끝에 놓인 더럽고 조그만 운동화 한 켤레에 눈길이 갔다. 료지의 것인 듯했다. 그렇다면 그 아이는 지금 2층에 있는 것일까.

자물통이 걸려 있던 문을 보면서, 소년은 지금 위에서 뭘 하고 있을까, 하고 사사가키는 생각했다.

4

수사가 진행됨에 따라 기리하라 요스케의 동선이 서서히 드러났다.

금요일 낮 2시 반경에 집을 나선 그는 맨 먼저 산쿄 은행 후세 지점에 들러 현금 백만 엔을 인출하고 근처에 있는 '사가노야'에서 청어 메밀국수를 먹었다. 그 가게를 나선 것은 4시가 지나서였다.

그런데 문제는 그다음이었다. 가게 점원은 기리하라 요스케가 역 반대 방향으로 걸어간 것 같다고 증언했다. 만약 그 증언이 사실이라면 기리하라는 전철을 타지 않았을 가능성이 높다. 따라서 후세 역으로 향한 것은 어디까지나 현금을 인출하기 위해서였다는 얘기가 된다.

수사진은 후세 역 주변과 현장 부근을 중심으로 탐문 수사를 계속했다. 그 결과 예상치 못한 곳에서 기리하라의 동선이 확인되었다.

메밀국수 집에서 나온 그는 후세 역 상점 거리에 있는 '하모니'라는 케이크 체인점에 들렀다. 그리고 '과일을 듬뿍 올린 푸딩이 있느냐'고 점원에게 물었다. 점원은 그가 알라모드 푸딩을 말하는 거라고 생각했다. '하모니'의 간판 케이크가 그것이기 때문이다.

그런데 공교롭게도 그때 알라모드 푸딩이 다 팔리고 없었다. 기리하라라고 여겨지는 손님은 이런 케이크를 파는 가게가 또 있느냐고 점원에게 물었다.

여점원은 큰길가에도 '하모니' 지점이 한 군데 있으니까 그곳에 가 보라고 하면서 지도를 꺼내 위치를 가르쳐 주었다.

그때 손님은 가게 위치를 확인하면서 이렇게 중얼거렸다고 한다.

"뭐야, 여기도 같은 가게가 있잖아. 지금 가는 곳과 아주 가깝군. 좀 더 일찍 알았더라면 좋았을걸."

여점원이 그에게 가르쳐 준 가게의 위치는 오에니시 6번지였다. 수사관이 당장 그 가게에 가서 확인한바, 아닌 게 아니라 금요일 저녁때 기리하라 요스케로 추정되는 인물이 들렀다는 사실이 밝혀졌다. 그는 알라모드 푸딩을 네 개 샀다. 그러나 그 후 어디로 갔는지는 알 수 없었다.

남자를 만나러 가는데 푸딩 네 개를 샀으리라고는 생각되지 않았다. 기리하라가 간 곳에는 틀림없이 여자가 있었을 것이라고 수사관들은 일치된 의견을 보였다.

마침내 한 여자의 이름이 수사 선상에 떠올랐다. 니시모토 후미요라는 여자였다. '기리하라'의 장부에 이름이 실려 있었고 주소는 오에니시 7번지였다.

사사가키와 고가는 니시모토 후미요의 집을 찾았다.

양철판과 자투리 목재를 적당히 얽어 놓은 듯한 집이 닥지닥지 어지럽게 늘어선 동네에 '요시다 하이츠'라는 연립 주택이 있었다. 연기에 그을린 것처럼 거무칙칙한 회색 벽에는 군데군데 검은 얼룩이 보였다. 뱀이 기어 다닌 것처럼 시멘트를 덧바른 곳은 심하게 갈라진 부분일 것이다.

니시모토 후미요의 집은 103호. 이웃 건물과 간격이 없어서 1층에는 햇빛이 거의 들지 않는다. 어두컴컴하고 눅눅한 통로에는 녹슨 자전거가 세워져 있었다.

각 집의 문 앞에 놓인 세탁기를 피해 가면서 사사가키는

103호를 찾았다. 입구에서 세 번째 문에 니시모토라고 매직으로 쓴 종이가 붙어 있었다. 사사가키는 그 문을 노크했다.

네, 하는 소리가 들렸다. 여자아이의 목소리다. 그러나 문은 열리지 않았다. 대신 안쪽에서 "누구시죠?"라고 물었다.

아이가 혼자 집을 지키고 있는 듯했다.

"어머니 안 계시니?"

사사가키는 문에 대고 물었다.

대답 대신 다시 "누구세요?" 하고 묻는 소리가 들렸다. 사사가키가 고가를 보면서 씁쓸하게 웃었다. 모르는 사람이 문을 두드릴 때 절대 열어 줘서는 안 된다고 교육받았을 것이다. 물론 잘못된 일은 아니다.

사사가키는 문 안쪽에 있는 소녀에게 들리도록, 그러나 이웃에는 최대한 들리지 않게 목소리를 조절했다.

"경찰에서 나왔어. 어머니에게 몇 가지 확인할 일이 있어서 말이지."

소녀는 침묵했다. 당황한 모양이라고 사사가키는 해석했다. 목소리로 봐서 초등학생이거나 중학생일 것이다. 경찰이라면 무턱대고 긴장할 나이다.

자물쇠가 풀리는 소리가 나고 문이 열렸다. 그러나 도어체인은 그대로 걸려 있었다. 10센티미터쯤 벌어진 틈 너머로 눈이 커다란 소녀의 얼굴이 보였다. 볼이 도자기처럼 매끄럽고 하얗다.

"엄마는 아직 돌아오지 않았는데요."

의연하다는 표현이 어울리는 말투로 소녀가 대답했다.

"시장 보러 가셨니?"

"아니요, 일하러요."

"보통 몇 시쯤 돌아오시지?"

사사가키는 시계를 보았다. 5시가 조금 넘어 있었다.

"조금 있으면 돌아올 거예요."

"그래, 그럼 여기서 잠시 기다리마."

사사가키가 그렇게 말하자 소녀는 고개를 까딱하더니 문을
닫았다. 사사가키는 윗도리 안쪽 주머니에 손을 집어넣어 담
배를 꺼냈다.

"야무진데."

조그만 소리로 고가에게 말했다.

"그러게요. 게다가……."

젊은 형사가 뭐라고 말을 이으려는데 문이 다시 열렸다. 이
번에는 체인이 걸려 있지 않았다.

"그거, 보여 줄 수 있어요?"

소녀가 물었다.

"그거?"

"경찰수첩요."

"아아."

소녀의 말을 이해한 사사가키의 볼에 미소가 번졌다.

"자, 여기."

경찰수첩을 꺼내 사진이 붙어 있는 신분증명 페이지를 펼쳤다.

소녀는 사진과 사사가키의 얼굴을 비교해 보더니 문을 활짝 열었다.

"들어오세요."

사사가키는 화들짝 놀랐다.

"아니야, 아저씨들은 여기 있어도 괜찮다."

그러자 소녀가 고개를 저었다.

"그런 데서 기다리면 동네 사람들이 이상하게 생각할 거예요."

사사가키와 고가는 얼굴을 마주 보았다. 피식 웃음이 나오려는 걸 참는 표정이다.

실례합니다, 하고서 사사가키는 안으로 들어갔다. 밖에서 예상했던 대로 가족이 살기에는 좁은 구조다. 들어가자마자 두 평 남짓한 마루방이 있고 거기에 조그만 싱크대가 있었다. 그 안쪽으로는 다다미방. 넓이는 기껏해야 세 평 정도다.

마루방에는 소박한 테이블과 의자가 있었다. 소녀가 권하는 대로 사사가키와 고가는 의자에 앉았다. 의자도 딱 두 개

밖에 없다. 소녀는 어머니와 둘이 사는 듯했다. 테이블에 분홍색과 하얀색 체크무늬 커버가 씌워져 있었다. 비닐 제품으로 끝자락에 담뱃불에 눌린 자국이 있다.

소녀는 다다미방 벽장에 기대앉아 책을 읽기 시작했다. 책등에 라벨이 붙어 있었다. 도서관에서 빌려온 책인 것 같았다.

"무슨 책이지?"

고가가 말을 걸었다.

소녀가 말없이 책등을 보여 주었다. 고가가 그쪽으로 고개를 쭉 빼고 보더니 "우와." 하고 감탄사를 뱉었다.

"굉장한 책을 읽고 있네."

"무슨 책인데 그래?"

사사가키가 고가에게 물었다.

"『바람과 함께 사라지다』요."

그래? 하고 이번에는 사사가키가 놀랐다.

"난 영화로 봤어."

"영화야 저도 봤죠. 좋은 영화더라고요. 하지만 원작을 읽어 보겠다는 생각은 한 적이 없는데."

"요즘에는 나도 책을 통 안 읽게 돼."

"저도 마찬가지입니다. '내일의 조' 연재가 끝난 후로는 만화도 좀처럼 안 읽고 말이죠."

"'조'가 드디어 끝난 모양이군."

"끝났어요. 지난 5월에요. '거인의 별'과 '조'가 끝나고 나니까 더는 읽을거리가 없더라고요."

"잘됐지, 뭐. 다 큰 어른이 만화나 읽는 꼴이 뭐 그리 좋겠어."

"그야 그렇지요."

사사가키와 고가가 그런 대화를 나누는 동안에도 소녀는 고개를 들지 않고 책만 계속 읽었다. 바보 같은 어른들이 허접한 이야기를 나누며 시간이나 죽이고 있다고 생각하는지도 몰랐다.

고가도 비슷한 느낌을 받았는지 더는 말이 없었다. 그저 따분하다는 듯이 손가락으로 테이블을 톡톡 두드리고 있다. 그런데 거슬린다는 표정으로 얼굴을 든 소녀의 시선에 그마저도 그만두지 않을 수 없었다.

사사가키는 넌지시 집 안을 훑어보았다. 꼭 필요한 최소한의 가구와 생활필수품이 있을 뿐 사치품이라고 할 만한 것은 하나도 없다. 책상이나 책꽂이조차 없었다. 창가에 텔레비전이 하나 놓여 있는데 그것도 안테나를 세워야 하는 구닥다리다. 화면도 아마 흑백이겠지, 하고 그는 상상했다. 스위치를 켜도 화면이 들어올 때까지 꽤나 기다려야 할 것이다. 간신히 화면이 들어온다 해도 가로줄이 잔뜩 어른거려 답답하지 않을까.

물건만 적은 것이 아니었다. 여자들만 살고 있는데도 밝고 화사한 분위기가 조금도 없었다. 방 전체가 어둡게 느껴지는 것이 천장에 달린 형광등이 낡았기 때문만은 아닌 듯했다.

사사가키 바로 옆에 종이 상자가 두 개 포개어져 있었다. 그는 손가락으로 슬쩍 뚜껑을 열어 안을 들여다보았다. 고무로 된 개구리가 가득 담겨 있다. 축제 같은 때 밤거리 가판대에서 파는, 공기를 불어넣으면 폴짝 뛰는 장난감이다. 니시모토 후미요의 부업인 듯했다.

"얘, 너, 이름이 뭐지?"

사사가키가 소녀에게 물었다. 다른 때 같으면 '어이' 하고 불렀을 테지만 소녀에게는 어울리지 않을 듯한 기분이 들었다.

"니시모토 유키호요."

소녀는 고개를 들지 않은 채 대답했다.

"유키호…… 어떤 한자를 쓰지?"

"눈 내린다고 할 때의 雪에 이삭을 뜻하는 穗요."

"아하, 그래서 유키호. 좋은 이름인데."

사사가키가 고가를 보며 동의를 구했다.

그러네요, 하며 고가도 고개를 끄덕였다. 하지만 소녀는 아무 반응이 없었다.

"유키호, '기리하라'라는 전당포 아니?"

사사가키가 물어보았다.

유키호는 금방 대답하지 않고 입술을 핥더니 고개를 살짝 끄덕거렸다.

"엄마가 가끔 가요."

"그래, 그런가 보더구나. 그 가게 아저씨를 만난 적은 있니?"

"네."

"이 집에 온 적은?"

유키호는 고개를 약간 옆으로 기울이더니 "있는 것 같아요."라고 대답했다.

"네가 있을 때도 온 적 있어?"

"그럴지도 몰라요. 하지만 기억이 안 나요."

"뭐 하러 왔는데?"

"모르죠."

이 소녀에게 더 캐묻는 것은 바람직한 일이 아니겠다고 사사가키는 생각했다. 앞으로도 질문할 기회는 얼마든지 있을 것이다.

사사가키는 다시 실내를 둘러보았다. 딱히 목적이 있는 것은 아니었다. 그런데 냉장고 옆에 놓인 쓰레기통을 봤을 때 자신도 모르게 눈을 부릅뜨고 말았다. 넘치도록 가득한 쓰레기 맨 위에 '하모니' 로고가 찍힌 포장지가 버려져 있었다.

사사가키는 유키호를 보았다. 두 사람의 눈이 마주쳤다. 유키호는 이내 눈길을 돌리고 다시 책 읽는 자세로 돌아갔다.

저 아이도 같은 것을 보고 있었군, 하고 사사가키는 직감했다.

잠시 후 소녀가 퍼뜩 고개를 들더니 책을 덮고 현관 쪽을 바라보았다.

사사가키는 귀를 쫑긋 세웠다. 샌들을 끌며 걷는 소리가 들렸다. 고가도 그 소리를 들었는지 입을 살짝 벌렸다.

발소리가 점점 다가와 집 앞에서 멈췄다. 잘그락거리는 금속 소리가 들린다. 열쇠를 꺼내는 듯하다.

유키호가 문 쪽으로 갔다.

"문 열려 있어."

"왜 문을 안 잠가, 위험하게."

그런 말소리와 함께 문이 열렸다. 그리고 하늘색 블라우스를 입은 여자가 들어왔다. 나이는 삼십 대 중반. 머리를 뒤로 묶었다.

니시모토 후미요가 두 남자를 보더니 어리둥절한 표정으로 딸과 남자들을 번갈아 보았다.

"경찰에서 나오셨대."

소녀가 말했다.

"경찰……."

후미요의 얼굴에 두려운 기색이 퍼졌다.

"오사카 부경의 사사가키라고 합니다. 이쪽은 고가고요."

사사가키와 고가는 일어나 인사를 했다.

후미요는 당황한 기색이 역력했다. 하얗게 질린 얼굴빛에, 자신이 뭘 해야 하는지 생각나지 않는 듯한 표정이다. 종이 봉투를 든 채 문을 닫지도 못하고 장승처럼 서 있다.

"어떤 사건 하나를 수사 중인데 말이죠, 니시모토 씨에게 확인하고 싶은 일이 있어서 이렇게 찾아왔습니다. 안 계신데 실례를 범해 죄송합니다."

"어떤 사건……."

"전당포 아저씨 일인 것 같아."

유키호가 옆에서 말했다.

후미요가 순간적으로 숨을 삼키는 듯했다. 두 여자의 태도에서 그녀들이 이미 기리하라 요스케의 죽음을 알고 있으며 그 죽음에 대해 모녀간에 모종의 대화가 오갔다는 것을 사사가키는 확신했다.

"이리 앉으시죠."

고가가 일어서며 후미요에게 의자를 권했다. 후미요는 동요하는 기색을 감추지 못한 채 사사가키와 마주 앉았다.

예쁘장하게 생긴 여자로군, 하고 사사가키는 생각했다. 눈꼬리가 약간 처지기는 했지만 화장을 곱게 하면 틀림없이 미인 축에 들어갈 것이다. 게다가 시크한 느낌까지 있다. 유키호는 엄마를 닮은 것 같았다.

중년이 지난 남자라면 푹 빠져 허우적거릴 수도 있겠다고 사사가키는 상상했다. 기리하라 요스케의 나이 쉰둘. 흑심을 품었다 해도 이상할 것은 없다.

"무례한 질문입니다만, 남편 되시는 분은?"

"7년 전에 죽었습니다. 공사 현장에서 일하다 사고로요."

"그렇군요. 유감입니다. 그럼 부인은 지금 무슨 일을 하시죠?"

"이마자토에 있는 우동 가게에서 일하고 있어요."

가게 이름이 '기쿠야'라고 그녀는 말했다. 월요일에서 토요일 오전 11시에서 오후 4시까지 일한다고 한다.

"그 가게 우동, 맛있습니까?"

상대의 기분을 풀어 주려는 의도로 고가가 웃으면서 물었다. 그러나 후미요는 굳은 표정으로 글쎄요, 라며 고개를 한 번 비틀 뿐이었다.

"기리하라 요스케 씨가 돌아가신 일은 알고 계시죠?"

"네, 정말 놀랐어요."

그녀가 조그만 소리로 대답했다.

유키호가 엄마 뒤로 돌아 다다미방으로 들어갔다. 그리고 아까처럼 벽장에 기대어 앉았다. 사사가키는 그 움직임을 눈으로 좇다가 다시 후미요에게 시선을 돌렸다.

"기리하라 씨는 어떤 사건에 휘말렸을 가능성이 아주 높습니다. 그래서 지난주 금요일 낮에 댁을 나선 후의 동선을 조사하고 있는데요, 이 댁에도 들르지 않았나 하는 얘기가 나와서 말이죠."

"아니요, 저, 우리 집에는……."

말끝을 맺지 못하고 머뭇거리는 엄마를 가로막듯 옆에서 유키호가 말했다.

"전당포 아저씨 왔었잖아. '하모니' 푸딩 가져온 사람, 그 아저씨 아니야?"

당황해하는 후미요의 기색을 사사가키는 손에 잡힐 듯 느낄 수 있었다. 그녀는 입술을 파르르 떨다가 간신히 말을 꺼냈다.

"아, 맞아요. 기리하라 씨가 금요일에, 왔어요."

"몇 시쯤이었죠?"

"그게 그러니까……."

후미요가 사사가키의 오른쪽을 보았다. 거기에는 투도어형 냉장고가 있고 그 위에 조그만 시계가 놓여 있었다.

"5시 조금 전……이었을 거예요. 제가 집에 돌아온 직후였으니까요."

"무슨 일로 온 겁니까?"

"특별한 볼일은 없었어요. 근처까지 왔다가 들렀다고 하더군요. 기리하라 씨는 우리가 한부모 가정이라 경제적으로 힘들다는 것을 알고 간혹 들러서 여러 가지로 의논 상대가 되어 주었어요."

"근처까지 왔다가 들렀다고요? 그거참, 이상하군요."

사사가키는 쓰레기통에 들어 있는 '하모니' 포장지를 가리켰다.

"저거 기리하라 씨가 가져온 거 맞죠? 기리하라 씨는 처음에는 저걸 후세 역 상점 거리에서 사려고 했어요. 그러니까 후세 역 근처에 있던 시점부터 이미 여기로 올 생각이었던 거죠. 여기는 후세에서 제법 떨어져 있잖아요. 그러니까 처음부터 이 집에 올 생각이었다고 추측하는 것이 자연스럽지 않나 싶은데요."

"그렇게 말씀하셔도 저는 달리 할 말이 없네요. 기리하라 씨가 그렇게 말했으니 그렇다고 한 것뿐이에요. 근처까지 온 김에 들렀다고요."

후미요는 고개를 숙인 채 말했다.

"알겠습니다. 그럼 그건 그렇다고 치죠. 기리하라 씨가 몇 시까지 여기 있었죠?"

"6시…… 조금 전에 갔을 거예요."

"6시 전이 틀림없습니까?"

"아마 틀림없을 거예요."

"그렇다면 기리하라 씨는 이 집에 약 한 시간을 있었다는 얘기인데, 그동안 무슨 얘기를 나눴습니까?"

"무슨 얘기라니…… 그냥 이런저런 얘기죠."

"이런저런 얘기도 여러 가지가 있잖습니까. 날씨 얘기도 있고, 돈 얘기도 있고."

"아, 저, 전쟁 얘기를……."

"전쟁이라면 태평양 전쟁 얘긴가요?"

기리하라 요스케는 제2차 세계 대전에 참전했다. 그 얘기인가 싶었다. 그런데 후미요가 고개를 저었다.

"외국 전쟁 얘기였어요. 그래서 또 기름 값이 오를 거라고 …… 네, 그랬어요."

"아아, 중동 전쟁 말이군요."

이달 초에 시작된 제4차 중동 전쟁을 말하는 듯했다.

"그래서 일본 경제가 또 위태롭게 될 거다, 뿐만 아니라 석유 제품의 가격이 급등해서 끝내는 구하기도 힘들어질지 모른다, 앞으로는 돈과 힘이 많아야 사람 구실을 할 수 있는 세상이 될 것이다, 그런 얘기를 했어요."

"그렇군요."

눈을 내리깔고 말하는 후미요의 얼굴을 보면서 사사가키는 이 얘기는 사실대로 하고 있는지도 모르겠다고 생각했다. 문제는 기리하라가 왜 그런 얘기를 굳이 했느냐는 점이다.

자신에게는 돈과 힘이 있다. 그러니 자신을 따르는 편이 좋을 것이다. 그런 암시가 내포된 얘기가 아니었을까 하고 그는 상상했다. '기리하라'의 장부를 보면 후미요는 돈을 갖고 맡긴 물건을 찾아간 일이 한 번도 없었다. 그러니 가난한 가정 형편을 빌미로 삼았을 가능성이 충분하다.

사사가키는 유키호를 힐끔 보았다.

"그때 따님은 어디에 있었죠?"

"아, 이 아이는 도서관에…… 그렇지?"

그녀가 유키호에게 확인했다.

응, 하고 유키호가 대답했다.

"아하, 그때 저 책을 빌려왔군요. 도서관에는 자주 가니?"

이번에는 직접 유키호에게 물었다.

"일주일에 한두 번요."

"학교에서 돌아오는 길에 들르는 거야?"

"네."

"가는 날은 정해져 있니? 가령 월요일과 금요일이라든지 화요일과 금요일, 그런 식으로 말이야."

"아니요, 그렇지는 않아요."

"그럼 어머니는 걱정되지 않으세요? 따님의 귀가가 늦는데, 도서관에 들렀는지 아니면 다른 곳에 갔는지 알 수 없잖아요."

"네, 그래도 언제나 6시가 조금 넘으면 돌아오니까요."

후미요가 대답했다.

"금요일에도 그때쯤 돌아왔니?"

다시 유키호에게 물었다.

소녀는 말없이 고개만 까딱했다.

"기리하라 씨가 돌아간 후에 부인은 내내 집에 있었습니까?"

"아니요, 장을 보러 갔어요. '마루카네야'에."

슈퍼마켓 '마루카네야'는 이 집에서 걸어서 몇 분 거리에 있다.

"슈퍼마켓에서 혹시 아는 사람을 만나지는 않았습니까?"

이 질문에 후미요는 잠시 생각하더니 이렇게 대답했다.

"기노시타 씨와 마주쳤어요. 유키호랑 같은 반 아이의 엄마예요."

"그분 연락처는 압니까?"

"아마 찾아보면 알 수 있을 거예요."

후미요가 전화기 옆에 놓인 주소록을 집어 테이블 위에 펼쳤다. 그리고 기노시타라고 쓰인 곳을 가리키며 이 사람이라고 말했다.

고가가 수첩에 주소와 전화번호를 옮겨 적는 것을 보면서 사사가키는 질문을 계속했다.

"시장을 보러 나갈 때 따님은 돌아와 있었는지요?"

"아니요, 아직 돌아오지 않았을 때였어요."

"부인은 시장을 보고 몇 시쯤 돌아왔습니까?"

"7시 반이 조금 넘지 않았나 싶네요."

"그 시간에는 따님이……."

"네, 집에 와 있었어요."

"그 후에는 외출하지 않으셨죠?"

"네."

후미요가 고개를 끄덕였다.

사사가키가 고가 쪽을 보았다. 다른 질문은 없냐는 듯한 눈빛이다. 없다고 대답하는 대신 고가는 고개를 약간 숙였다.

"긴 시간 실례가 많았습니다. 앞으로도 이렇게 찾아뵐 일이 있을지 모르겠는데 잘 부탁드리겠습니다."

그러고서 사사가키는 의자에서 일어났다.

두 형사를 배웅하기 위해 후미요가 문밖까지 따라 나왔다. 유키호가 옆에 없자 사사가키는 질문을 하나 더 하고 싶어졌다.

"부인, 다소 실례되는 질문일지 모르겠는데요, 기분 나쁘게 듣지 않으셨으면 합니다."

"뭔데요?"

후미요의 얼굴에 금세 불안한 기색이 번졌다.

"기리하라 씨가 식사를 같이하자고 했다거나 밖에서 만나자고 한 일은 혹시 없었습니까?"

사사가키의 질문에 후미요가 눈을 동그랗게 떴다. 그러고는 고개를 힘껏 내저었다.

"그런 일은 한 번도 없었어요."

"그래요? 아니 뭐, 기리하라 씨가 왜 부인께 그렇게 신경을 썼는지 궁금해서 말이죠."

"연민을 느껴서 그런 거겠죠. 저, 형사님, 기리하라 씨가 돌아가신 일로 저를 의심하고 있는 건가요?"

"아니, 아닙니다. 그렇지 않아요. 단순히 확인 차원입니다."

사사가키는 예를 표하고 그 자리를 떠났다. 그리고 모퉁이를 돌아 '요시다 하이츠'가 보이지 않을 즈음 다시 입을 열었다.

"냄새가 나는데."

젊은 형사도 "그런데요." 하고 동의했다.

"금요일에 기리하라가 왔느냐고 물었을 때 후미요는 오지 않았다고 대답하려는 눈치였어. 그런데 옆에서 유키호가 푸딩 얘기를 하자 어쩔 수 없이 사실을 얘기하는 느낌이었지. 유키호 역시 애초에는 기리하라가 왔다는 것을 숨기고 싶지 않았을까? 내가 푸딩 포장지를 알아봤기 때문에 거짓말을 하면 오히려 불리하겠다고 생각하게 된 거고."

"그 아이 같으면 그 정도 임기응변은 가능하겠죠."

"후미요가 우동 가게 일을 끝내고 집에 돌아오는 시간은 늘 5시경이야. 그런데 그 무렵에 기리하라가 왔다, 유키호는 그때 마침 도서관에 갔다가 기리하라가 돌아간 후에 집에 돌아왔다, 이거 타이밍이 너무 절묘한 거 아닌가?"

"후미요가 기리하라의 애인이었을까요? 그래서 엄마가 남자를 상대하는 동안 딸은 밖에서 시간을 보냈다……."

"그럴지도 모르지. 그런데 말이야, 애인이라면 어떤 형태로든 보상이 있지 않았을까? 그렇다면 장난감 만드는 부업까지 할 필요는 없었을 것 같은데."

"기리하라가 꼬드기는 중이었는지도 모르죠."

"그럴 가능성도 있지."

두 형사는 서후세 경찰서에 설치된 수사본부로 서둘러 돌아갔다.

"충동적으로 살해했는지도 모릅니다."

나카쓰카에게 보고할 때 사사가키는 그렇게 말했다.

"기리하라가 은행에서 인출한 백만 엔을 후미요에게 보여 준 거 아닐까요?"

"그래서 그 돈에 눈이 멀어 죽였다? 집에서 죽였다면 현장인 건물까지 사체를 어떻게 옮겼다는 거야? 어림도 없지."

"그러니까 뭔가 구실을 대고 그 건물에서 만나기로 했겠죠. 설마 둘이 걸어서 그 건물로 가지는 않았을 테니까요."

"하긴 감식반에서도 사체에 있는 상처가 여자 힘으로도 충분히 가능하다는 견해를 보였으니."

"게다가 상대가 후미요라면 기리하라가 당연히 방심했을 겁니다."

"아무튼 후미요의 알리바이를 확인하는 게 우선이야."

나카쓰카가 신중한 어투로 말했다.

이 시점에 사사가키는 후미요에게 상당히 심증을 굳히고 있었다. 주춤거리는 태도도 미심쩍었다. 기리하라 요스케는 지난주 금요일 오후 5시에서 8시 사이에 사망한 것으로 추정된다. 그 시간, 후미요에게는 기리하라 요스케를 죽일 기회가 있었다.

그러나 수사가 진행되면서 전혀 예상치 못한 정보가 들어왔다. 니시모토 후미요에게 거의 완벽한 알리바이가 있었던 것이다.

5

슈퍼마켓 '마루카네야' 바로 앞에는 조그만 공원이 있다. 그네와 미끄럼틀과 모래 놀이터가 자리를 차지하고 있어 공놀이를 할 정도의 공간은 없다. 엄마가 시장을 보러 나온 김에 아이와 놀아 주기에 적당한 정도의 넓이다.

그곳은 주부들이 모여 수다를 떠는 장소이기도 했다. 거기서 아이를 다른 엄마에게 맡기고 장을 보러 갈 수도 있었다. '마루카네야'를 이용하는 주부들 중에는 이 장점을 크게 꼽는 이도 적지 않은 듯했다.

기리하라 요스케가 살해당한 날 오후 6시 반경, 근처에 사는 기노시타 유미에는 슈퍼마켓 안에서 니시모토 후미요와 마주쳤다. 후미요는 장을 다 봤는지 계산대로 향하고 있었다. 기노시타 유미에는 방금 들어온 터라 바구니에 아직 아무것도 담겨 있지 않았다. 두세 마디 나눈 후 두 사람은 일단 헤어졌다.

기노시타 유미에가 장을 보고 나서 슈퍼마켓을 나온 건 7시가 지난 후였다. 그녀는 공원 옆에 세워 둔 자전거를 타고 집에 가려고 했다. 그런데 자전거에 올라탔을 때 그네에 앉아 있는 후미요의 모습이 눈에 들어왔다. 후미요는 무슨 생각을 하고 있는지 무심히 그네를 흔들고 있었다고 한다.

그 사람이 니시모토 후미요가 틀림없느냐는 형사의 질문에 기노시타 유미에는 틀림없다고 단언했다.

이 증언을 뒷받침하듯, 그네에 앉아 있는 후미요를 보았다는 증인이 또 나타났다. 슈퍼마켓 앞 포장마차에서 다코야키를 파는 아저씨였다. 그는 슈퍼마켓이 문을 닫는 8시가 되도록 그네에 앉아 있는 주부를 이상하게 생각하며 바라보았다고 한다. 다코야키 아저씨가 기억하고 있는 주부의 나이나 모습이 후미요라고 추정해도 무방할 듯했다.

한편, 기리하라 요스케의 동선에 관한 새로운 정보도 확보되었다. 금요일 6시 넘어 혼자 걸어가는 그를 약국 주인이 보았다는 것이다. 그는 말을 건네려고 했지만 기리하라가 길을 서두르는 것 같아 그만두었다고 한다. 목격한 장소는 니시모토 후미요가 사는 요시다 하이츠와 사체가 발견된 건물의 딱 중간쯤이었다.

기리하라의 사망 추정 시각은 5시에서 8시 사이다. 따라서 그네를 타고 있던 후미요가 그 후 곧장 현장으로 갔다면 범행이 불가능하지는 않다. 그러나 수사관 대부분은 그럴 가능성이 낮다고 보았다. 애당초 사망 추정 시각을 8시까지로 확대한 것 자체가 무리였다. 소화되지 않은 위 잔류물로 사망 시각을 추정하는 방법은 매우 정확하다. 때로는 분 단위까지 명확하게 밝혀낼 수도 있다. 사실상 범행은 6시에서 7시 사이에 이루어졌을 가능성이 아주 높았다.

또 한 가지, 범행 시각이 늦어도 7시 반을 넘지 않았을 것으로 추정되는 근거가 있었다. 그것은 현장의 어둠이다. 사체가 발견된 건물에는 조명이 없었다. 낮이라면 몰라도 밤이 되면 완전히 캄캄해진다. 단, 건너편 건물에 불이 켜져 있는 동안은 그 빛이 실내에 희미하게 비치기 때문에 어둠에 눈이 익으면 상대의 얼굴을 알아보는 정도는 가능하다. 그런데 건너편 건물에서 불을 끈 시각이 7시 반이었던 것이다. 후미요가 손전등을 준비했다면 물리적으로 범행이 가능하지만, 기리하라의 심리를 생각해 보면 그렇게 부자연스러운 곳에서 그가 무방비 상태였으리라고는 추측하기 어려웠다.

적어도 후미요 자신이 직접 범행을 저질렀을 가능성은 낮다고 보지 않을 수 없었다.

니시모토 후미요에 대한 혐의가 갈수록 옅어지는 와중에 다른 수사관들이 새로운 정보를 입수했다. 전당포 '기리하라'에 관한 것이었다. 장부를 참고해 최근에 이용한 손님을 탐문 수사한 결과, 기리하라 요스케가 살해된 날 저녁에 '기리하라'를 다녀갔다는 인물이 등장한 것이다.

그 인물은 오에에서 남쪽으로 몇 킬로미터 거리에 있는 다쓰미에 사는 여자였다. 혼자 사는 이 중년 여성은 재작년에 남편을 병으로 잃은 후 '기리하라'를 종종 이용했다. 굳이 집에서 먼 전당포를 이용한 까닭은 드나드는 모습을 아는 사람들에게 보이고 싶지 않아서라고 했다. 문제의 금요일, 그녀는 남편 것과 세트로 산 시계를 들고 오후 5시 반경 '기리하라'를 찾았다. 그런데 셔터는 열려 있었지만 문은 잠겨 있었다는 것이다. 호출용 부저를 눌러 봤지만 아무 반응이 없었다. 그녀는 할 수 없이 발길을 돌려 근처 시장에서 저녁 찬거리를 샀다. 그리고 돌아오는 길에 다시 '기리하라'에 들러 보았다. 6시 반경의 일이다.

그런데 이때도 문이 잠겨 있었다. 그녀는 포기하고 그대로 집으로 돌아갔다. 시계는 사흘 후 다른 전당포에 맡기고 돈을 빌렸다. 그녀는 신문을 구독하지 않기 때문에 수사관들이 방문할 때까지 기리하라 요스케가 죽었다는 사실을 몰랐다.

이 일련의 정보로 수사진은 당연히 기리하라 야에코와 마쓰우라 이사무를 의심하게 되었다. 그들이 사건 당일 저녁 7시까지 영업을 했다고 진술했기 때문이다.

사사가키와 고가가 두 명의 형사를 더 데리고 '기리하라'를 찾았다.

가게를 지키고 있던 마쓰우라의 눈이 휘둥그레졌다.

"무슨 일입니까?"

"사모님 계십니까?"

사사가키가 물었다.

"네, 그런데요."

"잠깐 불러 주시죠."

마쓰우라는 무슨 영문인지 모르겠다는 표정으로 뒤에 있는 장지문을 살짝 열었다.

"형사님들이 오셨는데요."

부스럭거리는 소리가 나더니 장지문이 활짝 열렸다. 하얀 니트에 청바지 차림의 야에코가 나타났다. 그녀가 눈을 찡그리며 형사들을 내려다보았다.

"무슨 일이죠?"

"잠시 시간을 내 주셔야겠습니다. 물어볼 게 있어서요."

"네, 그러죠. ……그런데 무슨 일인지……."

"저희와 함께 가 주셨으면 합니다."

동행한 형사 하나가 말했다.

"저 앞에 있는 찻집으로 가시면 됩니다. 오래 걸리지 않아요."

야에코는 다소 불만스럽다는 표정을 지었다가 하는 수 없다는 듯이 네, 하고 대답하면서 샌들을 신었다. 마쓰우라를 힐끔 쳐다보는 불안한 얼굴을 사사가키는 놓치지 않았다.

두 형사가 야에코를 데리고 나갔다. 뒤에 남은 사사가키는 그들의 모습이 사라진 후 카운터 쪽으로 다가갔다.

"마쓰우라 씨에게도 물어볼 말이 있습니다."

"뭐죠?"

마쓰우라가 살갑게 웃으면서 대비하는 듯한 자세를 취했다.

"사건 당일의 일입니다. 우리가 조사한 내용에 따르면 마쓰우라 씨가 한 말에 모순이 있어서 말이죠."

사사가키는 일부러 천천히 말했다.

"모순요?"

마쓰우라의 살가운 웃음이 약간 굳어지는 것처럼 보였다.

사사가키는 다쓰미에 사는 여자 손님의 증언에 대해 얘기했다. 형사의 말을 듣고 있는 마쓰우라의 얼굴에서 차츰 웃음기가 사라졌다.

"어떻습니까. 마쓰우라 씨는 7시까지 가게 문을 열어 두었다고 했죠? 그런데 5시 반에서 6시 반까지 문이 잠겨 있었다고 증언한 사람이 있어요. 아무리 생각해도 이상한 일 아닙니까?"

사사가키가 상대의 눈을 쏘아보면서 말했다.

마쓰우라는 그 시선을 피했다. 검은자위가 천장을 향했다.

"어, 그러니까, 그때는……."

팔짱을 끼고서 거기까지 말한 후 갑자기 손뼉을 짝 쳤다.

"아, 맞다, 그때로군. 기억났습니다. 금고에 들어가 있었어요."

"금고요?"

"안쪽에 있는 금고 말입니다. 전에도 말씀드렸지만, 손님들이 맡긴 물건 중에서도 특별히 귀중한 것을 보관하는 곳이죠. 나중에 보면 아시겠지만, 자물쇠가 달려 있는 튼튼한 창고 같은 곳입니다. 확인할 게 있어서 그 안에 들어가 있었어요. 그 안에 있으면 부저 소리가 잘 들리지 않을 때도 있습니다."

"그럴 때는 아무도 가게를 지키지 않는다는 말씀입니까?"

"평소에는 사장님이 계시지만, 그때는 저 혼자였기 때문에 가게 문을 잠그고 있었죠."

"그럼 그때 사모님과 아드님은?"

"둘 다 거실에 있었습니다."

"그러면 두 사람에게는 부저 소리가 들리지 않습니까?"

"아, 그건……."

마쓰우라는 입을 반쯤 벌리고 몇 초간 뜸을 들이다가 말을 이었다.

"텔레비전을 보고 있어서 그 소리 때문에 들리지 않았는지도 모릅니다."

사사가키는 광대뼈가 튀어나온 마쓰우라의 얼굴을 잠시 바라본 후 고가에게 말했다.

"나가서 부저를 눌러 봐."

고가가 네, 하고 대답한 뒤 문밖으로 나갔다. 곧바로 부저 소리가 머리 위에서 울렸다. 다소 귀에 거슬리는 소리였다.

"소리가 상당히 큰데요. 이 정도면 아무리 텔레비전을 열심히 보고 있었다 해도 들리지 않을 리 없었을 텐데요."

"사모님은 전당포 일에는 일절 관여하지 않는다는 주의입니다. 손님이 와도 인사조차 제대로 하지 않을 때도 있어요.

료지도 가게를 지켜 본 적이 없고요. 부저 소리를 들었어도 그냥 무시하지 않았을까요?"

"흠, 무시했다……."

야에코라는 여자나 료지라는 소년이나 가게 일을 도울 듯한 인상은 아니었다.

"저, 형사님, 저를 의심하고 있는 겁니까? 제가 사장님을 살해했다고……."

"아니, 아닙니다."

사사가키는 손을 휘휘 내저었다.

"모순점이 생기면 아무리 사소한 일이라도 조사하고 확인하는 게 수사의 기본입니다. 그 점, 양해해 주셨으면 합니다."

"그렇군요. 저야 뭐, 의심을 받아도 상관없습니다만."

마쓰우라는 누런 이를 내보이며 징그럽게 웃었다.

"의심하는 건 아닙니다만, 아무래도 분명하게 확인할 수 있는 근거 같은 게 있으면 좋겠는데 말입니다. 그러니까 그날 6시에서 7시 사이에 틀림없이 이 가게에 있었다는 증거가 없을까요?"

"6시에서 7시라…… 사모님과 료지가 증인이 될 수는 없나요?"

"증인의 경우 완전한 제삼자인 게 이상적이죠."

"마치 저희가 공범이라도 되는 것처럼 말씀하시는군요."

마쓰우라가 눈을 부라렸다.

"형사는 모든 가능성을 고려해야 하니까 말이죠."

사사가키는 가볍게 받아넘겼다.

"어이가 없군요. 사장님을 죽여서 제게 무슨 득이 있다는 겁니까? 사장님은 밖에 나가면 큰소리 땅땅 치지만 이 집에는 재산도 별로 없는 분이라고요."

사사가키는 대답 대신 희미하게 웃음을 지었다. 마쓰우라가 화가 나서 말이 많아지는 것도 나쁘지 않겠다 싶었다. 그러나 마쓰우라는 그 이상 쓸데없는 말을 하지 않았다.

"6시에서 7시 사이라 이 말이죠. 통화를 한 것으로는 안 됩니까?"

"통화를 누구와 했습니까?"

"조합 사람입니다. 다음 달에 있을 회의에 대해서 의논했습니다."

"그 전화는 마쓰우라 씨 쪽에서 걸었습니까?"

"아닙니다. 그쪽에서 걸었어요."

"몇 시쯤이었죠?"

"처음에는 6시쯤이었고, 30분쯤 지나서 또 한 번 걸려 왔습니다."

"두 번 걸려 왔다는 건가요?"

"네, 그렇습니다."

사사가키는 머릿속으로 시간을 정리했다. 마쓰우라의 말이 사실이라면 6시에서 6시 반까지는 알리바이가 있는 셈이 된다. 그런 전제하에 범행이 가능한지를 생각해 보았다.

어렵겠지, 하고 그는 결론을 내렸다.

사사가키는 마쓰우라에게 전화를 걸었다는 조합 사람의 이름과 연락처를 물었다. 마쓰우라가 명함 통을 꺼내 와 뒤적거렸다.

그때였다. 예의 계단 문이 움직였다. 조금 열린 틈으로 소년의 얼굴이 보였다.

"아드님이 있었군요."

"네? 아…… 아까 학교에서 돌아왔어요."

"잠깐 올라가 봐도 될까요?"

사사가키가 계단을 가리켰다.

"2층에 말입니까?"

"네."

"글쎄, 별 상관은 없지만……."

"전화를 걸었다는 사람의 연락처를 메모하고 금고도 둘러 봐."

사사가키는 고가에게 그렇게 명령하고 구두를 벗었다.

문을 열고 계단을 올려다보았다. 어두컴컴한 데다 흙냄새 같은 것이 고여 있었다. 나무 계단의 표면은 오랜 세월 발길에 닳아 거뭇거뭇 빛났다. 사사가키는 벽에 손을 대고서 조심스럽게 올라갔다.

계단을 다 올라가자 좁은 복도를 끼고 방 두 개가 마주 보고 있었다. 한쪽 방은 장지문이고 다른 쪽 방은 격자문이다. 복도 끝에도 문이 있는데, 아마도 창고나 화장실인 듯했다.

"료지 군, 경찰에서 나왔는데, 얘기 좀 나눌 수 있을까?"

사사가키가 복도에 서서 말했다.

아무 반응이 없었다. 사사가키가 다시 한 번 말하려고 숨을 들이쉬는데 덜컹, 소리가 났다. 장지문 안쪽이었다.

사사가키는 장지문을 열었다. 책상 앞에 앉아 있는 료지의 등이 보였다.

"들어가도 되겠지?"

사사가키가 방 안으로 발을 들이밀었다. 세 평짜리 다다미 방이었다. 남서향인지, 창문으로 햇살이 환하게 비친다.

"난 아무것도 몰라요."

등을 보인 채 료지가 말했다.

"모르면 모르는 대로 괜찮아. 참고로 묻는 것뿐이니까. 여기 앉아도 되겠니?"

다다미 위에 방석이 하나 놓여 있는 것을 보고 사사가키가 물었다.

료지는 슬쩍 돌아보고는 "그러세요."라고 대답했다.

사사가키는 방석에 책상다리를 하고 앉아 의자에 앉은 소년을 올려다보았다.

"아빠 일, 안타깝구나."

료지는 아무 대답이 없었다. 여전히 등을 보이고 있다.

사사가키는 방 안을 둘러보았다. 비교적 깔끔하게 정리된 방이다. 초등학생 방치고는 조금 밋밋하다는 느낌마저 들었다. 야마구치 모모에나 사쿠라다 준코의 포스터도 붙어 있지 않다. 슈퍼 카의 모형도 없다. 책꽂이에 만화는 없고 대신 백과사전과 『자동차의 구조』『텔레비전의 구조』 등 아동용 과학책이 꽂혀 있다.

벽에 걸린 액자가 눈에 들어왔다. 액자에는 범선 모양으로 오린 하얀 종이가 들어 있었다. 가느다란 로프 한 올 한 올까지 실로 정교하게 표현되어 있다. 사사가키는 공연장에서 보았던 종이 오리기 공예가 떠올랐다. 하지만 그런 것들보다 한층 정교한 작품이었다.

"야, 이거 굉장한데! 네가 만들었니?"

료지는 액자를 힐끗 보더니 고개를 위아래로 살짝 움직였다.

우와, 하고 사사가키는 감탄사를 뱉었다. 솔직한 반응이었다.

"솜씨가 좋은걸. 내다 팔아도 되겠어."

"묻고 싶은 게 뭐죠?"

료지가 물었다. 낯선 중년 남자와 잡담이나 하고 있을 기분이 아니라는 투였다.

그렇다면, 하고 생각하면서 사사가키는 자세를 고쳐 앉았다.

"그날은 계속 집에 있었니?"

"그날이라니요?"

"아빠가 돌아가신 날 말이야."

"아…… 그런데요. 집에 있었어요."

"6시에서 7시까지는 뭘 했는데?"

"6시에서 7시요?"

"응. 기억 안 나니?"

고개를 한 번 갸웃하고서 소년은 대답했다.

"아래층에서 텔레비전을 봤어요."

"혼자서?"

"엄마랑요."

흐음, 하며 사사가키는 고개를 끄덕였다. 소년의 목소리에 머뭇거리는 기색은 없었다.

"미안하지만 이쪽을 보고 얘기해 줄 수 있을까?"

료지는 한숨을 쉬더니 의자를 천천히 돌렸다. 눈빛이 얼마나 반항적일까, 하고 사사가키는 상상했다. 그런데 형사를 내려다보는 소년의 눈에 그런 빛은 어려 있지 않았다. 거의 납덩어리 같은 눈이었다. 무언가를 관찰하는 과학자의 눈 같기도 했다. 사사가키는 '나를 관찰하고 있는 건가' 하는 느낌이

들었다.

"무슨 프로그램을 보고 있었어?"

사사가키는 가볍게 말하려고 애쓰면서 물었다.

료지가 프로그램 제목을 말했다. 소년들이 좋아하는 연속 드라마였다.

사사가키는 일단 그때 방영된 내용을 물어보았다. 료지는 잠시 말이 없다가 입을 열었다. 소년의 설명은 앞뒤가 딱 떨어지게 정리되어 있어 알아듣기 쉬웠다. 그 프로그램을 보지 않았는데도 내용을 거의 이해할 수 있을 정도였다.

"텔레비전은 몇 시까지 봤지?"

"7시 반쯤인가……."

"그다음에는?"

"엄마랑 같이 저녁 먹었어요."

"그랬구나. 아빠가 돌아오지 않아서 걱정했겠네."

네, 하고 료지는 짧게 대답했다. 그리고 또 한숨을 쉬더니 창문 쪽으로 시선을 돌렸다. 덩달아 사사가키도 밖을 보았다. 저녁 하늘이 붉었다.

"내가 방해를 했군. 공부 열심히 해."

사사가키는 자리에서 일어나 소년의 어깨를 톡톡 두드렸다.

사사가키와 고가는 수사본부로 돌아가, 아에코를 데리고 나갔던 형사들과 진술 내용을 맞춰 보았다. 그 결과 아에코와 마쓰우라의 진술에서 특별한 모순점은 발견되지 않았다. 마쓰우라와 마찬가지로 야에코 역시 여자 손님이 왔을 때 방에서 료지와 함께 텔레비전을 보고 있었다고 주장했다는 것이다. 부저 소리를 들었을지도 모르겠지만 기억이 잘 안 난다, 손님을 대하는 일은 내 소관이 아니라서 신경 쓰지 않는다, 텔레비전을 보고 있는 동안 마쓰우라가 뭘 했는지도 잘 모른다, 그녀는 그렇게 진술했다고 한다. 또 텔레비전 프로그램에 대해서 야에코가 형사에게 한 얘기와 료지의 얘기도 거의 일치했다.

야에코와 마쓰우라, 둘이서 입을 맞추기는 어렵지 않을 것이다. 그러나 거기에 아들 료지까지 얽히면 얘기가 달라진다. 수사본부 내에서는 그들이 하는 말이 거짓이 아닐 거라는 분위기가 짙어졌다.

그리고 얼마 후, 그 일련의 진술이 사실로 확인되었다. 마쓰우라가 받았다는 전화가 사건 당일 6시와 6시 반경 '기리하라'로 걸려 온 사실이 확인된 것이다. 전화를 걸었다는 전당포 조합원은 자신이 대화를 나눈 상대가 마쓰우라가 틀림없다고 증언했다.

수사가 다시 원점으로 돌아갔다. '기리하라'의 단골을 중심으로 철저한 탐문 수사가 계속되었다. 시간은 쉬지 않고 흘러갔다. 프로 야구에서는 요미우리 자이언츠가 센트럴리그에서

9연패를 달성했고, 에사키 레오나는 에사키 다이오드의 발명으로 노벨 물리학상 수상자로 결정되었다. 그리고 중동 전쟁의 영향으로 일본이 수입하는 원유 가격이 지속적으로 폭등하고 있었다. 무슨 일인가 벌어질 듯한 예감이 온 일본을 지배했다.

수사관들 사이에 초조한 기운이 번지기 시작할 무렵 또 한 가지 새로운 정보가 수사본부에 보고되었다. 니시모토 후미요 주변을 조사하던 형사가 캐낸 정보였다.

6

'기쿠야'는 아담한 우동 가게였다. 나무 격자문에 걸린 짙은 남색 포렴에는 가게 이름을 새긴 글자만 물이 들지 않은 채 흰색으로 남아 있었다. 비교적 장사가 잘되는지 점심때가 되기 전부터 붐비기 시작하더니 오후 1시가 넘어서도 손님의 발길이 끊이지 않았다.

1시 반이 되자 가게에서 조금 떨어진 곳에 하얀 라이트밴이 섰다. 차체 옆에 '아게하 상사'라는 고딕체 글자가 찍혀 있었다.

운전석에서 한 남자가 내렸다. 회색 점퍼를 걸친 그는 체구가 땅딸막했다. 나이는 마흔 전후쯤일까. 점퍼 속에는 와이셔츠에 넥타이를 매고 있었다. 남자는 다소 급하게 '기쿠야'로 들어갔다.

"아주 정확하군. 정말로 딱 1시 반에 나타났어."

손목시계를 보면서 사사가키가 감탄스럽다는 듯 말했다. '기쿠야' 건너편에 있는 찻집 안이었다. 유리창 너머로 바깥이 내다보였다.

"덧붙여 말하자면 안에서 먹는 음식은 튀김 우동입니다."

사사가키와 대각선상에 앉은 가네무라 형사가 말했다. 그는 웃으면 앞니 빠진 자리가 휑하게 보인다.

"튀김 우동, 정말이야?"

"내기를 해도 좋습니다. 몇 번이나 가게에 같이 들어가 제 눈으로 봤으니까요. 데라사키가 주문하는 것은 오로지 튀김 우동이에요."

"흐음, 질리지도 않는 모양이군."

사사가키는 다시 '기쿠야'로 시선을 돌렸다. 우동 얘기를 하다 보니 배가 출출해졌다.

니시모토 후미요의 알리바이는 확인되었지만 그녀에 대한 의혹이 완전히 풀린 것은 아니었다. 수사관들은 기리하라 요스케를 마지막으로 만난 사람이 그녀라는 점을 못내 껄끄러워하고 있었다.

그녀가 기리하라 살해에 연루되었다면 우선 생각해 볼 수 있는 것은 공범의 존재였다. 혹시 미망인인 후미요에게 젊은 애인이 있는 것은 아닐까, 그런 추리에 기초해서 수사를 계속해 온 형사들의 망에 걸린 사람이 데라사키 다다오였다.

데라사키는 화장품과 미용 기구, 샴푸, 세제 등을 취급하는 도매업으로 생계를 꾸려 가고 있었다. 소매상에 물건을 판매할 뿐 아니라 손님에게 주문을 받아 직접 배달하기도 했다. '아게하 상사'라는 이름을 내걸고는 있지만 종업원은 달리 없었다.

형사들이 데라사키를 주목한 것은 니시모토 후미요가 사는 요시다 하이츠 주변에서 나온 얘기들 때문이었다. 흰색 라이트밴을 타고 온 남자가 후미요가 사는 집에 들어가는 것을 동네 주부들이 몇 번이나 목격했다는 것이다. 라이트밴에 회사 이름이 찍혀 있었던 것 같은데 정확하게는 기억하지 못한다고 주부들은 증언했다.

형사들은 요시다 하이츠 주변에서 며칠씩이나 잠복근무를 했다. 그러나 문제의 라이트밴은 나타나지 않았다. 그런데 전혀 다른 곳에서 그 차로 추정되는 차량이 발견되었다. 후미요가 일하는 '기쿠야'에 거의 매일 점심을 먹으러 오는 남자가 흰색 라이트밴을 타고 왔던 것이다.

'아게하 상사'라는 회사 이름을 통해 남자의 신원이 곧 밝혀졌다.

"어, 나옵니다."

고가가 말했다. '기쿠야'에서 나오는 데라사키가 보였다.

그런데 데라사키가 곧바로 차로 돌아가지 않고 가게 앞에서 서성거리고 있었다. 이것 역시 가네무라 형사가 보고한 내용 그대로다.

잠시 후, 이번에는 후미요가 가게에서 나왔다. 하얀 앞치마를 두르고 있다.

데라사키와 몇 마디 얘기를 나누더니 후미요는 다시 가게로 들어가고 데라사키는 차를 향해 걸어갔다. 어느 쪽이나 사람 눈을 그다지 의식하는 것 같지는 않았다.

"좋아, 가자고."

피우고 있던 담배를 재떨이에 비벼 끈 사사가키는 엉덩이를 들었다.

데라사키가 차문을 여는 순간 고가가 다가가 말을 걸었다. 데라사키는 놀란 듯 눈을 동그랗게 뜨고 사사가키와 가네무라 쪽을 보더니 순식간에 표정이 굳어졌다.

잠시 얘기를 나누고 싶다는 요구에 데라사키는 순순히 응했다. 찻집에 들어가는 게 좋겠느냐고 묻자 그는 차 안이 좋다고 대답했다. 그래서 작은 라이트밴에 네 명이 올라탔다. 운전석에 데라사키, 조수석에 사사가키, 뒤 좌석에 가네무라와 고가가 앉았다.

사사가키는 우선 오에에 있는 전당포 주인이 살해된 사건을 아느냐고 물었다. 데라사키는 앞을 향한 채 고개만 끄덕였다.

"신문과 TV 뉴스로 봤습니다. 그런데 그 사건과 제가 무슨 관계가 있는 거죠?"

"살해된 기리하라 씨가 마지막으로 들른 곳이 니시모토 후미요 씨의 집이라서 말이죠. 니시모토 씨가 누군지는 물론 알겠죠?"

데라사키가 침을 삼켰다. 뭐라고 대답할지 생각하고 있는 것이다.

"니시모토 씨라면……, 저 우동 가게에서 일하는 여자잖아요. 그래요, 알기는 하는데요."

"우리는 그 니시모토 씨가 사건에 관련되었을 것으로 추정하고 있습니다."

"니시모토 씨가요? 그런 말도 안 되는 소리를."

데라사키는 입으로만 히죽 웃었다.

"왜 말이 안 된다는 겁니까?"

"그 사람이 그런 사건에 관여했을 리 없죠."

"단순히 아는 정도라면서 니시모토 씨를 감싸는군요."

"감싸는 거 아닙니다."

"요시다 하이츠 부근에서 흰색 라이트밴을 자주 목격했다는 증언도 있습니다. 그 차에 타고 있던 남자가 니시모토 씨의 집에 수시로 드나든 것 같다고 말이죠. 데라사키 씨, 그 남자가 당신 맞죠?"

사사가키의 말에 데라사키는 낭패한 기색이 역력해졌다. 하지만 입술을 핥더니 이렇게 말했다.

"일 때문에 찾아갔을 뿐입니다."

"일이라고요?"

"화장품이나 세제를 주문받아서 배달했을 뿐입니다. 그게 다예요."

"데라사키 씨, 우리, 거짓말은 하지 맙시다. 조사하면 금방 밝혀집니다. 목격자 증언으로는 꽤 자주 그녀 집을 드나들었다고 하던데, 화장품이나 세제를 그렇게 자주 배달하는 겁니까?"

데라사키는 팔짱을 끼고 눈을 감았다. 어떻게 대처할까 궁리하는 듯했다.

"데라사키 씨, 지금 거짓말을 하면 앞으로도 계속 거짓말을 해야 해요. 그리고 우리는 당신을 철저하게 감시하게 될 겁니다. 당신이 니시모토 후미요 씨와 만나는 날을 기다리는 것이죠. 그러면 당신은 어떻게 할 겁니까, 그 사람을 평생 만나지 않을 겁니까? 그건 불가능한 일이잖아요. 사실을 있는 그대로 말하세요. 니시모토 씨와 특별한 관계가 맞죠?"

그렇게 말하는데도 데라사키는 한동안 침묵으로 일관했다. 사사가키는 그가 어떻게 나오는지 지켜보기로 했다.

마침내 데라사키가 한숨을 쉬더니 눈을 떴다.

"상관없는 일 아닌가요? 나는 독신이고, 그 사람도 남편이 죽고 없으니."

"남녀 관계라고 해석해도 되겠습니까?"

"진지하게 사귀고 있습니다."

데라사키의 목소리가 다소 날카로워졌다.

"언제부터죠?"

"그런 것까지 말해야 합니까?"

"죄송합니다. 참고 차원입니다."

사사가키가 살갑게 웃어 보였다.

"반년이 좀 지났습니다."

데라사키가 퉁명스러운 표정으로 대답했다.

"계기는?"

"딱히 없습니다. 가게에서 얼굴을 자주 대하다 보니 친해졌을 뿐이에요."

"니시모토 씨가 기리하라 씨 얘기를 어떻게 하던가요?"

"종종 가는 전당포 주인이라는 말밖에 듣지 못했습니다."

"니시모토 씨 집에도 간간이 온다는 얘기는 들었습니까?"

"몇 번 왔다는 얘기는 들었죠."

"그 얘기를 들었을 때 어떤 생각이 들던가요?"

사사가키의 질문에 데라사키는 불쾌하다는 듯이 미간을 찡그렸다.

"무슨 뜻입니까?"

"기리하라 씨에게 무슨 흑심이 있는 것처럼 생각되지 않던가요?"

"그런 생각을 해 봐야 아무 의미가 없잖습니까. 후미요 씨가 그런 사람을 상대할 리 없어요."

"하지만 니시모토 씨는 기리하라 씨에게 여러 가지로 신세를 진 모양이던데요. 금전적인 도움을 받았을지도 모르고. 그렇다면 강압적으로 접근했을 때 거부하기 어렵지 않을까 싶은데요."

"그런 얘기는 들은 적이 없습니다. 대체 무슨 말이 하고 싶은 겁니까?"

"아주 흔한 상상을 하고 있을 뿐입니다. 사귀는 여자의 집에 수시로 드나드는 남자가 있다, 여자는 신세를 지고 있는 이상 그 남자를 함부로 대할 수 없다, 마침내 남자가 관계를 강요한다……, 그런 상황을 알았다면 연인으로서 화가 치밀어 오르지 않을까 하는 거죠."

"그래서 내가 울컥한 나머지 그 남자를 죽였다고요? 말도 안 되는 소리 하지 마세요. 그 정도로 단세포가 아닙니다."

데라사키가 좁은 차 안이 울릴 정도로 언성을 높였다.

"아, 단순한 상상일 뿐입니다. 듣기 거슬렸다면 사과하죠. 다시 질문하겠습니다. 지난 12일 금요일 오후 6시에서 7시 사이에 어디 계셨죠?"

"알리바이를 대라 이겁니까?"

데라사키가 눈을 치떴다.

"뭐, 그런 거죠."

사사가키가 웃으며 대답했다. 인기 형사 드라마 덕분에 알리바이라는 말이 일반화되고 말았다.

데라사키는 조그만 수첩을 꺼내어 '스케줄' 난을 펼쳤다.

"12일 저녁에는 도요나카에 갔었군요. 손님이 주문한 물건을 배달하려고요."

"몇 시쯤이었죠?"

"그 집에 도착한 시간이 아마 6시쯤이었을 겁니다."

그 말이 사실이라면 알리바이가 있는 셈이다. 역시 헛다리를 짚었나, 하고 사사가키는 생각했다.

"그래서 물건을 배달했나요?"

"아니요. 그게 좀 착오가 있어서……."

데라사키가 갑자기 말끝을 흐렸다.

"물건을 주문한 손님이 집에 없더군요. 그래서 명함만 현관문에 끼워 놓고 돌아왔어요."

"그 손님은 당신이 오는 걸 몰랐나요?"

"연락을 했다고 생각했는데……. 전화를 걸어 12일에 찾아가겠다고 말했거든요. 그런데 제대로 전달되지 않았던 모양입니다."

"그렇다면 결국 당신은 아무도 만나지 못하고 돌아왔다는 얘기군요."

"그렇지만 명함은 두고 왔습니다."

사사가키는 고개를 끄덕거리면서 생각했다. 명함 따위야 나중에 어떻게든 할 수 있다.

데라사키가 방문했다는 집의 주소와 연락처를 묻고 사사가키는 그를 보내 주기로 했다.

수사본부로 돌아가 이 같은 내용을 보고하자 나카쓰카는 사사가키에게 느낌이 어떠냐고 물었다.

"반반입니다. 알리바이는 없는데 동기는 있어요. 니시모토 후미요와 작당했다면 범행은 순조롭게 진행되었을 겁니다. 하지만 한 가지 걸리는 게 있어요. 그들이 범인이라면 범행 후의 행동이 지나치게 경솔하지 않나 싶습니다. 잠잠해질 때까지 접촉하지 않는 게 상식일 텐데 데라사키는 변함없이 후미요가 일하는 우동 가게에 가서 점심을 먹고 있단 말입니다. 그 점이 도무지 납득이 안 갑니다."

나카쓰카는 잠자코 부하의 얘기를 듣고 있었다. 꾹 다문 입술은 사사가키의 의견이 타당하다는 그의 생각을 대변하는 것이었다.

데라사키에 대해서 철저하게 조사가 진행되었다. 그는 히라노구에 있는 아파트에서 혼자 살고 있었다. 결혼한 적이 있지만 5년 전에 협의 이혼을 했다.

거래처의 평판은 아주 좋았다. 신속하고, 무리한 부탁도 잘 들어주는 데다 물건 값까지 싸다는 것이다. 소매점을 경영하는 사람에게는 고마운 존재인 듯했다. 물론 그렇다고 살인을 저지르지 말라는 법은 없다. 수사진은 '빠듯하게 운영하는 탓에 망하기 직전'이라는 정보에 주목했다.

"후미요에게 치근거리는 바람에 살의를 품었다고 볼 수도 있지만, 그때 기리하라가 지니고 있던 백만 엔에 눈이 멀었을 가능성도 있지 않을까요?"

데라사키의 경영 상황을 조사한 형사는 수사 회의에서 그렇게 발언했다. 그 의견에 동의하는 수사관이 여럿 있었다.

결국 데라사키의 알리바이는 확인됐다. 그가 명함을 두고 왔다고 주장하는 집에 수사관을 파견해 조사한 결과, 그 집 사람들은 사건 당일 친척 집에 가느라고 밤 11시까지 집을 비웠다고 했다. 현관문에 데라사키의 명함이 끼워져 있었다고는 했지만 그가 언제 왔다 갔는지는 판단할 수 없는 일이었다. 또 하나, 그 집 주부는 12일에 데라사키가 오기로 하지 않았느냐는 질문에 이렇게 대답했다.

"그즈음에 오겠다고는 했지만 12일이라고 약속한 기억은 없는데요."

그리고 그녀는 이런 말을 덧붙였다.

"통화하면서 12일에는 다른 일이 있어서 곤란하다고 데라사키 씨에게 얘기한 것 같은데요."

이 증언에는 중대한 의미가 담겨 있었다. 즉, 그 집이 빈다는 것을 미리 알고 있던 데라사키가 범행 후 일부러 거기까지 가서 명함을 남겨 둠으로써 알리바이를 만들었다고도 생각할 수 있었다.

데라사키에 대한 수사진의 심증은 점점 더 굳어져 갔다.

그러나 물증은 하나도 없었다. 현장에서 채취한 머리카락 중에도 데라사키의 것과 일치하는 것이 없었고 지문 역시 마찬가지였다. 유력한 목격 증언도 없었다. 가령 니시모토 후미요와 데라사키가 범행을 함께 도모했다면 두 사람 사이에 어떤 연대가 있었을 텐데 그런 흔적도 찾을 수 없었다. 베테랑 형사 중에는 일단 체포해서 철저하게 취조하면 털어놓지 않겠느냐는 의견을 내놓은 이도 있지만 체포 영장을 청구할 수 있는 상황은 아니었다.

수사에 별다른 진전 없이 달이 바뀌었다. 수사본부에서 밤새워 근무하는 일이 잦았던 수사관들도 하나둘 집으로 돌아가게 되었다. 사사가키도 오랜만에 집에 돌아와 욕실에서 목욕을 했다. 그는 긴테쓰 야오 역 앞에 있는 아파트에서 아내와 둘이 살고 있다. 아내 가쓰코는 그보다 세 살 위. 두 사람 사이에 아이는 없었다.

모처럼 자기 집 이부자리에서 잠을 잔 다음 날 아침 사사가키는 부스럭거리는 소리에 눈을 떴다. 시계를 보니 7시를 갓 지났는데 가쓰코가 허둥지둥 옷을 갈아입고 있었다.

"뭐야, 이렇게 일찍. 어딜 가는데 그래?"

사사가키가 이불 속에서 물었다.

"어머, 깨워서 미안해요. 슈퍼마켓에 좀 다녀올게."

"이런 시간에 슈퍼마켓이라니?"

"지금쯤 가서 줄을 서지 않으면 늦을지도 몰라요."

"늦을지도 모르다니…… 대체 뭘 하는데?"

"그야 뻔하지. 화장실 휴지."

"화장실 휴지?"

"어제도 갔다 왔다고요. 한 사람당 한 팩밖에 살 수 없기 때문에 사실은 당신도 같이 갔으면 좋겠는데."

"왜 그렇게 화장실 휴지를 사들이는 건데?"

"그런 설명 할 시간 없어요. 아무튼 다녀올게."

카디건을 걸쳐 입은 가쓰코가 지갑을 손에 들고 부리나케 나갔다.

사사가키는 도무지 영문을 모르겠다고 생각했다. 요즘 수사에만 정신이 팔려 세상이 어떻게 돌아가고 있는지 전혀 신경 쓰지 못했다. 석유가 부족하다는 얘기는 들었지만 왜 화장실 휴지를 사야 하는지는 알 수 없었다. 게다가 이렇게 이른 아침부터 줄을 서면서까지.

가쓰코가 돌아오면 자세한 얘기를 좀 들어 봐야겠다고 생각하면서 그는 다시 눈을 감았다.

그런데 잠시 후 전화벨이 울렸다. 그는 이부자리에서 몸만 비틀어 머리맡에 있는 검은 전화기로 손을 뻗었다. 머리가 약간 지끈거렸다. 눈은 절반만 뜬 상태였다.

십여 초 후, 그는 이불을 걷어차고 벌떡 일어났다. 잠이 싹 달아났다.

데라사키 다다오가 죽었다는 전화였다.

데라사키가 죽은 곳은 한신 고속도로 오사카모리구치 구간이었다. 커브 길에서 제대로 돌지 못하고 벽에 충돌한 것이다. 전형적인 졸음운전이었다.

이때 그의 라이트밴에는 대량의 비누와 세제가 실려 있었다. 화장실 휴지에 이어 세제까지도 사재기 소동이 벌어지는 바람에 고객을 위해 조금이라도 더 수량을 확보하려던 데라사키가 한숨도 자지 않고 돌아다녔다는 사실은 나중에 밝혀졌다.

사사가키를 비롯한 수사관들은 데라사키의 방을 수색했다. 기리하라 요스케를 살해한 사실을 암시하는 물증을 찾는 것이 그들의 목적이었다. 하지만 그래 봐야 헛수고일 게 뻔했다. 어떤 단서가 발견되더라도 범인은 이미 이 세상 사람이 아니기 때문이었다.

드디어 수사관 하나가 라이트밴 사물함에서 중대한 단서를 발견했다. 길쭉한 직육면체 모양의 던힐 라이터였다. 기리하라 요스케의 주머니에서 비슷한 라이터가 사라졌다는 것을 수사관들 모두가 기억하고 있었다.

그러나 그 라이터에서 기리하라 요스케의 지문은 검출되지 않았다. 더 정확하게 말하면 어느 누구의 지문도 나오지 않았다. 말끔히 닦아 냈기 때문인 듯했다.

기리하라 야에코에게도 문제의 라이터를 보여 주었다. 그러나 그녀는 난감하다는 듯 고개를 저었다. 비슷하지만 같은 라이터라고 단언할 수는 없다는 것이다.

니시모토 후미요를 경찰서로 불러 다시 얘기를 들어 보기로 했다. 형사들은 초조하고 답답했다. 어떻게든 그녀의 자백을 끌어내고자 안달이었다. 그래서 심지어 라이트밴에서 발견된 라이터가 기리하라의 것으로 확인되었다고 해석할 수도 있는 말까지 늘어놓았다.

"이걸 데라사키가 갖고 있었다는 건 아무리 생각해도 이상하지. 당신이 피해자의 주머니에서 꺼내 데라사키에게 주었든지, 데라사키가 자기 손으로 꺼내 가졌든지, 그렇게밖에 생각할 수 없다고. 대체 어느 쪽이야, 어?"

수사관은 라이터를 보이며 니시모토 후미요를 추궁했다.

그러나 니시모토 후미요는 끝까지 부인했다. 그녀의 태도에는 조금도 흔들림이 없었다. 데라사키의 죽음을 알고 상당히 충격을 받았을 텐데도 그녀의 태도에 주저하는 기색이란 없었다.

뭔가 잘못됐어. 우리가 엉뚱한 길로 빠져든 거야. 옆에서 취조 내용을 들으면서 사사가키는 생각했다.

8

스포츠 신문 1면을 보면서 어젯밤의 경기를 떠올린 다가와 도시오는 또 짜증이 나고 말았다.

요미우리 자이언츠가 진 것은 어쩔 수 없다 쳐도 문제는 경기 내용이다.

중요한 장면에서 나가시마가 제구실을 못했다. 지금까지 거인 군단의 승리를 이끌어 온 4번 타자가, 보는 사람이 답답해서 속이 터질 것 같은 어중간한 배팅으로 일관한 것이다. 이때다 싶을 때는 반드시 결과를 내는 선수가 나가시마 시게오였고, 설사 수비수에게 공이 처리될지언정 팬이 납득할 수 있는 스윙을 보여 주는 것이 미스터 자이언츠라 불리는 이 사나이의 본령이었다.

그런데 이번 시즌은 아무래도 이상했다.

아니, 사실은 이삼 년 전부터 조짐이 있었지만 괴로운 현실을 인정하고 싶지 않아서 지금까지 외면하고 있었던 것이다. 그런데 지금의 상황을 보면 어렸을 때부터 나가시마의 팬이었던 다가와로서도 사람은 누구나 나이를 먹는다는 것을 통감하지 않을 수 없었다. 또한 그 어떤 명선수도 언젠가는 그 라운드를 떠나야 한다는 사실도.

나가시마가 범퇴당한 후 얼굴을 찡그리고 있는 신문 사진을 보면서 다가와는 올해가 막판일지도 모르겠다고 생각했다. 시즌은 이제 겨우 시작인데, 이래서야 여름이 오기도 전에 나가시마의 은퇴설이 나돌 것이다. 자이언츠가 우승하지 못하는 날에는 결정적이 될 수도 있다. 그런데 올해는 우승도 어렵지 않을까, 다가와는 그런 불길한 예감에 젖어 있었다. 압도적인 전력으로 작년까지 V9(통산 9번째 우승 – 옮긴이)을 달성했지만, 이제는 팀 전체가 무너지기 시작한 것처럼 보였다. 그리고 그 상징이 나가시마였다.

고개를 삐딱하게 기울이고 주니치 드래건즈가 이겼다는 기사를 읽고 난 그는 신문을 탁 덮었다. 벽에 걸린 시계를 보니 오후 4시가 좀 지나 있었다. 오늘은 더는 손님이 없겠거니 싶었다. 월급 전날 집세를 내러 오는 사람이 어디 있을까.

하품을 쩍 하고 있는데 아파트 광고 전단지가 붙어 있는 유리문 너머에 사람 그림자가 어른거렸다. 발을 보니 운동화를 신고 있는 모습이 어른은 아니다. 학교에서 돌아오던 초등학생이 심심풀이로 전단지를 구경하고 있나 보다고 다가와는 생각했다.

그런데 몇 초 후 유리문이 열리더니 블라우스 위에 카디건을 걸친 여자아이가 주저주저하며 얼굴을 들이밀었다. 기품 있는 고양이를 연상시키는 커다란 눈이 인상적인 아이였다. 초등학교 고학년일 듯했다.

"무슨 일이니?"

다가와가 물었다. 스스로 생각해도 상냥한 목소리다. 이 부근에 흔히 돌아다니는 지저분하고 되바라진 얼굴의 아이였다면 이와는 비교도 안 되게 무뚝뚝한 목소리가 나왔을 것이다.

"저, 니시모토인데요."

소녀가 말했다.

"니시모토, 어디 사는데?"

"요시다 하이츠에 사는 니시모토예요."

또박또박한 말투였다. 그 말투 또한 다가와의 귀에는 신선
하게 들렸다. 그가 아는 아이들은 다들 머리도 가정환경도
좋지 않다는 것이 그들의 말투에 그대로 드러났다.

"요시다 하이츠…… 아아!"

다가와는 고개를 끄덕거리며 옆에 있는 책꽂이에서 파일을
꺼냈다.

요시다 하이츠에는 8세대가 살고 있다. 니시모토네는 1층
한가운데인 103호에 산다. 다가와는 집세가 두 달 치 밀려 있
다는 것을 확인했다. 슬슬 독촉 전화를 해야 할 때였다.

"그러면 너는 니시모토 씨 딸이니?"

그가 눈앞에 있는 여자아이에게로 다시 눈길을 돌리고 말
했다.

"네."

다가와는 103호의 가족 구성원 표를 살펴보았다. 세대주는
니시모토 후미요이고 동거인은 딸인 유키호 한 명뿐이다. 10
년 전에 입주했을 때는 후미요의 남편 히데오가 있었지만 얼
마 안 가 사망한 듯했다.

"집세 내러 왔니?"

다가와가 그렇게 묻자 니시모토 유키호는 눈길을 떨어뜨리며 고개를 저었다. 그렇겠지, 하고 다가와는 생각했다.

"그럼 무슨 일이지?"

"문 좀 열어 주세요."

"문을?"

"문이 잠겨 있어서 집에 들어갈 수가 없어요. 저는 지금 열쇠가 없거든요."

"아하, 그렇구나."

다가와는 그제야 소녀가 무슨 말을 하는지 이해했다.

"엄마가 문을 잠그고 나갔어?"

유키호는 고개를 끄덕였다. 눈을 치켜뜬 그 표정에 초등학생이라는 것을 잊을 만큼 요염함이 서려 있어 다가와는 움찔했다.

"어디 가셨는지는 모르고?"

"네, 몰라요. 오늘은 밖에 안 나간다고 했는데……. 그래서 저는 열쇠를 안 갖고 나왔거든요."

"그렇구나."

어떻게 할까 생각하면서 다가와는 시계를 보았다. 문을 닫기에는 아직 이른 시간이다. 가게 주인인 아버지는 어제부터 친척 집에 가 있고 오늘 밤 늦게야 돌아올 것이다.

그렇다고 유키호에게 보조 열쇠를 내줄 수는 없었다. 보조 열쇠를 사용할 경우 다가와 부동산 사람이 반드시 입회해야 한다. 그것은 아파트 소유주와의 협약 사항이었다.

엄마가 돌아올 때까지 잠깐 기다리면 어떻겠니, 평소 같으면 그렇게 말했을 것이다. 그런데 불안한 표정으로 쳐다보는 유키호의 모습을 보니 그렇게 매정한 말을 하기 어려웠다.

"알았다. 열어 주마. 조금만 기다리려무나."

그는 자리에서 일어나 임대 주택의 보조 열쇠를 보관하는 금고로 갔다.

요시다 하이츠는 다가와 부동산에서 도보로 10분 거리에 있다. 다가와 도시오는 니시모토 유키호의 가녀린 뒷모습을 바라보며 이런저런 허접한 가게들이 들어서 있는 좁은 길을 걸었다. 유키호는 학교 가방 대신 빨간 비닐 가방을 들고 있었다.

어찌 된 일인지 소녀의 몸에서 방울 소리가 딸랑딸랑 울렸다. 무슨 방울이지, 하고 다가와는 눈을 가늘게 떴지만 주머니에 들어 있는지 겉으로는 보이지 않았다.

자세히 보니 유키호는 차림새로 보아 결코 넉넉한 집 아이는 아니었다. 운동화 밑바닥은 닳아 빠졌고, 카디건도 보풀이 잔뜩 일어난 데다 군데군데 엉켜 있기까지 했다. 체크무늬 치마 역시 천이 꽤 낡아 보인다.

그럼에도 어쩐지 소녀의 몸에서는 다가와가 지금까지 거의 접해 본 적 없는 기품이 풍겼다. 어떻게 그럴 수 있지, 하고 신기한 기분마저 들 정도였다. 그는 유키호의 어머니 니시모토 후미요를 잘 알고 있었다. 그녀는 늘 생기 없는 얼굴에 눈에 잘 띄지도 않는 여자였다. 게다가 이 부근에 사는 사람들 대부분과 마찬가지로 야비함을 감춘 눈빛을 하고 있었다. 그러한 어머니 밑에서 저렇게 자라다니, 사뭇 놀라운 일이다.

"학교는 어디야?"

다가와가 뒤에서 물었다.

"오에 초등학교요."

유키호가 걸음을 멈추지 않고 얼굴만 약간 돌려 대답했다.

"오에? 하아……."

역시 그렇군, 하고 생각했다. 오에 초등학교는 이 지역 아이들 대부분이 다니는 공립 초등학교다. 해마다 몇 명은 도둑질로 붙잡히고 몇 명은 부모가 야반도주해서 행방불명되는 곳이다. 오후에 그 앞을 지나가면 급식 잔반 냄새가 진동하고, 하교 시간이 되면 아이들의 주머니를 노리는 수상한 사내들이 어디선가 자전거를 끌고 나타난다. 하기야 오에 초등학교 아이들은 그런 장사치들에게 걸려들 만큼 순진하지 않았다.

다가와는 니시모토 유키호의 분위기로 보아 그런 학교에 다닐 것 같지 않았기 때문에 어느 학교에 다니느냐고 물어본 것이었다. 그러나 생각해 보면 소녀의 가정 형편에 사립에 다닐 여유가 있을 리 없었다.

학교에서 꽤나 튀는 존재겠군, 하고 그는 상상했다.

요시다 하이츠에 도착하자 다가와는 103호 앞에 서서 일단 문을 두드렸다. 그리고 "니시모토 씨." 하고 불러 보았다. 그러나 반응이 없었다.

"엄마가 아직도 안 돌아오신 것 같구나."

그는 유키호 쪽으로 고개를 돌리고 말했다.

유키호는 살짝 고개를 끄덕였다. 또 딸랑딸랑 방울 소리가 났다.

다가와는 열쇠 구멍에 보조 열쇠를 꽂고 오른쪽으로 돌렸다. 찰칵, 소리가 났다.

그 순간 기묘한 감각이 그를 덮쳤다. 불길한 예감이 가슴을 스쳤다. 그러나 그는 그대로 손잡이를 돌려 앞으로 잡아당겼다.

집 안으로 한 걸음 들어선 다가와의 눈이 안쪽 다다미방에 누워 있는 여자의 모습을 포착했다. 여자는 엷은 노란색 스웨터에 청바지 차림으로 다다미 위에 누워 있었다. 얼굴은 잘 보이지 않았지만 니시모토 후미요가 틀림없는 듯했다.

뭐야, 집에 있잖아. 그렇게 생각하는 것과 동시에 그는 이상한 냄새를 감지했다.

"가스다. 위험해!"

뒤따라 들어오려는 유키호를 제지하면서 그는 자신의 코와 입을 막았다. 그리고 바로 옆의 조리대로 눈을 돌렸다. 가스 레인지의 스위치가 점화에 맞춰져 있고 레인지 위에는 냄비가 얹혀 있었다. 그러나 레인지 불꽃은 타오르지 않았다.

다가와는 숨을 멈춘 채 가스 밸브를 잠그고 조리대 위의 창문을 활짝 연 후 안쪽 방으로 향했다. 앉은뱅이 상 옆에 쓰러져 있는 후미요를 힐끔 보고 창문을 연 후 바깥으로 고개를 내밀자마자 숨을 크게 들이쉬고 내뱉었다. 머릿속으로 찌릿찌릿하는 감각이 느껴졌다.

그는 다시 니시모토 후미요 쪽을 돌아보았다. 후미요의 얼굴은 엷은 청보라색이었다. 피부에서 생기가 전혀 느껴지지 않았다. 늦었군, 하고 직감했다.

방 한구석에 검은색 전화기가 있었다. 그는 수화기를 들고 다이얼을 돌리려다가 잠시 망설였다.

119로 걸어야 하나, 아니면 110으로 걸어야 하나.

혼란스러웠다. 지금까지 병을 앓다 돌아가신 할아버지의 주검 외에는 시신을 본 적이 없었다.

"우리 엄마, 죽었나요?"

현관 쪽에서 목소리가 들렸다.

돌아보니 니시모토 유키호가 현관 안쪽에 서 있었다. 해를 등지고 있어 표정은 알 수 없었다.

"죽었어요?"

소녀가 다시 한 번 물었다. 울먹이는 소리다.

"아직은 모르겠구나."

다가와는 손가락을 0에서 9로 옮겨 다이얼을 돌렸다.

2

장

1

종이 울리고 몇 분이 지나자 시끌시끌한 소리가 들렸다.

아키요시 유이치는 오른손에 SLR 카메라를 든 채 엉거주춤 허리를 구부리고 바깥 동정을 살폈다. 예상했던 대로 세이카 여중고의 중등부 정문에서 여학생들이 쏟아져 나오고 있었다. 그는 카메라를 가슴 앞으로 올리고 소녀들 한 명 한 명의 얼굴을 찬찬히 살폈다.

그는 지금 트럭 짐칸에 숨어 있다. 트럭은 정문에서 50미터 정도 떨어진 길가에 세워져 있었다. 수업이 끝나면 세이카 여중고 학생들 대부분이 눈앞을 지나가는 최상의 위치인 데다 짐칸에는 포장까지 쳐져 있다. 오늘의 목적을 감안할 때 유이치가 숨기에 이보다 좋은 장소는 없었다. 이제 잘만 해서 원하는 사진을 찍을 수 있다면 5교시 후에 도망쳐 나오면서까지 이리로 온 보람이 있다.

세이카 여중고 중등부 교복은 세일러복이다. 하복은 하얀 블라우스에 옷깃만 밝은 파란색이고, 주름 폭이 좁은 치마도 같은 색이다. 포장 속에 숨어서 바깥을 엿보는 유이치의 눈앞으로도 그런 치맛자락을 팔락거리면서 여학생 몇 명이 지나갔다. 아직 초등학생인가 싶을 정도로 생김새가 어린 소녀가 있는가 하면 벌써 성숙한 여성이 다 된 아가씨 같은 여학생도 있었다. 그런 여학생이 다가오면 유이치는 셔터를 누르고 싶은 충동을 느꼈지만 정작 중요한 때에 필름이 모자라면 낭패이지 싶어 꾹 참았다.

그의 눈이 가라사와 유키호의 모습을 포착한 것은 여학생들을 살피기 시작한 지 15분이 지났을 무렵이었다. 그는 서둘러 카메라를 눈에 대고 렌즈 너머로 그녀의 움직임을 좇았다.

가라사와 유키호는 늘 같이 다니는 친구와 둘이 걸어오고 있었다. 금속 테 안경을 낀 친구는 유난히 깡마른 여학생이다. 턱이 뾰족하고 이마에는 여드름이 났다.

유키호는 약간 갈색이 도는 머리를 어깨까지 늘어뜨리고 있었다. 마치 뭔가로 코팅을 한 것처럼 머릿결이 반짝거린다. 그 머리카락을 그녀의 가녀린 손가락이 자연스럽게 쓸어 올렸다. 몸매 또한 가녀리지만, 가슴과 허리의 곡선은 충분히 여자의 아름다움을 풍겼다. 그녀의 팬 중에는 이 점을 첫 번째 매력으로 꼽는 이도 적지 않았다.

기품 있는 고양이를 연상케 하는 그녀의 눈은 나란히 걷는 친구를 향해 있었다. 아랫입술이 약간 도톰한 입은 귀여운 미소를 머금고 있다.

유이치는 카메라의 각도를 맞추고 가라사와 유키호가 다가오기를 기다렸다. 그녀의 얼굴을 조금 더 가까이서 찍고 싶었다. 그는 그녀의 코를 좋아한다.

유이치의 집은 좁은 골목을 향해 서 있는 연립 주택의 맨 끝이다. 문을 당겨 열고 안으로 들어가자마자 오른쪽에 부엌이 있다. 지어진 지 삼십 년이 넘다 보니 된장국과 카레가 섞인 것 같은 묘한 냄새가 낡은 벽과 기둥에 배어 있다. 그는 그 냄새를 변두리 냄새라고 하며 싫어했다.

"기쿠치 군 와 있다."

싱크대를 향해 서서 저녁 준비를 하며 유이치의 엄마가 말했다. 그 손을 보면서 유이치는 오늘 저녁에도 감자튀김인가 보군, 하고 넌더리를 냈다. 며칠 전 엄마의 고향에서 감자가 산더미처럼 배달된 후로 사흘에 한 번은 감자가 식탁에 오른다.

2층 방으로 올라가니 기쿠치 후미히코가 작은 다다미방 한가운데에 책상다리를 하고 앉아서 영화 팸플릿을 들여다보고 있었다. 유이치가 나흘 전에 본 '로키'다.

"이 영화, 재밌었나?"

유이치를 올려다보면서 후미히코가 물었다. 실버스타 스텔

런의 얼굴이 커다랗게 찍힌 페이지가 펼쳐져 있었다.

"응, 죽이더라. 감동이었어."

"흐음, 다들 그렇게 말하더라."

후미히코는 등을 구부리고 또 팸플릿을 들여다보았다. 갖고 싶은 건가, 하고 생각했지만 유이치는 잠자코 옷을 갈아입었다. 팸플릿을 그에게 줄 수는 없다. 갖고 싶으면 자기도 영화관에 가면 될 일이다.

"그런데 영화 값이 꽤 비싸더라."

후미히코가 또 말을 툭 뱉는다.

"응."

유이치는 스포츠 가방에서 카메라를 꺼내 책상에 올려놓은 후 의자의 등받이를 껴안고 거꾸로 앉았다. 후미히코는 친한 친구 중 하나지만 그와 돈 얘기를 하고 싶지는 않다. 후미히코네는 모자 가정이고, 생활이 빠듯하다는 것은 그의 차림새로도 알 수 있었다. 우리 집은 어쨌든 아빠가 성실하게 일하고 있으니 그나마 다행이라고 유이치는 생각했다. 그의 아빠는 철도 회사 사원이다.

"또 사진 찍으러 갔다 왔나?"

카메라를 보면서 후미히코가 물었다. 피식거리는 것은 유이치가 피사체로 삼는 것이 무엇인지 알기 때문일 것이다.

"그렇지, 뭐."

유이치도 히죽 웃음으로 답한다.

"좋은 사진 찍었어?"

"글쎄, 그런대로 자신은 있어."

"또 용돈벌이했네."

"비싸게 팔려야 말이지. 재료비가 드니까, 조금이라도 남기면 다행이지."

"그래도 그런 특기가 있으니 좋잖아. 부럽다."

"특기랄 것까지야. 카메라 사용법도 아직 잘 모르는데, 뭐. 그냥 적당히 찍어서 적당히 인화할 뿐이야. 어차피 다 얻어가진 거니까."

지금 유이치가 사용하는 방에 전에는 삼촌이 살았었다. 취미로 사진을 찍는 삼촌은 카메라를 여러 대 갖고 있었다. 흑백 사진 정도는 현상과 인화를 할 수 있는 간단한 도구까지 갖추고 있었다. 그 삼촌이 결혼을 하면서 집을 나갈 때 그것들의 일부를 유이치에게 넘겨주었다.

"좋겠다. 이런 걸 공짜로 주는 사람도 다 있고."

후미히코가 또 질투 비슷한 말을 해서 유이치는 조금 우울해졌다. 되도록 얘기가 그런 식으로 흘러가는 걸 피해 왔는데 후미히코는 일부러 그러는지 아니면 무의식적으로 그러는지 늘 빈부에 관한 얘기로 화제를 끌고 간다.

그런데 오늘은 조금 다른 얘기를 했다.

"전에 삼촌이 찍었다는 사진 말이야, 나한테 보여 줬었잖아."

"동네 사진?"

"응. 그거 아직 있냐?"

"있지."

유이치는 의자를 빙 돌려 책상 위 책꽂이 끝에 꽂힌 스크랩북으로 손을 뻗었다. 그것 역시 삼촌이 두고 간 것이다. 안에는 사진이 여러 장 끼워져 있었다. 모두 흑백 사진이고, 이 동네를 찍은 것들이다. 전에 후미히코가 놀러 왔을 때 사진 얘기가 나온 김에 보여 준 적이 있다.

스크랩북을 건네자 후미히코는 사진을 한 장 한 장 꼼꼼히 보기 시작했다.

"왜 그러는데?"

유이치가 후미히코의 약간 뚱뚱한 몸을 내려다보면서 물었다.

"아니, 그냥……."

대답을 얼버무리던 후미히코는 스크랩북에서 사진 한 장을 꺼냈다.

"이 사진 좀 빌려줄래?"

"무슨 사진?"

유이치는 후미히코의 손에 들린 사진을 들여다보았다. 역시 동네를 찍은 사진이었다. 어디선가 본 적 있는 좁은 길을 남녀가 걸어가고 있다. 전신주에 붙어 있는 포스터가 떨어져 나갈 것처럼 바람에 흔들리고, 바로 앞에 있는 플라스틱 양동이 위에는 고양이가 웅크리고 있다.

"이런 사진을 어디다 쓰려고?"

"아, 꼭 보여 주고 싶은 녀석이 있어서 말이지."

"그게 누군데?"

"나중에 가르쳐 줄게."

"치……."

"빌려줄 거지?"

"알았어. 그런데 너 좀 이상하다."

유이치는 후미히코의 얼굴을 유심히 보면서 사진을 건넸다. 후미히코는 사진을 받아 들자 조심조심 가방에 넣었다.

그날 밤 저녁을 먹고 난 유이치는 자기 방에 틀어박혀 낮에 찍은 사진을 현상했다. 암실로 사용하는 벽장에 들어가 필름을 전용 용기에 담그면 그다음 과정은 밝은 곳에서 작업할 수 있다. 정착이 끝나자 그는 필름을 용기에서 꺼내 1층 세면실로 가져간 다음 물로 씻기 시작했다. 사실은 물을 좍 틀어 놓은 상태로 하룻밤 그냥 내버려 두고 싶지만 그랬다가 엄마에게 들키면 꾸지람을 들을 게 뻔했다.

물로 씻는 도중에 유이치는 필름을 형광등에 비춰 보았다.

가라사와 유키호의 반짝거리는 머릿결이 고스란히 네거티브 필름에 살아 있는 것을 확인한 그는 만족했다. 됐어, 이 정도면 고객도 틀림없이 만족할 거야. 그는 한층 자신감이 생겼다.

2

잠들기 전에 일기를 쓰는 것은 가와시마 에리코가 오래도록 계속하고 있는 습관의 하나였다. 초등학교 5학년에 올라가면서부터 쓰기 시작했으니까 벌써 햇수로 5년째다. 그녀에게는 그 외에도 몇 가지 습관이 있었다. 학교 가기 전에 마당에 물을 뿌리는 것, 일요일 아침에 방 청소를 하는 것 등이다.

드라마틱하게 쓸 필요는 없다. 단순한 문장이라도 괜찮다. 그것이 에리코가 지난 5년 동안 터득한, 일기를 계속 쓰기 위한 요령이다. 오늘은 특별한 일이 없었다, 그렇게만 써도 괜찮다.

그러나 오늘은 쓸 거리가 많았다. 수업이 끝난 후 가라사와 유키호의 집에 놀러 갔기 때문이다.

유키호와는 중학교 3학년에 올라와서야 겨우 같은 반이 되었다. 하지만 에리코는 그녀를 1학년 때부터 알고 있었다.

이지적으로 생긴 얼굴, 기품 있지만 빈틈없는 단정함. 에리코는 그녀에게서 자신과 주위 친구들에게는 없는 것을 느꼈다. 그것은 선망이라고 해도 좋았다. 그녀와 어떻게든 친구가 될 수 없을까, 줄곧 그런 생각을 해 왔다.

그래서 3학년 때 같은 반이 되자 에리코는 한껏 마음이 부풀었다. 그리고 시업식이 끝나자마자 과감하게 말을 건네 보았다.

"우리, 친구 할래?"

이 말에 가라사와 유키호는 조금도 망설이는 눈치를 보이지 않았다. 오히려 에리코가 기대한 이상의 미소를 머금었다.

"너만 괜찮으면."

유키호는 자신에게 느닷없이 말을 건넨 상대에게 한껏 호의를 보여 주었다. 무시하면 어쩌나 불안했던 에리코는 그 미소가 감격스럽기까지 했다.

"나는 가와시마 에리코."

"가라사와 유키호야."

그녀는 천천히 자기 이름을 말한 후 고개를 여러 번 가볍게 끄덕였다. 자신이 한 말을 확인하듯이 고개를 끄덕이는 게 그녀의 버릇이라는 것을 에리코는 얼마 후에 알았다.

가라사와 유키호는 에리코가 멀리서 바라보며 상상했던 것보다 훨씬 멋진 '여성'이었다. 감성이 풍부하고, 같이 있기만 해도 많은 것을 재발견할 수 있었다. 또 유키호는 대화를 즐겹게 이끌어 가는 천부적인 재능이 있었다. 그녀와 얘기하다 보면 에리코는 자신까지 얘기를 잘하는 것 같은 기분이 들었다. 에리코는 유키호의 나이가 자신과 같다는 사실을 종종 잊곤 한다. 그래서 일기를 쓸 때면 그녀를 '여성'이라고 표현하는 것이다.

그런 멋진 친구가 있다는 사실 자체가 에리코는 자랑스러웠다. 유키호의 주변에는 늘 아이들이 우글거렸다. 다들 그녀와 친구가 되고 싶어 했다. 그럴 때 에리코는 가벼운 질투를 느낀다. 소중한 것을 빼앗길 것 같은 기분이 들어서다.

무엇보다 가장 불쾌한 일은 근처 중학교 남학생들이 유키호를 알아보고 마치 아이돌이라도 뒤쫓는 것처럼 그녀 주변에 출몰하게 된 것이었다. 며칠 전 체육 시간에도 철망에 기어올라 운동장을 엿보는 남학생이 있었다. 그들은 유키호의 모습을 발견하면 거의 예외 없이 천박하게 소리를 내질렀다.

오늘도 수업이 끝나고 나오는 길에 트럭 짐칸에 숨어 유키호의 사진을 찍는 남학생이 있었다. 힐끔 보았을 뿐이지만 여드름이 우둘투둘 난 음습한 얼굴에 머릿속이 저속한 공상으로 가득해 보이는 타입이었다. 그 공상의 재료로 유키호의 사진이 사용될지도 모르겠다고 생각하자 에리코는 속이 다 메슥거렸지만, 당사자인 유키호는 전혀 개의치 않는 듯했다.

"그냥 내버려 둬도 돼. 어차피 저러다 말 거니까."

그렇게 말하고는 남학생에게 보란 듯이 일부러 머리를 쓸어 올리는 몸짓을 보였다. 남학생이 얼른 카메라를 눈에 대는 것을 에리코는 놓치지 않았다.

"그래도 불쾌하지 않니, 저렇게 멋대로 사진을 찍는데?"

"불쾌하지만, 열 올리면서 화를 냈다가 결과적으로 얼굴을 아는 사이가 되는 게 더 싫은걸, 뭐."

"하긴 그렇다."

유키호는 똑바로 앞을 향한 채 그 트럭 앞을 지났다. 에리코는 남학생이 사진 찍는 걸 조금이라도 방해하려고 그녀 옆에서 떨어지지 않았다.

에리코가 유키호네 집에 놀러 가기로 한 것은 그 직후의 일이다. 며칠 전에 빌려 간 책을 깜박 잊고 안 갖고 왔다며 "우리 집에 갈래?" 하고 그녀가 제안한 것이다. 책이야 아무래도 상관없었지만 유키호네 집에 갈 수 있는 기회를 놓치고 싶지 않아 대뜸 그러겠다고 했다.

버스를 타고 다섯 번째 정거장에서 내려 1, 2분 정도 걸었다. 가라사와 유키호네 집은 조용한 주택가에 있었다. 으리으리하지는 않지만, 아담한 앞뜰이 있는 고상한 전통 가옥이었다.

그 집에서 유키호는 엄마와 둘이 살고 있었다. 거실로 들어서자 엄마가 나왔는데, 그녀를 본 에리코는 약간 당황했다.

생긴 것도 차림새도 고상한 집에 어울릴 만치 기품이 있었지만, 할머니라 해도 이상하지 않을 나이로 보였기 때문이다. 수수한 색감의 기모노를 입은 탓만은 아닌 것 같았다.

에리코는 최근에 들은 불쾌한 소문들을 떠올렸다. 그것은 유키호의 출생과 성장 과정에 관한 것이었다.

"천천히 놀다 가요."

차분한 말투로 그렇게 말하고 유키호의 엄마는 거실을 나갔다. 그녀에게서 에리코는 어딘가 모르게 병약한 인상을 받았다.

"엄마가 참 자상해 보이네."

둘이 남게 되자 에리코가 말했다.

"응, 정말 자상하셔."

"대문에 우라센케(裏千家 다도의 유파 중 하나ㅡ옮긴이)라는 팻말이 걸려 있던데, 다도를 가르치시니?"

"응, 꽃꽂이도. 그리고 아마 가야금도 가르칠 수 있으실걸."

우와, 하면서 에리코는 몸을 뒤로 젖혔다.

"슈퍼우먼이시네. 그럼 너도 그런 거 할 줄 알아?"

"일단 꽃꽂이랑 가야금은 배우고 있어."

"와, 좋겠다. 공짜로 신부 수업을 하는 셈이잖아."

"그래도 얼마나 엄격한데."

그렇게 말하고서 유키호는 엄마가 끓여 준 홍차에 크림을 넣어 마셨다.

에리코도 그녀를 따라 했다. 향이 좋은 홍차였다. 흔한 티백은 아니겠지, 하고 에리코는 상상했다.

"있지, 에리코."

유키호가 커다란 눈으로 에리코를 빤히 바라보며 말했다.

"그 얘기 들었어?"

"무슨 얘기?"

"나에 대한 거, 초등학교 시절 얘기."

불쑥 그런 말을 꺼내는 바람에 에리코는 당황했다.

"아, 그거……"

유키호는 희미하게 미소 지었다.

"역시 들었구나."

"아니야, 그런 게 아니라 얼핏 귀에 들렸을 뿐……"

"괜찮아, 숨길 거 없어."

그 말에 에리코는 눈을 내리깔고 말았다. 유키호가 바라보면 거짓말을 할 수 없다.

"소문이 많이 돌고 있지?"

그녀가 또 물었다.

"그렇지는 않을 거야. 아직 아는 사람이 거의 없을걸. 내게 얘기해 준 아이도 그렇게 말했어."

"하지만 그런 대화가 성립한다는 것 자체가 어느 정도는 퍼졌다는 뜻이잖아."

유키호가 딱 꼬집어서 지적하자 에리코는 할 말이 없어졌다.

"어떤 얘기를 들었는데?"

유키호가 에리코의 무릎에 손을 얹고 물었다.

"어떤 얘기라고 할 것도 없어. 그냥 그렇고 그런 얘기."

"내가 오래전에는 가난했고, 오에에서 더러운 아파트에 살았다는 얘기?"

에리코는 대꾸하지 않았다.

유키호가 계속해서 물었다.

"친엄마가 이상하게 죽었다는?"

에리코는 참다못해 고개를 들었다.

"하지만 난 하나도 안 믿어."

그 강경한 말투가 우스웠는지 유키호가 미소를 머금었다.

"그렇게까지 부정하지 않아도 돼. 그 소문, 전부 거짓말도 아닌걸."

뭐라고? 하는 소리가 절로 나왔다. 에리코는 친구의 얼굴을 보았다.

"그런 거야?"

"사실은 나, 양녀야. 중학교에 들어가기 전에 이 집에 왔어. 아까 그 엄마는 친엄마가 아니야."

단단히 마음먹고 털어놓는 기색은 아니었다. 유키호는 아주 자연스럽게, 아무 일 아닌 것처럼 말했다.

"아, 그렇구나."

"오에에 살았다는 것도 사실이고 가난했다는 것도 사실이야. 아빠가 오래전에 돌아가셨으니까. 그리고 또 한 가지, 엄마가 이상하게 죽었다는 것도 사실이야. 내가 6학년 때였어."

"이상하게 죽었다는 건……."

"가스 중독. 사고사였어. 그런데 자살한 게 아닐까 의심하는 사람들도 있었지. 그 정도로 가난했으니까."

"그랬구나……."

에리코는 뭐라 대꾸하면 좋을지 몰라 당황스러운데 정작 유키호는 중요한 사실을 고백하는 것처럼 보이지 않았다. 물론 그것은 친구에게 괜한 신경을 쓰게 하지 않으려는 그녀다운 배려일지 몰랐다.

"지금 엄마는 아빠 쪽 친척이야. 옛날부터 나는 혼자서도 이 집에 곧잘 놀러 왔었는데 무척 귀여워해 주셨거든. 그러다가 내가 고아가 되니까 가엾다면서 바로 양딸로 삼으셨어. 엄마도 혼자 사시다 보니까 적적했나 봐."

"그런 거였구나. 힘들었겠다."

"그렇지, 뭐. 그래도 난 운이 좋았어. 안 그랬으면 시설에 들어갔어야 했거든."

"하긴 그랬을지도 모르겠네……."

동정 비슷한 말을 하려다가 에리코는 말을 삼켰다. 지금은 무슨 말을 해도 유키호에게 경멸만 살 것 같았다. 그녀의 고통이 어느 정도였는지, 고생을 모르고 자란 자신이 이해할 리 없다고 생각했다.

그런데 그런 역경을 이겨 낸 사람이 어쩜 이렇게 우아할 수 있을까. 에리코는 새삼스럽게 감탄하지 않을 수 없었다. 혹은 그런 체험이 그녀의 내면까지 빛나게 해 준 것일까.

"그것 말고 또 무슨 소문이 있어?"

"모르겠어. 난 그렇게 자세히 듣지는 못했거든."

"보나 마나 있는 소리 없는 소리 다 나돌고 있겠지."

"신경 쓸 거 없어. 유키호를 질투해서 그런 소문을 퍼뜨리는 걸 테니까."

"신경 쓰는 건 아니야. 그냥 소문의 근원지가 누구일까 궁금할 뿐이지."

"글쎄, 보나 마나 어떤 멍청한 여자애 아니겠어."

에리코는 일부러 거친 말투를 썼다. 이 화제를 어서 끝내고 싶었다.

에리코가 들은 소문에는 한 가지 일화가 더 있었다. 유키호의 친엄마는 과거 누군가의 첩이었고, 상대 남자가 살해당했을 때 경찰의 용의선상에 올랐다는 것이다. 수사망이 점점 좁혀 오자 자살해 버렸다는 그럴싸한 사족까지 붙어 있었다.

그러나 물론 그런 얘기까지 유키호에게 할 수는 없었다. 그녀의 인기를 시샘하는 바보 같은 아이가 지어낸 얘기일 게 뻔했다.

그 얘기를 끝낸 후 유키호는 자기가 요즘 푹 빠져 있는 퀼트를 에리코에게 보여 주었다. 방석 커버와 조그만 손가방 등이었다. 알록달록한 천의 조합이 색에 대한 유키호의 감각을 말해 주었다. 그런데 한 가지, 색감이 조금 다른 것이 있었다. 아직 완성 전이지만 소품을 넣는 주머니인 듯한데 검정과 감색 등 차가운 색상의 천으로만 구성되어 있었다. 이런 색감도 좋네, 하고 에리코는 진심으로 칭찬했다.

3

국어를 담당하는 여자 선생은 교과서와 칠판 외에는 그 무엇도 바라보지 않았다. 기계적으로 수업을 진행하면서 지옥 같은 45분이 얼른 지나가기만을 바라는 것처럼 보였다. 학생을 일으켜 세워 책을 읽어 보라고 하지도 않았고 누구를 지명해서 질문을 하지도 않았다.

오에 중학교 3학년 8반 교실은 앞과 뒤, 두 집단으로 나뉘어 있다. 조금이나마 수업에 귀를 기울이는 학생들은 교실 앞쪽에 앉았다. 수업에 전혀 관심이 없는 학생들은 뒤쪽 절반을 차지하고 앉아 제멋대로 하고 싶은 것을 했다. 카드와 화투 놀이를 하는 아이들, 큰 소리로 떠들어 대는 아이들, 낮잠을 자는 아이들 등 가지가지다.

전에는 그런 식으로 수업을 방해하는 아이들에게 주의를 주던 선생들도 한두 달 지나는 사이 아무 말 하지 않게 되었다. 물론 그 배경에는 선생들 자신이 피해를 본 웃지 못할 사정이 있었다. 예를 들어 어느 영어 선생은 수업 중에 만화를 읽는 학생에게서 만화책을 빼앗아 그것으로 머리를 한 대 친 적이 있었다. 그런데 며칠 후 그 선생이 누군가에게 습격을 당해 늑골이 두 대나 부러졌다. 보복이 틀림없었지만 혼이 났던 학생에게는 알리바이가 있었다. 또 젊은 여자 수학 선생은 칠판의 분필통에 무언가가 들어 있는 것을 보고 비명을 질렀다. 그것은 정액이 들어 있는 콘돔이었다. 그녀는 얼마 전에 불량 학생들을 비난하는 발언을 했었다. 임신 중이었던 그녀는 충격을 받아 유산할 뻔하고는 바로 휴직에 들어갔다. 아마 지금 3학년이 졸업하기 전에는 학교로 돌아오지 않을 것이다.

아키요시 유이치의 자리는 교실 한가운데였다. 즉, 내키면 수업을 들을 수도 있고 내키지 않으면 방해꾼들에게 가담할 수도 있는 자리다. 그는 그때그때 기분에 따라 입장을 바꿀 수 있는 박쥐 같은 포지션을 좋아했다.

무타 도시유키가 들어온 것은 국어 수업이 절반쯤 지날 무렵이었다. 드르륵 문을 연 뒤 다른 사람의 눈길 따위 의식하지 않고 유유하게 자기 자리까지 걸어갔다. 그의 자리는 창가 맨 뒤였다. 국어 선생이 뭔가 말하고 싶은 표정으로 그의 움직임을 좇다가 그가 자리에 앉자 그대로 수업을 계속했다.

무타는 책상 위에 두 다리를 올려놓고 가방에서 잡지를 꺼냈다. 소위 에로 잡지라 불리는 것이었다.

"어이, 무타. 이런 데서 딸딸이 치면 안 되지."

친구 한 명이 말했다. 무타는 바윗덩어리 같은 얼굴에 음산한 미소를 띠었다.

국어 수업이 끝나자 유이치는 가방 속에서 커다란 봉투를 꺼내 들고 무타에게 다가갔다. 무타는 책상 위에 책상다리를 하고 앉아 두 손을 주머니에 쑤셔 넣고 있었다. 유이치 쪽으로 등을 보이고 있어 표정은 알 수 없다. 그러나 같이 있는 친구들이 웃는 것으로 보아 기분이 나쁘지는 않은 듯했다. 그들은 요즘 유행하고 있는 소프트 게임 얘기를 하고 있었다. 벽돌 깨기라는 말이 귀에 들어왔다. 오늘도 도중에 학교를 빠져나가 게임 센터로 직행할 모양이다.

무타와 마주하고 있는 친구가 유이치를 보았다. 그 눈의 움직임에 이끌리듯 무타가 뒤를 돌아보았다. 눈썹을 민 자리가 파랬다. 우둘투둘 거친 얼굴의 움푹 파인 곳에 작지만 날카로운 눈이 있다.

"이거."

유이치가 봉투를 내밀었다.

"뭐야?"

무타가 낮은 목소리로 물었다. 입김에 담배 냄새가 섞여 있다.

"어제 세이카에 가서 찍은 거야."

무타의 얼굴에서 경계의 빛이 사라졌다. 봉투를 유이치의 손에서 낚아채더니 안을 들여다본다.

안에는 가라사와 유키호의 사진이 들어 있었다. 오늘 아침 날이 밝기도 전에 일어나 인화한 것이다. 유이치는 자신이 있었다. 비록 흑백 사진이지만, 피부와 머릿결을 느낄 수 있을 만큼 완성도가 높다고 생각했다.

쩝쩝 입맛을 다시는 표정으로 봉투 안을 들여다보던 무타가 유이치를 보면서 한쪽 볼에만 음산한 미소를 머금었다.

"꽤 괜찮은데."

"그렇지? 고생해서 찍은 거라고."

고객이 만족한 것 같아 내심 안도했다.

"그런데 몇 장 없잖아. 겨우 석 장이네."

"일단 마음에 들 만한 것만 가져온 거야."

"몇 장이나 더 있는데?"

"괜찮은 게 대여섯 장."

"좋아, 내일 나머지도 다 가져와."

무타는 봉투를 자기 옆에 내려놓았다. 돌려줄 마음이 없는 듯 보였다.

"한 장에 3백 엔이니까 세 장 해서 9백 엔."

유이치는 봉투를 가리키며 말했다.

무타는 미간을 찡그리더니 아래쪽에서 비스듬히 유이치의 얼굴을 핥듯이 노려보았다. 오른쪽 눈 밑에 있는 흉터가 흉측하게 일그러져 보였다.

"돈은 사진을 다 받은 후에. 불만 없지?"

불만이 있으면 주먹이 해결해 주겠다는 투다. 물론 유이치는 불만이 없었다. 알겠어, 하고는 자리를 뜨려고 했다.

그 순간 무타가 유이치를 다시 불렀다.

"야, 잠깐. 아키요시 너, 후지무라 미야코라고 아냐?"

"후지무라 미야코?"

유이치는 고개를 저었다.

"아니, 모르는데."

"세이카 3학년이야. 가라사와 유키호와 반은 다른 것 같지만."

"난 모르겠는데."

유이치는 다시 한 번 고개를 저었다.

"그 여자 사진도 찍어 와. 같은 값에 사 줄 테니까."

"얼굴도 모르는데 어떻게……."

"바이올린."

"바이올린?"

"수업이 끝나면 늘 음악실에서 바이올린을 켠다고. 보면 알 거야."

"음악실 안을 어떻게 보라고……."

"가서 눈으로 확인하면 될 거 아니야."

그렇게 말하고 무타는 이제 볼일은 끝났다는 듯이 친구들 쪽으로 얼굴을 돌렸다.

이럴 때 괜한 소리를 했다가는 무타가 신경질을 부린다는 걸 아는 유이치는 잠자코 그 자리를 떴다.

무타가 돈 있는 집 딸들이 다니기로 유명한 세이카 여중고 중등부 여학생들에게 눈독을 들이기 시작한 것은 1학기 중반 쯤이었다. 그들 불량 그룹 사이에서 세이카의 여학생을 쫓아 다니는 것이 유행인 듯했다. 그 학교 여학생을 실제로 낚은 예가 있는지 없는지는 분명하지 않다.

점찍어 놓은 여학생의 사진을 찍자고 무타에게 먼저 제안 한 쪽은 유이치였다. 그들이 여학생들의 사진을 갖고 싶어

한다는 얘기를 얼핏 들었기 때문이다. 취미로 사진을 계속 찍으려니 용돈이 부족하다는 유이치 나름의 사정도 있었다.

무타가 처음 의뢰한 일이 가라사와 유키호의 사진이었다. 유이치의 느낌으로는 무타가 유키호를 징말 좋아하는 것 같았다. 그다지 잘 나오지 않은 사진이라도 필요 없다는 말을 하지 않는 게 그 증거였다.

그런데 후지무라 미야코라는 다른 이름이 나오자 아키요시는 뜻밖이라고 생각했다. 가라사와 유키호를 손에 넣기가 도무지 어려울 것 같으니 다른 여자에게 눈을 돌리는 건지도 모르겠다고 생각했다. 하여튼 아무래도 상관없는 일이다.

점심시간에 도시락을 다 먹은 유이치가 빈 도시락을 가방에 넣고 있는데 후미히코가 곁으로 다가왔다. 손에 커다란 봉투를 들고 있었다.

"옥상에 같이 좀 갈래?"

"옥상엔 왜?"

"지난번에 말한 거 있잖아."

후미히코는 봉투를 열어 안을 보여 주었다. 봉투 안에는 어제 유이치가 빌려준 사진이 들어 있었다.

"알았어. 가지, 뭐."

"좋아, 어서 가자."

흥미가 생긴 유이치는 후미히코의 재촉에 엉덩이를 들었다.

얼마 전까지만 해도 불량 학생들이 꼬이는 곳이던 옥상에 지금은 아무도 없었다. 담배꽁초가 무더기로 발견되는 바람에 생활 지도 선생이 수시로 순찰을 돌게 되자 아무도 올라오지 않는 것이다.

몇 분이 지나자 계단실 문이 열렸다. 그리고 유이치와 같은 반 남학생이 나타났다. 성은 기리하라. 이름은 기억하지 못한다. 하지만 유이치는 거의 얘기를 나눈 적이 없다.

그와는 친하게 지내는 아이가 별로 없는 듯했다. 무엇을 하든 딱히 눈에 띄지 않고 수업 중에도 발언하는 일이 좀처럼 없었다. 점심시간이나 쉬는 시간에도 늘 혼자 책을 읽는다. 그에 대한 유이치의 인상은 음산한 녀석, 이다.

기리하라는 유이치와 후미히코 앞에 서더니 둘의 얼굴을 번갈아 보았다. 그 눈에 지금까지 보인 적 없는 날카로운 빛이 어려 있어 유이치는 움찔했다.

"내게 볼일이 뭐야?"

기리하라가 퉁명스럽게 물었다. 후미히코가 그를 불러낸 듯했다.

"보여 주고 싶은 게 있어서."

"보여 주고 싶은 거, 그게 뭔데?"

"자, 여기."

후미히코는 예의 봉투에서 사진을 꺼냈다.

기리하라는 경계하는 표정으로 다가와 사진을 받아 들었다. 그리고 그 흑백 사진을 흘깃 본 순간 그의 눈이 휘둥그레졌다.

"뭐야, 이게?"

"참고가 되지 않을까 싶어서. 4년 전 사건에 대해서 말이지."

후미히코가 말했다. 유이치는 고개를 돌려 후미히코의 옆얼굴을 보았다. 4년 전 사건이 뭐지?

"무슨 말이 하고 싶은 거야?"

기리하라가 후미히코를 노려보았다.

"정말 모르겠어? 그 사진에 찍힌 사람, 너희 엄마잖아."

뭐라고? 하는 소리가 유이치의 입에서 흘러나왔다. 그런 그를 기리하라가 힐끗 보고는 다시 날카로운 눈빛을 후미히코에게 향했다.

"아니야, 누가 우리 엄마라는 거야."

"잘 보라고. 너희 엄마 맞잖아. 그리고 같이 걸어가는 사람은 전에 너희 전당포에서 일했던 직원이잖아."

후미히코는 약간 오기가 난 듯했다.

기리하라는 다시 한 번 사진을 보더니 천천히 고개를 저었다.

"무슨 말인지 전혀 모르겠다. 아무튼 이 사람은 우리 엄마가 아니야. 엉뚱한 소리 하지 말아."

그는 사진을 후미히코에게 돌려주고 휙 몸을 돌려 걸어갔다.

"여기, 후세 역 근처잖아. 너희 집에서도 가까운 데 아니야?"

후미히코가 기리하라의 등에 대고 재빨리 말했다.

"그리고 이 사진은 4년 전에 찍은 거고. 전신주에 붙어 있는 영화 포스터 보고 알았어. 이거 '자니, 총을 얻다(Johnny got his gun)'잖아."

기리하라가 걸음을 멈췄다. 그러나 후미히코와 얘기를 나눌 마음은 없는 듯했다.

"귀찮게 구는군."

그는 고개만 뒤로 돌리고 말했다.

"너와는 관계없는 일이잖아."

"나름 생각해서 알려 주는 건데."

후미히코가 그렇게 되받았지만 기리하라는 둘을 잠시 노려보더니 다시 계단실로 걸어갔다.

"단서가 되겠다 싶어서 빌린 건데."

기리하라의 뒷모습이 사라진 후 후미히코가 말했다.

"무슨 단서라는 거야, 4년 전 사건은 뭐고?"

유이치가 물었다. 후미히코는 그를 보면서 이상하다는 표정을 짓더니 곧이어 고개를 끄덕거렸다.

"그래, 유이치는 저 녀석이랑 초등학교가 달라서 그 사건을 모르는구나."

"그러니까 대체 무슨 사건이냐고!"

유이치가 답답하다는 듯 묻자 후미히코는 주위를 둘러보더니 말했다.

"너, 마스미 공원 알아, 후세 역 근처에 있는 거?"

"마스미 공원? 아아…… 옛날에 한번 가 본 적 있어."

그러자 후미히코는 고개를 끄덕거리면서 말했다.

"그 공원 옆에 건물 있는 거 기억해? 짓다 만 채 그대로 방치된 건물 말이야."

"거기까지는 기억 안 나는데. 그 건물이 왜?"

"4년 전에 그 건물 안에서 기리하라 아버지가 살해당했어."

"뭐?"

"돈이 없어져서 강도의 짓이라고들 했지. 당시에는 굉장했어. 날마다 온 동네에 경찰이 우글거렸거든."

"그래서, 범인은 잡혔어?"

"일단 범인 비슷한 남자를 찾기는 했는데, 확실한 건 밝혀지지 않았어. 그 사람이 죽었거든."

"죽었다고……, 그 사람도 살해당한 거야?"

아니, 아니, 하면서 후미히코는 고개를 내저었다.

"교통사고였어. 그리고 경찰에서 그 남자의 소지품을 조사했는데 기리하라 아버지가 갖고 다녔던 것과 똑같은 라이터가 나왔어."

"흐음, 그렇다면 결정적이잖아."

"반드시 그렇다고는 할 수 없지. 같은 라이터라고 해서 무조건 기리하라 아버지 거라고 단정할 수는 없잖아. 그런데 문제는 그다음이야."

후미히코는 계단실 쪽을 힐금 보고는 목소리를 낮췄다.

"한참 지나서 이상한 소문이 돌기 시작했거든."

"이상한 소문?"

"부인이 범인 아닐까 하는 소문."

"부인?"

"기리하라 엄마 말이야. 가게 직원과 그렇고 그런 사이가 되었는데 남편이 방해가 되니까 그러지 않았을까 한 거지."

후미히코 말에 따르면 기리하라의 집은 전당포를 했고, 가게 직원은 그 전당포에서 일했던 남자를 가리킨다고 했다.

그런데 유이치로서는 친구의 입을 통해 그런 얘기를 들어봐야 텔레비전 드라마 줄거리 같기만 하지 조금도 실감이 나지 않았다. '가게 직원과 그렇고 그런 사이가 되었다'는 말도 영 와 닿지 않는다.

"그래서 어떻게 되었는데?"

유이치는 다음 얘기를 재촉했다.

"꽤 오랫동안 그런 소문이 나돌았어. 하지만 별다른 증거가 없다 보니까 결국은 흐지부지돼 버렸지. 나도 거의 잊고 있었고. 그런데 이 사진 말이야."

후미히코가 아까 그 사진을 보여 주었다.

"여기 좀 봐. 뒤에 찍힌 게 러브호텔이야. 이 두 사람, 틀림없이 여기서 나왔을 거라고."

"이 사진이 있으면 뭐가 달라지는데?"

"그걸 몰라서 물어? 기리하라 엄마가 가게 직원과 바람을 피웠다는 증거잖아. 그러니까 남편을 죽일 만한 동기가 있다는 뜻이지. 그래서 이 사진을 기리하라에게 보여 주려고 했던 거야."

후미히코는 도서관에서 책을 곧잘 빌려 읽는다. 동기 따위의 말이 그의 입에서 자연스럽게 나오는 것도 그 덕분일 것이다.

"그래도 기리하라로서는 자기 엄마를 의심할 수 없잖아. 안 그래?"

유이치가 말했다.

"물론 그 기분이야 알지. 하지만 아무리 싫은 일이라도 반드시 분명히 해야 하는 경우가 있는 법이야."

후미히코는 유달리 열변을 토한 후 짧게 한숨을 내쉬었다.

"아무튼 이 사진에 찍힌 여자가 기리하라의 엄마라는 걸 어떻게든 증명할 거야. 그럼 저 녀석도 모른 척할 수 없겠지. 이 사진을 경찰에게 가져가면 반드시 수사가 재개될 거라고. 나, 그 사건을 수사하고 있는 형사와 아는 사이거든. 그 아저씨에게 이 사진을 보여 줄 거야."

"그 사건에 왜 그렇게 집착하는데?"

유이치는 의아해서 물었다. 후미히코가 사진을 집어넣으면서 눈을 치켜뜨고 그를 보았다.

"사체를 발견한 사람이 내 동생이었어."

"정말이야?"

그래, 하면서 후미히코는 고개를 끄덕였다.

"동생 얘기를 듣고 나도 그 건물에 가 보았어. 정말로 사체가 있더라고. 그래서 엄마한테 알려서 경찰에 신고하도록 했던 거야."

"그런 사정이 있었구나."

"사체를 처음 발견했다는 이유로 우리는 몇 번이나 경찰 조사를 받았어. 그런데 말이지, 경찰이 단순히 사체를 발견했을 때의 상황만 물어보는 게 아니더라고."

"무슨 말이야?"

"경찰에서는 이런 생각도 하고 있었어. 피해자의 돈을 범인이 훔쳐 갔을 수도 있지만 제삼자가 훔쳤을 가능성도 있다고 말이야."

"제삼자라니……."

"사체를 발견한 사람이 경찰에 신고하기 전에 금품을 꿀꺽하고 시치미 떼는 거, 흔히 있는 일이잖아."

후미히코는 입가에 엷은 미소를 띠었다.

"그뿐이 아니야. 경찰 그 자식들, 한발 더 나아가서 이런 생각까지 하더라고. 제 손으로 죽여 놓고 자기 아들에게 사체를 발견하도록 일을 꾸미는 방법도 있다고 말이야."

"설마……."

"거짓말 같지? 하지만 사실이야. 우리는 집이 가난하다는 이유로 처음부터 의심받았어. 경찰에서는 우리 엄마가 기리하라네 전당포 손님이라는 점에도 주목했던 것 같고."

"그래도 결국 의심은 풀렸겠지?"

후미히코는 흥, 코웃음을 쳤다.

"그게 문제가 아니야."

유이치는 뭐라고 대꾸해야 할지 몰라 그저 멀거니 서 있었다.

그때였다. 문이 열리는 소리가 났다. 계단실에서 중년의 남자 선생이 나오고 있었다. 선생이 안경알 속 두 눈에 잔뜩 힘을 주었다.

"야, 너희들! 여기서 뭐 하는 거야."

딱히, 하고 후미히코가 퉁명스럽게 대답했다.

"너, 그게 뭐야? 뭘 갖고 있는 거야, 어?"

선생은 후미히코가 손에 들고 있는 봉투를 쏘아보았다.

"그거 이리 줘 봐."

누드 사진쯤으로 의심하는 듯한 선생에게 후미히코는 귀찮다는 듯이 봉투를 건넸다. 그 안을 들여다본 선생의 미간에서 힘이 쭉 빠져나갔다. 그 모습이 유이치 눈에는 기대가 빗나가서 다소 맥이 빠진 것처럼 비쳤다.

"뭐야, 이 사진은?"

선생이 수상하다는 표정으로 후미히코에게 물었다.

"옛날 동네 사진이에요. 아키요시에게 빌렸어요."

선생이 유이치 쪽을 향했다.

"정말이야?"

"네, 정말입니다."

선생은 잠시 사진과 유이치의 얼굴을 번갈아 보더니 사진을 봉투에 넣었다.

"공부와 관계없는 건 가져오지 마. 알았어?"

"네, 죄송합니다."

남자 선생은 바닥을 이리저리 살폈다. 담배꽁초가 떨어져 있지 않은지 조사하는 것이다. 다행히 꽁초는 발견되지 않았다. 선생은 말없이 봉투를 후미히코에게 돌려주었다.

그때 점심시간이 끝나는 종이 울렸다.

그날 수업이 끝나고 유이치는 또 세이카 여중고 중등부로 갔다. 그러나 오늘의 목표는 가라사와 유키호가 아니었다.

담을 따라 한참을 걸었다. 발길을 멈춘 것은 그의 귀가 어떤 소리를 포착했기 때문이다. 바로 오늘의 목적인 바이올린 켜는 소리였다.

그는 주위를 둘러보았다. 아무도 없는 것을 확인하자 다짜고짜 철망을 기어올랐다. 바로 눈앞에 회색 건물의 1층 창문이 있었다. 창문은 닫혀 있지만 커튼은 열려 있는 상태다. 그래서 건물 안의 모습이 잘 보였다.

여학생 하나가 유이치 쪽으로 등을 보이고 앉아 있었다. 그녀 앞에는 검은 피아노가 있고, 두 손은 건반 위에 있다.

앗싸, 하고 유이치는 마음속으로 외쳤다. 음악실을 제대로 찾은 것이다.

유이치는 몸의 각도를 바꾸고 목을 쭉 뽑았다. 피아노 저쪽에 또 한 사람이 서 있었다. 세일러복 차림에 바이올린을 켜고 있다.

저 학생이 후지무라 미야코인가.

가라사와 유키호보다 몸집이 작아 보인다. 머리도 좀 짧고. 얼굴을 제대로 보고 싶은데 음악실 안이 어두컴컴하다. 유리창에서 반사되는 빛도 시야를 가렸다.

그가 몸을 좀 더 쳐들었을 때였다. 바이올린 소리가 급작스레 멈췄다. 그리고 창가로 다가오는 그녀가 보였다.

유이치 바로 앞에 있는 유리창이 열렸다. 야무진 얼굴이 그를 똑바로 노려보았다. 갑작스러운 상황에 유이치는 철망에서 뛰어내릴 수조차 없었다.

"해충!"

후지무라 미야코인 듯한 여학생이 외쳤다. 그 목소리에 압도되었는지 유이치는 그만 손을 놓아 버리고 말았다. 다행히 다리부터 떨어져 엉덩방아를 찧었을 뿐 다치지는 않았다.

안에서 누군가 또 뭐라고 외치고 있었다. 안 되겠다, 튀자. 유이치는 있는 힘껏 뛰었다.

'해충'이라는 말이 그 '해충'이라는 의미임을 깨달은 것은 멀리 도망가 한숨 돌렸을 때였다.

4

가와시마 에리코는 화요일과 금요일 밤에 가라사와 유키호와 함께 영어 학원에 다니고 있다. 물론 유키호에게 영향을 받아서다.

학원 수업은 7시에서 8시 반까지다. 학원은 학교에서 도보로 10분 정도 거리에 있지만 에리코는 학교가 끝나면 일단 집으로 돌아가 저녁을 먹은 후에 다시 나왔다. 그동안 유키호는 연극부에서 연습을 한다. 에리코는 유키호와 늘 같이 있고 싶었지만 그렇다고 이제 와서 새삼스럽게 연극부에 들어갈 수는 없었다.

화요일 밤, 학원이 끝난 후 둘은 나란히 걸어 집으로 돌아가고 있었다. 학교 옆까지 왔을 때, 집에 전화를 건다면서 유키호가 공중전화 부스로 들어갔다. 에리코는 손목시계를 보았다. 9시 조금 전이었다. 학원에서 수다를 오래 떨었던 탓이다.

"미안, 기다리게 해서."

유키호가 통화를 끝내고 돌아왔다.

"빨리 들어오래."

"서둘러야겠네."

"응, 우리 지름길로 갈까?"

"그러자."

평소에는 버스길을 따라 걷는 두 사람이 오늘은 골목길로 들어섰다. 이 길로 가면 직각삼각형의 빗변을 걷는 셈이라 시간이 꽤 절약된다. 하지만 평소에는 거의 다니지 않았다. 가로등이 없어 깜깜한 데다 창고와 주차장만 줄지어 있을 뿐 주택이 없기 때문이다.

그런데 두 사람이 목재가 잔뜩 쌓인 제재소 창고 같은 건물 앞을 지나려 할 때였다.

"어!"

갑자기 유키호가 걸음을 멈췄다. 그녀의 눈이 창고 쪽을 향해 있었다.

"왜 그래?"

"저기 떨어져 있는 거, 우리 학교 교복 아니니?"

유키호가 한 지점을 가리켰다.

에리코의 눈이 그녀의 손가락 끝이 가리키는 곳을 더듬어 가자 벽에 세워져 있는 각목들 바로 옆에 하얀 천 같은 것이 떨어져 있었다.

"그런가? 그냥 천 같은데."

에리코가 고개를 갸우뚱하며 말했다.

"아니야, 우리 교복 맞아."

유키호가 다가가 그 천 같은 것을 들어 올렸다.

"봐, 맞잖아."

그녀 말이 맞았다. 찢겨 있었지만 교복이 틀림없었다. 밝은 파란색 깃은 에리코와 유키호에게는 낯익은 것이다.

"이게 왜 여기 떨어져 있는 거지?"

에리코가 중얼거렸다.

"글쎄…… 어!"

교복을 이리저리 보고 있던 유키호가 소리를 질렀다.

"왜 그래?"

"이거."

유키호가 교복의 가슴 부분을 보여 주었다.

안전핀으로 고정된 명찰에 '후지무라 미야코'라고 쓰여 있었다.

에리코는 이유 없이 더럭 겁이 났다. 등에 소름이 쫙 돋았다. 어서 이 골목을 빠져나가고 싶었다.

그런데 유키호는 찢어진 교복을 손에 든 채 사방을 두리번거렸다. 그리고 옆에 있는 창고의 조그만 문이 반쯤 열려 있는 것을 발견하자 대담하게도 안을 기웃거렸다.

빨리 가자, 하고 에리코가 말을 꺼내려는 참이었다. 꺄악! 유키호가 비명을 지르면서 손으로 입을 막고 뒷걸음질쳤다.

"왜 그래?"

에리코가 바들바들 떨리는 목소리로 물었다.

"사람이…… 쓰러져 있어. 죽었나 봐."

유키호가 기어 들어가는 목소리로 대답했다.

창고에 쓰러져 있던 사람은 세이카 여중고 중등부 3학년 2반의 후지무라 미야코였다. 그러나 죽은 것은 아니었다. 손발이 묶이고 입에는 재갈까지 물린 채 정신을 잃었지만 구조되자 잠시 후 의식을 되찾았다.

물론 발견한 사람은 에리코와 유키호였다. 그렇다고 그녀들이 구조한 것은 아니다. 그녀들은 후지무라 미야코가 죽었다고 여기고 경찰에 신고한 후에는 멀찌감치 떨어져서 둘이 손을 꼭 마주 잡고 바들바들 떨고 있었다.

후지무라 미야코는 상반신이 알몸에다, 치마는 입고 있었지만 팬티는 벗겨진 상태였다. 옷가지들은 바로 옆에 버려져 있었다. 검은 비닐 봉투도 같이 발견되었다.

잠시 후 도착한 구급대원이 미야코를 들것에 실었지만 그녀는 말을 할 수 있는 상태가 아니었다. 에리코와 유키호를 보고서도 그녀의 퀭한 눈은 아무 반응을 보이지 않았다.

에리코는 유키호와 함께 근처 경찰서까지 동행해 참고인 조사를 받게 되었다. 경찰차를 타는 건 처음이었지만 후지무라 미야코의 비참한 모습을 본 직후라 신나 할 기분이 아니었다.

두 여학생에게 여러 가지 질문을 한 형사는 희끗희끗한 머리를 한가운데에서 양쪽으로 가른 중년의 남자였다. 행색은 생선초밥 집 요리사 같은데 몸에서 풍기는 분위기는 전혀 달랐다. 친절하게 대하려 무진 애를 쓰는 듯했지만 그래도 그 날카로운 눈빛에 에리코와 유키호는 몸이 절로 움츠러들었다.

형사의 질문은 그녀들이 미야코를 발견하게 된 경위와, 사건에 대해 짐작되는 점, 두 가지에 집중됐다. 에리코와 유키호는 간혹 서로의 얼굴을 마주 보며 최대한 정확하게 경위를 설명했다. 형사도 경위에 대해 별다른 의문을 품지 않는 듯했다. 그러나 짐작되는 것에 대해서는 그녀들도 아무런 대답을 할 수 없었다. 밤길이 위험하기 때문에 동아리 활동 등으로 하교가 늦어지는 경우 반드시 몇 명이 함께 버스길을 따라 다니라는 학교의 지도가 있었지만 실제로 뭔가 사건이 벌어졌다는 얘기는 들은 적이 없었다.

"학교에서 집으로 돌아가는 길에 이상한 사람을 봤다든지, 어떤 사람이 숨어서 누구를 기다리고 있었다든지, 그런 일은 없었나? 너희들이 아니라도 친구들 중에 그런 경험이 있는 아이 없었어?"

이번에는 형사 옆에 있던 여경이 물었다.

"그런 얘기는 들은 적이 없는데요."

에리코가 대답했다.

"그런데 학교 안을 엿보거나 우리들이 집에 돌아갈 때를 기다렸다가 사진을 찍는 사람은 있었어요. 그렇지?"

옆에서 유키호가 그렇게 말하고는 에리코를 보면서 동의를 구했다. 에리코가 고개를 끄덕였다. 그러고 보니 그 일을 잊고 있었다.

"늘 같은 사람이니?"

형사가 물었다.

"엿보는 사람은 몇 명 있어요. 사진을 찍는 사람은…… 잘 모르겠고요. 하지만 학교는 같을 거예요."

에리코가 대답했다.

"학교? 그럼 학생들이 그런다는 말이니?"

여경이 눈을 동그랗게 뜨고 물었다.

"오에 중학교일 거예요."

유키호가 대답했다. 그 단호한 말투에 에리코는 깜짝 놀라 그녀를 보았다.

"오에가 분명해?"

여경이 확인하듯이 다시 물었다.

"제가 전에 오에에 살았기 때문에 잘 알아요. 그 교표는 오에 중학교가 맞아요."

여경과 형사가 얼굴을 마주 보았다.

"또 기억나는 건 없어?"

형사가 물었다.

"얼마 전에 제 사진을 찍었던 학생의 성은 알아요. 가슴에 명찰이 붙어 있었거든요."

"그래, 성이 뭔데?"

형사가 눈을 번뜩거렸다. 사냥감에 달려드는 표정이다.

"아마 아키요시였을 거예요. 가을 추 자에 길할 길 자를 써서 아키요시."

옆에서 듣고 있던 에리코는 의아한 느낌이 들었다. 그날 유키호는 그를 싹 무시하는 태도를 보였다. 그런데 사실은 상

대의 이름까지 확인했다니. 에리코는 명찰 따위는 본 기억이
없었다.

"아키요시란 말이지."

형사가 여경에게 뭐라고 귀엣말을 하자 여경이 자리에서
일어났다.

"마지막으로 이걸 좀 봐 줬으면 하는데."

형사가 비닐 주머니를 꺼내 그녀들 앞에 놓았다.

"현장에 떨어져 있던 건데, 혹시 본 기억 있니?"

비닐 주머니 안에는 키홀더의 장식 같은 것이 들어 있었다.
조그만 달마가 쇠줄에 달려 있고 쇠줄은 끊어진 상태였다.

"모르겠는데요."

에리코가 대답했다. 유키호의 대답도 같았다.

5

"어, 줄이 끊어졌잖아."

후미히코의 지갑을 보면서 유이치가 말했다. 점심시간에
매점에서 빵을 사려고 할 때였다. 바로 앞에 선 후미히코가
지갑을 들고 있는데, 거기에 늘 달려 있던 키홀더 장식이 보
이지 않았다. 조그만 달마였던 것으로 유이치는 기억하고 있

었다.

"그러게 말이야. 나도 어제 저녁때 알았어. 꽤 마음에 들었었는데."

후미히코는 떨떠름한 표정이었다.

"어딘가 떨어졌나 보다."

"그런가 봐. 그런데 이런 줄이 그렇게 쉽게 끊어지나?"

유이치는 싸구려니까 그렇겠지, 하고 말하려다 말았다. 이 아이에게 그런 경솔한 말은 금기다.

"그건 그렇고,"

후미히코가 목소리를 낮췄다.

"어제 나, '로키' 보고 왔다."

"잘했네."

그러고 나서 유이치는 후미히코의 얼굴을 보면서 생각했다. 며칠 전에는 영화 값이 비싸다고 투덜거리더니.

"생각지도 않게 VIP 초대권이 생겼거든. 엄마가 손님한테 받았나 봐."

유이치의 생각을 간파한 것처럼 후미히코가 말했다.

"그래? 운이 좋았다, 야!"

후미히코의 엄마가 근처 시장에서 일한다는 얘기는 예전에 들어서 알고 있다.

"그런데 유효 기간이 딱 어제까지잖아. 그래서 헐레벌떡 달려갔지. 마지막 회라도 봤으니 망정이지 하마터면 표를 그냥 날릴 뻔했어. 하기야 유효 기간이 끝나기 직전이니까 그런 표를 줬겠지만."

"그럴지도 모르겠네. 그래서 영화는 어땠어?"

"진짜 죽여주더라."

그리고 그들은 한참이나 영화 얘기에 열을 올렸다.

점심시간이 거의 끝나고 교실로 돌아왔을 때였다. 반 아이 한 명이 유이치에게 담임선생이 부른다는 말을 전했다. 담임은 과학 선생으로, 본명은 구마자와지만 주로 곰이라는 별명으로 불렸다.

교직원실로 들어서자 구마자와는 심각한 표정으로 유이치를 기다리고 있었다.

"덴노지 서에서 형사들이 와 있다. 네게 묻고 싶은 게 있다는데."

유이치는 깜짝 놀랐다.

"무슨 일인데요?"

"네가 세이카 여학생의 사진을 찍었다면서?"

구마자와가 탁한 눈빛으로 유이치의 얼굴을 빤히 노려보았다.

"아, 아니……."

갑작스러운 지적에 유이치는 우물쭈물하고 말았다. 그건

긍정이나 다름없었다.

"허 참, 그런 엉뚱한 짓을 하다니. 멍청한 자식."

구마자와는 혀를 차더니 따라오라는 식으로 턱짓을 하며 일어섰다.

응접실에는 세 남자가 기다리고 있었다. 그중 한 남자는 언젠가 옥상에서 마주쳤던 생활 지도 선생이었다. 선생은 안경 너머로 유이치를 힐끔 노려보았다.

나머지 둘은 모르는 남자들이다. 한쪽은 젊고 다른 쪽은 중년. 둘 다 거무죽죽한 양복을 입고 있다. 그들이 바로 형사들인 듯했다.

구마자와가 그들에게 유이치를 소개했다. 그러는 동안 형사들은 유이치를 머리끝에서 발끝까지 샅샅이 관찰했다.

"세이카 여중고 중등부 근처에서 사진을 몰래 찍은 사람이 있다던데, 네가 맞니?"

중년의 형사가 물었다. 온화한 말투지만, 그 밑에 깔린 압박감은 선생들에게서는 느낄 수 없는 것이었다. 그 목소리하나에 유이치는 그만 주눅이 들고 말았다.

"아니요, 저, 그게……."

혀가 꼬이는 것만 같았다.

"그쪽 학생이 봤다던데, 네 명찰을 말이야."

형사가 유이치의 가슴을 가리켰다.

"흔한 성이 아니라서 기억하고 있는 모양이더군."

설마, 하고 유이치는 생각했다.

"솔직하게 말하는 편이 좋을 거야. 사진을 찍은 게 맞지?"

형사가 재차 물었다. 옆에서 젊은 형사도 유이치를 노려보았다. 생활 지도 선생은 더없이 못마땅하다는 표정이다.

"네……."

유이치는 어쩔 수 없이 고개를 끄덕였다. 구마자와가 한숨을 몰아쉬었다.

"인마, 너는 그런 짓을 하고도 부끄럽지 않냐!"

생활 지도 선생이 언성을 높였다. 벗어진 이마가 벌게졌다.

"진정하시죠."

중년의 형사가 선생을 달래듯 손으로 제지하면서 유이치 쪽으로 눈길을 돌렸다.

"사진을 찍는 상대는 정해져 있는 거니?"

"네."

"그럼 이름도 알겠구나."

네, 하고 유이치는 대답했다. 목소리가 갈라져 나왔다.

"여기다 이름을 좀 써 주겠니?"

형사가 하얀 메모지와 볼펜을 꺼냈다.

유이치는 메모지에 '가라사와 유키호'라고 썼다. 그 이름을 본 형사는 수긍하는 눈치였다.

"이 외에 다른 사람은 없어? 이 학생만 찍은 거니?"

"네."

"이 학생이 네 마음에 들었던 모양이구나."

형사는 의미심장한 미소를 지었다.

"그게…… 제 마음에 든 게 아니라 친구 마음에 든 거예요. 전 사진을 찍어 줬을 뿐이고요."

"그런데 왜 네가 사진을 찍었지?"

유이치는 고개를 푹 숙이고 입술을 깨물었다. 그러자 형사가 뭔가 눈치를 챈 듯 "내 참." 하고 내뱉듯이 말했다.

"너, 그 사진을 파는구나?"

형사가 정곡을 찌르자 유이치는 몸을 움찔하고 말았다.

"이 자식이! 너 바보야, 어?"

구마자와가 눈을 부릅뜨고 소리 질렀다.

"사진을 찍은 건 너뿐이니? 너 말고 다른 아이는 없어?"

중년의 형사가 다시 물었다.

"모르겠어요. 아마 없을 거예요."

"그렇다면 세이카의 운동장을 엿보았다는 놈도 너였겠구나. 종종 엿보는 학생이 있었다고 그쪽 여학생들이 그러던데."

그 말에 유이치가 고개를 들었다.

"그건 제가 아니에요. 정말이에요. 저는 사진을 찍었을 뿐이라고요."

"그럼 누가 엿봤다는 거지? 혹시 짚이는 학생 있어?"

보나 마나 무타일 것이라고 생각했지만 유이치는 아무 말도 하지 않았다. 괜히 말했다가 나중에 놈의 귀에 들어가면 무슨 보복을 당할지 알 수 없다.

"짚이는 학생은 있지만 말하고 싶지 않은 눈치군. 하지만 너를 위해서는 숨김없이 얘기하는 게 좋을 거야. 아무튼 그건 됐고, 이제부터 어제 수업이 끝난 후의 일에 대해 가능한 한 자세하게 말해 줘야겠어."

"네?"

"어제 어디서 뭘 했는지 말이야. 왜, 얘기할 수 없어?"

"대체 무슨 일인데 그러세요?"

"아키요시! 묻는 말에 대답이나 해!"

구마자와가 버럭 고함을 질렀다.

"아, 그렇게 흥분하지 마세요."

중년 형사가 다시 구마자와를 달랬다. 그리고 희미한 미소를 머금으며 유이치를 보았다.

"세이카 근처에서 그 학교 여학생이 못된 짓을 당할 뻔했어."

유이치는 자신의 얼굴이 굳어지는 것을 느꼈다.

"저는 아무 짓도 안 했어요."

"네가 범인이라는 말은 하지 않았어. 단지 그쪽 학생들 입에서 네 이름이 나와서 말이야."

형사의 말투는 여전히 온화했지만, 그 말 속에 지금 시점에서는 유이치가 가장 혐의가 짙다는 뉘앙스가 깔려 있었다.

"전 몰라요. 정말이에요."

유이치는 고개를 세차게 저었다.

"그렇다면 어제 어디서 뭘 했는지 말할 수 있지 않을까?"

"어제는…… 학교에서 돌아오는 길에 책방이랑 레코드 가게에 들렀어요."

유이치가 기억을 더듬으며 말했다. 그건 6시가 조금 지났을 때였고, 그다음에는 내내 집에 있었다.

"집에서는 가족과 함께 있었니?"

"네, 엄마랑 같이 있었어요. 9시쯤에는 아빠도 돌아오셨고요."

"가족 외에 같이 있었던 사람은 없어?"

"네……."

대답하면서 유이치는 가족의 증언만으로는 부족한 건가 하고 생각했다.

"자, 이제 어떡하지?"

중년의 형사가 옆에 있는 젊은 형사와 의논하듯 중얼거렸다.

"사진을 찍은 건 친구를 위해서였다고 하는데, 그 말을 신뢰할 만한 근거가 없으니."

"그러게 말입니다."

젊은 형사가 동의했다. 그의 입가에 기분 나쁜 미소가 엷게 번져 있었다.

"정말이에요. 친구를 위해서 찍은 거라고요."

"그렇다면 그 친구 이름을 가르쳐 주든지."

중년 형사가 말했다.

"그건……."

유이치는 잠시 망설였다. 지금 입을 다물고 있다가 괜한 의심을 사고 싶지는 않았다.

그런데 아주 절묘한 타이밍에 형사가 이렇게 말했다.

"괜찮아, 네가 가르쳐 줬다는 말은 아무에게도 하지 않을 테니까."

마치 유이치의 속마음을 꿰뚫어 보고 있는 듯한 한마디였다. 유이치는 결심했다. 그리고 조심스럽게 무타의 이름을 말했다. 그 순간 생활 지도 선생이 넌더리가 난다는 표정을 지은 이유는 무슨 일이 있을 때마다 반드시 무타라는 이름이 등장하기 때문이었다.

"세이카의 운동장을 엿본 학생들 중에도 무타가 끼어 있었나?"

"그건 몰라요."

유이치는 바짝 마른 입술을 핥았다.

"무타의 부탁으로 사진을 찍은 학생은 가라사와 유키호뿐이니? 다른 아이 사진은 부탁받지 않았어?"

"어, 그게…… 최근에 한 명 더 부탁받았어요."

유이치는 잠시 망설이다가 다 털어놓기로 했다. 일이 이렇게까지 됐는데 한 명을 보태나 안 보태나 마찬가지라고 생각한 것이다.

"누구지?"

"후지무라 미야코라는 여학생이에요. 하지만 저는 잘 모르는 아이예요."

그 순간 실내 공기가 급격히 팽팽해진 것처럼 느껴졌다. 형사의 표정에도 변화가 있었다.

"그래서, 그 여학생 사진은 찍었니?"

형사가 낮은 목소리로 물었다.

"아직요."

그래, 하면서 형사가 고개를 끄덕거렸다.

"앞으로는 사진을 찍으러 가지 말아. 그런 바보짓을 하니까 의심받잖아."

구마자와가 옆에서 분노에 찬 목소리로 말했다. 유이치는 잠자코 고개만 끄덕였다.

"한 가지만 더 확인하자. 혹시 이거 본 적 있니?"

형사가 비닐 주머니를 꺼냈다. 그 안에는 달마가 들어 있었다. 유이치는 깜짝 놀랐다. 그것은 후미히코가 늘 갖고 다니던 키홀더 장식이 틀림없었다.

"아는 모양이구나."

유이치의 표정을 본 형사가 눈치를 챈 듯했다.

유이치는 또 마음이 흔들렸다. 후미히코의 것이라고 말하면 어떤 사태가 벌어질까. 후미히코가 의심을 받게 될 것이다. 그러나 지금 거짓말을 하면 일이 점점 더 꼬일지도 모른다. 게다가 그게 후미히코 것이라는 사실은 자신이 말하지 않아도 언젠가는 밝혀질 일이다.

"그렇지?"

형사가 책상을 손가락 끝으로 톡톡 치면서 압박하듯 말했다. 그 소리가 바늘처럼 유이치의 마음을 따끔따끔 찔렀다.

유이치는 침을 꿀꺽 삼켰다. 그리고 그 조그만 달마의 주인 이름을 작은 소리로 말했다.

6

'동아리 활동 등으로 학교에 남는 경우라도 늦어도 5시까지는 하교할 것.'

이런 공지가 나붙은 것은 목요일 아침의 일이었다. 학급 회의 시간에도 담임이 그 점을 강조했다.

당연하다. 그제 일어난 사건을 생각하면 5시가 아니라 학교가 끝나자마자 학생 전원을 곧바로 집으로 돌려보내야 한다고 에리코는 생각했다.

그러나 다른 학생들은 이 갑작스러운 지시에 투덜거릴 뿐이었다. 사건이 거짓말처럼 은폐되었기 때문에 그 밤에 학교 근처 창고에서 무슨 일이 벌어졌는지 아무도 몰랐다.

물론 몇 가지 억측이 나돌았고, 그중에는 사실과 아주 흡사한 내용도 없지 않았다. 예를 들어 '집에 돌아가던 누군가가 어떤 변태에게 몹쓸 짓을 당할 뻔했다'는 것이었다. 하지만 이 소문 역시 학교의 공지를 보고서 누군가 추리한 것에 지나지 않았다. 선생들은 굳게 함구했을 테고 에리코도 유키호도 전혀 발설한 적이 없다. 따라서 에리코와 유키호가 사건의 피해자를 발견했다는 사실도 학생들은 누구 하나 알 리 없었다.

에리코가 사건에 대해 한마디도 하지 않은 것은 학교에서 그러라고 지시를 받아서가 아니었다. 만약 그녀가 말 많은 수다쟁이였다면 소문은 벌써 널리 퍼졌을 것이다. 학교 측의 대응이 한참 늦었기 때문이다.

에리코에게 사건에 대해 절대 입을 열지 말자고 한 것은 유키호였다. 사건 당일 밤 집으로 돌아가고 나서 유키호에게 전화가 걸려 왔다.

"그런 일을 당했으니 미야코의 충격이 엄청날 거야. 그런 데다 이 일이 학교에 알려지면 자살할지도 모르잖아. 그러니까 우리는 아무 말 말고 이상한 소문이 나지 않도록 조심하자."

유키호의 제안은 타당한 것이었다. 자신도 그러려고 했다고 에리코는 대답했다.

후지무라 미야코와는 2학년 때 같은 반이었다. 공부도 잘하고 성격도 적극적이어서 반의 리더 격인 아이였다. 하지만 에리코는 그녀가 자못 껄끄럽기도 했다. 미야코는 자존심이 조금이라도 상했다 싶으면 곧바로 열을 올리며 화를 내는 경향이 있었다. 그러면서도 정작 본인은 사람을 깔보고 멸시하는 말을 태연하게 늘어놓았다. 그런 그녀를 좋지 않게 생각하는 아이들이 있는 건 당연한 일이었다. 그러니 이번 일이 알려지면 온 학교에 소문이 삽시간에 퍼질 건 불 보듯 뻔했다.

이날 점심때 에리코는 유키호와 도시락을 먹었다. 두 사람의 자리는 창가에 앞뒤로 나란히 있다.

"미야코는 교통사고를 당해서 한동안 학교를 쉬는 걸로 돼 있나 봐."

유키호가 조그만 소리로 알려 주었다.

"아, 그렇구나."

"지금까지는 아무도 이상하게 생각하지 않는 것 같아. 이대로 잘 무마되면 좋을 텐데."

"그러게."

에리코는 고개를 끄덕였다.

도시락을 다 먹은 유키호가 퀼트 재료를 꺼내면서 창밖을 내다보았다.

"오늘은 그 이상한 사람들 안 왔나 보다."

"이상한 사람들?"

"늘 철망 너머로 엿보는 사람들 말이야."

"아아."

에리코도 창밖으로 눈길을 돌렸다. 늘 철망에 도마뱀 같은 꼴로 들러붙어 있던 남학생들의 모습이 오늘은 보이지 않았다.

"이번 사건이 전해져서 주의를 들었는지도 모르지."

"글쎄."

"이번 일, 역시 그들 중에 범인이 있을까?"

작은 소리로 에리코가 속삭였다.

"모르지."

"그런 아이들이 다니는 학교, 정말 안 좋겠다."

에리코가 얼굴을 찡그리면서 말했다.

"나 같으면 그런 학교에 절대 들어가고 싶지 않을 텐데."

"어쩔 수 없이 다니는 애들도 있지 않을까."

"그런가."

"가정 형편이나 다른 사정으로 말이야."

"하긴……."

애매하게 고개를 끄덕이던 에리코가 유키호의 손끝에 시선을 주더니 살짝 미소 지었다. 며칠 전 그녀의 집에서 본 조그만 주머니의 바느질이 거의 끝나 가고 있었다.

"이제 곧 완성이네."

"응, 마무리만 하면 돼."

"그런데 이거, 이니셜이 왜 RK야?"

헝겊을 바느질해 붙인 알파벳을 보고서 에리코가 물었다.

"유키호는 YK잖아."

"아……, 이건 엄마에게 드릴 선물이야. 엄마 이름이 레이코거든."

"그렇구나. 흐음, 효녀네."

노련하게 바늘을 움직이는 유키호의 손가락을 보면서 에리코가 말했다.

7

세이카 여중고 중등부 학생이 성폭행을 당한 사건으로 경찰이 기쿠치 후미히코에게 혐의를 두고 있는 것은 분명했다.

목요일 오전, 그는 학교 응접실에서 형사에게 조사를 받았다. 어떤 질문을 받았는지, 거기에 뭐라고 답변했는지 그는 아무에게도 말하지 않았다. 교실에 돌아와서도 그늘진 표정으로 줄곧 입을 다물고 있을 뿐이었다. 그런 그에게 말을 거는 친구도 물론 없었다. 연일 형사들이 들락거리는 예사롭지 않은 사태에 모두들 낌새가 이상하다고 느끼고 있었다.

유이치도 후미히코에게 말을 걸기가 곤란했다. 그 이유에는 달마 키홀더 장식에 관해 형사에게 고자질했다는 자책감도 있었다.

금요일 오전, 후미히코는 또 교실에서 불려 나갔다. 그는 책상 사이를 걸어 나가면서 누구와도 눈을 마주치지 않았다.

"세이카 여학생이 폭행을 당했다던데."

후미히코가 나간 후 반 아이 한 명이 말했다.

"그래서 저 녀석을 조사하고 있는 거래. 현장에 저 녀석 물건이 떨어져 있었다나 봐."

"누구에게 들은 거야, 그런 소리를?"

유이치가 물었다.

"선생들이 하는 얘기를 엿들은 녀석이 있어. 꽤 심각한 사건인가 보던데."

"폭행을 당했다는 게 무슨 소리냐, 진짜 당했다는 거야?"

다른 남학생이 물었다. 호기심으로 눈이 번들거렸다.

"그렇겠지. 그리고 돈도 없어졌다던데."

처음 말을 꺼낸 학생이 목소리를 더 죽이고 정보를 흘렸다.

순간 유이치는 주위에 있던 아이들 모두가 '역시 그렇구나' 하는 표정을 지었다고 생각했다. 다들 후미히코네 집이 풍족하지 않다는 사실을 떠올렸을 것이다.

"하지만 후미히코는 자기가 안 그랬다고 한다던데?"

유이치가 넌지시 그렇게 말을 던져 보았다.

"본인은 그 시간에 영화를 보러 갔었다고 하나 봐."

그러자 누군가 "그 녀석 진짜 수상하다."라고 말했고 몇 명이 또 고개를 끄덕였다. 솔직히 털어놓을 리가 없지, 하는 아이도 있었다.

그 자리에 모인 아이들 중에 기리하라가 있는 것을 보고 유이치는 조금 의외라고 느꼈다. 기리하라는 이런 일에는 끼어들지 않는 타입으로 알고 있었기 때문이다. 혹시 며칠 전 사진 건으로 신경이 쓰인 건 아닐까 싶었다.

그런 생각을 하면서 보다가 끝내는 기리하라와 눈이 마주치고 말았다. 기리하라는 1, 2초 정도 유이치를 바라보다가 그 무리에서 쓱 빠져나갔다.

사건으로부터 나흘이 지난 토요일, 에리코는 유키호와 함께 후지무라 미야코를 문병하러 그녀의 집을 찾았다. 유키호가 제안한 일이었다.

둘은 거실에서 기다렸지만 미야코는 나타나지 않았다. 대신 그녀의 엄마가 나와서 미야코가 아직은 아무도 만나고 싶어 하지 않는다며 미안한 표정을 지었다.

"상처가 심각한가요?"

에리코가 물었다.

"상처는 그다지……. 하지만 정신적인 충격이 커서 말이야."

미야코의 엄마는 한숨을 푹 내쉬었다.

"범인은 밝혀졌나요? 경찰이 저희한테도 이것저것 묻던데요."

이번에는 유키호가 물었다. 미야코의 엄마는 맥없이 고개를 저었다.

"아직 아무것도 밝혀진 게 없나 봐. 너희들에게도 폐를 끼친 것 같구나."

"그건 괜찮지만…… 미야코가 범인을 보지 않았나요?"

유키호가 중얼거리듯이 물었다.

"그게, 갑자기 뒤에서 검은 비닐 봉투를 씌웠기 때문에 아무것도 못 봤대. 그다음에는 머리를 맞고 기절한 것 같고."

미야코 엄마는 눈물을 글썽거리며 두 손으로 입을 막았다.

"문화제 준비로 매일 늦게 들어와서 안 그래도 걱정했는데. 그 아이, 음악부 부장이라서 거의 매일 남아서……."

급기야 미야코 엄마가 울음을 터뜨리자 더는 보고 있기가 힘들어진 에리코는 빨리 돌아가고 싶다는 생각이 들었다. 유키호도 같은 생각이었는지 그녀에게 "우리 이제 그만 갈까?"라고 물었다.

"그러자." 하고 대답한 에리코는 자리에서 일어날 준비를 했다.

"정말 미안하다, 얘들아. 이렇게 문병까지 와 줬는데."

"아니에요. 미야코가 빨리 훌훌 털고 일어났으면 좋겠네요. 상처도 빨리 낫고요."

유키호가 일어서면서 말했다.

"고마워. 아, 그런데 있잖니,"

미야코 엄마가 갑자기 눈을 크게 떴다.

"그런 일을 당하기는 했지만 옷만 벗겨졌지, 그러니까 저…… 몸은 더럽혀지지 않았어. 그건 꼭 믿어 줘."

그녀가 하려는 말이 무엇인지 이내 알아들은 에리코는 살짝 놀라며 유키호와 마주 보았다. 확실히 입 밖에 내지는 않

왔지만 두 사람이 사건에 대해 얘기를 나눌 때는 미야코가
강간을 당했을 거라고 전제해 왔기 때문이다.

"네, 믿을게요."

유키호는 마치 그런 생각은 해 본 적도 없다는 듯이 대답했다.

"그리고,"

미야코 엄마가 덧붙였다.

"너희 둘이 지금까지 그 사건을 비밀로 해 준 모양인데, 앞
으로도 그렇게 해 줬으면 해. 그 아이 미래도 있잖니. 이런 일
이 세상에 알려지면 뒤에서 뭐라고들 쑥덕거릴지 알 수 없으
니 말이야."

"네, 잘 알고 있어요."

유키호는 결연하게 대답했다.

"절대 아무에게도 말하지 않을게요. 그리고 그런 소문이
난다 해도 우리만 부정하면 되는 일이잖아요. 미야코에게 전
해 주세요, 우리는 반드시 비밀을 지킬 테니까 안심하라고
요."

"그래, 고맙다. 좋은 친구들이 있어서 미야코는 행복하구
나. 평생 이 은혜를 잊지 말라고 할게."

그러고서 미야코 엄마는 또 눈물을 글썽거렸다.

9

후미히코의 혐의가 풀린 것은 토요일인 듯했다. 듯했다, 라고 한 것은 유이치가 그 사실을 월요일에 알았기 때문이다. 친구들 사이에 소문이 쫙 퍼져 있었다. 그 소문에 의하면 오늘 아침에 형사들이 무타 도시유키를 찾아왔다는 것이다.

그 이야기를 들은 유이치는 후미히코 본인에게 사실을 확인했다. 후미히코는 그의 얼굴을 힐끗 돌아본 후 다시 칠판 쪽으로 눈을 돌리더니 약간 퉁명스럽게 대답했다.

"혐의는 풀렸어. 그 얘기는 이제 다 끝났다고."

"그거 다행이다."

유이치가 기쁜 듯 말했다.

"그런데 혐의가 어떻게 풀렸어?"

"딱히 뭘 한 건 없어. 그날 영화관에 갔다는 게 증명됐을 뿐이지."

"어떻게 증명됐는데?"

"그런 건."

후미히코는 팔짱을 끼고 한숨을 푹 내쉬었다.

"그런 건 아무래도 상관없잖아. 너 혹시 내가 잡혀 가길 바라기라도 한 거야?"

"야, 그런 바보 같은 소리가 어디 있어."

"그럼 앞으로 이 일에 대해 두 번 다시 말하지 마. 생각만 해도 열 받으니까."

후미히코는 칠판 쪽을 향한 채 유이치를 바라보려고도 하지 않았다. 그를 원망하는 게 분명했다. 달마의 주인을 말한 사람이 누구인지 어렴풋이나마 감을 잡은 것이다.

후미히코의 마음을 풀어 줄 방법이 없을까 생각하던 유이치는 이렇게 말을 던져 보았다.

"그 사진 말인데, 조사하고 싶은 게 있으면 같이 하자."

"그게 무슨 소리야?"

"왜 있잖아, 기리하라 엄마가 남자랑 찍힌 사진 말이야. 왠지 재미있을 것 같지 않아?"

그러나 그 말에 대한 후미히코의 반응은 유이치의 기대를 벗어났다.

"아, 그거."

후미히코가 입술을 비죽거렸다.

"이제 됐어."

"됐다니?"

"흥미가 없어졌어. 생각해 보니까 나랑 아무 상관 없는 일이더라고. 옛날 일이어서 이제는 기억하는 사람도 없을 테고."

"하지만 네가 먼저……."

"게다가,"

후미히코가 유이치의 말을 잘랐다.

"그 사진, 잃어버렸어."

"잃어버려?"

"어디선가 떨어뜨렸나 봐. 아니면 요전에 집 청소할 때 잘못해서 버렸는지도 모르고."

"야, 그러면⋯⋯."

곤란하잖아, 라고 말하고 싶었다. 하지만 후미히코의 가면 같은 얼굴을 본 유이치는 아무 말도 할 수 없었다. 그 얼굴에 사진을 잃어버린 데 대해 미안해하는 기색이라고는 눈곱만큼도 없었다. 아니, 미안해하기는커녕 '이만한 일로 내가 사과할 필요는 없겠지.'라고 말하는 듯한 표정이었다.

"없어도 상관없잖아, 그런 사진."

후미히코는 딱 잘라 말하며 유이치를 보았다. 노려보았다는 표현이 맞을 만치 매서운 눈초리였다.

"어, 그래. 상관없지, 뭐."

하는 수 없이 유이치도 그렇게 대꾸했다.

그러자 후미히코는 말없이 자리에서 일어서더니 교실 문 쪽으로 걸어갔다. 더는 얘기하고 싶지 않다는 의사 표시인 듯했다.

교실 밖으로 나가는 후미히코의 등을 당황스러운 심정으로 바라보던 유이치는 다른 쪽에서 또 하나의 시선을 느꼈다.

그쪽으로 고개를 돌리자 그를 바라보고 있는 기리하라가 눈에 들어왔다. 차갑게 관찰하는 듯한 그의 시선에 유이치는 일순 한기를 느꼈다.

하지만 그 시선은 오래가지 않았다. 기리하라는 이내 눈을 내리깔고 문고본을 읽기 시작했다. 그의 책상 위에는 천으로 만든 조그만 주머니가 놓여 있었다. 천을 잇대어 바느질한 것으로, RK라는 이니셜이 새겨져 있었다.

그날 수업이 끝난 후였다. 학교에서 나와 걷고 있던 유이치의 오른쪽 어깨를 불쑥 잡는 손이 있었다. 돌아보니 무타 도시유키가 증오에 이글거리는 눈빛으로 서 있었다. 무타 뒤에는 다른 친구도 두 명 있었는데 둘 다 무타와 표정이 비슷했다.

"잠깐 따라와 봐."

무타가 낮게 울리는 목소리로 말했다. 큰 소리가 아닌데도 유이치의 심장을 오그라들게 만들 만치 압박감이 있었다.

무타와 친구들은 유이치를 좁은 골목 안으로 끌고 들어갔다. 두 사람이 유이치를 사이에 끼고 좌우로 서고 무타는 유이치 바로 앞에 섰다.

다음 순간 무타의 손이 유이치의 멱살을 잡더니 쥐어짜듯이 들어 올렸다. 키가 그리 크지 않은 유이치는 발돋움을 하지 않을 수 없었다.

"야, 이 새끼야."

무타가 살기등등하게 말했다.

"네가 날 팔아넘겼지?"

유이치는 필사적으로 고개를 저었다. 겁에 질려 얼굴에 경련이 일었다.

"거짓말하지 말아."

무타가 눈을 부라리며 얼굴을 가까이 들이밀었다.

"이 새끼, 너 아니면 누구야!"

무타가 이를 드러내며 윽박질렀다.

"무슨 소린지 모르겠어. 정말이야."

"거짓말하지 말라니까. 맛을 봐야 알겠어?"

왼쪽 아이가 소리쳤다.

"솔직하게 말해!"

무타가 두 손으로 유이치의 몸을 잡고 흔들었다. 유이치의 등이 벽에 닿았다. 차가운 콘크리트의 감촉이 전해졌다.

"정말이야. 거짓말 아니라니까. 나는 아무 말도 안 했어."

"정말이지?"

"정말이야."

유이치는 윗몸을 뒤로 젖히면서 고개를 끄덕거렸다.

그런 유이치를 잠시 노려보던 무타는 이윽고 잡고 있던 멱살을 놓았다. 오른쪽 남자가 쳇, 하며 침을 뱉었다.

유이치는 자신의 목을 주무르며 침을 삼켰다. 겨우 살았다, 고 생각한 순간, 무타의 얼굴이 일그러졌다. 그리고 아차 하는 찰나 커다란 충격이 유이치를 덮쳤다. 유이치는 그대로 땅바닥에 나뒹굴었다.

"뻔하잖아, 네놈이 말한 게!"

무타가 고함을 지르는 동시에 무언가가 유이치의 입으로 날아들었다. 그것이 운동화 코라는 것은 몸이 반대로 뒤집힌 후에야 알 수 있었다.

비릿한 냄새가 입안에 번졌다. 동전을 핥는 느낌이라고 생각하는 것과 동시에 격렬한 통증이 덮쳤다. 유이치는 손으로 얼굴을 누르면서 몸을 웅크렸다.

그런 그의 옆구리로 무타와 두 남학생의 발길질이 셀 수 없이 이어졌다.

3
장

1

　문을 열자 머리 위에서 딸랑딸랑, 방울 소리가 크게 울렸다.

　만나기로 약속한 찻집은 카운터 외에는 조그만 테이블이 두 개뿐인 좁은 가게였다. 그것도 테이블 하나는 이인용이다.

　소노무라 도모히코는 가게 안을 쓱 둘러보고 나서 잠시 망설이다가 이인용 테이블에 앉았다. 그가 망설인 까닭은 사인용 테이블에 앉아 있는 유일한 손님이 아는 얼굴이었기 때문이다. 얘기를 나눈 적은 없지만 3반의 무라시타라는 것을 도모히코는 알고 있었다. 호리호리하게 마른 데다 다소 이국적으로 생겨 여학생들에게 꽤나 인기 있겠다 싶은 아이였다. 구불구불 파마한 머리를 길게 기른 것을 보면 밴드 활동을 하는지도 모르겠다. 회색 셔츠 위에 검은 가죽조끼를 걸치고, 길쭉한 다리를 강조하듯이 스키니 진을 입었다.

　무라시타는 『소년 점프』를 읽고 있었다. 그는 도모히코가 가게에 들어서자 고개를 들었다가 이내 만화로 눈길을 떨어뜨렸다. 만나기로 약속한 사람이 있는 모양이었다. 테이블 위에는 커피 잔과 빨간 재떨이가 놓여 있다. 불이 붙어 있는 담배가 재떨이 위에서 연기를 피우고 있었다. 생활 지도 선생들도 이런 곳까지 순찰을 다니지는 않을 거라고 계산한 모양이다. 이곳은 학교에서 가장 가까운 역에서 전철로 두 정거장이나 떨어져 있다.

초로의 마스터가 카운터 안에서 나와 도모히코 앞에 물 잔을 내려놓더니 말없이 미소를 지었다.

도모히코가 테이블에 놓인 메뉴를 무시한 채 "커피 주세요."라고 말하자 마스터는 고개를 한 번 끄덕이고 다시 카운터 안으로 돌아갔다.

도모히코는 물을 한 모금 마시고 나서 다시 무라시타 쪽을 힐끔 바라보았다. 여전히 만화를 보고 있던 무라시타는 카운터 안에 있는 카세트에서 흘러나오는 곡이 올리비아 뉴튼존에서 고다이고의 '은하철도 999'로 바뀌자 노골적으로 얼굴을 찡그렸다. 일본 음악을 좋아하지 않는지도 모른다.

혹시, 하고 도모히코는 생각했다. 저 녀석도 나와 같은 이유로 여기에 있는 것은 아닐까. 그렇다면 같은 상대를 기다리는 셈이다.

도모히코는 가게 안을 둘러보았다. 요즘은 어느 찻집에나 있는 인베이더 게임기도 없다. 그렇다고 크게 아쉽지는 않았다. 도모히코는 이미 인베이더를 졸업했다. 고득점을 올릴 수 있는 UFO 격추 타이밍 등의 공략법을 속속들이 꿰뚫고 있어서 언제든 최고점을 기록할 자신이 있기 때문이다. 그가 인베이더 게임에 그나마 관심이 남아 있는 부분은 프로그램이다. 하지만 그것도 최근에 거의 파악했다.

그는 심심풀이 삼아 메뉴를 펼쳐 보았다. 그리고 그제야 이 찻집이 커피 전문점이라는 것을 알았다. 메뉴에 커피 종류가 수십 개나 주르륵 열거되어 있었다. 그는 주문하기 전에 펼쳐 보지 않기를 잘했다고 생각했다. 만일 메뉴를 먼저 봤다면 '그냥 커피'를 주문하기 미안해서 콜롬비아니 모카니 하는 걸 주문했을 테고 그러면 50엔이나 100엔쯤 돈을 더 내야 할 것이다. 지금의 그에게는 그 정도 돈도 크다. 약속만 없었다면 이런 찻집에 들어오는 일도 절대 없었을 것이다.

아무튼 그 재킷이 문제였어. 그러면서 도모히코는 지지난 주에 있었던 일을 떠올렸다. 남성복 전문 매장에서 친구와 둘이 물건을 슬쩍하려다 점원에게 들키고 만 것이다. 수법은 간단했다. 청바지를 입어 보는 척하면서 피팅룸에 재킷까지 같이 들고 들어가 미리 준비한 쇼핑백에 숨겨 나오는 것이다. 그런데 청바지만 원래 선반에 돌려놓고 매장을 나서려는 순간 젊은 남자 점원이 그를 불러 세웠다. 순간 정말 심장이 멎는 줄 알았다.

다행히 손버릇 나쁜 손님을 붙잡는 것보다 자신의 매출을 올리는 데 급급했던 남자 점원은 도모히코와 그 친구를 '실수로 상품을 자기 쇼핑백에 집어넣은 손님'으로 취급해 주었다. 덕분에 경찰을 부르느니 마느니 하는 일도 없었고 학교와 부모에게 연락이 가지도 않았지만 대신 재킷 값 2만 3천 엔을 지불해야 했다. 그때 그에게는 그만한 돈이 없었다. 점원은 도모히코에게 학생증을 맡기고 집에 가서 돈을 가져와도 좋다고 했다. 도모히코는 서둘러 집에 돌아가 전 재산이었던 1만 5천 엔을 꺼내 들고 나왔다. 나머지 8천 엔은 친구에게 빌렸다.

결과적으로 최신 유행하는 재킷이 생겼으니 손해 본 것은 없다. 하지만 굳이 돈을 주고 사서 입고 싶은 옷은 아니었다. 슬쩍할 기회라고 생각했기 때문에 제대로 보지도 않고 적당히 골랐던 것이다.

그 2만 3천 엔이 지금 있었더라면, 하고 도모히코는 수십 번도 더 후회했다. 그 돈이면 이것저것 사고 영화도 볼 수 있었다. 그런데 지금은 엄마에게 점심 값으로 받은 돈을 제하면 거의 한 푼도 없다. 게다가 친구에게 8천 엔이라는 빚까지 있었다.

초로의 마스터가 갖다 준, 한 잔에 2백 엔짜리 블랜드 커피를 도모히코는 홀짝홀짝 마셨다. 커피 맛은 상당히 좋았다.

정말로 '꽤 괜찮은 건'이면 좋을 텐데, 하고 도모히코는 벽시계를 올려다보며 생각했다. '꽤 괜찮은 건'이란 그를 이 찻집으로 불러낸 기리하라 료지의 표현이다.

기리하라는 오후 5시 정각에 나타났다.

가게로 들어온 기리하라는 먼저 도모히코를 보았다. 이어서 무라시타에게 시선을 돌린 그는 풋, 하고 코웃음을 쳤다.

"뭐야, 따로따로 앉아 있고."

그 한마디로 도모히코는 무라시타 역시 기리하라에게 불려 나왔다는 것을 알았다.

무라시타는 만화 잡지를 덮더니 긴 머리카락 속에 손가락을 집어넣고 머리를 긁적거렸다.

"혹시 나랑 같은 이유로 오지 않았을까 생각은 했지만, 만약 아니라면 이상하게 여길 거 아냐. 그래서 모르는 척하고 만화나 보고 있었지."

무라시타 쪽도 도모히코를 무시하고 있었던 것은 아닌 모양이었다.

"나도 그랬는데."

도모히코가 말했다.

"한 사람 더 있다고 말해 둘 걸 그랬나."

기리하라는 무라시타 쪽 테이블에 앉았다. 그리고 카운터 쪽을 향해 말을 건넸다.

"여기요, 나는 브라질."

마스터가 말없이 고개를 끄덕였다. 기리하라는 이 찻집 단골인가 보군, 하고 도모히코는 생각했다.

도모히코는 자기 커피 잔을 들고 사인용 테이블로 자리를 옮겼다. 그리고 기리하라가 권하는 대로 무라시타 옆에 앉았다.

기리하라는 꼬리가 약간 치켜 올라간 눈으로 두 사람을 바라보면서 오른손 집게손가락으로 테이블 위를 톡톡 두드렸다. 마치 사람의 값을 매기는 듯한 눈초리여서 도모히코는 은근히 불쾌해졌다.

"둘 다 마늘 안 먹었지?"

기리하라가 물었다.

"마늘?"

도모히코가 눈살을 찌푸렸다.

"안 먹었는데, 왜?"

"아니, 이런저런 사정이 있어서 말이지. 안 먹었으면 됐어. 무라시타는?"

"나흘 전인가, 교자 먹었는데."

"이쪽으로 얼굴 좀 들이밀어 봐."

"이렇게?"

무라시타가 몸을 앞으로 내밀고 기리하라에게 얼굴을 바짝 갖다 댔다.

"숨을 내쉬어 봐."

무라시타가 조심스럽게 숨을 내쉬자 기리하라가 다시 말했다.

"좀 더 세게."

무라시타가 훅 숨을 내쉬자 기리하라는 쿵쿵 입 냄새를 맡았다. 그리고 살짝 고개를 끄덕이더니 면바지 주머니에서 페퍼민트 껌을 꺼냈다.

"괜찮기는 한 거 같은데, 아무튼 여기서 나가면 이걸 씹어."

"알았어. 그런데 대체 뭘 하는 건지 분명하게 가르쳐 줘야지. 영 찜찜하잖아."

무라시타가 답답하다는 투로 말했다.

이 녀석도 자세한 얘기는 듣지 못했군, 하고 도모히코는 생각했다. 사실은 그도 마찬가지였다.

"얘기했잖아, 어떤 장소로 가서 여자들의 말동무가 돼 주면 된다고. 그게 다야."

"그게 다라니……."

그때 마스터가 기리하라의 커피를 들고 나오자 무라시타는 입을 다물었다. 기리하라는 커피 잔을 들더니 우선 커피 향을 느긋하게 음미했다. 그리고 천천히 한 모금 마시고 나서 마스터에게 말했다.

"역시 맛있는데요."

마스터는 흐뭇한 표정으로 눈을 찡긋해 보이고 카운터 쪽으로 돌아갔다.

기리하라가 다시 도모히코와 무라시타의 얼굴을 바라보았다.

"어려운 일 아냐. 너희들 정도면 충분히 할 수 있어. 그런 줄 알고 불러낸 거야."

"그러니까 뭐가 어떻게 충분하다는 거냐고."

무라시타가 짜증스럽다는 듯 물었다.

기리하라 료지는 청재킷의 가슴주머니에서 빨간 라크 갑을 꺼내 한 개비를 뽑아 물더니 지포 라이터로 불을 붙였다.

"상대가 마음에 들어 할 거라는 뜻이지, 뭐."

"상대라니…… 여자?"

무라시타가 낮은 목소리로 물었다.

"그래. 하지만 걱정할 거 없어. 봐줄 수 없을 정도로 못생긴 것도 아니고 쭈그렁 할매도 아니니까. 그저 그런 평범한 여자야. 나이는 좀 있지만."

"그 여자와 얘기를 하는 게 일이란 말이야?"

도모히코가 물었다.

기리하라는 그를 향해 담배 연기를 내뿜었다.

"응. 상대는 세 사람."

"무슨 소린지 모르겠네. 좀 더 자세하게 말해 봐. 어디서 어떤 여자와 무슨 얘기를 하면 되는지."

도모히코의 목소리가 약간 커졌다.

"그건 가 보면 알아. 그리고 무슨 얘기를 하게 될지는 나도 모르고. 되는대로 하면 되겠지. 너희들이 잘하는 얘기를 하면 될 거야. 상대도 좋아할걸, 아마."

기리하라가 입술을 비죽거렸다.

도모히코는 당황스러웠다. 이런 설명 가지고는 뭐가 뭔지 도무지 알 길이 없다.

"난 못하겠다."

무라시타가 말했다.

"그래?"

기리하라는 별로 놀랍지 않다는 투였다.

"시급이 3천3백 엔인데도?"

다시 커피 잔을 들면서 기리하라가 말했다.

"정확하게 말하면 3천3백33엔. 세 시간에 만 엔이지. 이렇게 좋은 아르바이트가 또 없을 텐데."

"그래도 위험한 일이잖아. 그런 일에는 가담하지 않는 게 상책이라고."

"위험할 거 하나도 없어. 괜히 떠벌리지만 않으면 너희에게 해가 되는 일도 없고. 그건 내가 보장하지. 그리고 한 가지 더 보장한다. 일이 끝나면 너희는 반드시 내게 고마워할 거야. '알바 뉴스' 구석구석 다 뒤져 봐라, 이렇게 좋은 아르바이트가 있나. 다들 하고 싶어서 난리지만 하고 싶다고 누구나 할 수 있는 일이 아니야. 너희들은 아주 운이 좋은 거지, 내 눈에 띄었으니."

"하지만……."

무라시타는 주저하는 기색을 보이며 도모히코를 보았다. 도모히코가 어떻게 나오는지 알고 싶었던 것이다.

시급 3천 엔 이상, 세 시간에 만 엔. 지금의 도모히코에게는 아주 매력적인 조건이었다.

"나는 할게. 단, 한 가지 조건이 있어."

"뭔데?"

"어디서 누구를 만나야 하는지는 미리 가르쳐 줘. 마음의 준비가 필요하니까."

"마음의 준비 같은 건 필요 없는데."

기리하라가 담배를 재떨이 안에 비벼 껐다.

"좋아, 여기서 나가면 가르쳐 주지. 하지만 도모히코 너 혼자서는 안 돼. 무라시타가 안 하겠다면 이 얘기는 없던 걸로 하겠어."

도모히코는 엉덩이를 든 채로 있는 무라시타를 올려다보았다. 결정권을 떠안은 꼴이 된 무라시타는 난감한 표정을 지었다.

"정말 위험한 일 아니지?"

무라시타가 기리하라에게 재차 확인했다.

"걱정 말라니까. 너희들이 원하지 않는 한 그런 일은 절대 없어."

기리하라의 단언에도 무라시타는 여전히 결심이 서지 않는 눈치였다. 그러나 자기를 올려다보는 도모히코의 눈에서 답답함과 경멸의 빛을 감지했는지 결국은 고개를 끄덕였다.

"알았어. 그럼 나도 할게."

"현명하군."

기리하라는 일어서면서 바지 뒷주머니에 손을 밀어 넣어 갈색 지갑을 꺼냈다.

"마스터, 계산 부탁합니다."

그러자 마스터는 손가락으로 그들의 테이블을 가리키더니 커다랗게 동그라미를 그렸다.

"아, 그렇지. 같이 계산해 주세요."

마스터는 고개를 끄덕이고서 카운터 안에서 볼펜으로 뭔가를 끼적인 후 조그만 종이 쪼가리를 기리하라에게 내밀었다.

기리하라가 지갑에서 천 엔짜리 지폐를 꺼내는 것을 보면서 도모히코는 그가 낼 줄 알았으면 샌드위치라도 주문할 걸 그랬다고 생각했다.

2

소노무라 도모히코가 다니는 슈분간 고등학교에는 교복이 없다. 각 대학에서 학원 분쟁이 한창일 무렵 이 학교에서는 도모히코의 선배들이 교복 폐지 운동을 벌였고, 여봐란 듯이 그 뜻을 실현시킨 결과다. 기본적으로 교복이 아예 없는 것은 아니지만 교복을 입고 등교하는 학생은 20퍼센트도 채 되지 않았다. 특히 2학년으로 올라가면 대부분의 학생이 제멋대로 옷을 입고 다닌다. 파마도 금지되어 있지만 교칙을 지키기 위해 하고 싶은 것을 참는 학생은 전무하다고 해도 과언이 아니었다. 화장도 마찬가지다. 여학생들이 화장품 냄새를 풍풍 풍기면서 패션 잡지의 모델을 그대로 복사해 놓은 듯한 꼴로 자리에 앉아 있는데도 선생들은 수업에 방해가 되지 않는 한 보고도 못 본 척했다.

그렇게 제멋대로 옷을 입고 학교에 다니니 방과 후에 번화가를 어슬렁거려도 선도부에 걸릴 염려가 거의 없었다. 만에 하나 누가 물어봐도 대학생이라고 우기면 별 탈 없이 넘어간다. 거기에 오늘처럼 날씨가 좋은 금요일이면 곧바로 집으로 돌아가는 학생이 드물었다.

소노무라 도모히코도 평소 같으면 친구들과 어울려, 시간이 넘쳐 나는 여학생들이 있을 만한 번화가나 신기종이 들어

온 게임 센터로 직행했을 것이다. 그런데 그러지 못하는 것은 예의 사건으로 주머니가 비었기 때문이다.

기리하라 료지가 그에게 말을 건넨 것은 도모히코가 그런 사정으로 수업이 끝났는데도 돌아갈 생각을 하지 않고 교실 구석에 앉아 『플레이보이』지를 읽고 있을 때였다. 앞에 누가 있는 듯한 기척이 느껴져 올려다보니 기리하라가 의미를 알 수 없는 미소를 머금고 서 있었다.

기리하라는 같은 반 학생이다. 하지만 새 학년이 된 지 두 달 가까이 지났는데도 말을 나눈 적이 거의 없었다. 도모히코 자신은 낯을 가리는 편이 아니라서 반 아이 대부분과 이미 친한 상태이지만 기리하라는 반 아이들에게 거리를 두고 있는 것처럼 보였다.

"오늘 시간 좀 있냐?"

그가 그렇게 첫마디를 꺼냈다.

"응, 별일 없는데."

도모히코가 대답하자 기리하라는 목소리를 낮추고 "꽤 괜찮은 건이 있는데 한번 해 보지 않을래?"라고 속삭였다.

"여자와 얘기만 하면 돼. 그리고 만 엔. 어때, 나쁘지 않지?"

"얘기만 하면 된다고?"

"관심 있으면 5시에 이리로 나와."

기리하라는 메모지 한 장을 내밀었다. 거기에는 조금 전에 갔던 커피 전문점 약도가 그려져 있었다.

"상대방 세 명은 아마 먼저 와서 기다리고 있을 거야."

기리하라가 입술을 거의 움직이지 않고 도모히코와 무라시타에게 말했다.

찻집에서 나와 지하철을 탔다. 승객이 별로 없어서 빈자리가 많았다. 그런데도 기리하라는 자리에 앉지 않고 출입문 옆에 가서 섰다. 얘기하는 소리가 주위 사람들에게 들리지 않도록 하려는 의도 같았다.

"오는 사람들이 대체 누구야?"

도모히코가 물었다.

"이름은 가르쳐 줄 수 없어. 그냥 란 짱, 수 짱, 미키 짱이라고 해 두지."

작년에 해산한 삼인조 걸 그룹 멤버들의 애칭을 들먹이며 기리하라는 희미하게 웃었다.

"지금 농담해? 가르쳐 준다고 했잖아."

"이름을 가르쳐 주겠다는 말은 안 했어. 그리고 서로 이름을 말하지 않는 편이 좋을 거야. 그쪽에도 너희들 이름을 알리지 않았어. 만약을 위해서 말해 두는데, 그쪽에서 아무리 캐물어도 절대 너희들 이름과 학교는 가르쳐 주지 마."

그 말을 하는 기리하라의 눈에 어린 차가운 빛을 보고 도모히코는 순간적으로 움찔했다.

"그래도 자꾸 물으면 어떻게 해?"

무라시타가 물었다.

"학교는 비밀이라고 하면 되잖아. 이름은 아무렇게나 둘러대고. 하지만 통성명을 하자고 하는 일은 없을 거야."

"대체 어떤 여자들인데?"

도모히코가 질문의 방향을 바꿨다.

왠지는 몰라도 기리하라의 표정이 약간 누그러졌다.

"주부야."

"주부?"

"그저 따분한 사모님들이라고 생각하면 돼. 하는 일도 취미도 없고, 누구와 말 한마디 나누지 못하는 하루하루를 보내다 보니 답답해진 사모님들. 남편도 상대를 안 해 주고 말이야. 그래서 따분함을 달래려고 젊은 남자와 대화나 나눠 볼까 하는 거지."

기리하라의 얘기를 듣고 있자니 도모히코는 얼마 전에 유행했던 로만포르노라는 것이 떠올랐다. '아파트 사모님'이라는 제목의 일부분도 떠올랐다. 물론 보러 간 적은 없다.

"대화만 나누는데 만 엔이란 말이야? 왠지 좀 찝찝한데."

"신경 쓸 거 없어. 세상에는 이상한 사람도 많으니까. 그쪽에서 그렇게 주겠다는데 받으면 되는 거지, 뭐."

"그런데 왜 나랑 무라시타를 찍은 건데?"

"그야 뻔하지. 너희들이 좀 잘생겼잖아. 너희는 그렇게 생각하지 않나?"

기리하라가 대놓고 그렇게 말하자 도모히코는 대꾸할 말을 잃었다. 하기는 그도 자신의 외모라면 연예계에 진출해도 먹힐 거라고 생각하고 있었다. 스타일에도 웬만큼 자신이 있다.

"그러니까 아무나 할 수 있는 아르바이트가 아니라고 했잖아."

그렇게 말하고서 기리하라는 자신의 말에 스스로 수긍하듯 고개를 끄덕거렸다.

"분명히 노땅은 아니라고 했다, 너."

찻집에서 기리하라가 했던 말이 떠올랐는지 무라시타가 확인하듯 말했다.

기리하라는 피식 웃었다.

"아니야. 하지만 이십 대 젊은 부인도 아니야. 삼십 대에서 사십 대 사이."

"그런 아줌마랑 무슨 얘기를 하면 되냐?"

도모히코가 내심 걱정스러운 듯 물었다.

"그런 생각은 할 필요 없어. 어차피 하나 마나 한 얘기로 시간이나 때우게 될 테니까. 그보다, 지하철에서 내리면 머리부터 빗어. 흐트러지지 않게 스프레이도 뿌리고."

"나 그런 거 없는데."

도모히코의 말에 기리하라는 자신의 스포츠 가방을 열어 보였다. 그 안에는 빗과 헤어스프레이, 그리고 드라이어도 있었다.

"일단 하기로 한 거니까 한껏 멋지게 하고 가야지. 안 그래?"

기리하라는 입술 한끝을 실룩였다.

난바 역에서 지하철 미도스지 선을 타고 가다가 센니치마에 선으로 환승해 니시나가보리 역에서 내렸다. 도모히코도 몇 번 와 본 적 있는 역이었다. 중앙 도서관이 있는 곳이기 때문이다. 여름 방학이면 열람실을 이용하려는 입시생들로 입구에 긴 줄이 생기기도 한다.

그 도서관 앞을 지나 몇 분을 더 걸었다. 4층짜리 조그만 아파트 앞에서 기리하라가 걸음을 멈췄다.

"여기야."

도모히코는 건물을 올려다보고는 침을 꿀꺽 삼켰다. 위 속이 따끔거렸다.

"뭐야, 그 표정은? 그렇게 졸아들 것까지 없잖아."

기리하라가 비웃는 듯이 말하자 도모히코는 자신도 모르게 뺨을 만졌다.

아파트에는 엘리베이터가 없었다. 계단으로 3층까지 올라간 기리하라는 304호 인터폰을 눌렀다.

네, 하는 여자 목소리가 스피커에서 흘러나왔다.

"접니다."

잠시 후 걸쇠 풀리는 소리가 나고 문이 열렸다. 가슴이 파인 검은 티셔츠에 회색과 노란색 체크무늬 치마를 입은 여자가 손잡이를 잡고 서 있었다. 작은 몸집에 얼굴이 조그맣고 머리는 짧다.

"안녕하세요."

기리하라가 웃는 얼굴로 인사했다.

"어서 와."

여자는 눈가에 거뭇거뭇하게 스모키 화장을 했고 귀에는 빨갛고 동그란 귀걸이가 대롱거렸다. 젊게 보이도록 꾸민 모양이지만 그래 봐야 결코 이십 대로는 보이지 않는다. 눈 밑에 잔주름이 있었다.

여자가 도모히코와 무라시타에게 눈길을 돌렸다. 그리고 복사기의 빛이 물체를 스캔하듯 두 사람의 용모를 위에서 아래로 죽 훑어 내려갔다.

"친구들?"

여자가 기리하라에게 물었다.

"네. 둘 다 잘생겼죠?"

그 말에 여자는 후후후 웃었다. 그리고 "들어와." 하고 문을 활짝 열었다.

둘은 기리하라를 따라 안으로 들어갔다. 현관 안쪽은 바로 부엌이었다. 테이블과 의자는 놓여 있지만 그 밖에는 붙박이 수납장이 있을 뿐 식기장이나 조리 기구는 보이지 않았다. 독신자용 소형 냉장고와 그 위에 놓인 전자레인지에서도 사용감은 느껴지지 않는다. 도모히코는 이 집이 누군가 살기 위해 빌린 게 아니라 다른 목적을 위해 빌린 집일 거라고 짐작했다.

짧은 머리 여자가 장지문을 열었다. 안에는 세 평짜리 다다미방 두 개가 나란히 있는데, 지금은 두 방을 가르는 장지문을 떼어 냈는지 길쭉한 하나의 방이 되어 있었다. 방 한쪽 구석에 간결한 철제 침대 하나가 놓여 있다.

다른 쪽에 놓인 텔레비전 앞에 여자 둘이 앉아 있었다. 한쪽은 갈색 머리를 포니테일로 묶고 깡마른 몸에 니트 원피스를 입었는데 의외로 가슴은 보기 좋게 풍만했다. 그리고 또 한 여자는 짧은 청치마에 청재킷 차림이었다. 동그란 얼굴에, 어깨까지 내려오는 머리는 구불구불한 웨이브다. 셋 중에서 가장 소탈한 생김새라고 느껴지는 건 나머지 둘의 화장이 너무 짙은 탓인지도 몰랐다.

"왜 이렇게 늦었어?"

머리를 뒤로 묶은 여자가 기리하라에게 물었다. 화난 말투는 아니었다.

"죄송합니다. 여러 가지로 준비할 게 있어서요."

기리하라가 웃는 얼굴로 사과했다.

"준비라니, 어떤 아줌마들이 기다리고 있는지 설명한 거야?"

"무슨 그런 말씀을."

기리하라는 방 안으로 들어가자 다다미 위에 책상다리를 하고 앉았다. 그리고 도모히코와 무라시타에게도 앉으라고 눈으로 신호를 보냈다.

두 사람이 자리에 앉자 기리하라는 다시 벌떡 일어섰다. 그리고 그가 앉았던 자리에 이번에는 짧은 머리 여자가 앉았다. 그래서 도모히코와 무라시타는 세 여자에게 에워싸인 꼴이 되었다.

"맥주 마실까요?"

기리하라가 여자들에게 물었다.

여자들은 좋아, 하고 고개를 끄덕이면서 대답했다.

"너희들도 맥주 마시지?"

그렇게 묻고서 기리하라는 대답도 듣지 않은 채 부엌으로 갔다. 냉장고에서 맥주병을 꺼내는 소리가 들렸다.

"술, 자주 마셔?"

포니테일 여자가 도모히코에게 물었다.

"가끔요."

"잘 마셔?"

"아니, 그런 건 아니고요."

도모히코는 배시시 웃으면서 고개를 저었다.

여자들이 서로 눈짓을 했다. 그 눈짓에 무슨 의미가 있는지는 알 수 없지만 적어도 그녀들은 기리하라가 데리고 온 두 남학생의 용모에는 불만이 없는 듯했다.

어쩐지 어두컴컴하다 했더니 창문 밖으로 덧문이 닫혀 있었다. 게다가 조명은 등나무 갓이 달린 백열등 하나뿐이다. 이렇게 방을 어둡게 한 것은 여자들의 나이를 속이기 위한 것일지도 모르겠다고 도모히코는 생각했다. 포니테일 여자의 피부는 도모히코 또래의 여학생들과는 전혀 달랐다. 옆에서 보니 금방 알 수 있었다.

기리하라가 맥주 세 병과 잔 다섯 개, 그리고 접시에 마른 안주를 챙겨 쟁반에 담아 왔다. 그는 쟁반을 내려놓고서 도로 부엌으로 가더니 이번에는 커다란 피자를 들고 나왔다.

"너희들, 배고프지?"

기리하라가 그렇게 말하면서 도모히코와 무라시타를 보았다.

여자들과 도모히코, 무라시타는 서로의 잔에 맥주를 따랐다. 그리고 별다른 명분 없이 건배했다. 기리하라는 부엌에서 자신의 가방을 뒤적이고 있었다. 저 녀석은 맥주 안 마시나, 하고 도모히코는 생각했다.

"여자 친구 있어?"

포니테일 여자가 도모히코에게 물었다.

"아니요, 없어요."

"왜?"

"왜……, 왠지는 모르겠지만 그냥 없어요."

"학교에 귀여운 여자애들 많을 텐데."

"글쎄요."

잔을 손에 든 채 도모히코는 고개를 갸웃거렸다.

"알았다. 눈이 높은 거구나?"

"아니요, 꼭 그런 건 아닌데……."

"너 정도면 얼마든지 여자 친구를 만들 수 있을 텐데, 적극적으로 대시하지 그랬어?"

"괜찮은 여자애가 정말 없어요."

"그런 거야? 아쉽겠네."

그렇게 말하면서 포니테일 여자는 도모히코의 허벅지에 오른손을 올려놓았다.

여자들과의 대화는 기리하라가 말한 대로 하나 마나 한 얘기들뿐이었다. 아무 내용도 없는 말을 주거니 받거니 했다.

이런 일로 정말 돈을 받을 수 있는 건가. 도모히코는 그 점이 미심쩍었다.

말이 많은 것은 포니테일 여자와 짧은 머리 여자뿐이었다. 청재킷 차림의 여자는 맥주를 마시면서 그저 얘기를 듣기만 하는 느낌이다. 웃는 얼굴에도 어딘가 모르게 딱딱함이 배어 있다.

짧은 머리와 포니테일이 계속 맥주를 권했다. 도모히코도 거절하지 않고 잇달아 마셨다. 담배나 술을 권하면 거절하지 말라고, 여기 오기 전에 기리하라가 주의를 주었기 때문이다.

"얘기가 꽤 무르익은 것 같은데, 이쯤에서 쇼 타임을 가질까요?"

얼굴을 마주한 지 30분쯤 지났을 때 기리하라가 모두에게 그렇게 말했다. 도모히코는 일찌감치 알딸딸하게 취해 있었다.

"아, 신작이야?"

짧은 머리 여자가 기리하라 쪽을 보며 물었다. 눈이 반짝거렸다.

"그럼요. 마음에 드실지 어떨지는 잘 모르겠지만요."

기리하라가 아까부터 부엌 테이블 위에서 소형 영사기를 조립하고 있다는 것은 도모히코도 눈치채고 있었다. 뭘 하려는지 물어보려던 참이었다.

"무슨 영화인데?"

도모히코가 기리하라에게 물었다.

"보면 알아."

기리하라가 히죽 웃으면서 영사기 스위치를 눌렀다. 그와 동시에 영사기에서 나오는 강렬한 빛이 다섯 사람 앞에 있는 벽에 커다란 사각형을 만들었다. 하얀 벽을 스크린으로 활용하는 셈이다.

"미안하지만 불 좀 꺼 줄래?"

기리하라의 말에 도모히코는 몸을 쭉 뻗어 백열등 스위치를 껐다. 그리고 필름이 돌아가기 시작했다.

그것은 8밀리 컬러 영화였다. 소리는 나오지 않았다. 그러나 어떤 유의 영화인지는 시작되자마자 금방 알 수 있었다. 화면에 벌거벗은 남녀가 불쑥 나타났던 것이다. 게다가 보통 영화 같으면 절대 보여서는 안 되는 부분까지 완전히 노출돼 있었다. 도모히코는 심장 박동이 빨라지는 것을 느꼈다. 맥주를 많이 마셔서 취한 탓만은 아닌 듯했다. 그는 이런 유의 사진은 본 적이 있어도 움직이는 영상을 보기는 처음이었다.

"우와, 대단하네."

"어머, 저런 방법도 있구나."

여자들은 쑥스럽지도 않은지 달뜬 목소리로 이런저런 말을 내뱉었다. 게다가 여자들의 말은 서로를 향한 것이 아니라 도모히코와 무라시타를 향한 것이었다.

"저런 거, 해 본 적 있어?"

포니테일 여자가 도모히코의 귀에 대고 속삭였다. 아니요, 라고 대답하는데 볼썽사납게도 그만 목소리가 떨리고 말았다.

처음 영화는 10분 정도로 끝이 났다. 기리하라는 재빨리 영사기 릴을 바꿨다. 그사이에 짧은 머리 여자가 "왜 이렇게 덥지." 하면서 셔츠를 벗기 시작했다. 셔츠 아래는 브래지어뿐이었다. 영사기 불빛 속으로 하얀 피부가 떠올랐다.

바로 그때 청재킷 여자가 벌떡 일어섰다.

"저, 난……."

그러더니 입을 다물고 만다. 무슨 말을 하면 좋을지 망설이는 눈치다.

"가려고요?"

영사기를 세팅하고 있던 기리하라가 물었다.

여자는 말없이 고개를 끄덕였다.

"그래요? 아쉽군요."

모두가 쳐다보는 가운데 청재킷 여자가 현관으로 걸어갔다. 그녀는 아무와도 눈을 마주치려 하지 않았다.

그녀가 나간 후 기리하라가 문단속을 하고 돌아왔다.

짧은 머리 여자가 키들키들 웃으면서 말했다.

"자극이 좀 강했나."

"3 대 2라 자기만 덜렁 남아서 그런 거 아닐까? 료지가 상대를 안 해 주니까 그렇지."

포니테일 여자가 그렇게 말했다. 목소리에 우월감 같은 것
이 깔려 있다.

"어떻게 하는지 지켜봤어요. 그런데 저 사람에게는 버거웠
나 봐요."

"내 딴에는 생각해서 같이 오자고 한 건데."

짧은 머리가 그렇게 응수했다.

"됐지, 뭐. 그보다, 다음 거 보자."

"네, 바로 시작하죠."

기리하라가 다시 영사기 스위치를 눌렀다. 벽에 또 영상이
나타났다.

포니테일 여자가 니트 원피스를 벗은 것은 두 번째 영화를
보던 도중이었다. 여자는 옷을 벗자마자 도모히코에게 몸을
기댔다. 그리고 작은 소리로 속삭였다.

"만져도 괜찮아."

도모히코는 이미 발기해 있었다. 그것이 알몸이나 다름없
는 여자가 기대어서인지 아니면 수위 높은 영상을 보고 있어
서인지 자기 자신도 알 수 없었다. 다만 그 시점에 그는 이 아
르바이트의 진정한 내용을 이해하고 있었다.

도모히코는 불안했지만 그렇다고 앞으로 시작될 일을 회피
하고 싶은 것은 아니었다. 잘 치를 수 있을지, 그게 걱정스러

울 뿐이었다.

그는 아직 동정이었다.

3

도모히코의 집은 국철 한와선 비쇼엔 역 근처에 있다. 조그만 상점가를 지나면 첫 모퉁이에 있는 목조 2층짜리 평범한 전통 가옥이다.

"어서 와라. 많이 늦었네. 저녁은?"

그의 얼굴을 보며 엄마 후사코가 물었다. 밤 10시 가까운 시간이었다. 전에는 귀가가 늦으면 엄마가 잔소리를 했지만 고등학생이 된 후로는 별말을 하지 않는다.

"먹고 왔어."

도모히코는 퉁명스럽게 대답하고는 곧장 자기 방으로 들어갔다.

1층에 있는 작은 다다미방이 그의 방이다. 예전에는 창고로 쓰이던 곳인데 도모히코가 고등학교에 올라가면서 방으로 꾸며 사용하게 됐다.

도모히코는 의자에 앉자마자 눈앞에 있는 기계의 전원을 켰다. 그것은 그의 일과이기도 하다.

기계란 컴퓨터를 말한다. 물론 그가 산 것은 아니다. 새 제품을 사려면 백만 엔 정도 들겠지만, 전자 기기 회사에 다니는 아버지가 아는 사람을 통해 싼값에 물려받은 것이다. 아버지는 사용법을 터득하기 위해 컴퓨터를 구한 듯하지만 두세 번 만져 보고는 포기하고 말았다. 대신 관심을 보인 것은 도모히코였다. 그는 책을 사서 혼자 공부한 끝에 지금은 간단한 프로그램까지 만들 수 있게 됐다.

컴퓨터가 켜진 것을 확인한 도모히코는 옆에 있는 테이프 리코더의 전원을 켠 후 키보드를 두드렸다. 잠시 후 테이프 리코더가 작동하기 시작했다. 그러나 스피커에서 흘러나오는 소리는 음악이 아니었다. 잡음과 전자음이 섞인 듯한 소리다.

테이프 리코더는 데이터의 저장 장치로 사용하는 것이었다. 긴 프로그램은 자기 신호로 변환해 일단 카세트테이프리코더에 기록해 놓고 사용할 때마다 컴퓨터로 불러온다. 전에는 저장 장치로 종이테이프를 사용했다. 그에 비하면 카세트테이프리코더 방식이 편리하지만, 그래도 불러오는 데 시간이 걸리는 점은 불만이었다.

20분 가까이 지나자 도모히코는 다시 키보드를 두드렸다. 14인치 흑백 화면에 'WEST WORLD'라는 글자가 나타났다. 이어서 'PLAY? YES=1 NO=0'이라고 묻는다. 도모히코는 1번 키를 누르고 이어서 엔터 키를 두드렸다.

'WEST WORLD'는 그가 직접 만든 첫 컴퓨터 게임이다. 집요하게 쫓아오는 적으로부터 도망치면서 미로의 출구를 찾는 내용으로, 율 브리너가 주연한 영화 '웨스트 월드'에서 힌트를 얻었다. 이 게임에는 두 가지 재미가 있다. 한 가지는 게임 본래의 재미고 다른 한 가지는 개조의 재미다. 말하자면 게임을 하고 놀면서 동시에 좀 더 즐길 수 있는 좋은 아이디어를 찾는 것이다. 이거다 싶은 아이디어가 떠오르면 게임을 중단하고 곧바로 프로그램 개조에 들어간다. 단순하던 게임을 점차 복잡하게 만들어 가는 과정에는 살아 있는 생물을 키우는 듯한 기쁨이 있었다.

그는 숫자를 입력하는 텐 키를 한참이나 계속해서 두드렸다. 그 키들이 화면에 나타난 캐릭터를 움직이는 컨트롤러 역할을 하기 때문이다.

그런데 이날은 게임에 전혀 몰입하지 못하고 그만 도중에 시들해지고 말았다. 잔 실수 때문에 적에게 공격당해도 전혀 분하지 않았다.

도모히코는 한숨을 쉬면서 키보드에서 손을 내려놓았다. 그리고 의자에 기대어 비스듬히 위쪽을 바라보았다. 비키니를 입은 아이돌 스타의 포스터가 벽에 붙어 있었다. 대담하게 드러내 놓은 가슴과 허벅지가 눈에 들어왔다. 물방울이

맺힌 피부를 만지는 감촉을 상상하자 조금 전 그렇게 이상한 체험을 하고 왔는데도 페니스에 또 변화가 올 듯한 느낌이 들었다.

이상한 체험. 그렇게밖에 말할 수 없지 않을까. 그는 불과 몇 시간 전의 일을 머릿속으로 반추했다. 자신의 몸에 그런 일이 벌어졌다는 실감이 들지 않는다. 그러나 그것은 꿈도 환상도 아닌 현실이었다는 것을 자기 자신이 잘 알고 있다.

8밀리 영화를 세 편 본 후 섹스가 시작되었다. 도모히코는 여자에게 완전히 리드 당하고 말았다. 무라시타 역시 마찬가지였을 것이라고 생각한다. 도모히코는 포니테일 여자와 침대 위에서, 무라시타는 짧은 머리 여자와 이불 속에서 뒤엉켰다. 두 고등학생은 상대의 손이 이끄는 대로 난생처음 섹스를 경험했다. 무라시타도 동정이었다는 것을 도모히코는 그 집에서 나온 후에야 들었다.

도모히코는 포니테일 여자의 몸 안에 두 번이나 사정했다. 첫 번째는 뭐가 뭔지 모르는 채 벌어진 일이었다. 그러나 두 번째에는 조금 여유가 생겼다. 자위를 하면서는 느낄 수 없었던 쾌감이 온몸을 훑고 지나가면서 대량의 정액이 쏟아져 나오는 확실한 감각이 있었다.

도중에 여자들은 서로 상대를 바꾸는 게 어떨까 하는 의논을 했다. 그런데 포니테일 여자가 내키지 않아 해서 실현되지는 않았다.

이제 슬슬 끝내죠, 라는 말을 꺼낸 것은 기리하라였다. 도모히코가 시계를 보니 그들이 아파트에 도착한 후로 딱 세 시간이 지나 있었다.

기리하라는 끝까지 섹스에 가담하지 않았다. 여자들도 그를 끌어들이려 하지 않았던 걸 보면 아마도 처음부터 그렇게 정해져 있었던 것 같다. 그렇다고 기리하라는 밖으로 나가지도 않았다. 도모히코와 무라시타가 땀으로 범벅이 되어 여자들과 껴안고 있는 동안에도 그는 내내 부엌 의자에 앉아 있었다. 도모히코가 첫 번째 사정이 끝난 후 얼얼한 상태로 부엌 쪽을 보니 기리하라는 어둠 속에서 벽을 향해 다리를 꼬고 앉은 채 소리 없이 담배를 피우고 있었다.

아파트에서 나오자 기리하라는 둘을 가까운 찻집으로 데리고 갔다. 그리고 현금 8천5백 엔을 건네주었다. 만 엔이라고 약속하지 않았느냐고 도모히코와 무라시타가 항의하자 그는 이렇게 말했다.

"너희들이 먹은 값을 제했을 뿐이야. 피자도 먹고 맥주도 마셨잖아. 그래도 1천5백 엔이면 싼 거지."

그 말에 무라시타가 이내 수긍했기 때문에 도모히코도 더는 불평할 수 없었다. 게다가 첫 경험이 끝난 직후여서 흥분된 상태이기도 했다.

"싫지 않았다면 앞으로도 부탁해. 너희 둘이 상당히 마음에 든 것 같으니 어쩌면 또 부를지도 모르지."

그리고 기리하라는 금세 표정을 바꾸더니 덧붙였다.

"혹시나 해서 말하는 건데, 절대 개인적으로 만나는 일은 없도록 해. 이런 일은 비즈니스로 해야 문제가 없어. 괜히 단독 플레이를 했다가는 이상하게 꼬인다고. 지금 이 자리에서 약속해. 절대 개인적으로는 만나지 않겠다고."

그 즉시 무라시타는 만나지 않겠노라고 약속했다. 그래서 도모히코는 망설이는 몸짓조차 보이기 어려웠다.

"알았어, 만나지 않을게."

도모히코까지 그렇게 대답하자 기리하라는 만족스러운 듯 고개를 크게 끄덕거렸다.

그때의 기리하라의 표정을 떠올리며 도모히코는 청바지 뒷주머니에 손을 넣었다. 그리고 종이 한 장을 꺼내 책상 위에 올려놓았다.

종이에는 일곱 자리 숫자가 적혀 있었다. 전화번호가 분명하다. 그리고 그 밑에는 '유코'라고 쓰여 있다.

방에서 나오기 직전에 포니테일 여자가 살짝 건네준 메모였다.

4

조금 취했다. 혼자 마신 게 몇 년 만일까 생각해 보았다. 답이 나오지 않는다. 그 정도로 오랜만이라는 뜻이다. 술을 마시는 동안 한심하게도 말을 건네는 남자 하나 없었다.

집으로 돌아와 방의 불을 켜자 안쪽 유리창에 자신의 모습이 비쳤다. 창에 달린 커튼이 활짝 열려 있었기 때문이다. 니시구치 나미에는 마음이 무거워지는 것을 느끼며 창 쪽으로 다가갔다. 짧은 청치마와 청재킷, 그 속에 입은 빨간 셔츠. 자신에게는 조금도 어울리지 않는 차림새다. 옛날 옷을 꺼내어 억지로 젊게 입어 보았지만 그저 보기 흉할 뿐이다. 그 고등학생들도 보나 마나 그렇게 생각했을 것이다.

커튼을 닫고 옷을 되는대로 벗어 던졌다. 속옷 차림으로 화장대 앞에 앉았다.

윤기 하나 없는 여자의 얼굴이 있었다. 눈에도 반짝임 같은 것은 없다. 하루하루를 막연하게 보내면서 막연하게 나이를 먹어 가는 여자의 얼굴.

가방을 끌어당겨 담배와 라이터를 꺼냈다. 불을 붙이고 화장대를 향해 연기를 뿜어낸다. 부연 연기에 가려 얼굴 윤곽이 흐려졌다. 늘 이렇게 보이면 좋을 텐데, 하고 그녀는 생각했다. 잔주름이 보이지 않아서다.

조금 전 그 아파트에서 뜻하지 않게 보게 된 음란한 영상이 뇌리에 되살아났다.

"한번 같이 가 볼래? 후회하지 않을 거야. 만날 이렇게 밋밋하게 살아 봐야 무슨 재미가 있니. 걱정 마, 재미있을 테니. 가끔은 젊은 남자도 만나야지, 안 그러면 더 빨리 늙는다."

직장 선배인 가와타 가즈코가 그렇게 말한 것이 그제였다. 평소 같으면 단번에 거절했을 것이다. 그런데 나미에의 등을 떠미는 것이 있었다. 이쯤에서 자신에게 변화를 주지 않으면 평생 후회하지 않을까 하는 생각이었다. 그래서 그녀는 주저하면서도 가즈코의 권유에 따랐다. 가즈코는 그날 유난히 말이 많았다.

하지만 결국 나미에는 도망쳐 나오고 말았다. 그 이상한 세계에 몸을 맡기고 있을 수가 없었다. 고등학생들을 상대로 여자 냄새를 풍기며 교태를 부리는 그녀들의 모습에 속이 울렁거리는 불쾌감을 느꼈다.

죄악이라고는 생각하지 않는다. 그렇게 해야만 심신의 스트레스를 풀 수 있는 여자도 있을 것이다. 하지만 나미에 자신은 그런 유의 인간이 아니라고 생각했다.

벽에 걸린 달력으로 눈을 돌렸다. 내일부터는 다시 일이다. 쓸데없는 데에 귀중한 휴가를 쓰고 말았다. 니시구치 씨, 어제 데이트 있었다면서? 빈정거리듯 그렇게 물어 댈 상사나 후배들의 표정을 상상하자 나미에는 또 마음이 무거워졌다. 내일은 누구보다 일찍 출근하자. 그리고 곧장 일을 시작하는 거다. 그러면 말을 걸기 어려울 것이다. 자명종을 평소보다 이른 시간에 맞춰 놓았다.

시계?

브러시를 집어 들고 머리를 두세 번 빗어 내리다 멈췄다. 문득 떠오르는 생각이 있었기 때문이다. 퍼뜩 놀라 옆에 있는 가방을 열고 그 안을 뒤졌다. 그러나 찾는 것은 보이지 않았다.

아차.

나미에는 입술을 깨물었다. 아무래도 깜박 두고 온 것 같다. 그것도 아주 곤란한 장소에.

그것은 손목시계였다. 값비싼 것은 아니다. 그래서 더욱이 어디든 부담 없이 차고 갈 수 있었다. 언제 어디서 잃어버려도 상관없다고 생각해 왔다. 그런데 신기하게도 한 번도 잃어버린 적이 없었다. 그러다 애착이 생겼다. 그런 시계였다.

그래, 화장실에 다녀왔을 때야, 하고 기억이 났다. 세면대에서 손을 씻으면서 무의식중에 늘 하던 버릇대로 풀어 놓았다. 그러고는 깜박한 것이다.

그녀는 전화기로 손을 뻗었다. 가와타 가즈코에게 확인해 보는 수밖에 없었다. 그녀를 통하지 않고는 그 료지라는 청넌에게 연락할 수 없다.

물론 내키지 않았다. 도중에 와 버린 것에 대해 가즈코가 한마디 할 것 같았다. 그러나 이대로 있을 수도 없었다. 가방에서 수첩을 꺼내 전화번호를 확인하고 다이얼을 돌렸다.

다행히 가즈코는 집에 돌아와 있었다. 전화를 건 사람이 나미에라는 것을 알자 "어머!" 하고 뜻밖이라는 듯이 놀란다. 약간은 비웃는 듯한 울림도 있었다.

"아까는 미안했어요. 왠지 그럴 기분이 아니었어요."

"그래, 괜찮아."

가즈코의 말투는 가벼웠다.

"네게는 아무래도 무리였나 봐. 오히려 내가 사과해야 하는지도 모르겠네. 미안해."

그만한 일에 도망치다니, 겁은 많아 가지고. 나미에에게는 그렇게 들렸다.

"저, 실은……."

나미에는 시계 얘기를 꺼냈다. 세면대에 두고 온 것 같은데 못 봤느냐고.

가즈코의 대답은 "못 봤는데."였다.

"누가 봤으면 내게 말했을 텐데. 그랬으면 내가 맡아 두었을 테고."

"그래요……."

"거기다 두고 온 거 확실해? 찾아봐 달라고 할까?"

"아니에요. 일단은 됐어요. 거기가 아닐지도 모르니까 다른 데도 더 찾아볼게요."

"그래, 알았어. 찾으면 내게도 알려 줘."

"네. 밤늦게 죄송합니다."

나미에는 얼른 전화를 끊었다. 한숨이 나왔다. 어쩌지.

그런 시계 따위 포기하면 얘기는 간단했다. 잃어버려도 아무 상관 없다고 생각했던 시계다. 지금도 아마 시계를 두고 온 장소가 다른 곳이었다면 깨끗이 포기했을 것이다.

그러나 사정이 달랐다. 그런 장소에 시계를 두고 온 것은 큰 실수였다. 다른 시계라면 아무 문제가 없다. 나미에는 후회가 막심했다. 그런 곳에 가는데 왜 하필 그 시계를 찼을까, 다른 시계도 있는데.

몇 번이나 담배를 뻐끔거린 후 재떨이에 비벼 불을 껐다. 공간의 한 점을 물끄러미 바라본다.

한 가지 방법이 있기는 했다. 나미에는 그 방법이 무모하지는 않을지 생각해 보았다. 그리 어렵지 않을 듯한 기분이 들었다. 적어도 위험하지는 않을 듯하다.

화장대 위에 놓인 시계를 보았다. 10시 반이 조금 지났다.

나미에는 11시 넘어서 집을 나섰다. 사람들 눈에 뜨이지 않으려면 가능한 한 늦은 시각이 좋을 것이다. 그러나 너무 늦으면 마지막 전철을 놓칠 우려가 있다. 그녀의 집에서 가장 가까운 역은 요쓰바시 선 하나조노초 역이니까 니시나가보리 역에 가려면 난바에서 갈아타야 한다.

지하철은 텅 비어 있었다. 자리에 앉자 건너편 유리창에 그녀의 모습이 비쳤다. 검은 테 안경을 끼고 트레이닝셔츠에 청바지를 입은 허접한 차림새. 삼십 대 중반이라는 것을 한눈에 알 수 있는 여자가 거기 있었다. 그래, 이렇게 입는 게 속 편하지, 하고 그녀는 생각했다.

니시나가보리에 도착한 후 낮에 가와타 가즈코와 함께 걸었던 길을 다시 걸어갔다. 가즈코는 눈에 보일 만치 들떠 있었다. 어떤 남자애가 올지 기대되네, 라는 말도 했다. 나미에는 그런 말에 장단을 맞추면서도 그때부터 이미 영 내키지 않아 하는 자신의 기분을 알아차리고 있었다.

길을 헤매는 일도 없이 그 아파트에 도착했다. 계단을 통해 3층까지 올라가 304호 앞에 섰다. 일단 인터폰을 눌러 보았다. 심장이 쿵쿵거린다.

반응이 없었다. 혹시 몰라서 다시 한 번 눌러 보았지만 결과는 마찬가지다.

안도하는 동시에 긴장했다. 나미에는 주위를 살핀 뒤 문 바로 옆에 있는 수도 계량기 뚜껑을 열었다. 낮에 가와타 가즈코가 거기서 보조 열쇠를 꺼내는 걸 보았기 때문이다.

"단골이 되면 이렇게 보조 열쇠 있는 데를 가르쳐 주거든."

가즈코는 우쭐해서 그렇게 말했다.

나미에가 그곳을 손으로 더듬자 손가락 끝에 닿는 것이 있었다. 자신도 모르게 안도의 한숨이 새어 나왔다.

보조 열쇠를 꽂고 옆으로 돌린 후 살며시 문을 열었다. 실내에 불이 켜져 있다. 하지만 현관에는 신발이 없다. 아무도 없는 모양이었다. 그럼에도 그녀는 소리 나지 않게 살금살금 실내로 들어갔다.

낮에는 깨끗했던 테이블 위에 뭔가가 어지럽게 널려 있었다. 잘은 모르지만 자잘한 전자 부품과 계측기처럼 보인다. 스테레오나 영사기를 수리하고 있나 보네, 하고 나미에는 생각했다.

아무튼 누군가가 무언가를 하고 있었던 모양이다. 그녀는 약간 불안해졌다. 그 누군가가 돌아오기 전에 시계를 찾아야 한다.

욕실로 가서 조그만 세면대 주위를 살폈다. 하지만 자신이 분명히 두었을 것이라고 생각했던 곳에 손목시계가 없었다. 누군가 봤다는 뜻일까. 그렇다면 왜 가와타 가즈코에게 맡기지 않았을까.

불안감이 밀려왔다. 고등학생 하나가 시계를 본 것 아닐까.

그리고 일부러 아무에게도 말하지 않은 채 몰래 가져간 것이다. 전당포에 들고 가면 푼돈이 되겠다고 생각했을지도 모른다.

나미에는 온몸이 뜨거워지는 것을 느꼈다. 어떻게 하면 좋지.

그녀는 침착해지기 위해 우선 숨을 골랐다. 자신의 착각일 가능성에 대해서도 생각해 보았다. 세면대에 두고 왔다고 생각했지만 착각일 수 있다. 풀어 놓았던 시계를 들고 방으로 돌아와 아무 생각 없이 방 안 어딘가에 두었을지도 모른다.

그녀는 욕실에서 나와 다다미방으로 갔다. 다다미방은 깨끗하게 치워져 있었다. 그 료지라는 청년이 치운 것일까. 그는 대체 뭐하는 사람일까.

낮에는 떼어져 있던 장지문이 제자리에 붙어 있어 침대가 놓였던 방은 보이지 않았다. 그녀는 천천히 장지문을 열었다.

순간 기묘한 것이 눈으로 날아들었다. 그것은 텔레비전 화면이었다. 방 한가운데에 텔레비전 같은 것이 놓여 있고 화면에 뭔가가 나타나 있다. 보통의 영상은 아니었다. 그녀는 화면 가까이로 얼굴을 가져갔다.

이건.

기하학적인 모양 몇 개가 화면 속에서 움직이고 있었다. 처음에는 그저 모양이 변화하고 있을 뿐이라고 생각했는데 자세히 보니 그게 아니었다. 가운데에 로켓 모양이 있고 그것이 앞에서 오는 원형과 사각형 장애물을 비켜 가면서 앞으로 나아가려 하고 있었다.

나미에는 게임의 일종인가 생각했다. 그녀도 몇 번인가 인베이더 게임을 해 본 적이 있기 때문에 알 수 있었다.

화면의 움직임이 인베이더 게임만큼 원활하지는 않았다. 그러나 잇달아 공격해 오는 장애물을 보란 듯이 비켜 나아가는 로켓의 움직임에는 자신도 모르게 빨려들 만한 무엇이 있었다. 실제로도 빨려들었던 것 같다. 그래서 그녀는 소리를 듣지 못했다.

"마음에 드는 모양이군요."

갑자기 뒤에서 말소리가 나는 바람에 나미에는 비명을 지르고 말았다. 돌아보니 료지라고 불렸던 청년이 서 있었다.

"아아, 미안해요. 저……, 깜박 두고 간 게 있어서, 보조 열쇠 있는 데는 가와타 씨가 말해 줘서……."

당황한 나미에는 그만 횡설수설하고 말았다. 그러나 그는 그녀의 말 따위는 듣지 않는 듯했다. 아무 말 없이 그녀를 밀치고 화면 앞에 앉더니 옆에 놓여 있던 키보드를 무릎에 올려놓고 양 손가락으로 키 몇 개를 눌렀다.

곧바로 화면 속의 움직임이 달라졌다. 장애물의 움직임이 빨라지고 다양해졌다. 료지는 키를 계속 두드렸고, 로켓이 장애물을 잇달아 비켜 갔다.

나미에도 그가 로켓의 움직임을 조종하고 있다는 것을 알수 있었다. 조금 전까지 자동적으로 움직이던 로켓이 지금은 그의 손가락을 따라 전후좌우로 움직이고 있다.

마침내 원형 장애물과 로켓이 격돌했다. 로켓이 커다란 물음표로 바뀌더니, 이어서 화면에 'GAME OVER'라는 글자가 나왔다.

그가 혀를 끌끌 찼다.

"역시 속도가 늦네. 이 정도가 한계인가."

물론 나미에는 그 말이 무슨 뜻인지 알아듣지 못했다. 그보다는 한시 빨리 이곳에서 벗어나고 싶었다.

"저, 나는 그만 갈게."

일어서면서 그녀가 말했다.

그러자 료지가 등을 보인 채 물었다.

"깜박했다는 거, 찾았습니까?"

"아……, 여기다 둔 게 아닌가 봐. 미안해."

"그래요?"

"그럼 잘 있어."

나미에는 몸을 돌려 현관 쪽으로 걸어갔다. 그때 등 뒤에서 그의 목소리가 들렸다.

"근속 10주년 기념, 다이토 은행 쇼와 지점이라……. 힘든 일을 하고 있군요."

그녀가 걸음을 멈췄다. 그리고 돌아보는 것과 동시에 그도 자리에서 일어났다.

그가 그녀의 얼굴 앞으로 오른손을 내밀었다. 그 손에 손목시계가 걸려 있었다.

"이거 맞죠, 두고 갔다는 거?"

순간 아닌 척하려다가 그녀는 시계를 받아 들었다.

"……고마워."

료지는 대꾸 없이 테이블 쪽으로 걸어갔다. 테이블 위에 슈퍼마켓 봉지가 있었다. 그가 의자에 앉아 봉지 안에 든 것을 꺼냈다. 캔 맥주 두 개와 도시락 하나였다.

"이제 저녁 먹는 거야?"

그는 대답하지 않았다. 대신 갑자기 생각났다는 듯 캔 맥주 하나를 집어 들었다.

"마실래요?"

"아니…… 괜찮아."

"그래요."

그가 캔을 땄다. 하얀 거품이 튀었다. 넘치는 거품을 핥듯이 그는 맥주를 마셨다. 그녀에게는 이제 볼일이 없다는 듯이.

"저…… 화 안 나, 내가 멋대로 들어와서?"

나미에가 물었다.

료지가 그녀를 힐끗 올려다보았다.

"뭐, 화날 것까지야."

그리고 그는 도시락 꾸러미를 펼치기 시작했다.

그때 나미에는 그 방을 나가 버릴 수도 있었다. 그런데 뭔가가 그녀를 주저케 했다. 그는 나미에가 무슨 일을 하는지 아는데 자신은 이 청년에 대해 아무것도 모른다는 생각도 있었지만, 그보다는 이대로 나가 버리면 비참한 기분만 남을 것이라는 생각이 컸다.

"도중에 빠져나가서 화나지 않았어?"

그녀가 다시 물었다.

"도중에? 아아……."

무슨 말인지 그제야 알아들은 것 같았다.

"화날 것까지야 있나요. 간혹 있는 일입니다."

"겁이 났던 건 아니야. 나는 애당초 내키지 않았는데 굳이 오자고 해서……."

그녀가 말하는 도중에 그가 나무젓가락을 쥔 채 손을 흔들었다.

"귀찮게 구는군. 아무러면 어때서."

대꾸할 말이 없어서 나미에는 입술을 깨물고 청년의 얼굴을 보았다.

그는 그런 그녀를 무시하고 도시락을 먹기 시작했다. 커틀릿 도시락이었다.

"맥주, 마셔도 될까?"

좋을 대로 하라는 식으로 그가 턱을 쳐들었다. 그와 마주 앉은 그녀는 캔 맥주를 따서 꿀꺽 마셨다.

"여기 사는 거야?"

그녀가 묻는데도 료지는 말없이 도시락만 먹었다.

"부모님하고 같이 안 살아?"

"갑자기 웬 질문 공세야."

그가 코웃음을 쳤다. 대답할 마음이 없는 듯했다.

"왜 그런 아르바이트를 하는 거야? 돈이 목적이야?"

"달리 뭐가 있겠어."

"너는 섹스는 하지 않니?"

"필요할 때는 참여하지. 오늘도 만약 당신이 도중에 가지 않았다면 내가 상대했을 거야."

"나 같은 아줌마랑 하지 않아서 다행이었겠네."

"수입만 줄었지."

"건방지기는, 그래 봐야 어린애인 주제에."

"뭐라고?"

료지가 나미에를 노려보았다.

"지금 한 말 다시 한 번 해 봐."

나미에는 침을 꿀꺽 삼켰다. 그의 눈빛이 험악했다. 예상치 못한 일이었지만, 그 눈빛에 주눅 든 것처럼 보이기는 싫었다.

"아줌마들 노리갯감이나 하면서 좋아하고 말이지. 상대가 만족하기도 전에 사정하는 거 아닌가 몰라."

료지는 대꾸 없이 맥주만 마셨다. 그런데 다음 순간 그가 캔을 테이블에 내려놓는가 싶더니 갑자기 벌떡 일어나서 짐승처럼 날쌔게 그녀를 덮쳤다.

"뭐하는 짓이야. 비켜!"

료지는 나미에를 다다미방으로 질질 끌고 가서 바닥에 내동댕이쳤다. 다다미에 등을 부딪친 나미에는 숨을 쉬기 힘들었다.

몸을 일으키려고 하는데 그가 다시 덮쳐 왔다. 청바지 지퍼는 이미 내려져 있었다.

"어디 한번 해 봐."

나미에의 얼굴을 두 손으로 꽉 잡고 페니스를 그녀 앞에 불쑥 들이밀면서 그가 말했다.

"손이든 입이든, 어디 한번 해 보라고. 아랫도리를 사용해도 좋고. 금방 사정할 거라고 생각하지? 그러니까 일단 한번 해 보라니까."

그의 페니스가 불끈불끈 발기해 꿈틀거리기 시작했다. 핏줄이 울룩불룩 움직였다. 나미에는 두 손으로 그의 허벅지를 밀어내면서 얼굴을 돌리려고 안간힘을 썼다.

"왜, 어린애 고추라서 겁먹은 거야?"

나미에는 두 눈을 질끈 감고 신음하듯이 말했다.

"그만해. ……미안해."

몇 초 후 그녀의 몸이 뒤로 나동그라졌다. 눈을 떠 보니 그가 지퍼를 올리면서 테이블로 돌아가고 있었다. 그러고는 의자에 앉아 다시 도시락을 먹기 시작했다. 젓가락의 움직임에 짜증이 섞여 있었다.

나미에는 숨을 고르며 흐트러진 머리카락을 뒤로 넘겼다. 심장이 여전히 쿵쿵거렸다.

옆방에 있는 예의 텔레비전 화면이 눈에 들어왔다. 'GAME OVER'라는 글자가 지금도 여전히 떠 있었다.

"왜…… 다른 일도 얼마든지 할 수 있는데."

그녀가 다시 입을 열었다.

"나는 그저 팔리는 것을 팔고 있을 뿐이야."

"팔리는 거……."

나미에는 일어서면서 고개를 저었다.

"나는 정말 이해가 안 돼. 역시 늙었나 봐."

그리고 그녀는 다시 현관 쪽으로 향했다.

"아줌마."

그가 그녀를 불렀다. 나미에는 신발을 신으려고 한 발을 들어 올린 자세 그대로 뒤를 돌아보았다.

"꽤 괜찮은 일이 있는데, 끼지 않을래요?"

"꽤 괜찮은 일?"

"팔릴 만한 것을 파는 일."

그가 고개를 끄덕이면서 대답했다.

5

여름 방학이 얼마 남지 않은 7월 둘째 주 화요일.

선생의 호명에 교단 앞으로 나가 영어 시험지를 받아 든 도모히코는 그만 눈을 감아 버리고 말았다. 각오는 하고 있었지만 이 정도로 한심할 줄은 몰랐다. 이번 학기말 시험은 과목마다 성적이 바닥이다.

애써 생각하지 않아도 원인은 분명했다. 시험공부다운 공부를 전혀 못했기 때문이다. 그는 간혹 물건을 훔칠 정도의 불량기는 있었지만 그래도 시험 직전에는 공부를 하는 비교적 평범한 학생이었다. 이번만큼 아무 준비 없이 시험을 치른 적은 없었다.

정확하게 말하자면 아무 준비를 하지 않은 것은 아니다. 책상 앞에 앉아 시험에 나올 만한 문제를 찍는 정도의 공부는 하려고 했다.

그런데 그조차 할 수 없을 정도로 마음이 다른 곳에 가 있었다. 아무리 공부에 집중하려고 해도 그의 뇌는 그 생각만 떠올릴 뿐 정작 중요한 것을 받아들이려 하지 않았다.

그 결과가 이 꼴이다.

엄마한테 들키지 않도록 해야겠군. 한숨을 쉬고서 그는 시험지를 가방에 쑤셔 넣었다.

이날 수업이 끝난 후 그는 신사이바시에 있는 신닛쿠 호텔 커피 라운지로 갔다. 커다란 유리창 너머로 중정이 보이는 넓고 환한 커피숍이다.

그가 도착해 보니 늘 이용하던 구석 자리에서 하나오카 유코가 문고본을 읽고 있었다. 하얀 모자를 눌러쓰고 동그란 선글라스를 끼고 있다.

"무슨 일이야, 그렇게 얼굴을 가리고?"

그녀와 마주 앉으면서 도모히코가 물었다. 그녀가 대답하기 전에 웨이트리스가 다가왔다.

"난 괜찮아요."

그가 거절하자 유코가 말했다.

"음료라도 주문해. 여기서 얘기하고 싶으니까."

초조해하는 그녀의 말투에 도모히코는 약간 당황스러웠다.

"그럼 아이스커피."

유코는 삼분의 일 정도 줄어든 컴프리 소다 잔을 들어 꿀꺽 한 모금 마시더니 후, 숨을 내쉬었다.

"학교 수업이 언제까지라고 했지?"

"이번 주말까지."

"여름 방학에는 아르바이트할 거야?"

"아르바이트? ……그냥 아르바이트 말하는 거야?"

도모히코가 되묻자 유코는 입가에 희미한 미소를 머금었다.

"당연하지."

"지금으로서는 할 생각이 없어. 죽어라 부려 먹으면서 돈은 얼마 안 주잖아."

"흐음."

유코가 하얀 핸드백에서 마일드 세븐 갑을 꺼냈다. 그런데 담배를 손가락에 끼운 채 불을 붙이려 하지 않는다. 도모히코 눈에는 약간 짜증스러워하는 것처럼 보였다.

아이스커피가 나왔다. 목이 몹시 말랐던 도모히코는 단숨에 절반을 마셨다.

"왜 방으로 올라가지 않는 거야? 늘 곧장 방으로 갔잖아."

도모히코가 목소리를 낮춰 물었다.

유코는 담배에 불을 붙이더니 다급하게 연기를 내뿜었다. 그러고는 1센티미터도 피우지 않은 담배를 유리 재떨이에 비벼 껐다.

"일이 좀 골치 아프게 됐어."

"왜?"

도모히코가 되물었지만 유코는 대답이 없었다. 그는 불안해졌다. 뭐가 어떻게 됐다는 건데, 하면서 테이블 위로 몸을 들이밀었다.

유코가 주변을 살피더니 그를 똑바로 바라보았다.

"아저씨가 눈치를 챈 것 같아."

"아저씨?"

"우리 남편."

그녀가 장난스럽게 어깨를 으쓱 올렸다. 여유를 보이고 싶은 것이리라.

"완전 들킨 건 아니지만 그 비슷한 상태야."

"어쩌다……."

도모히코는 할 말을 잃었다. 온몸의 피가 거꾸로 도는 것처럼 몸이 화끈거렸다.

"미안해. 내가 조심스럽지 못했어. 절대 눈치채지 못하게 했어야 하는 건데."

"어쩌다 들켰는데?"

"누가 봤나 봐."

"누가 봤다고?"

"내가 도모히코랑 같이 있는 걸 아는 사람이 봤나 봐. 그 사람이 우리 그이에게 알려 준 것 같아. 부인이 엄청 새파랗게 젊은 남자랑 얘기를 재미나게 하고 있더라, 그런 식으로."

도모히코는 주위를 둘러보았다. 갑자기 사람들 눈길이 신경 쓰이기 시작한 것이다. 그런 그의 모습을 보면서 유코가 피식 웃었다.

"그런데 우리 남편 하는 말이, 요즘 내가 좀 이상해 보였다는 거야. 분위기가 달라졌다나. 하기야 그럴지도 모르지. 도모히코랑 만나고부터 내가 생각해도 여러 가지로 변했으니까. 그러니까 더더욱 조심했어야 하는 건데, 내가 멍청했어."

유코가 모자 위로 머리를 긁으면서 고개를 저었다.

"그래서 또 뭐라고 했는데?"

"상대가 누구냐, 이름을 대라, 그러더라고."

"말했어?"

"그럴 리 없잖아. 그 정도로 바보는 아니야."

"그야 알지만……."

도모히코는 아이스커피를 벌컥벌컥 마셨다. 그래도 갈증이 가시지 않자 유리잔의 물을 벌컥 들이켰다.

"대충 얼버무려서 위기를 넘기기는 했어. 그 사람도 아직 확실한 증거는 못 잡은 것 같고. 하지만 시간문제일 수도 있어. 우리 그이, 사립 탐정을 쓸지도 모르거든."

"그렇게 되면 정말 큰일이잖아."

"그래, 큰일이지."

유코가 고개를 끄덕거렸다.

"그리고 신경이 쓰이는 일도 있고."

"신경 쓰이는 일?"

"응, 수첩."

"수첩?"

"화장대 서랍에 숨겨 둔 내 수첩을 누군가 들춰 본 흔적이 있더라고. 그럴 만한 사람은 그이밖에 없으니까."

"거기 내 이름이 적혀 있는 거야?"

"이름은 없어. 전화번호만 있지. 그래도 알아차렸을지 몰라."

"전화번호로 이름과 주소를 알 수 있다는 거야?"

"아마 마음만 먹으면 충분히 알아낼 수 있을걸. 그 사람, 다방면으로 연줄이 많거든."

유코가 하는 말을 통해 그녀 남편의 모습을 상상해 본 도모히코는 더럭 겁이 났다. 지금까지 상상 속에서라도 중년 남자에게 걸려드는 사태는 그려 본 적이 없었다.

"그럼 어떻게 하지?"

"당분간은 만나지 않는 게 좋겠어."

유코의 말에 도모히코는 맥없이 고개를 끄덕였다. 그녀의 말이 타당하다는 것은 고등학교 2학년인 그도 충분히 수긍할 수 있었다.

"이제 방으로 갈까?"

컴프리 소다 잔을 비우고 계산서를 집으며 유코가 자리에서 일어섰다.

둘의 관계는 한 달 정도 계속됐다. 물론 첫 만남은 그 아파트에서였다. 그때의 포니테일 여자가 하나오카 유코였던 것이다.

사람 자체를 좋아하게 된 것은 아니다. 다만 첫 경험 때 느꼈던 쾌감을 잊을 수 없었다. 도모히코는 그날 이후로 몇 번이나 자위를 했지만 그럴 때마다 머릿속에 떠오르는 것은 포니테일 여자였다. 당연한 일이었다. 아무리 과격한 상상을 해 봐야 경험 이상의 자극제가 될 리 없었다.

결국 도모히코는 그 아파트를 다녀온 지 사흘이 지난 후 그녀에게 전화를 했다. 그녀는 반가워하면서 단둘이 만나자고 제안했고 그는 그 제안을 따랐다.

이름이 하나오카 유코라는 것은 호텔 침대 속에서 들었다. 서른두 살이라고 했다. 도모히코도 본명을 알려 주었다. 학교 이름도, 집 전화번호도. 기리하라와의 약속은 애써 생각지 않으려고 했다. 그는 판단이 흐려질 정도로 성숙한 여자의 기술에 푹 빠져 있었다.

"친구 하나가 어린 남자애들이랑 대화할 수 있는 파티가 있다고 그러잖아. 왜, 며칠 전에 같이 있었던 짧은 머리 여자 말이야. 재미있겠다 싶어서 같이 갔던 거야. 그녀는 몇 번 경험이 있는 것 같았지만 나는 그날이 처음이었어. 설레더라. 그런데 너 같은 멋진 애가 나타난 거야."

그렇게 말하면서 유코는 도모히코의 겨드랑이로 파고들었다. 삼십 대 여자는 어리광을 부리는 기술도 노련했다.

그런데 놀라운 것은 그녀가 기리하라에게 지불한 돈이 2만 엔이라는 사실이었다. 그러니까 기리하라가 만 엔 넘게 떼먹은 셈이다. 어째 착실하게 일한다 했더니 그런 꿍꿍이가 있었던 것이다.

도모히코는 일주일에 두세 번 유코를 만났다. 그녀의 남편은 꽤나 바쁜 사람인지 그녀가 집에 다소 늦게 들어가도 아무 문제 없다고 했다. 호텔에서 나올 때는 용돈이라며 5천 엔짜리 지폐를 그의 손에 쥐여 주었다.

이래서는 안 된다고 생각하면서도 도모히코는 유부녀를 계속 만났다. 그녀와의 섹스에 빠져 허우적거리고 있었다. 학기말 시험이 다가오는데도 만남은 계속됐고 그 결과가 시험에 고스란히 나타난 것이다.

"그럼 당분간 만날 수 없는 거야? 나 싫은데."

유코의 몸에 올라탄 상태로 도모히코가 말했다.

"나도 싫어."

그녀가 그의 몸 아래에서 말했다.

"무슨 수가 없을까?"

"모르겠어. 아무튼 지금은 좀 곤란해."

"그럼 다음에는 언제 만날 수 있는데?"

"글쎄, 언제일지……. 빠르면 좋겠는데. 너무 틈이 벌어지면 나는 더 아줌마가 될 거 아니야."

도모히코는 그녀의 가녀린 몸을 꽉 안았다. 그리고 젊은 혈기에 몸을 맡겼다. 다음이 언제가 될지 모르니 미련이 남지 않도록 그녀의 몸에 모든 에너지를 쏟아부었다. 그녀는 몇 번이나 절규했다. 그럴 때마다 몸을 활처럼 뒤로 젖히고 두 손 두 발을 바들바들 떨었다.

그런데 세 번째 섹스가 끝났을 때 그녀의 상태가 왠지 이상했다.

"화장실에 다녀올게."

유코가 나른한 목소리로 말했다. 이럴 때면 늘 목소리가 늘어지기 때문에 그 순간에는 별다르게 생각하지 않았다.

도모히코는 그녀의 몸에서 몸을 뗐다. 그런데 아무것도 걸치지 않은 몸을 일으키던 그녀가 윽, 하고 조그만 소리를 내지르는가 싶더니 도로 침대에 털썩 드러눕고 말았다. 도모히코는 현기증이 났나 보다고 생각했다. 지금까지도 그런 일이 종종 있었기 때문이다.

하지만 그녀는 드러누운 채 꼼짝하지 않았다. 잠이 들었나 싶어 그녀를 흔들어 보았지만 아무리 흔들어도 깨어날 기미를 보이지 않았다.

도모히코의 머리에 한 가지 상상이 떠올랐다. 그것은 매우 불길한 상상이었다.

그는 일단 침대에서 내려온 다음 조심스레 그녀의 눈꺼풀을 뒤집어 보았다. 그런데도 전혀 반응이 없었다.

온몸이 푸들푸들 떨렸다. 설마. 어떻게 이런 일이. 이렇게 말도 안 되는 일이 생기다니.

그녀의 납작한 가슴에 손을 대 보았다. 사태는 불길한 상상 그대로였다. 심장 박동이 느껴지지 않았다.

6

호텔 방 열쇠를 주머니에 넣은 채로 나왔다는 사실을 집 근처까지 와서야 알았다. 아뿔싸, 하며 도모히코는 입술을 깨물었다. 실내에 열쇠가 없으면 호텔 직원이 틀림없이 이상하게 여길 것이다.

그러나저러나 어차피 다 틀렸지. 그는 절망적인 기분에 머리를 저었다.

하나오카 유코가 죽었다는 것을 알았을 때 그는 곧바로 병원에 전화를 걸까도 생각했다. 하지만 그러려면 자신이 그녀와 함께 있다는 사실까지 얘기하지 않으면 안 된다. 그럴 수는 없었다. 게다가 이제 와서 의사를 불러 봐야 소용없는 일이었다. 그녀는 이미 죽은 사람이니까.

그는 재빨리 옷을 입고 자기 물건을 챙겨 방에서 뛰쳐나왔다. 그리고 사람들에게 얼굴이 보이지 않도록 조심하면서 호텔을 빠져나왔다.

그러나 전철을 타고 오는 동안, 이렇게 도망친다고 해결될 문제가 아니라는 걸 깨달았다. 둘의 관계를 아는 사람이 있기 때문이다. 게다가 그 사람은 하나오카 유코의 남편이라는 최악의 인물이다. 하나오카 유코의 남편은 현장 상황으로 보아 유코와 함께 있던 사람이 틀림없이 소노무라 도모히코라는 고등학생이라고 추정할 것이다. 그리고 그 사실을 경찰에 알릴 것이다. 경찰이 나서서 조사하기 시작하면 그 추정이 사실이라는 건 쉽게 증명될 터였다.

이제 다 끝났다고 그는 생각했다. 모든 게 끝장났다. 이 일이 세상에 알려지면 미래는 기대할 수 없다.

집에 돌아와 보니 거실에서 엄마와 여동생이 저녁을 먹고 있었다. 그는 밖에서 먹고 왔다고 하고 그대로 자기 방으로 들어갔다.

책상 앞에 앉았을 때 기리하라 료지가 머릿속에 떠올랐다.

하나오카 유코와의 관계가 드러난다는 것은 필연적으로 그 아파트에서 있었던 일도 경찰에 알려진다는 얘기다. 그렇게 되면 기리하라도 무사하지는 못할 것이다. 그가 하는 일은 성별이 뒤바뀐 매춘 알선과 한가지다.

그 녀석에게도 얘기를 할 수밖에 없겠군, 하고 도모히코는 생각했다.

그는 살그머니 방에서 빠져나와 복도 중간에 놓여 있는 전화기를 들었다. 거실 쪽에서 텔레비전 소리가 흘러나왔다. 지금부터 잠시 프로그램에 열중해 주기를 그는 속으로 바랐다.

기리하라 본인이 전화를 받았다. 도모히코라고 자신을 밝히자 그는 놀라는 눈치였다.

"왜, 무슨 일 있어?"

기리하라가 물었다. 긴장한 말투로 보아 뭔가를 감지했는지도 모른다.

"일이 복잡하게 됐어."

겨우 그 말을 하는데도 도모히코는 혀가 마구 꼬이는 것 같았다.

"뭔데 그래?"

"그게…… 전화로는 설명하기 곤란해. 얘기도 길어질 것 같고."

기리하라는 대답이 없었다. 그 나름으로 머리를 굴리고 있을 것이다. 십여 초가 흐른 뒤 마침내 그가 입을 열었다.

"설마 아줌마들이랑 무슨 일이 있었던 건 아니겠지?"

역시 빗나가지 않는군. 도모히코는 맥이 탁 풀렸다. 기리하라가 한숨을 내쉬는 소리가 수화기를 타고 흘렀다.

"역시 그 일이군. 그때 머리를 하나로 묶었던 그 여자야?"

"응."

기리하라가 또 한숨을 쉬었다.

"어쩐지 그 여자가 요즘은 안 온다 했지. 개인적으로 계약을 맺은 거야?"

"그런 건 아니야."

"그럼 뭐야?"

대답할 말을 찾을 수 없었다. 도모히코는 입가를 문질렀다.

"아무튼 알았어. 전화로 얘기해 봐야 소용없지. 지금 어디 있는데?"

"집."

"알았어. 내가 갈게. 20분 후에 도착할 테니 기다려."

그리고 기리하라는 일방적으로 전화를 끊었다.

도모히코는 방으로 돌아와 자신이 할 수 있는 일이 뭔지 생각해 보았다. 하지만 혼란스럽기만 할 뿐 도무지 생각이 정리되지 않았다. 시간만 헛되이 흘러갔다.

전화를 끊은 지 정확하게 20분 만에 기리하라가 나타났다. 현관으로 나간 도모히코는 그가 오토바이를 타고 온 것을 보고 그 얘기를 꺼냈다가 핀잔만 들었다.

"지금 그런 게 무슨 상관이야."

방으로 들어가자 도모히코는 의자에 앉고 기리하라는 다다미에 책상다리를 하고 앉았다. 기리하라 옆에 파란 천을 덮어씌운 소형 텔레비전 크기의 네모난 것이 놓여 있었다. 이 방을 찾은 친구들에게 반드시 자랑하는 도모히코의 보물이지만 오늘은 그럴 기분이 아니다.

"자, 이제 얘기해 봐."

"응…… 무슨 얘기부터 하면 좋을지……."

"전부. 전부 털어놔. 보나 마나 나를 배신했을 테니까 그 얘기부터."

반박할 말이 없었던 도모히코는 헛기침을 한 번 하고는 더듬더듬 지금까지의 경위를 털어놓기 시작했다.

기리하라의 표정에는 거의 변화가 없었다. 그러나 그의 몸짓으로 미루어 얘기를 듣는 동안 점점 화가 치밀어 오르는 것을 충분히 짐작할 수 있었다. 손가락을 구부러뜨려 우두둑우두둑 소리를 내는가 하면 간혹 주먹으로 다다미를 치기도 했다. 그러다가 오늘 일을 들었을 때는 표정이 완전히 변했다.

"뭐, 죽었다고? 정말 죽었단 말이야?"

"응, 몇 번이나 확인했으니까 틀림없어."

기리하라는 혀를 찼다.

"그 여자, 알코올 중독이었어."

"알코올 중독?"

"그래. 그런 데다 나이도 적지 않다고. 너랑 하면서 힘을 너무 쓰는 바람에 심장에 무리가 간 거겠지."

"나이가 적지 않다니, 그래 봐야 서른 몇이잖아."

도모히코의 말에 기리하라는 입술을 비죽거렸다.

"잠꼬대 같은 소리 하고 있네. 그 여자 마흔도 넘었단 말이야."

"……말도 안 돼."

"진짜라니까. 여러 번 만나 봐서 내가 잘 알아. 동정을 좋아하는 할망구라고. 어린애를 소개한 게 네가 여섯 번째야."

"뭐라고? 나한테는 그렇게 말하지……."

"지금 그딴 걸 따질 때야?"

기리하라는 어처구니없다는 표정을 지었다. 그리고 다시 미간을 찡그리더니 도모히코를 노려보았다.

"그래서, 지금 그 여자는 어쩌고 있는데?"

도모히코는 바짝 주눅이 든 채 상황을 설명했다. 그리고 아마도 경찰의 조사망에서 벗어나기는 어려울 것이라는 추측까지 덧붙였다.

으음, 하고 기리하라가 신음했다.

"그래, 상황은 알겠어. 그 여자 남편이 너에 대해 알고 있다면 사건을 무마하기 쉽지 않겠네. 어쩌겠어. 힘내서 경찰 조사를 받는 수밖에."

그를 내치는 듯한 기리하라의 말투에 도모히코는 벼랑 끝으로 몰리는 것 같은 느낌이 들었다.

"나는 사실 그대로 다 말할 거야. 물론 그 아파트에서 있었던 일도 당연히 말하게 되겠지."

도모히코의 말에 기리하라는 얼굴을 찡그리며 관자놀이를 신경질적으로 갉작거렸다.

"그건 곤란하지. 그럼 그 사건이 중년 여자의 불장난으로만 끝나지 않을 거 아냐."

"하지만 그 얘기를 안 하면 내가 어떻게 그 여자를 만났는지 설명이 안 되잖아."

"그런 건 어떻게든 둘러대야지. 신사이바시에서 어슬렁거리고 있는데 그쪽에서 말을 걸었다, 그 정도로 얘기하면 되잖아."

"나는 경찰을 상대로 그런 거짓말 할 자신 없어. 꼬치꼬치 캐물을 텐데, 무슨 수로 끝까지 버티냐."

"만약 그렇게 하면,"

기리하라가 다시 도모히코의 얼굴을 노려보았다.

"내 뒤에 있는 사람이 가만히 있지 않을 거야."

"네 뒤에 있는 사람?"

"내가 혼자서 그런 장사를 하는 줄 알았어?"

"야쿠자가 있다는 뜻이야?"

"글쎄."

기리하라는 고개를 좌우로 꺾었다. 관절에서 우두둑 소리가 나는가 싶더니 다음 순간 도모히코는 그의 손에 멱살을 잡혔다.

"아무튼 살고 싶으면 괜한 말은 하지 않는 게 좋을 거야. 세상에는 경찰보다 무서운 게 얼마든지 있거든. 알아들어?"

소름 끼치는 목소리와 말투에 도모히코는 말문이 막히고 말았다.

그러자 자신은 할 말을 다 했다고 생각했는지 기리하라가 일어서려는 자세를 취했다.

"기리하라……."

"뭐야, 또?"

잠시 기리하라를 바라보던 도모히코는 이내 고개를 떨어뜨리고 말았다.

킁, 코웃음을 치면서 기리하라는 몸을 일으켰다. 그때였다. 기리하라 옆에 있던, 네모난 상자를 덮은 파란 천이 스르륵 밑으로 떨어졌다. 그리고 드러난 것은 도모히코가 애용하는 컴퓨터였다.

"어……."

기리하라가 눈을 크게 떴다.

"이거 네 거냐?"

"그래."

"꽤 좋은 기계를 갖고 있군."

기리하라가 쭈그려 앉더니 도모히코의 컴퓨터를 이리저리 살폈다.

"프로그램도 만들 줄 알아?"

"베이식이라면 대충."

"어셈블러는?"

"조금 할 수 있어."

도모히코는 대답하면서 이 녀석이 컴퓨터에 대해 잘 아나보다고 생각했다. 베이식과 어셈블러는 모두 컴퓨터 언어다.

"프로그램 만든 거 뭐 있어?"

"게임 프로그램은 있는데."

"보여 줘 봐."

"지금 그럴 때가 아니잖아."

"시끄럽고, 아무튼 보여 줘 봐!"

기리하라가 한 손으로 도모히코의 옷깃을 움켜잡았다.

그 기세에 눌려 도모히코는 책꽂이에서 파일을 꺼냈다. 거기에는 플로 차트와 프로그램을 기록한 종이가 정리돼 있었다. 도모히코는 파일을 기리하라에게 건넸다.

기리하라는 진지한 눈길로 한참이나 그것을 들여다보았다. 그리고 파일을 덮는 동시에 눈을 감더니 한동안 그대로 움직이지 않았다.

도모히코가 왜 그러느냐고 물으려는 참에 기리하라의 입술이 뭔가를 중얼거리는 것처럼 움직였다.

잠시 후 마침내 그가 입을 열었다.

"도모히코, 너 살고 싶냐?"

"뭐라고?"

기리하라가 도모히코 쪽으로 몸을 돌렸다.

"내가 하라는 대로 하면 살 수 있도록 도와주지. 경찰이 너를 소환하는 일도 없을 거야. 그 여자의 죽음과 너는 아무 관계가 없는 걸로 해 주겠어."

"무슨 수로?"

"내가 하라는 대로만 하면 돼."

"알았어, 할게. 뭐든 할게."

도모히코는 머리를 위아래로 흔들었다.

"혈액형은?"

"혈액형?"

"네 혈액형 말이야."

"아…… O형인데."

"O형이라……, 잘됐군. 고무는 사용했겠지?"

"콘돔 말이야?"

"그래."

"응, 사용했어."

"좋아."

기리하라가 도모히코 쪽으로 손을 내밀었다.

"호텔 방 열쇠 이리 줘."

7

형사가 도모히코를 찾아온 건 이틀 후 저녁때였다. 하얀 셔츠를 입은 중년의 형사와 하늘색 폴로셔츠를 입은 형사, 2인 조였다. 그들이 도모히코를 찾아왔다는 것은 유코의 남편이 그녀와 도모히코의 관계를 알고 있었다는 뜻이다.

"도모히코 군에게 몇 가지 물어볼 말이 있어서요."

하얀 셔츠 형사가 그렇게 말했다. 무슨 일인지는 말하지 않았다. 먼저 그들을 맞은 도모히코의 엄마는 경찰에서 나왔다는 말만 듣고도 허둥거렸다.

그들은 도모히코를 근처 공원으로 데리고 갔다. 해는 기울었지만 벤치에는 아직 한낮의 열기가 남아 있었다. 그 벤치에 도모히코는 하얀 셔츠 형사와 나란히 앉았다. 하늘색 폴로셔츠는 도모히코 앞에 우뚝 섰다.

공원으로 오는 동안 도모히코는 거의 질문을 하지 않았다. 그리고 부자연스럽게 보였을지 모르겠지만 애써 태연하게 굴지도 않았다.

"고등학생이 형사 앞에서 태연하면 그게 오히려 이상한 거야."

기리하라가 그렇게 충고했기 때문이다.

하얀 셔츠 형사는 우선 도모히코에게 사진 한 장을 보여 주었다.

"이 사람, 누군지 알겠어?"

사진 속 인물은 하나오카 유코였다. 여행 가서 찍은 사진인지 파란 바다가 배경이다. 유코는 이쪽을 보며 웃고 있었다. 머리는 지금보다 약간 짧다.

"하나오카 씨······잖아요."

"이름도 알고 있겠지."

"유코 씨······였던가······."

"그래, 하나오카 유코."

형사가 사진을 집어넣었다.

"이 사람과 무슨 관계지?"

"무슨 관계라니요? 딱히…… 그냥 아는 사이인데요."

도모히코는 일부러 우물쭈물했다.

"그러니까 어떻게 아는 사이냐고 묻는 거야."

하얀 셔츠 형사의 온건한 말투 속에는 약간 답답해하는 울림이 섞여 있었다.

"솔직히 말해 봐."

폴로셔츠 형사가 덧붙였다. 그의 입가에는 야릇한 미소가 번져 있었다.

"한 달 전쯤 신사이바시를 걸어가고 있는데 그쪽에서 말을 걸어왔어요."

"뭐라고."

"시간 있으면 같이 차나 한잔하지 않겠느냐고요."

도모히코의 대답에 두 형사는 서로 얼굴을 마주 보았다.

"그래서, 따라갔나?"

하얀 셔츠가 물었다.

"사 주겠다고 해서요."

도모히코의 대답에 폴로셔츠는 코로 훅, 숨을 내뱉었다.

"차를 마시고, 그다음에는?"

다시 하얀 셔츠가 물었다.

"그냥 그게 끝이에요. 가게에서 나온 다음에 곧장 집으로 돌아왔어요."

"흠, 곧장 집에 왔다……, 좋아, 하지만 그게 다는 아니겠지?"

"그 후에…… 두 번 더 만났어요."

"호오, 어떻게?"

"전화가 걸려 왔어요. 지금 미나미에 있는데 시간 있으면 같이 차 마시자, 뭐 그런 식으로요."

"그 전화는 어머니가 먼저 받아서 너한테 바꿔 줬어?"

"아니요, 어쩌다 보니 두 번 다 제가 받게 됐어요."

도모히코의 대답이 마음에 들지 않는지 형사들은 아랫입술을 쑥 내밀었다.

"그래서 나가서 만났다고?"

"네."

"만나서는 또 차만 마시고 집에 돌아왔다…… 설마 그건 아니겠지?"

"아니요, 그게 다예요. 아이스커피 마시고 잠깐 얘기를 나누다가 집에 왔어요."

"정말 그것뿐이야?"

"네, 정말이에요. 그러면 안 되나요?"

"아니, 그런 건 아니고."

하얀 셔츠가 목덜미를 긁적거리면서 도모히코의 얼굴을 흘깃흘깃 보았다. 소년의 눈에서 무언가를 읽어 내려는 눈빛이다.

"너희 학교 남녀 공학이지? 여자 친구도 몇 명은 있을 텐데, 굳이 그런 중년 여자와 만날 필요가 있어?"

"시간이 있어서 만났을 뿐인데요."

"흐음."

형사는 고개를 끄덕였지만 믿지 않는 표정이었다.

"용돈 받았어?"

"받지 않았어요."

"그게 무슨 뜻이지? 그쪽에서 돈을 주기는 했는데 받지 않았다는 뜻인가?"

"네. 두 번째 만났을 때 하나오카 씨가 5천 엔짜리 지폐를 주려고 했지만 받지 않았어요."

"왜지?"

"그냥요. 돈을 받을 이유가 없잖아요."

하얀 셔츠가 고개를 끄덕이고는 폴로셔츠를 올려다보았다.

"어디 있는 찻집에서 만났지?"

이번에는 폴로셔츠 형사가 물었다.

"신사이바시에 있는 신닛쿠 호텔 라운지에서요."

이 대답은 사실대로 했다. 유코 남편의 아는 사람이 현장을 목격했다는 걸 알고 있었기 때문이다.

"호텔? 그런 곳에 갔는데 정말 차만 마시고 헤어졌단 말이야? 둘이 방으로 올라간 거 아니야, 어?"

폴로셔츠 형사의 말투는 거칠고 무례했다. 유부녀의 심심 풀이 상대로 놀아난 고등학생을 내심 깔보고 있을 것이다.

"차를 마시면서 잠깐 얘기를 나눴을 뿐이라니까요."

폴로셔츠가 입술을 실룩이며 흥, 코웃음을 쳤다.

"그저께 밤에 말이야."

하얀 셔츠 형사가 다시 물었다.

"학교 끝난 다음에 어디 갔었지?"

"그저께……요?"

도모히코는 입술을 핥았다. 지금이 고비다.

"학교 끝나고 덴노지에 있는 아사히야 서점에 가서 책을 구경 했는데요."

"그다음에는?"

"집으로 돌아왔어요. 7시 반쯤에요."

"그 후에는, 계속 집에 있었나?"

"네."

"가족 말고 네가 집에 있는 걸 본 사람 있어?"

"……아, 친구가 놀러 왔었어요. 8시 반쯤 같은 반의 기리하라라는 친구가요."

"기리하라…… 한자를 어떻게 쓰지?"

도모히코는 오동나무 동(桐) 자에 근원 원(原) 자라고 가르

처 주었다. 하얀 셔츠 형사는 수첩에 한자를 메모하고 다시
물었다.

"그 친구가 몇 시까지 집에 있었지?"

"9시쯤요."

"그 후에는?"

"텔레비전도 보고, 친구랑 통화도 하고……."

"친구 누구?"

"모리시타라는 친구요. 중학교 동창이에요."

"몇 시쯤 통화했지?"

"11시쯤 전화가 와서 12시 넘어서까지 얘기했어요."

"그쪽에서 걸려 온 건가?"

"네."

그 전화는 사실 조작된 것이었다. 그 전에 미리 도모히코
쪽에서 모리시타에게 전화를 걸어 놓았던 것이다. 그가 아르
바이트 때문에 집에 없다는 것을 알면서도 일부러 전화를 해
서 그의 어머니에게 그가 돌아오면 전화를 걸어 달라고 부탁
했다. 물론 알리바이를 확보하기 위한 공작이다. 모두 기리
하라의 지시에 따른 것이었다.

형사는 미간을 찡그리며 모리시타의 연락처를 아느냐고 물었
다. 전화번호를 외우고 있던 도모히코는 즉시 가르쳐 주었다.

"너, 혈액형이 뭐야?"

폴로셔츠 형사가 물었다.

"혈액형요? O형인데요."

"O형, 틀림없어?"

"틀림없어요. 우리 부모님이 둘 다 O형인걸요, 뭐."

그 순간, 도모히코는 형사들의 맥이 갑자기 풀리는 것을 느꼈다. 물론 그 이유는 알 수 없었다. 이틀 전 기리하라도 그에게 혈액형을 물었지만 역시 이유는 설명해 주지 않았었다.

"저……."

도모히코는 조심스럽게 말을 꺼냈다.

"하나오카 씨에게 무슨 일이 있나요?"

"너는 신문도 안 읽어?"

폴로셔츠가 귀찮다는 듯이 말했다.

네, 하고 도모히코는 고개를 끄덕였다. 어제저녁 신문에 조그맣게 기사가 실린 것을 알고 있었지만 일부러 모르는 척한 것이다.

"그 사람, 죽었어. 그저께 밤에 호텔에서."

"네에?"

도모히코는 몹시 놀라는 척했다. 그것이 그가 형사들에게 보인 유일한 연기다운 연기였다.

"왜요?"

"글쎄, 왜 죽었을까……."

형사가 벤치에서 일어났다.

"고맙다. 참고가 됐어. 또 질문할 게 있을지도 모르겠는데, 그때도 잘 부탁해."

"아, 네."

그럼 가지, 하고 하얀 셔츠가 폴로셔츠 형사에게 말했다. 두 형사는 뒤도 한 번 돌아보지 않고 도모히코에게서 멀어졌다.

사건과 관련해 도모히코를 만나러 온 사람은 형사뿐이 아니었다.

형사가 찾아온 지 사흘째 되던 날, 교문에서 나와 조금 걸어가는데 뒤에서 누가 어깨를 쳤다. 돌아보니 머리를 뒤로 바짝 넘긴 중년 남자가 의미를 알 수 없는 미소를 머금고 서 있었다.

"소노무라 도모히코 군 맞지?"

남자가 물었다.

"네, 그런데요."

도모히코가 대답하자 남자가 오른손을 쑥 내밀었다. 그 손에 들린 명함에는 하나오카 이쿠오라는 이름이 적혀 있었다.

도모히코는 자신의 얼굴이 심하게 굳어지는 것을 느꼈다. 침착해야 한다고 생각했지만 몸이 긴장하는 것을 어쩔 수 없었다.

"자네에게 물어보고 싶은 게 있는데, 지금 시간 좀 있나?"

표준어에 가까운 말투를 쓰는 남자의 목소리는 배 속에서 울려 나오는 듯한 저음이었다.

네, 하고 도모히코는 대답했다.

"그럼 우리, 차 안에서 얘기하지."

남자가 도로 옆에 세워 둔 은회색 차를 가리켰다.

"미나미 서 형사들이 자네를 찾아갔을 텐데."

운전석에 앉자 하나오카는 그렇게 말을 꺼냈다.

"자네에 대해 알려 준 사람은 나야. 그 사람 수첩에 전화번호가 적혀 있었거든. 실례가 될지도 모르지만 나로서는 수긍할 수 없는 점이 한두 가지가 아니라서 말이지."

도모히코는 아무 대꾸도 하지 않았다.

"형사에게 들었는데, 그 사람을 몇 번 만났다면서?"

하나오카가 웃으면서 물었다. 물론 눈은 조금도 웃고 있지 않았다.

"차를 마시면서 얘기를 나눴을 뿐입니다."

"음, 나도 그렇게 들었어. 그 사람 쪽에서 먼저 말을 걸었다고 말이야."

도모히코는 말없이 고개만 끄덕였다. 그러자 하나오카가 낮게 소리 내어 웃었다.

"그 사람은 젊고 잘생긴 남자를 좋아했지. 그 나이에 아이돌을 보면서 꺄악꺄악 소리를 지르고 난리도 아니었어. 자네는 아직 어린 데다 꽤 미남이군. 딱 그 사람 취향이었겠어."

도모히코는 무릎에 올려놓은 두 손을 꽉 쥐었다. 하나오카의 목소리는 끈끈하게 휘감기는 점액질 같았다. 말 사이사이에서 질투가 배어 나왔다.

"정말 얘기만 나눴나?"

하나오카가 다시 물었다.

"그렇습니다."

"뭔가 다른 걸 하자고 한 적은 없고? 예를 들어서 호텔에 가자든지."

농담처럼 가볍게 물었지만 그 말투에 밝은 구석은 조금도 없었다.

"그런 적은 한 번도 없는데요."

"정말이야?"

"네, 정말이에요."

도모히코는 대답하면서 고개를 크게 끄덕였다.

"그럼 한 가지만 더 묻겠는데, 자네 말고 그 사람과 만난 남자가 있는지는 혹시 모르나?"

"저 말고요? 글쎄요……."

도모히코는 고개를 약간 갸우뚱 기울였다.

"짚이는 남자 없어?"

"네."

"흐음."

도모히코는 고개를 숙이고 있었지만 하나오카가 자신을 바라보고 있다는 것을 느낄 수 있었다. 중년 남자의 찌르는 듯한 시선에 온몸이 오그라드는 느낌이었다.

그때였다. 도모히코 쪽 차창을 톡톡 두드리는 소리가 났다. 고개를 들어 보니 기리하라 료지가 들여다보고 있었다. 도모히코가 창문을 내렸다.

"소노하라, 여기서 뭐하는 거야. 선생님이 부르셔."

"뭐라고?"

"교직원실에서 기다리고 계셔. 빨리 가 보는 게 좋을걸."

"아……."

기리하라의 눈을 보는 순간 도모히코는 그의 의도를 간파했다. 그는 하나오카 쪽으로 고개를 돌렸다.

"저, 이제 가도 될까요?"

선생이 부른다면 무시할 수 없을 것이다. 하나오카가 못내 아쉽다는 표정을 지었다.

"아, 그래. 가 봐."

도모히코는 차에서 내려 기리하라와 나란히 학교를 향해 걸어갔다.

"뭘 물어본 거야?"

조그만 소리로 기리하라가 물었다.

"그 사람에 대해서."

"사실대로 말한 건 아니겠지?"

"응."

"좋아, 됐어."

"기리하라, 대체 어떻게 된 거냐? 네가 꾸민 거야?"

"넌 그런 거 신경 쓸 필요 없어."

"그래도……."

뭔가 더 말하려는 도모히코의 어깨를 기리하라가 툭 쳤다.

"아까 그 남자가 어디서 보고 있을지도 모르니까 일단 학교로 들어가. 집에 갈 때는 뒷문으로 나가고."

알았어, 하고 도모히코가 대답했다.

그럼 또 보자, 하면서 기리하라는 저쪽으로 걸어갔다. 그의 뒷모습을 멍하니 바라보다가 도모히코는 그가 하라는 대로 학교로 들어갔다.

그날 이후 하나오카 유코의 남편은 도모히코 앞에 모습을 나타내지 않았다. 또 미나미 서 형사들이 그를 찾아오는 일도 없었다.

8월 중순의 일요일. 도모히코는 기리하라를 따라 예의 아파트로 갔다. 그가 첫 경험을 했던 그 낡은 아파트다.

그런데 그때와는 사뭇 달랐다. 우선 기리하라는 제 손으로 아파트 문을 열었다. 그가 손에 쥔 키홀더에는 열쇠가 몇 개나 달려 있었다.

"들어가."

스니커를 벗으면서 기리하라가 말했다.

부엌의 광경은 전에 왔을 때와 별로 달라 보이지 않았다. 싸구려 테이블과 의자, 냉장고와 전자레인지도 그때 그대로다. 하지만 실내에서 풍풍 풍기던 지독한 화장품 냄새는 거의 사라지고 없었다.

어젯밤 기리하라에게서 갑자기 전화가 걸려 왔다. 보여 주고 싶은 게 있으니 내일 어딜 좀 같이 가자고 했다. 그게 뭐냐고 묻자 기리하라는 비밀이라면서 웃었다. 그가 냉소가 아닌 그런 웃음을 웃는 건 드문 일이었다.

목적지가 바로 그 아파트라는 것을 알았을 때 도모히코는 그만 떨떠름한 표정을 짓고 말았다. 좋은 기억이 있다고는 할 수 없었다.

"걱정하지 마. 이제 몸을 팔라는 소리는 하지 않을 테니까."

도모히코의 속마음을 알아차린 듯 기리하라는 그렇게 말하며 또 웃었다. 이번에는 냉소라고도 할 수 있는 것이었다.

지난번에는 열려 있던 안쪽 장지문을 이번에는 기리하라가 직접 열었다. 전에는 그 안쪽 다다미방에 유코와 여자들이 앉아 있었다. 그러나 오늘은 아무도 없다. 그런데 거기에 사람 대신 놓여 있는 것을 보고 도모히코는 눈을 부릅떴다.

"꽤나 놀란 모양이군."

기리하라가 즐겁다는 듯 말했다. 도모히코의 반응이 기대했던 대로였기 때문일 것이다.

거기에는 넉 대의 컴퓨터가 있고 그 컴퓨터에 다시 주변 기기 십여 대가 연결되어 있었다.

"이게 다 어디서 난 거야?"

도모히코가 어리둥절해하며 물었다.

"샀지. 당연한 거 아니야?"

"네가 이걸 다 사용하는 거야?"

"뭐, 어느 정도. 그런데 네가 좀 도와주었으면 좋겠다."

"내가?"

"응, 그래서 데리고 온 거야."

기리하라가 그렇게 말했을 때 현관 벨이 울렸다. 다른 사람이 올 거라고는 생각지도 못했던 도모히코는 자신도 모르게 등을 쭉 폈다.

"나미에 씨일 거야."

기리하라가 일어나면서 말했다.

도모히코는 방 한구석에 쌓여 있는 종이 상자로 다가가 맨 위에 있는 상자 안을 들여다보았다. 새것으로 보이는 카세트 테이프가 빽빽이 들어차 있었다. 이 많은 테이프를 다 어디에 쓰려는지 궁금했다.

현관문이 열리고 누군가 들어오는 기척이 났다. 도모히코가 와 있어, 라고 말하는 기리하라의 목소리가 들렸다. 이어서 아, 그래, 하는 여자 목소리도 났다.

그리고 그 여자가 방으로 들어왔다. 소박한 생김새에 서른이 좀 넘어 보이는 여자다. 어디선가 본 적이 있는데, 하고 도모히코는 생각했다.

"오랜만이네."

여자가 말했다.

"네?"

도모히코가 한 대 얻어맞은 듯한 표정을 보이자 여자가 풋, 하고 웃었다.

"그때 먼저 가 버린 여자야."

기리하라가 옆에서 말했다.

"그때라면…… 아!"

도모히코가 놀라며 여자의 얼굴을 다시 보았다.

아닌 게 아니라 그때 보았던 청재킷 차림 여자다. 오늘은 화장을 옅게 한 탓에 그때보다 약간 나이가 들어 보였다. 어쩌면 이것이 그녀의 본래 모습일지도 모른다.

"더는 꼬치꼬치 묻지 마, 귀찮으니까. 이름은 나미에, 경리 담당이야. 그거면 충분하지?"

"경리 담당이라니 무슨……."

그러자 기리하라는 청바지 주머니에서 접힌 종이쪽지를 꺼내 도모히코에게 내밀었다.

거기에는 사인펜으로 다음과 같이 쓰여 있었다.

'퍼스널 컴퓨터용 각종 게임을 통신 판매 합니다. 무한기획'

"무한기획?"

"우리 회사 이름이야. 우선은 컴퓨터용 게임 프로그램을 팔 거야. 카세트테이프에 입력해서 통신으로 판매하는 거지."

"게임 프로그램이라고?"

도모히코는 고개를 끄덕였다.

"하기야 팔릴지도 모르겠군."

"분명히 팔릴 거야. 내가 장담해."

기리하라가 단언했다.

"그런데 문제는 소프트웨어잖아."

도모히코의 말에 기리하라가 컴퓨터 한 대로 다가가더니 프린터에서 막 출력되어 나온 듯한 긴 종이를 도모히코에게 불쑥 내밀었다.

"이게 우리 주력 상품이야."

종이에는 어떤 프로그램이 인쇄되어 있었다. 도모히코로서는 벅차 보일 만큼 복잡하고 긴 프로그램이었다. '서브머린'이라는 타이틀이 붙어 있었다.

"네가 만든 게임이냐?"

"누가 만들었든 그게 무슨 상관이야. 나미에, 이 게임 이름 생각해 봤어?"

"응, 일단은. 료지가 마음에 들어 할지 어떨지는 모르겠지만."

"말해 봐."

"머린…… 크래시."

나미에가 머뭇거리며 말하더니 "어때?" 하고 조심스럽게 물었다.

"머린 크래시라……."

기리하라는 팔짱을 끼고 잠시 생각하다가 고개를 끄덕거렸다.

"좋아, 그 이름으로 하자."

그가 마음에 들어 하는 것처럼 보이자 나미에는 안도하며 미소를 지었다.

기리하라는 손목시계를 들여다보더니 엉덩이를 들었다.

"나는 인쇄소에 다녀올게."

"인쇄소엔 무슨 일로?"

"장사를 하려면 여러 가지 준비가 필요하잖아."

그리고 기리하라는 스니커를 신더니 현관문을 열고 나갔다.

도모히코는 다다미방에 앉아 종이에 인쇄된 프로그램을 들여다보았다. 그러다 문득 생각난 듯 고개를 들었다. 나미에는 책상 앞에 앉아 전자계산기로 뭔가 계산을 하고 있었다.

"저 녀석, 대체 뭐하는 놈일까요?"

나미에의 옆얼굴에 대고 도모히코가 말을 건넸다.

그녀가 동작을 멈췄다.

"뭐하는 놈이냐니?"

"저 녀석, 학교에서는 전혀 눈에 띄지 않거든요. 친하게 지내는 친구도 없고. 그런데 뒤에서는 이런 짓을 하고 있다니."

나미에가 도모히코 쪽으로 몸을 돌렸다.

"학교 따위야 인생의 일부에 지나지 않는걸, 뭐."

"그럴지도 모르지만, 저 녀석만큼 정체를 모를 놈도 없단 말이죠."

"료지에 대해서는 깊이 파고들지 않는 편이 좋을 거야."

"파고들 생각은 없어요. 다만 여러 가지로 신기해서요. 그 때도……"

그리고 도모히코는 말끝을 흐렸다. 나미에에게 어디까지

말하는 게 좋은지 판단이 서지 않았기 때문이다.

그런데 그녀가 별일 아니라는 듯 "하나오카 유코 씨 일?" 하고 물었다.

"네."

도모히코는 고개를 끄덕였다. 그녀도 상황을 알고 있는 것 같아서 내심 안심이 됐다.

"여우에게 홀린 기분이라는 거, 이럴 때를 두고 하는 말이겠죠. 저 녀석, 대체 사건을 어떻게 처리한 걸까요?"

"신경 쓰여?"

"그야 물론이죠."

도모히코의 말에 나미에는 얼굴을 찡그리며 볼펜으로 관자놀이를 긁적거렸다.

"내가 듣기로, 사체가 발견된 것은 하나오카 유코 씨가 체크인 한 다음 날 오후 2시경이래. 체크아웃 할 시간이 지났는데도 연락이 없자 프런트에서 방으로 전화를 걸었는데 아무도 받지 않더래. 걱정이 된 호텔 관계자가 상황을 확인하기 위해 마스터키로 방문을 열고 들어가 보니 하나오카 유코 씨가 실오라기 하나 걸치지 않은 상태로 침대에 누워 있더라는 거야."

도모히코는 고개를 끄덕였다. 거기까지는 충분히 상상할 수 있었다.

"곧바로 경찰이 출동했지만 타살의 가능성은 없다는 결론이 나왔어. 성행위 중 심장마비를 일으켰을 것이다. 경찰은 그렇게 판단했나 봐. 그리고 사망 추정 시각은 전날 밤 11시경이라고 결론 내렸고."

"11시? 그럴 리가……."

도모히코가 고개를 갸웃거렸다.

"호텔 종업원이 유코 씨를 봤대."

"호텔 종업원이요?"

"욕실에 샴푸가 없으니 갖다 달라고 여자가 전화를 걸었다나 봐. 그래서 종업원이 샴푸를 가져갔는데 하나오카 씨 본인이 받더래."

"그건 좀 이상한데요, 내가 호텔에서 나왔을 때가……."

도모히코가 말을 멈춘 것은 나미에가 고개를 저었기 때문이었다.

"호텔 종업원이 그렇게 증언했어. 분명히 11시쯤 여자 손님에게 샴푸를 전했다고. 그 방의 여자 손님이 누구겠어? 하나오카 유코 씨밖에 더 있어?"

"아……."

일이 그렇게 된 거였구나. 도모히코는 어렴풋이 이해가 갔다. 누군가가 하나오카 유코로 둔갑한 것이다. 그날 유코는 커다란 선글라스를 끼고 있었다. 머리 스타일을 비슷하게 하고 그 선글라스를 끼면 호텔 종업원을 속이는 것쯤 어렵지 않을 것이다.

그렇다면 누가 하나오카 유코로 둔갑했을까.

도모히코는 눈앞에 있는 나미에를 보았다.

"그럼 나미에 씨가 유코 씨로?"

나미에는 웃으면서 고개를 저었다.

"나는 아니야. 그렇게 대담한 짓, 나는 겁나서 못해. 금방 들통날 것만 같은데 어떻게 그래."

"그렇다면……."

"그 일에 대해서는 그 이상 생각하지 않는 게 좋을 거야."

나미에는 단호하게 말했다.

"그건 료지만이 아는 일이니까. 누군가가 도모히코를 구해 주었다, 그걸로 된 거잖아."

"하지만."

"그리고 또 한 가지."

나미에가 집게손가락을 세웠다.

"경찰은 하나오카 씨 남편의 얘기를 듣고 도모히코를 주목했지만 금세 관심을 끊었어. 왜 그랬는지 알아? 그건 말이지, 현장에서 발견된 흔적이 AB형으로 밝혀졌기 때문이야."

"흔적이요?"

"정액 말이야."

나미에는 눈 하나 깜짝하지 않고 대답했다.

"유코 씨의 몸에서 AB형 남자의 정액이 검출된 거지."

"그것도…… 이상한데요."

"그럴 리가 없다고 생각하겠지. 하지만 그게 사실인걸. 그녀의 질 속에 틀림없이 AB형의 정액이 들어 있었대."

들어 있었다, 라는 표현이 걸렸다. 그리고 잠시 후 도모히코는 숨을 헉, 들이마셨다.

"기리하라의 혈액형이……."

"AB형."

그렇게 말하면서 나미에는 고개를 끄덕였다. 도모히코는 입으로 손을 가져갔다. 속에서 무언가가 올라올 것만 같았다. 한여름인데도 등줄기가 오싹했다.

"그럼 그 녀석이 시체에……."

"무슨 일이 있었는지 상상하는 건 내가 용납하지 않을 거야."

나미에가 말했다. 소름이 끼칠 징도로 싸늘한 말투였다. 눈초리마저 치켜 올라가 있었다.

도모히코는 할 말이 생각나지 않았다. 그저 온몸이 부들부들 떨릴 뿐이었다.

그때 현관문 열리는 소리가 들렸다.

"광고를 어떻게 할지 알아보고 왔어."

기리하라가 집 안으로 들어오며 말했다. 그리고 손에 든 종이를 나미에에게 건넸다.

"어때, 견적 낸 그대로지?"

나미에는 종이를 받아 들고 미소 지으며 고개를 끄덕였다. 하지만 그 굳은 표정을 다 지울 수는 없었다.

기리하라는 분위기가 아까와 다르다는 걸 금방 눈치챈 듯했다. 그는 나미에와 도모히코를 번갈아 보다가 창가로 걸어가 담배를 입에 물었다.

"왜 그러는 거야?"

기리하라가 짧게 묻고는 라이터로 담배에 불을 붙였다.

"저……."

도모히코가 그를 올려다보았다.

"뭔데 그래?"

"나……."

침을 삼키면서 도모히코가 말했다.

"나 말이야, 뭐든 할게. 너를 위해서라면, 어떤 일이든."

기리하라는 잠시 도모히코의 얼굴을 빤히 보다가 그 시선을 나미에에게 돌렸다. 그녀가 보일락 말락 하게 고개를 끄덕였다.

기리하라가 다시 도모히코를 보았다. 그 얼굴에는 평소의 그다운 냉소가 감돌고 있었다. 입가에 그 냉담한 미소를 머금은 채 그가 맛있게 담배를 빨았다.

"당연하지."

그리고 그는 구름이 살짝 낀 파란 하늘을 올려다보았다.

4

장

1

우산을 써야 할 정도는 아니지만 머리와 옷을 소리 없이 적시는 가을비가 부슬부슬 계속해서 내렸다. 그런데도 가끔 회색 구름이 갈라지면서 밤하늘이 얼굴을 내밀곤 한다. 여유가 시집을 가나. 시텐노지마에 역에서 나와 하늘을 올려다보며 나카미치 마사하루는 그렇게 중얼거렸다. 어머니에게서 배운 말이다.

대학교 사물함에 우산이 들어 있기는 하지만 교문을 나선 후에야 그 생각이 떠올랐기 때문에 구태여 가지러 가지는 않았다.

그는 조금 서두르고 있었다. 그의 자랑거리인 수정 시계가 7시 5분을 가리켰다. 그러니까 약속 시간에는 이미 늦은 셈이다. 하기야 만나기로 한 상대는 그가 조금 늦는다고 해서 얼굴을 찡그릴 사람은 아니다. 그런데도 길을 서두르는 건 자기 자신이 그 집에 빨리 도착하고 싶어서라고 해도 좋을 것이다.

그는 역 구내매점에서 산 신문으로 우산 대신 머리를 가렸다. 머리라도 젖지 않게 하려는 것이다. 프로 야구에서 야쿠르트 스왈로스가 이긴 다음 날 신문을 사는 것은 작년부터 시작된 습관이다. 중학교 때까지 도쿄에서 살았던 그는 스왈로스가 아니라 아톰스라 불렸던 시절부터 야쿠르트의 팬이었다. 그 야쿠르트가 작년에 히로오카 감독의 지휘 아래 기적적인 우승을 거머쥐었다. 작년 이맘때에는 야쿠르트 선수들이 맹활약하는 기사를 그야말로 매일같이 읽었다.

그런데 올해는 마치 다른 팀이 되기라도 한 것처럼 성적이 부진하다. 9월 들어서는 완전히 최하위권에 정착하고 말았다. 당연히 마사하루가 신문을 사는 일도 뜸해졌다. 그러니 지금 이렇게 신문을 갖고 있는 것은 행운이라고 할 수도 있다.

마사하루가 목적지에 도착한 것은 그로부터 몇 분이 지나서였다. 가라사와라고 쓰인 문패 아래 있는 버튼을 눌렀다.

잠시 후 격자 현관문이 열리면서 가라사와 레이코가 얼굴을 내밀었다. 그녀는 보라색 원피스 차림이다. 천이 얇은 탓인지 가냘픈 몸이 유난히 부각되어 딱해 보일 정도였다. 이 초로의 부인이 다시 기모노를 입게 되는 날은 언제일까 하고 마사하루는 생각했다. 그가 처음 이 집에 왔던 3월경에 그녀는 짙은 회색 기모노를 입고 있었다. 그런데 장마철이 시작되기 얼마 전부터 양장으로 바뀌었다.

"죄송해요, 선생님."

마사하루의 얼굴을 보자마자 레이코가 말했다.

"좀 전에 유키호에게서 연락이 왔는데 지금 문화제 준비를 하고 있다네요. 빠져나오기가 어려워서 30분쯤 늦을 것 같답니다. 그래도 가능한 한 빨리 오라는 말은 했어요."

"아, 그렇군요."

마사하루는 오히려 안도했다.

"오히려 잘됐습니다. 늦었다 싶어서 서둘러 왔거든요."

"정말 죄송해요."

레이코는 공손하게 머리를 숙였다.

"아닙니다. 그럼 저는 어떻게 할까요?"

마사하루가 손목시계를 들여다보며 물었다.

"안에 들어와서 기다리세요. 시원한 음료라도 한잔 드시면서요."

"감사합니다. 그럼."

고개를 꾸벅 숙이고 마사하루는 현관 안으로 들어섰다.

그가 안내된 곳은 1층 거실이었다. 원래는 다다미방인데, 등나무 소파 세트를 놓고 서양식으로 사용하고 있었다. 그는 처음 이 집에 왔던 날 딱 한 번 이 거실에 들어온 적이 있었다.

그로부터 약 반년이 지났다.

마사하루에게 이 아르바이트 자리를 소개한 사람은 그의

어머니였다. 당신의 다도 선생님이 이번에 고등학교 2학년이 되는 딸의 수학 가정교사를 찾는다는 얘기를 듣고 아들을 추천하면 어떨까 생각한 것이다. 그 다도 선생님이 바로 가라사와 레이코다.

공대생인 마사하루는 수학이라면 고등학교 시절부터 꽤 자신이 있었다. 실제로 지난봄까지 고 3짜리 남학생에게 수학과 과학을 가르치기도 했다. 그 학생이 무사히 대학에 합격하고 나자 마사하루는 새 아르바이트를 구해야 했다. 그러니 어머니가 적절한 타이밍에 새 일자리를 알아 온 셈이다.

그리고 지금 마사하루는 어머니께 매우 고마워하고 있다. 그 이유가 수입이 생겼기 때문만은 아니다. 유키호네 집을 찾는 매주 화요일이 그는 정말 즐거웠다.

그가 등나무 의자에 앉아 기다리고 있자니 레이코가 쟁반에 보리차를 담아 왔다. 보리차를 본 마사하루는 내심 안도했다. 처음 이 거실에 들어왔을 때는 말차였기 때문이다. 말차 마시는 예법을 모르는 그는 식은땀을 뻘뻘 흘렸었다.

레이코는 그와 마주 앉아서 "드세요." 라며 보리차를 권했다. 마사하루는 사양하지 않고 유리컵으로 손을 뻗었다. 마른 목 안을 타고 내려가는 차가운 보리차의 감촉이 상쾌했다.

"죄송해요, 이렇게 기다리시게 해서. 아무리 문화제 준비를 한다고 해도 그렇지, 적당히 빠져나오면 될 텐데."

레이코는 다시 한 번 사과했다. 진심으로 미안해하는 기색이다.

"아닙니다. 저는 괜찮으니 신경 쓰지 마세요. 친구들과의 관계도 중요하니까요."

마사하루가 말했다. 어른스럽게 대처하고 싶었다.

"그 아이도 그렇게 말하더군요. 게다가 반에서 준비하는 행사가 아니고 동아리 쪽이라, 3학년 선배가 지켜보고 있어서 빠져나올 수 없다고요."

"아, 그렇군요."

마사하루도 유키호가 영어 회화 동아리에서 활동하고 있다는 얘기를 들은 적이 있다. 중학생 때부터 영어 학원에 다녔다고 하는데, 그래서 그런지 그녀는 영어가 아주 유창했다. 그녀가 영어로 몇 마디 말하는 걸 듣고 자신은 도저히 따라갈 수 없겠다며 혀를 내둘렀던 기억이 있다.

"보통 고등학교 같으면 이 시기에 3학년이 문화제에 적극적으로 참여하지는 않을 텐데, 역시 학교가 그렇다 보니 그토록 느긋할 수도 있나 봐요. 나카미치 선생님이 졸업한 고등학교는 진학률이 굉장히 높은 곳이니까 3학년이 되면 문화제에 신경 쓸 틈이 없었지요?"

레이코의 말에 마사하루는 쓸쓸하게 웃으면서 손바닥을 흔들었다.

"제가 다녔던 고등학교에도 문화제에 열을 올리는 3학년이 있었습니다. 입시 공부 중에 쌓인 스트레스를 해소한다고 생각하는 학생들도 많았을 거예요. 저 역시 가을이 돼서도 공부에 집중하지 못하고 행사가 있다 하면 기웃거리곤 했고요."

"어머나, 그랬군요. 그래도 선생님은 성적이 우수했으니까 그럴 여유가 있었겠지요."

"아니, 그렇지 않습니다. 정말이에요."

마사하루는 손을 휘휘 내저었다.

가라사와 유키호는 지금 세이카 여중고의 고등부에 다니고 있다. 중등부에서 곧바로 올라갔다고 들었다.

게다가 그녀는 세이카 여대로 곧장 진학할 예정이다. 고등학교 성적이 우수하면 면접시험만으로 들어갈 수 있기 때문이다.

다만 지망하는 학과에 따라서는 경쟁률이 아주 치열할 수도 있는데 유키호는 경쟁률이 가장 높다는 영문과에 들어가고 싶어 한다. 합격이 보장되려면 학년에서 성적이 최상위권이어야 했다.

유키호는 다른 모든 과목의 성적은 우수한데 수학만 약간 떨어졌다. 그래서 걱정스러웠던 레이코가 과외를 시키려 했던 것이다.

3학년 1학기까지는 어떻게든 수학 성적이 상위권에 진입할 수 있었으면 좋겠다는 것이 처음 만났을 때 레이코가 말한 희망 사항이었다. 3학년 1학기까지의 성적이 추천 입학 사정의 자료가 되기 때문이다.

"유키호가 공립 중학교에 갔다면 내년에는 입시 공부 때문에 힘들었을 거예요. 그걸 생각하면 지금 다니는 학교에 들어간 게 참 잘한 일이죠."

가라사와 레이코는 보리차 잔을 두 손으로 감싸 쥐고 절실한 어조로 말했다.

"그럼요. 입시를 치르지 않고 넘어갈 수 있으면 정말 좋죠."

그것은 마사하루 자신이 평소에 해 오던 생각으로, 지금까지 가르친 학생들의 부모에게도 늘 그렇게 말해 왔다.

"그래서 최근에는 초등학교 입학 단계에서부터 사립 부속 학교를 선택하는 부모가 늘고 있답니다."

그의 말에 레이코가 진지한 표정으로 고개를 끄덕였다.

"네, 맞아요. 조카들에게도 그렇게 충고하고 있어요. 아이들 입시는 이른 시기에 한 번으로 끝내는 게 좋다고요. 중학교, 고등학교로 올라가면서 좋은 대학에 들어가기가 점점 어려워지잖아요."

"네, 옳은 말씀입니다."

마사하루도 고개를 끄덕였다. 그러다가 문득 의문이 들었는지 이렇게 물었다.

"유키호는 공립 초등학교를 다녔잖아요. 초등학교 때는 입시를 치르지 않았습니까?"

그러자 레이코는 생각에 잠기듯이 고개를 갸우뚱하더니 잠시 말이 없었다. 무언가를 주저하는 것처럼 보였다. 잠시 후 그녀는 고개를 들고 이렇게 말했다.

"만약 제가 그 아이 곁에 있었다면 그렇게 조언했겠지요. 하지만 그 아이가 어렸을 때는 만난 적도 없었어요. 오사카는 도쿄에 비하면 아이를 사립에 보내려는 부모가 많지 않잖아요. 그리고 무엇보다도 당시 그 아이 처지가 사립에 가고 싶다고 해서 갈 수 있는 상황이 아니었어요."

"아…… 그랬군요."

민감한 문제를 건드렸나 싶어 마사하루는 조금 후회스러웠다.

유키호가 가라사와 레이코의 친딸이 아니라는 것은 처음 가정교사로 일하게 된 날 이미 들어서 알고 있었다. 그러나 어떤 경위로 그녀가 양녀로 들어왔는지에 대해서는 전혀 말해 주지 않았다. 지금까지 화제에 오른 적도 없었다.

"유키호의 친아버지가 제 사촌 동생이었어요. 그런데 유키호가 아직 어릴 때 사고로 죽고 말았죠. 그래서 유키호의 집은 금전적으로 몹시 쪼들렸던 것 같아요. 그 아이 엄마가 나가서 일을 하긴 했지만 여자 혼자 힘으로 자식을 키운다는 게 쉬운 일이 아니잖아요."

"그러면 친엄마는 어떻게 됐나요?"

마사하루의 물음에 레이코의 표정이 한층 어두워졌다.

"그 사람도 사고로 죽었어요. 아마 유키호가 6학년에 갓 올라갔을 때일 거예요. 5월……이었으니까."

"교통사고였습니까?"

"아니요, 가스 중독이었어요."

"가스 중독……."

"가스레인지에 냄비를 올려놓은 채 잠들었다나 봐요. 냄비 속의 국물이 넘쳐서 불이 꺼졌는데 그런 줄도 모르고 계속 자다가 결국 그대로 가스에 중독됐대요. 몹시 피곤했던 거겠죠."

레이코는 안타까운 일이라는 듯 가느다란 눈썹을 찡그렸다.

있을 법한 일이라고 마사하루는 생각했다. 도시가스가 점차 천연가스로 대체되고 있어 최근에는 일산화탄소 중독으로 사망하는 경우가 거의 없지만 그 당시에는 그런 사고가 자주 발생했었다.

"더 가여운 일은 엄마가 죽어 있는 현장을 처음 발견한 사람이 유키호였다는 거예요. 그때 충격이 얼마나 컸을지, 그걸 생각하면 가슴이 찢어질 것 같아요."

레이코는 침통한 표정으로 고개를 저었다.

"유키호 혼자서 발견했습니까?"

"아니에요. 문이 잠겨 있어서 부동산 사람에게 열어 달라고 했다더군요. 그러니까 그 사람과 같이 봤겠죠."

"그렇군요, 부동산 사람과……."

그 남자도 참 당황스러웠겠다고 마사하루는 생각했다. 시체를 발견했을 때는 그야말로 하얗게 질리지 않았을까.

"그 사고로 유키호가 완전히 혼자가 된 거군요."

"네. 저도 장례식에 갔었는데, 유키호가 관에 매달려 엉엉 울더군요. 그런 아이를 보니 제가 너무 마음이 아파서 견딜 수가……."

그때의 광경이 떠오르는지 레이코가 말을 맺지 못하고 눈을 깜박거렸다.

"그래서 가라사와 씨가 유키호를 맡아 키우기로 하신 거군요."

"네."

"가라사와 씨가 제일 친하게 지냈었나요?"

"사실대로 말씀드리자면, 유키호의 생모인 후미요 씨와는 그다지 교류가 없었어요. 집이 비교적 가깝기는 했지만 그렇다고 걸어서 오갈 만한 거리도 아니었고요. 그래도 유키호와는 후미요 씨가 죽기 전부터 계속 만나고 있었죠. 그 아이가 우리 집에 종종 놀러 왔었거든요."

엄마가 친하게 지내지도 않는 친척 집에 유키호는 왜 혼자 놀러 갔을까. 마사하루의 궁금함이 표정에 드러났는지 레이코가 이렇게 설명했다.

"제가 유키호를 처음 본 건 그 아이 아버지의 7주기 때였어요. 그때 얘기를 잠깐 나눴는데, 유키호가 제가 하고 있는 다도에 상당히 관심을 보이더군요. 이것저것 열심히 묻기에 다음에 한번 놀러 오라고 말했죠. 그 아이 엄마가 죽기 1, 2년 전이었을 거예요. 그랬더니 얼마 안 있어서 정말로 왔더라고요. 그땐 조금 놀랐어요. 저로서는 별 뜻 없이 한 말이었거든요. 그런데 정말로 다도를 배우고 싶어 하는 것 같았어요. 그리고 저도 혼자 살기가 적적했던 터라 심심풀이 삼아 그 아이에게 다도를 가르쳤지요. 그랬더니 거의 매주 버스를 타고 찾아왔어요. 그리고 제가 끓여 준 차를 마시면서 학교에서 일어났던 일을 얘기해 주곤 했죠. 그러다 보니 저도 그 아이가 오는 날을 기다리게 됐어요. 사정이 생겨 못 올 때는 몹시 허전했고요."

"그럼 유키호는 그 무렵부터 다도를 배운 건가요?"

"네, 그렇지요. 그러다가 꽃에도 관심을 보이더군요. 제가 수반에 꽃을 꽂고 있으면 옆에서 흥미롭게 바라보았어요. 간혹 자기가 살짝 꽂아 보기도 하고요. 기모노 입는 법을 가르쳐달라고 한 적도 있었어요."

"거의 신부 수업이었군요."

마사하루는 그렇게 말하고 웃었다.

"네, 정말 그랬어요. 물론 아직 아이였으니 신부 놀이 같은 거라고 할 수 있죠. 그런데 그 아이가 제 말투까지 흉내 내는 거예요. 민망하니까 그러지 말라고 하면, 집에서 엄마가 하는 말을 듣다 보면 자기 입까지 더러워지니까 우리 집에서 고쳐 가야 한다고 했어요."

유키호의 행동거지가 요즘 여고생치고는 드물게 우아하다 했더니 그 무렵부터 축적된 것이었군. 마사하루는 그제야 납득이 갔다. 물론 그렇게 되고 싶은 본인의 희망이 있었기에 가능한 일이었겠지만 말이다.

"그러고 보니 유키호는 말투에도 오사카 사투리가 거의 섞여 있지 않네요."

"저도 나카미치 선생님처럼 오래전에는 도쿄에 살았어요. 그래서 오사카 사투리를 쓸 줄 모르는데 그 아이는 그 점이 좋다고 하더군요."

"저도 잘 모릅니다, 오사카 사투리."

"네, 맞아요. 그래서 유키호가 나카미치 선생님과 얘기하는 걸 편하게 생각하는 모양이에요. 촌스러운 오사카 사투리를 쓰는 사람과 얘기할 때면 영향받지 않으려고 신경 쓰게 되니까 피곤하다고 하더라고요."

"흠, 오사카에서 태어났는데도 말이죠."

"그 아이는 자기가 오사카에서 태어났다는 사실조차 싫대요."

"정말입니까?"

"네."

초로의 부인은 입을 오므리고 고개를 끄덕거린 후 머리를 살짝 옆으로 기울였다.

"그런데 말이죠, 한 가지 걱정스러운 일이 있어요. 요즘 아이들은 참 발랄한데, 저 같은 노인과 살아서 그런지 그 아이에게는 그런 면이 부족하지 않나 싶어요. 엉뚱한 짓을 하면 곤란하겠지만 가끔은 도를 살짝 벗어나도 좋지 않을까 싶을 정도로요. 괜찮은 곳이 있으면 그 아이를 데리고 놀러도 가 주세요."

"네, 제가요? 그래도 괜찮습니까?"

"물론이죠, 나카미치 선생님은 믿을 수 있으니까요."

"그럼 다음에 한번 어디든 같이 가자고 해 보겠습니다."

"꼭 부탁드려요. 좋아할 거예요."

레이코의 얘기가 한 차례 끝난 것 같아 마사하루는 유리컵으로 손을 내밀었다. 따분한 얘기는 아니었다. 그러잖아도 그로서는 유키호에 대해 좀 더 알고 싶은 터였다.

그런데 이 양어머니 역시 그녀에 대해 속속들이 알고 있는 것 같지는 않았다. 가라사와 유키호는 레이코가 생각하는 만큼 고풍스럽지도 않고 그다지 어른스럽지도 않았기 때문이다.

인상에 남는 일이 있다. 지난 7월이었다. 평소대로 그날도 두 시간 정도 공부를 한 후 커피를 마시면서 유키호와 잡담을 나누고 있었다. 그럴 때면 마사하루는 주로 대학 생활에 관한 얘기를 한다. 그녀가 그 화제를 가장 좋아한다는 것을 알기 때문이다.

유키호에게 전화가 걸려 온 것은 잡담을 시작한 지 5분쯤 지났을 때였다. 레이코가 와서 "영어 웅변대회 사무국 사람이라는데." 라며 전화가 왔다고 했다.

"네, 알겠어요."

유키호는 고개를 끄덕이고는 계단을 내려갔다. 마사하루도 커피를 다 마시고 자리에서 일어났다.

그가 내려갔을 때 유키호는 복도 중간에 있는 전화대 옆에 서서 통화를 하고 있었다. 표정이 약간 심각해 보였지만 그가 그만 가겠다고 눈짓으로 말하자 그녀는 방긋 웃으며 손을 살랑살랑 흔들었다.

"유키호, 정말 대단하군요. 영어 웅변대회에 나가는 겁니까?"

마사하루가 현관까지 배웅 나온 레이코에게 물었다.

"글쎄요, 저는 금시초문인데요."

레이코는 고개를 갸웃거리며 그렇게 대답했다.

유키호네 집에서 나온 마사하루는 시텐노지 역 앞에 있는 라면 가게에 들어가서 늦은 저녁을 먹었다. 화요일에는 늘 그랬다.

만두와 볶음밥을 먹으면서 가게 텔레비전을 보다가 무심코 유리창 너머 밖으로 눈길을 돌렸을 때였다. 큰길을 향해 거의 뛰다시피 걸어가는 젊은 여자가 보였다. 마사하루는 눈을 크게 떴다. 바로 유키호였다.

무슨 일일까, 하고 그는 생각했다. 그녀의 표정에서 심상치 않은 기운이 느껴졌기 때문이다. 유키호는 큰길로 나가자 서둘러 택시를 잡았다.

갑자기 걱정스러워진 마사하루는 가게 전화로 유키호네 집에 전화를 걸었다. 몇 번 벨이 울린 후 레이코가 받았다.

"어머, 나카미치 선생님, 무슨 일이세요?"

그의 목소리를 듣자 그녀는 뜻밖이라는 투로 물었다. 긴박한 기색은 느껴지지 않았다.

"저…… 유키호는요?"

"유키호요, 바꿔 드릴까요?"

"네에? 지금 옆에 있습니까?"

"아니요, 자기 방에 있어요. 내일 동아리 활동 때문에 아침 일찍 집합해야 한다면서 일찍 잔다고 했어요. 아마 아직은 잠들지 않았을 거예요."

그 말을 듣는 순간 아차 싶었다. 자신이 괜한 전화를 걸었다는 사실을 깨달은 것이다.

"아, 그럼 됐습니다. 다음에 갈 때 직접 얘기하죠. 급한 용무는 아니니까요."

"그래도……."

"아닙니다, 정말 괜찮습니다. 그냥 자도록 놔두세요. 그럼."

"알겠습니다. 내일 아침에 일어나면 전화 왔었다고 전할게요."

"네, 감사합니다. 밤늦게 실례했습니다."

마사하루는 급히 전화를 끊었다. 겨드랑이가 식은땀으로 축축했다.

유키호는 엄마 몰래 집을 빠져나간 것이다. 아까 그 전화와 관계가 있는지도 모른다. 그녀가 어딜 갔는지 몹시 궁금했지만 그렇다고 방해하고 싶지는 않았다.

자신이 전화를 한 탓에 유키호의 거짓말이 탄로 나지 않았으면 좋겠는데, 하고 그는 생각했다.

그런데 그런 걱정은 다음 날 해소되었다. 유키호에게서 전화가 걸려 온 것이다.

"선생님, 어젯밤에 전화하셨다면서요? 죄송해요. 오늘 아침 일찍 동아리에서 연습할 일이 있어서 어제는 일찍 잤어요."

그 말을 듣고 마사하루는 유키호가 레이코에게 들키지 않았다는 것을 알았다.

"딱히 일이 있어서 전화를 한 건 아니야. 유키호에게 무슨 일이 있는 거 아닌가 걱정스러워서."

"무슨 일이 있다니요?"

"응, 어제 심각한 표정으로 택시 타는 걸 봤거든."

아니나 다를까, 그녀는 순간적으로 말이 없었다. 그리고 잠시 후 낮은 목소리로 속삭였다.

"아…… 선생님께 딱 걸렸네요."

"라면 먹고 있다가."

마사하루는 키득키득 웃었다.

"그랬구나. 그런데 엄마에게는 비밀로 해 주신 거군요."

"들키면 안 될 것 같았어."

"네, 그래요. 안 돼요."

그녀도 웃었다.

그녀의 말투로 미루어 그다지 심각한 일은 아니었나 보군, 하고 마사하루는 생각했다.

"대체 무슨 일이야? 그 전에 걸려 온 전화와 관계가 있지 않나 싶은데."

"와, 선생님 진짜 날카롭다. 맞아요."

그렇게 말하면서 그녀가 또 목소리를 낮췄다.

"사실은요, 친구가 자살을 시도했어요."

"뭐라고? 정말이야?"

"남친에게 차인 충격 때문에 충동적으로 그랬나 봐요. 그래서 친구들이 부랴부랴 달려간 거였어요. 그런데 그런 말을 엄마한테 어떻게 하겠어요."

"그야 그렇지. 그래서 그 친구는 어때?"

"이제 괜찮아요. 우리들을 보고 정신을 차렸거든요."

"다행이네."

"정말 바보 같죠? 고작 남자 하나 때문에 죽으려 하다니 말이에요."

"그러게."

"그러니까 이 일은 꼭 비밀로 해 주세요."

유키호는 밝은 목소리로 말했다.

"응, 알았어."

"그럼 다음 주에 봬요."

그리고 그녀는 전화를 끊었다.

그때 오간 대화를 생각하면 지금도 웃음이 나온다. 그녀의 입에서 '고작 남자 하나 때문에'라는 말이 튀어나올 줄은 꿈에도 몰랐기 때문이다. 어린 여자의 내면은 타인이 상상도 할 수 없다는 것을 깨달았다.

걱정 마세요, 따님은 어머니가 생각하는 것처럼 어수룩하지 않습니다. 마사하루는 눈앞에 있는 노부인에게 그렇게 말하고 싶었다.

그가 보리차를 다 마셨을 때 현관 쪽에서 격자문 열리는 소리가 들렸다.

"왔나 보네요."

레이코가 그렇게 말하면서 일어섰다.

마사하루도 엉덩이를 들었다. 그리고 얼른 정원 쪽으로 난 유리창에 자신의 모습을 비춰 보며 머리가 흐트러지지 않았는지 체크했다.

이 바보야, 뭐가 그렇게 설레는 거야. 마사하루는 유리창에 비친 자신에게 핀잔을 주었다.

2

나카미치 마사하루는 북오사카 대학 공학부 전기공학과 제6연구실에서 졸업 논문 주제로 '그래프 이론을 활용한 로봇 제어'를 연구하고 있었다. 구체적으로는 한 방향으로부터의 시각 인식만으로 컴퓨터가 그 물체의 삼차원 형상을 추정하게 하는 것이다.

그가 책상 앞에 앉아 프로그램 수정 작업을 하고 있는데 대학원생인 미노베가 말을 건넸다.

"어이, 나카미치. 와서 이것 좀 봐."

미노베는 HP 컴퓨터 앞에 앉아 있었다. 그가 모니터를 보면서 마사하루를 부른 것이다.

마사하루는 선배 뒤에 서서 흑백 화면을 바라보았다. 거기에는 자잘한 눈금이 그어진 세 개의 도형과 잠수함 모양의 그림이 나타나 있었다.

마사하루도 본 적 있는 화면이었다. 그것은 '서브머린'이라고 부르는 게임으로, 해저에 있는 상대방의 잠수함을 재빨리 격침시키면 이기도록 돼 있었다. 세 개의 좌표에 나타난 몇 개의 데이터로 상대의 위치를 추정하는 데에 이 게임의 재미가 있다. 물론 공격에 틈을 두었다가는 적에게 자신의 위치가 파악돼 즉시 어뢰 공격을 받게 된다.

이 게임은 마사하루가 속한 제6연구실 학생과 대학원생들이 연구 차원에서 합작한 것이었다. 프로그램을 짜는 것도 컴퓨터에 입력하는 것도 모두 공동으로 작업했다. 즉 제2의 졸업 논문이라고 할 수 있는 것이다.

"이게 왜요?"

마사하루가 물었다.

"잘 봐. 우리가 만든 '서브머린'과 조금 다르지 않아?"

"네?"

"예를 들어서 좌표를 나타내는 모양이라든지 잠수함의 형태라든지 말이야."

"어라?"

마사하루는 미노베가 말한 곳을 응시했다.

"그러고 보니 정말이네요."

"이상하지?"

"누가 프로그램을 만진 걸까요?"

"그게 그렇지가 않아."

미노베는 컴퓨터를 일단 재부팅한 후 옆에 설치된 카세트덱의 버튼을 눌러 그 안에 들어 있던 테이프를 꺼냈다. 이 카세트덱은 음악을 듣기 위한 것이 아니라 컴퓨터의 외부 기억 장치였다. IBM이 납작한 원형의 자기 디스크 장치에 자료를 기록하는 방식을 이미 발표했지만, PC 수준에서는 여전히 카세트테이프를 기억 장치로 사용하는 것이 일반적이었다.

"이걸 넣고 작동시킨 거야."

테이프 라벨에는 '머린 크래시'라고만 적혀 있었다. 손으로 쓴 것이 아니라 인쇄된 것인 듯했다.

"머린 크래시……, 뭡니까, 이게?"

"3연의 나가타가 빌려준 거야."

3연이란 제3연구실을 뜻한다.

"왜 이런 걸?"

"이것 좀 봐."

미노베는 청바지 주머니에서 카드 지갑을 꺼내더니 그 안에서 조그맣게 접힌 종이를 끄집어냈다. 잡지에서 뜯어낸 듯한 그 종이를 미노베가 펼쳐 보였다.

'퍼스널 컴퓨터용 각종 게임을 통신 판매 합니다.'

그런 글자가 눈에 들어왔다. 그리고 그 아래 제품 이름과 게임에 대한 간단한 설명, 가격을 표시한 표가 그려져 있었다. 제품은 전부 합해 30종 정도. 가격은 싼 것이 천 엔 정도고 비싼 것은 5천 엔이 넘는 것도 있었다.

'머린 크래시'는 표의 중간쯤에 있었다. 그런데 다른 게임에 비해 굵은 글씨로 쓰여 있고 '재미도'에 별 네 개가 붙어 있다. 굵은 글씨로 쓰여 있는 것은 그 밖에도 세 개 정도 더 있었지만 별이 네 개나 붙은 건 '머린 크래시'뿐이었다. 즉, 판매자가 특별히 추천하는 품목임이 분명했다.

판매자는 '무한기획'이라는 회사였다. 마사하루로서는 처음 듣는 이름이다.

"이게 뭐죠? 이런 걸 통신 판매 하는 회사가 다 있습니까?"

"최근에 간혹 눈에 띄더라고. 나는 별로 신경 써서 보지 않았는데 3연의 나가타는 벌써부터 알고 있었다는군. 그리고 이 '머린 크래시'라는 게임의 내용이 우리가 만든 '서브머린'과 유사해서 마음에 걸렸던 모양이야. 아는 사람 중에 여기에 주문해서 샀다는 사람이 있어서 혹시나 하고 빌려 봤더니 이렇게 내용이 똑같더라는 거야. 깜짝 놀라서 우리에게 알려준 거지."

마사하루는 음, 하고 신음을 내뱉었다. 어찌 된 일인지 도무지 알 수 없었다.

"어떻게 된 일일까요?"

"'서브머린'으로 말하자면,"

미노베가 의자에 깊숙이 기댔다. 금속이 삐걱거리는 소리가 났다.

"우리의 오리지널 프로그램이야. 물론 정확히 말하면 매사추세츠 학생들이 만든 게임이 본보기가 되긴 했지만 우리의 독자적인 아이디어로 성립된 것만은 틀림없어. 그런 걸 전혀 다른 사람이 전혀 다른 장소에서 똑같이 생각하고 만들어 낼 가능성은 거의 없지 않을까?"

"그렇다면……."

"우리 중 누군가가 이 '무한기획'이라는 회사에 '서브머린' 프로그램을 유출했다고밖에 볼 수 없지."

"설마……."

"달리 어떻게 생각할 수 있겠어? '서브머린' 프로그램을 갖고 있는 사람은 우리 멤버들뿐이고, 게다가 다른 사람들에게 함부로 빌려줄 수도 없게 돼 있잖아."

미노베의 말을 들은 마사하루는 잠시 침묵에 잠겼다. 아닌
게 아니라 다른 가능성은 없었다. 그런데 실제로 '서브머린'과
유사한 프로그램이 이렇게 버젓이 판매되고 있는 것이다.

"전부 소집할까요?"

마사하루가 다시 입을 열었다.

"그래야겠지. 이제 곧 점심시간이니까 식사 후 여기 모이도
록 하자고. 멤버들에게 얘기를 들어 보면 뭔가 알아낼 수 있
을지도 모르지. 물론 유출한 장본인이 거짓말을 하지 않는다
는 전제하에 말이야."

미노베는 입술을 일그러뜨리며 손가락 끝으로 금테 안경을
살짝 밀어 올렸다.

"우리 중에 누가 업자에게 팔아넘겼다고는 도저히 상상하
기 힘든데요."

"나카미치가 모두를 신뢰하는 건 자유지만, 누군가 배신을
했다는 사실만은 분명하잖아."

"일부러 그런 게 아닐 수도 있지 않을까요?"

마사하루의 말에 미노베의 한쪽 눈썹이 꿈틀했다.

"그게 무슨 뜻이지?"

"본인도 모르게 어디선가 프로그램을 도둑맞았을 가능성도
생각해 볼 수 있어요."

"범인이 우리 멤버 중 한 사람이 아니라 그 주위에 있는 사

람이라는 거야?"

"그렇죠."

범인이라는 단어에 다소 저항감을 느꼈지만 마사하루는 고개를 끄덕였다.

"어느 쪽이든 멤버 전원에게 얘기를 들어 볼 필요는 있겠지."

미노베는 팔짱을 끼며 그렇게 말했다.

'서브머린' 제작에 관여한 사람은 대학원생인 미노베를 포함해 여섯 명이다. 전원이 점심시간에 제6연구실로 모였다.

미노베가 사건의 진상을 보고했다. 그러나 역시 아무도 그럴 만한 일은 없다고 했다.

"그런 짓을 했다가는 이렇게 발각될 게 뻔한데요. 그걸 모를 바보가 어디 있겠어요."

4학년생 하나가 미노베에게 항변했다.

또 다른 한 명은 "어차피 파는 거라면 우리가 직접 나서서 팔죠. 다 같이 의논해서 말이에요. 그러는 편이 돈도 많이 벌 수 있고요."

미노베가 멤버들에게 프로그램을 다른 사람한테 빌려준 적이 있느냐고 물었다. 이 질문에 대해서는 세 사람이 '친구에게 게임을 해 보라고 잠시 빌려준 적은 있지만 본인이 그 자리에 붙어 있었기 때문에 절대 프로그램을 복사할 틈이 없었다'고 단언했다.

"그렇다면 이제 생각할 수 있는 건 누군가 갖고 있던 프로그램이 자신도 모르게 유출됐을 가능성인데……."

그리고 미노베는 프로그램이 저장된 테이프 관리에 대해 물었다. 하지만 분실한 적이 있다는 사람은 하나도 없었다.

"다들 다시 한 번 잘 생각해 봐. 우리가 아니라면 우리 주위에 있는 누군가가 '서브머린'을 멋대로 내다 팔았다는 얘기라고. 프로그램을 사들인 인간은 그걸로 당당하게 장사를 하고 있고."

미노베가 분하다는 표정으로 그렇게 말하고 모두를 둘러보았다.

점심시간이 끝나고 각자 자신의 자리로 돌아간 후 마사하루는 컴퓨터 앞에 앉아 다시 한 번 기억을 더듬어 보았다. 하지만 적어도 자신의 테이프를 누군가 들고 나갔을 가능성은 없다는 결론에 도달했다. 그는 다른 데이터가 들어 있는 테이프와 함께 '서브머린' 테이프도 보통은 자기 집 책상 서랍에 보관하고 있었다. 어쩌다 들고 나갔을 때에도 손에서 떨어뜨려 본 적이 없다. 연구실에서조차 방치한 적이 한 번도 없었다. 그러니 자신이 아닌 다른 누군가가 프로그램을 도둑맞았다고밖에는 생각할 수 없었다.

그런데 한편으로 그는 이번 일로 다른 생각을 하게 되었다.

자신들이 즐길 목적으로 만든 프로그램이 이렇게 장사가 될
줄은 꿈에도 몰랐던 것이다.

'어쩌면 이거, 새로운 사업이 될지도 모르겠는걸…….'

3

마사하루가 유키호의 성장 과정을 새삼 떠올리게 된 것은
레이코의 얘기를 들은 지 보름쯤 지나서였다. 나카노시마에
있는 부립 도서관에서 친구의 자료 조사를 도와주던 중이었
다. 친구란 그의 아이스하키부 동기 가키우치를 말하는 것으
로, 가키우치는 리포트를 작성하기 위해 과거의 신문 기사를
조사하고 있었다.

"하하하, 맞아, 맞아, 그때쯤이야. 나도 자주 심부름을 다녔
지. 휴지를 사러 말이야."

가키우치는 펼쳐 놓은 신문의 축쇄판을 읽으며 소리를 낮
춰 말했다. 책상에는 축쇄판 열두 권이 놓여 있었다. 1973년
7월에서 1974년 6월까지로, 한 달 치가 한 권으로 묶여 있다.

마사하루가 옆에서 들여다보니 가키우치가 읽고 있는 것은
1973년 11월 2일자 기사였다. 오사카에 있는 센리 뉴타운의
슈퍼마켓에 두루마리 휴지를 사기 위해 약 삼백 명의 손님이

몰려들었다는 내용이다.

이른바 오일 쇼크 때의 얘기였다. 가키우치는 전기 에너지의 수요에 관해 조사하고 있기 때문에 이 시기의 기사도 살펴볼 필요가 있었던 것이다.

"도쿄에서도 사재기 소동이 있었어?"

"그랬겠지. 하지만 수도권에서는 두루마리 휴지보다는 세제 아니었을까? 내 사촌 하나도 세제를 사러 몇 번이나 심부름을 갔었다고 했거든."

"흐음, 아닌 게 아니라 이 기사에도 다마에 있는 한 슈퍼마켓에서 세제 4만 엔어치를 산 주부가 있었다고 돼 있네. 이거 혹시 너희 친척 얘기 아니야?"

가키우치가 히죽거리며 말했다.

"바보 같은 소리 하고 있네."라고 마사하루도 웃으며 응수했다. 그러면서 자신은 그 무렵 뭘 하고 있었는지 생각해 봤다. 당시 그는 고등학교 1학년이었다. 오사카로 이사 온 지 얼마 안 되었을 때여서 이 지역에 적응하느라 고생깨나 하고 있었다.

문득 유키호는 그때 몇 학년이었을까 하는 생각이 들었다. 머릿속으로 헤아려 보니 초등학교 5학년이었다. 초등학생인 그녀의 모습은 잘 상상이 되지 않았다.

'그 사람도 사고로 죽었어요. 아마 유키호가 6학년에 갓 올

라갔을 때일 거예요. 5월……이었으니까.'

유키호의 생모에 관한 얘기였다. 그녀가 6학년이었다면 1974년이다.

마사하루는 축쇄판 중에서 1974년 5월 치를 찾아 책상 위에 펼쳤다.

그해 5월에는 '중의원 본회의, 대기오염방지법 개정안 가결', '우먼 리브를 주장하는 여성들 우생보호법 개정안에 반대해 중의원 면회실에서 집회' 등등의 사건들이 있었던 모양이다. '일본 소비자 연맹 발족', '도쿄 도 고토 구에 세븐 일레븐 1호점 오픈' 같은 기사도 눈에 띄었다.

마사하루는 사회면을 보고 있었다. 그러다 조그만 기사 하나를 발견했다.

'가스레인지 불이 꺼져 중독사. 오사카 시 이쿠노 구'라는 제목이었다. 내용은 다음과 같았다.

'22일 오후 5시경, 오사카 시 이쿠노 구 오에니시 7번지 요시다 하이츠 103호에 사는 니시모토 후미요 씨(36)가 방에 쓰러져 있는 것을 아파트 관리 회사 직원이 발견, 구급차를 불렀으나 니시모토 씨는 이미 사망한 상태였다. 이쿠노 서의 조사에 따르면 발견 당시 집 안에는 가스가 가득 차 있었고 니시모토 씨는 가스 중독사한 것으로 추정된다. 가스 누출의 원인에 대해서는 현재 조사 중이지만, 가스레인지에 올려놓은 된장국이 넘친 흔적이 있어, 그로 인해 가스불이 꺼진 것을 니시모토 씨가 미처 몰랐을 가능성이 있다고 한다.'

이거군. 마사하루는 확신했다. 가라사와 레이코에게 들은 얘기와 거의 일치했다. 발견자 이름에 유키호는 없었지만, 그건 신문이 유키호가 초등학생인 점을 배려했기 때문일 것이다.

"뭘 그렇게 열심히 읽고 있어?"

가키우치가 옆에 와서 신문을 들여다보며 물었다.

"아, 별것 아니야."

마사하루는 기사를 가리키며 아르바이트로 가르치는 학생에게 일어난 사건이라고 설명했다.

가키우치는 몹시 놀라워했다.

"와, 신문에 실릴 정도의 사건에 관련되다니, 대단한데!"

"내가 관련된 건 아니야."

"그래도 그 학생을 가르치고 있잖아."

"그야 그렇지만."

가키우치는 짐짓 감탄스럽다는 표정을 지으며 다시 한 번 그 기사를 들여다보았다.

"이쿠노 구 오에? 나이토네 집 근처잖아."

"아니, 정말이야?"

"응, 틀림없을 거야."

나이토라면 아이스하키부 1년 후배였다.

"그럼 다음번에 나이토에게 좀 물어봐야겠네."

마사하루는 그렇게 말하면서 기사에 적힌 요시다 하이츠의 주소를 메모했다.

그러나 그가 이 일에 대해 나이토와 이야기를 나눈 것은 그로부터 두 주일이나 지나서였다. 4학년이 되면 실질적으로는 동아리 활동을 거의 접게 되므로 후배들과 마주칠 기회가 좀처럼 없기 때문이다. 마사하루가 동아리방을 찾은 것도 운동 부족으로 체중이 불어나서 몸이나 좀 움직여 볼까 생각했을 때였다.

나이토는 작은 체구에 깡마른 녀석이다. 스케이팅 기술은 탁월하지만 몸무게가 적게 나가는 탓에 콘택트 플레이를 하기에는 힘이 부족했다. 요컨대 그다지 강한 선수는 아닌 것이다. 하지만 눈치가 빠르고 배려심이 있어 간부직을 맡고 있었다.

마침 그라운드 연습을 하고 있던 나이토에게 마사하루가 말을 건넸다.

"아, 그 사건요. 알죠. 그러니까 그게 벌써 몇 년 전이야."

나이토는 수건으로 땀을 닦으며 고개를 끄덕거렸다.

"우리 집 바로 근처였어요. 코앞은 아니지만 걸어서 갈 만한 거리였으니까요."

"그 사건이 동네에서는 꽤 화제가 되었던 모양이지?"

"화제라기보다는 이상한 소문이 나돌았죠."

"이상한 소문?"

"네. 사고가 아니라 자살일 거라는 소문이었어요."

"일부러 중독사했다는 거야?"

"네."

대답하면서 나이토는 마사하루의 얼굴을 빤히 바라보았다.

"왜 그러는데요, 선배? 그 사고랑 무슨 상관이라도 있나요?"

"응, 실은 내가 아는 사람과 관계가 있어서."

그리고 그는 나이토에게도 사정을 설명했다. 나이토는 눈을 동그랗게 떴다.

"와, 나카미치 선배, 그 집 아이를 가르치고 있어요? 야, 이거 대단한 우연인데요."

"나로서는 우연도 뭣도 아니야. 그보다, 좀 더 자세히 얘기해 봐. 어째서 자살이라는 소문이 났는지."

"글쎄요, 저도 거기까지는 잘……, 아직 고등학생일 때라서요."

그리고 잠시 고개를 갸웃거리던 나이토는 갑자기 뭔가 떠오른 듯 손뼉을 짝 쳤다.

"아, 그렇지. 혹시 그 아저씨에게 물어보면 뭔가 알지도 모르겠네요."

"그 아저씨가 누군데?"

"우리 동네 부동산 아저씨요. 제가 그 아저씨 주차장을 빌려 쓰고 있거든요. 그 아저씨가 전에 아파트에서 가스 자살 사건이 발생해서 곤욕을 치른 적이 있다고 했거든요. 그게 그 아파트 아닐까 싶은데요."

"부동산?"

마사하루의 머리에 언뜻 스치는 것이 있었다.

"그 사람이 혹시 현장을 발견한 사람 아닐까?"

"그 아저씨가요?"

"사체를 발견한 사람이 아파트를 임대해 준 부동산 주인인 것 같아. 확인 좀 해 줄 수 있을까?"

"아…… 그야 할 수는 있지만……."

"부탁해. 사건에 대해 좀 더 자세히 알고 싶어서 그래."

"네, 알겠어요, 선배."

스포츠 동아리에서 선후배 관계는 절대적이다. 번거로운 부탁에 나이토는 곤혹스러웠지만, 머리를 긁적거리면서 고개를 끄덕였다.

다음 날 저녁, 마사하루는 나이토가 운전하는 카리나의 조수석에 앉아 있었다. 나이토가 사촌 형에게 30만 엔을 주고 산 중고차라고 했다.

"미안해, 귀찮은 일을 부탁해서."

"아니에요, 전 괜찮아요. 어차피 집 근처인데요, 뭐."

나이토가 싹싹하게 말했다.

후배는 전날의 약속을 즉시 실행에 옮겼다. 주차장을 중개해 준 부동산에 전화를 걸어 5년 전 가스 중독 사건의 발견자를 확인해 본 것이다. 그 결과 사체를 발견한 사람은 부동산 아저씨가 아니라 그 아들이라는 것을 알게 되었다. 아들은 현재 후카에바시에서 다른 지점을 운영하고 있는 모양이었다. 후카에바시는 히가시나리 구로, 이쿠노 구보다 좀 더 북쪽에 있다. 지금 마사하루 손에는 간략한 약도와 전화번호가 적힌 메모지가 들려 있었다.

"그런데 나카미치 선배는 역시 성실하군요. 가르치는 학생의 성장 과정까지 알아 두는 편이 가정교사로서 학생을 가르치는 데에 도움이 된다는 거잖아요. 저는 아르바이트를 위해서 그렇게까지는 절대 못해요. 하기야 저더러 가르쳐 달라는 사람도 없지만요."

나이토는 감동했다는 듯이 말했다. 마사하루는 아무 말 하지 않았다.

사실은 자기 자신도 왜 이러는지 잘 몰랐다. 물론 자신이 유키호에게 강하게 끌리고 있다는 사실은 자각하고 있었다. 하지만 그렇다고 해서 그녀의 모든 걸 알고 싶은 건 아니었다. 과거 따위는 아무래도 상관없다는 것이 그의 평소 지론이었다.

아마도 현재의 그녀를 이해할 수 없어서겠지, 라고 그는 생각했다. 몸이 닿을 정도로 가까이서 친근하게 말을 주고받는 순간에도 그녀라는 존재가 문득문득 멀게 느껴지곤 했다. 마사하루는 그 이유를 알 수 없었다. 그래서 더 초조했다.

나이토는 계속 얘기를 늘어놓았다. 이번에는 올해 들어온 신입 부원에 대한 얘기였다.

"도토리 키 재기예요. 경험 있는 애들이 거의 없으니까요. 역시 이번 겨울에 판가름이 날 것 같아요."

자신의 학점보다 팀 성적이 더 신경 쓰인다는 나이토는 다소 떨떠름한 표정으로 그렇게 말했다.

다가와 부동산 후카에바시 지점은 주오 대로라 불리는 간선 도로에서 길 하나 안쪽에 있었다. 한신 고속도로 히가시 오사카 선 다카이다 출구 옆이다.

안으로 들어가니 마른 몸집의 남자가 책상 앞에 앉아 서류에 무언가를 적고 있었다. 다른 종업원은 없는 듯했다. 마사하루 일행을 본 남자는 "어서 오십시오. 아파트?" 하고 물었다. 아마도 집을 구하는 손님으로 오해한 모양이다.

나이토가 요시다 하이츠 사건에 대해 얘기를 듣고 싶어 왔다는 뜻을 전했다.

"이쿠노점 주인께 물었더니 사건 현장을 발견한 분이 이쪽 사장님이라고 해서요."

"아, 그렇습니다만……."

다가와는 경계하는 눈빛으로 두 젊은이를 번갈아 보았다.

"이제 와서 그 얘기를 듣고 싶은 이유가 뭡니까?"

"현장을 발견했을 때 여자아이가 함께 있었죠?"

마사하루가 물었다.

"유키호라는 아이 말입니다. 그 당시에는 성이 아마도 니시모토……였을 겁니다."

"그래요, 니시모토죠. 그쪽은 니시모토의 친척인가요?"

"아니요, 유키호는 제 제자입니다."

"제자요? 아아, 학교 선생님인가 보군요."

다가와는 납득이 간다는 듯 고개를 끄덕이더니 다시 마사하루를 보았다.

"굉장히 젊은 선생님이군요."

"가정교사입니다."

"가정교사…… 아, 그렇군."

다가와의 시선에 깔보는 듯한 기색이 비쳤다.

"그 아이, 지금은 어디 사나 모르겠군. 엄마가 죽고 의지할 데도 없을 텐데."

"친척의 양녀가 되었습니다. 가라사와라는 집안이죠."

그러나 다가와는 그런 것에는 관심이 없는 듯했다.

"잘 지내나 모르겠네. 그 후로 만난 적이 없으니."

"잘 있습니다. 지금 고등학교 2학년이죠."

"벌써 그렇게 됐어?"

다가와는 마일드 세븐 갑에서 담배 한 개비를 꺼내 입에 물었다. 그 모습을 보며 마사하루는 그가 의외로 유행에 민감한 사람인지 모르겠다고 생각했다. 마일드 세븐이 나온 것은 2년 전쯤인데, 맛이 없다는 평에도 불구하고 새로운 것을 좋아하는 젊은이들을 중심으로 인기를 모으고 있었다. 마사하루의 친구들도 태반이 세븐스타를 피우다가 마일드 세븐으로 갈아탔다.

"그래서, 그 아이가 그 사건에 대해 뭐라고 하던가?"

연기를 한 모금 뿜어내고서 다가와가 물었다. 이 남자는 상대가 자기보다 연하로 판단되면 말투가 거만해지는 모양이다.

"다가와 씨에게 신세를 많이 졌다고 하더군요."

물론 거짓말이다. 유키호와는 사건에 대해 한 번도 얘기를 나눈 적이 없었다. 아니, 나눌 수도 없었다.

"신세랄 게 뭐 있나. 아무튼 그때는 정말 놀랐어."

다가와는 의자에 기대며 양손을 머리 뒤로 깍지 끼었다. 그리고 니시모토 후미요의 사체를 발견했을 당시의 상황을 아주 세세한 부분까지 설명하기 시작했다. 마침 시간이 남아돌아 따분하던 참이었는지도 모른다. 덕분에 마사하루는 사고의 개요를 자세히 파악할 수 있었다.

"사체를 발견했을 때보다 그 후가 더 귀찮았지. 경찰이 시시콜콜한 것까지 물어 댔으니 말이야."

"뭘 묻던가요?"

"방에 들어갔을 때 무슨 일이 있었느냐, 그런 거지, 뭐. 나는 창문을 열고 가스 밸브를 잠근 것 외에는 아무것도 건드리지 않았다고 했는데도 뭐가 마음에 안 들었는지, 냄비는 건드리지 않았느냐, 현관문은 확실히 잠겨 있었느냐, 끝도 없이 묻더라고. 어찌나 골치가 아프던지."

"냄비에 무슨 문제라도 있었나요?"

"나는 잘 몰라. 된장국이 넘쳤다면 냄비 주위가 좀 더 지저분해야 한다나 뭐라나. 아무튼 국물이 넘쳐서 불이 꺼진 건 사실인데 뭘 어쩌겠어."

다가와의 얘기를 들으면서 마사하루는 그 상황을 머릿속으로 그려 보았다. 그도 인스턴트 라면을 끓이다가 깜박해서 국물을 넘치게 한 적이 있다. 그럴 때면 냄비 주위가 무척 지저분해지곤 했다.

"그건 그렇고, 이렇게 가정교사까지 붙여 주는 집에 들어갔으니 결과적으로 그 아이에게는 잘된 일이군. 그런 엄마와 살면서 고생을 많이 했을 테니 말이야."

"무슨 문제가 있는 사람이었나요?"

"인간적으로 문제가 있었는지 어떤지는 모르겠지만, 아무튼 생활고에 무척 시달렸어. 우동 집에서 일했던 것 같은데 월세 내기도 벅차 보였으니까. 월세가 몇 달씩 밀리곤 했지."

다가와는 공중을 향해 담배 연기를 내뿜었다.

"그렇군요."

"그렇게 고생한 탓인지는 몰라도 그 유키호란 아이, 굉장히 매몰찬 구석이 있었어. 심지어 엄마의 시체를 발견했을 때도 눈물 한 방울 보이지 않았으니까. 그 모습을 보고 좀 놀랐지."

"네……."

마사하루는 의아한 심정으로 부동산 주인의 얼굴을 다시 보았다. 후미요의 장례식에서 유키호가 엉엉 울었다는 얘기를 레이코로부터 들었기 때문이었다.

"한때는 자살이 아니냐는 소문도 나돌았잖아요."

나이토가 옆에서 물었다.

"그랬지."

"그건 왜죠?"

마사하루가 물었다.

"그렇게 생각해야 앞뒤가 맞는 일이 몇 가지 있었어. 나를 여러 번 찾아온 형사한테 들은 얘기인데 말이지……,"

"앞뒤가 맞는다고요?"

"뭐라 그랬더라. 벌써 오래전 일이라 기억이 가물가물하네."

다가와는 잠시 관자놀이 부근을 누르며 생각에 잠겼다가 잠시 후 고개를 들었다.

"아, 그래. 니시모토 부인이 감기약을 먹었다고 했어."

"감기약요? 그게 어때서요?"

"정상적인 분량이 아니었던 거지. 빈 봉지로 미루어 한꺼번에 보통의 다섯 배 이상을 먹은 흔적이 있다는 거야. 부검으로 증명됐다는 얘기도 들은 것 같아."

"다섯 배 이상…… 그건 좀 심하군요."

"그러니까 경찰이 잠들기 위해서 먹지 않았을까 의심한 거지. 가스를 틀어 놓은 채 수면제를 먹고 자살하는 방법이 있잖아. 수면제를 구하기 어려우니까 대신 감기약을 사용하지 않았을까 짐작했던 거야."

"수면제 대신……이라고요."

"술을 꽤 마신 흔적도 있었다고 했지, 아마. 빈 정종병이 쓰레기통에 들어 있었다더라고. 그 부인, 평소에는 거의 술을 마시지 않았다니까 그 역시 잠들기 위해서였다고 생각할 수 있지."

"그러네요."

"아, 맞다. 창문도 있다."

기억이 점차 되살아나는 탓인지 다가와의 말은 웅변조가 돼 가고 있었다.

"창문이 왜요?"

"창문이 전부 닫혀 있는 것도 이상하다는 의견이 있었던 모양이야. 그 집 부엌에는 환기구가 없기 때문에 음식을 할 때는 창문을 여는 게 정상 아니겠느냐는 거지."

다가와의 말에 마사하루는 고개를 끄덕거렸다. 듣고 보니 과연 그랬다.

"하지만 깜박했을 수도 있잖아요."

"그야 그렇지. 그러니까 자살설을 강력하게 뒷받침하는 근거가 될 수 없었던 거고. 감기약이나 술도 마찬가지야. 다른 식으로 설명이 안 되는 건 아니거든. 게다가 무엇보다 그 아이의 증언이 있었고 말이지."

"그 아이라면……."

"유키호 말이야."

"어떤 증언이었죠?"

"특별한 건 아니었어. 엄마가 감기에 걸렸었다는 거야. 오한이 들면 정종을 마시기도 했다고 말했고."

"아, 그런 거였군요."

"형사 말로는 아무리 그렇다 하더라도 약을 그렇게 많이 먹은 건 이상하다지만, 무슨 생각으로 그렇게 먹었는지는 죽은

본인에게 물어보지 않는 한 알 수 없는 거 아냐. 게다가 자살
하려는 사람이 굳이 된장국은 왜 끓였겠어. 뭐, 그런저런 이
유로 결국 사고사로 처리됐지."

다가와는 길이가 짧아진 마일드 세븐을 재떨이에 비벼 껐다.

"경찰 얘기로는 30분만 빨리 발견됐어도 살았을지 모른다
고 했지만, 자살이든 사고든 그 사람은 죽을 운명이 아니었
을까 싶네."

그가 얘기를 마칠 즈음 부동산에 손님이 들어왔다. 중년 남
녀였다. 다가와가 영업용의 살가운 미소와 함께 어서 오세
요, 하고 그들에게 인사했다. 더는 자신들을 상대해 주지 않
을 것 같아 마사하루는 나이토에게 눈짓을 하고 부동산을 나
왔다.

4

살짝 밤색이 도는 긴 머리카락이 유키호의 옆얼굴을 가리
고 있었다. 그녀가 왼손 가운뎃손가락으로 흘러내린 머리카
락을 귀 뒤로 넘겼지만 몇 가닥은 그대로 남았다. 이렇게 머
리카락을 뒤로 넘기는 유키호의 몸짓을 마사하루는 무척 좋
아했다. 하얗고 매끄러운 뺨이 드러나면 자신도 모르게 키스

하고 싶은 충동을 느꼈다. 처음 그녀를 가르쳤을 때부터 줄곧 그래 왔다.

지금 유키호는 공간에서 두 면이 만날 때 생기는 직선의 식을 구하라는 문제를 풀고 있었다. 푸는 방법은 이미 가르쳐 주었고 그녀도 이해했다. 그녀가 쥔 샤프펜슬은 움직임을 거의 멈추지 않았다.

제한 시간을 여유 있게 남기고 그녀가 "아, 다 풀었다."라며 고개를 들었다.

마사하루는 노트에 적힌 수식을 주의 깊게 들여다보았다. 숫자와 기호 하나하나가 꼼꼼히 적혀 있었다. 해답에도 오류가 없다.

"정답이야. 완벽해. 흠잡을 데가 없군."

유키호의 얼굴을 보면서 그가 말했다.

"정말요? 와, 신난다."

그녀가 가슴 앞에 두 손을 모으고 손뼉을 쳤다.

"공간 좌표에 관해서는 거의 이해한 것 같아. 이 문제를 풀 수 있으면 나머지는 전부 그 응용이라고 봐도 돼."

"그럼 잠깐 쉴까요? 새로 산 홍차가 있어요."

"좋아. 피곤할 테니까."

그러자 유키호는 미소를 지으며 의자에서 일어나 방을 나갔다.

마사하루는 그녀의 책상 옆에 앉은 채 방 안을 둘러보았다. 그녀가 차를 끓이러 나갈 때면 이렇게 혼자 남게 되는데, 이 시간이 그로서는 몹시 고역이었다.

솔직히 말하면 방 안 이곳저곳을 탐색해 보고 싶은 유혹을 느꼈다. 서랍도 열어 보고 싶고 책꽂이에 꽂혀 있는 노트도 꺼내 보고 싶었다. 아니, 유키호가 사용하는 화장품의 이름만 알아도 감지덕지할 것 같다. 하지만 방 안을 돌아다니거나 물건에 손을 댔다가 만에 하나 그녀에게 들키는 장면을 상상하면 꼼짝 않고 있을 수밖에 없었다. 그녀에게 경멸당하고 싶지 않았다.

이럴 줄 알았으면 잡지라도 들고 올 걸 그랬다고 그는 생각했다. 오늘 아침 그는 역 구내매점에서 남성용 패션 잡지를 샀다. 하지만 잡지를 넣어 둔 가방을 그는 1층 현관을 들어서자마자 놓아두고 왔다. 더럽기도 하고, 아이스하키부 시절 사용하던 것이라 워낙 커서 유키호를 가르치러 오면 으레 습관처럼 그렇게 한다.

하는 수 없이 그는 그저 방 안을 둘러보기만 했다. 책꽂이 앞에 조그만 분홍색 카세트 라디오가 놓여 있었다. 그 옆에는 카세트테이프도 몇 개 쌓여 있다.

마사하루는 엉덩이를 들어 카세트테이프의 제목을 확인했다. 아라이 유미, 오프코스, 라는 글자가 보였다.

그는 의자에 다시 앉았다. 그리고 카세트테이프를 보며 전혀 다른 것을 떠올렸다. 예의 '서브머린'이다.

오늘도 미노베를 중심으로 정보를 교환했지만, 프로그램이 어디서 유출되었는지 전혀 실마리가 잡히지 않았다. 미노베는 테이프를 판매하는 '무한기획'이라는 회사에도 전화를 걸어 보았지만 아무런 수확도 없었다고 한다.

"프로그램을 어떻게 입수했느냐고 물어봤더니 그런 건 대답할 수 없다고 딱 자르더라고. 전화를 받은 사람이 여자라 기술 담당자를 바꿔 달라고 했더니 그것도 안 된다고 하고. 그자들이 틀림없이 범인이야. 카탈로그에 실린 다른 상품들도 보나 마나 어디선가 훔쳐 온 프로그램일 거야."

"회사로 직접 가 보면 어떨까요?"

마사하루가 제안했다.

"소용없을 거야, 아마. 도둑맞은 프로그램이라고 떠들어 봐야 상대도 안 해 줄걸."

"'서브머린'을 들고 가서 따지면 어떨까요?"

이번에도 미노베는 고개를 내저었다.

"'서브머린'이 오리지널이라는 증거가 어디 있어야 말이지? 오히려 우리보고 '머린 크래시'를 베꼈다고 할걸."

그 말에 마사하루는 머리를 쥐어뜯고 싶어졌다.

"그렇다면 얼마든지 남의 프로그램을 훔쳐서 장사할 수 있다는 얘기잖아요."

"그런 셈이지."

미노베가 냉담한 표정으로 말했다.

"그래서 언젠가는 이 분야에도 저작권이라는 게 필요해질 거야. 실은 법률을 잘 아는 친구에게 이번 일을 얘기해 봤는 데, 우리 프로그램이 도난당했다는 사실이 증명됐다 치고 손 해 배상을 어느 정도 청구할 수 있는지 물어보았더니 그 녀석 대답이 '노'라는 거야. 손해 배상을 청구할 수 없다는 거지. 판례조차 없으니 말이야."

"무슨 그런……."

"그렇기 때문에 더욱이 나는 범인을 찾아내고 싶어. 찾아내 면 가만두지 않을 거고."

미노베가 험악한 표정으로 말했다.

범인을 찾아낸다 해도 한두 대 갈기는 정도밖에 할 수 없단 말인가. 마사하루는 허망한 생각이 들었다. 그리고 도대체 누가 프로그램을 도둑맞는 바보 같은 실수를 했을까 생각하 며 동료들의 얼굴을 하나하나 떠올렸다.

프로그램도 재산이로군. 마사하루는 새삼 그런 생각이 들 었다. 지금까지는 그런 식으로 인식한 적이 별로 없었다. 자 신에게 중요한 것이라서 조심스럽게 다뤘지만 누가 훔쳐 갈 수 있다고는 상상도 해 본 적이 없다.

미노베는 멤버들에게 지금까지 '서브머린'을 보여 주었거나 '서브머린'에 대해서 얘기한 상대를 일일이 열거해 보자고 제안했다.

"'서브머린'을 훔칠 생각을 했다는 건 '서브머린'을 알고 있었다는 뜻이잖아."

멤버 전원이 떠오르는 이름을 빠짐없이 열거했다. 그 수가 수십 명에 달했다. 연구실 사람, 클럽 멤버, 고등학교 때 친구 등 여러 부류였다.

"이 중에 '무한기획'과 어떤 형태로든 연관 있는 사람이 있을 거야."

미노베는 그렇게 말하더니 이름이 열거된 리포트 용지를 들여다보고는 한숨을 쉬었다.

그가 한숨 쉬는 이유를 마사하루는 충분히 짐작할 수 있었다. 누군가 연관이 있다 해도 그것이 반드시 직접적인 연관이라는 보장이 없다. 이 수십 명에서 또 가지를 쳤을 가능성도 생각할 수 있다. 그럴 경우 현실적으로 추적이 불가능하다.

"각자 자신이 '서브머린'에 대해 얘기한 상대에게 직접 확인해 보자고. 어딘가에는 분명히 실마리가 있을 거야."

미노베의 지시에 모두들 고개를 끄덕였다. 하지만 마사하루는 그런다고 과연 범인을 찾아낼 수 있을까 싶었다.

마사하루는 '서브머린'에 대해 다른 사람에게 얘기한 적이 거의 없다. 그로서는 게임 제작도 연구의 일환이며, 그런 전문적인 얘기가 문외한에게는 따분할 것이라고 생각했기 때문이다. 게임 자체의 재미도 인베이더 게임에 비하면 아무것도 아니었다.

다만 딱 한 번, 게임 제작에 관한 얘기를 전공자가 아닌 사람에게 한 적이 있다. 그 상대는 다름 아닌 유키호였다.

"선생님은 대학에서 무슨 연구를 하세요?"

유키호의 질문에 그는 우선 졸업 논문에 대해 설명해 주었다. 하지만 화상 해석이나 그래프 이론이 고 2 여학생에게 흥미로울 리 없었다. 노골적으로 재미없다는 표정을 짓지는 않았지만 유키호는 갈수록 따분한 기색이 역력했다. 그래서 그녀의 흥미를 끌기 위해 게임 얘기를 꺼냈다. 그 순간 그녀가 눈을 반짝이기 시작했다.

"와, 재밌겠다. 어떤 게임을 만드는데요?"

마사하루는 종이에 '서브머린'의 화면을 그리고 게임 내용을 설명했다. 유키호는 진지한 표정으로 들었다.

"굉장해요. 선생님이 이렇게 대단한 걸 만드셨어요?"

"나 혼자서 만든 건 아니야. 연구실 사람들과 함께 만들었지."

"그래도 그 게임의 구조는 이해하시는 거잖아요."

"그야 그렇지."

"대단해요."

유키호의 눈빛에 마사하루는 마음이 뜨거워지는 것을 느꼈다. 그녀에게 존경의 말을 듣는 것이 더할 나위 없이 기뻤다.

"그 게임, 나도 해 보고 싶다."

유키호의 바람을 마사하루는 들어주고 싶었다. 하지만 그에게는 컴퓨터가 없었다. 연구실에는 있지만 그녀를 연구실로 데리고 갈 수도 없는 노릇이었다. 그 같은 사실을 말하자 그녀는 실망스러운 표정을 지었다.

"아아, 아쉽다."

"어디든 PC만 있으면 되는데. 하지만 내 친구들 중에도 PC가 있는 녀석이 없어. 굉장히 비싸거든."

"그게 있으면 할 수 있어요?"

"응, 프로그램이 기록된 테이프를 넣으면 되니까."

"테이프라면 어떤 테이프인데요?"

"일반적인 카세트테이프야."

마사하루는 기억 장치로 카세트테이프가 사용된다는 것을 유키호에게 설명했다. 왠지 몰라도 그녀는 거기에 큰 관심을 보였다.

"그럼 선생님, 그 테이프 한 번만 보여 주세요."

"테이프를? 그야 어렵지 않지만, 봐야 별거 없는데. 네가 갖고 있는 카세트테이프랑 똑같은 거야."

"그래도 한 번만 보여 주세요."

"그래, 알았어."

아마도 유키호는 컴퓨터에 사용되는 것이니만큼 일반 테이프와는 조금이라도 다를 거라고 생각하는 모양이었다. 마사하루는 그녀가 실망할 것을 알면서도 그다음 아르바이트 때 테이프를 들고 갔다.

"어머, 정말로 보통 카세트테이프네."

프로그램이 담긴 테이프를 손에 들고 그녀는 신기하다는 표정을 지었다.

"내가 그렇다고 했잖아."

"이 테이프를 그렇게 사용한다는 건 처음 알았어요. 선생님, 고마워요."

유키호는 그에게 테이프를 돌려주었다.

"중요한 거잖아요, 잃어버리면 안 되니까 빨리 가방에 넣는 게 좋겠어요."

"어, 그럴게."

그녀의 말이 옳다고 생각하면서 마사하루는 방을 나가 1층에 놓아둔 가방에 테이프를 갖다 넣었다.

유키호와 프로그램의 연관성은 그게 전부였다. 그 후로 그녀 쪽에서 '서브머린' 얘기를 꺼낸 적은 한 번도 없었다. 마사하루 역시 그걸 화제 삼은 적이 없다.

하지만 그 얘기는 미노베와 동료들에게 하지 않았다. 그럴 필요가 없다고 생각했기 때문이다. 유키호가 프로그램을 훔쳤을 가능성은 제로에 가깝다고 확신했다. 아니, 그렇다기보다는 아예 처음부터 고려해 본 적도 없다.

물론 유키호가 마음만 먹었다면 그날 스포츠 가방에서 테이프를 꺼낼 수도 있었을 것이다. 화장실에 가는 척하면서 몰래 1층으로 가면 되는 일이다.

하지만 그다음은? 훔쳐 내는 걸로 끝나는 일이 아니다. 들키지 않으려면 두 시간 내에 프로그램을 복사한 다음 테이프를 도로 가방에 넣어 두어야 한다. 물론 설비가 있다면 불가능한 일은 아니다. 그러나 이 집에 컴퓨터가 있을 리 없었다. 컴퓨터 프로그램의 복사본을 만드는 것은 노래 테이프를 복사하는 것과는 차원이 다르다.

'그녀가 범인이라……, 공상만으로도 재미있지만.'

그런 생각을 하면서 마사하루는 헤벌쭉 웃었다.

바로 그때 방문이 열렸다.

"선생님, 왜 그래요, 혼자서 히죽거리고?"

쟁반에 찻잔을 담아 들고 온 유키호가 웃으며 물었다.

"아니, 아무것도 아니야."

마사하루는 손을 저었다.

"향기 좋은데."

"다즐링이에요."

그녀가 책상에 찻잔들을 내려놓자 마사하루는 그중 하나를 들었다. 그리고 한 모금 마신 뒤 도로 책상에 내려놓다가 손끝이 살짝 떨려서 청바지에 차를 쏟고 말았다.

"아, 이런."

그는 얼른 주머니에서 손수건을 꺼냈다. 그런데 그와 동시에 종이쪽지 한 장이 바닥에 떨어졌다.

"괜찮으세요?"

유키호가 걱정스러운 듯 물었다.

"응, 아무렇지도 않아."

"이거, 떨어졌어요."

그녀가 바닥에 떨어진 종이를 주웠다. 그리고 그것을 보는 순간 아몬드처럼 생긴 그녀의 눈이 한층 크게 열렸다.

"왜 그래?"

유키호가 그 종이를 마사하루에게 내밀었다. 거기에는 간략한 약도와 전화번호가 적혀 있었다. 그리고 다가와 부동산이라는 글자가 쓰여 있었다. 나이토가 이쿠노점 아저씨에게 받아다 준 메모지를 그대로 주머니에 넣고 다녔던 것이다.

아차. 그는 마음속으로 입술을 깨물었다.

"다가와 부동산이라면 이쿠노 구에 있는 그 다가와 부동산 말이에요?"

그렇게 묻는 그녀의 표정이 굳어 있었다.

"아니, 이쿠노 구가 아니라 히가시나리 구. 봐, 후카에바시라고 적혀 있잖아."

마사하루가 약도를 보여 주며 말했다.

"어쨌든 거기는 이쿠노 구에 있는 다가와 부동산의 지점일 텐데요. 이쿠노 구 지점을 아버지랑 아들이 같이하고 있었는데 아마 아들이 새로 지점을 냈나 보네요."

유키호는 정확하게 추리했다. 마사하루는 낭패한 기색을 얼굴에 드러내지 않으려고 안간힘을 쓰면서 "아, 그래?"라고 말했다.

"선생님, 거긴 왜 가셨어요? 집이라도 구하시는 거예요?"

"아니, 그냥 친구를 따라갔을 뿐이야."

"그래요……."

그녀가 먼 곳을 바라보듯 아련한 눈빛을 했다.

"순간적으로 이상한 생각이 들었어요."

"이상한 생각이라니?"

"제가 전에 살았던 아파트를 그 이쿠노 구에 있는 다가와 부동산에서 관리했거든요. 제가 전에는 이쿠노 구의 오에에 살았어요."

"그랬구나."

마사하루는 그녀의 얼굴에 눈길을 주지 않은 채 찻잔으로 손을 내밀었다.

"우리 엄마가 어떻게 돌아가셨는지 아시죠? 친엄마 말이에
요."

그녀의 목소리는 차분했다. 아니, 평소보다 더 낮게 들렸다.

"아니, 몰라."

찻잔을 손에 든 채 그는 고개를 저었다.

그러자 그녀가 큭, 하고 웃었다.

"선생님, 연기 진짜 꽝이네요."

"뭐라고?"

"다 알아요, 저도. 얼마 전에 제가 늦게 왔을 때 엄마랑 꽤
오랫동안 얘기를 나누셨다면서요. 그때 다 들으셨죠?"

"아니, 뭐…… 조금."

마사하루는 찻잔을 내려놓고 머리를 긁적거렸다.

이번에는 유키호가 자신의 잔을 들더니 홍차를 두세 모금
마시고서 후, 긴 한숨을 내쉬었다.

"5월 22일, 우리 엄마가 돌아가신 날을 평생 잊지 못할 거
예요."

그녀가 천천히 말을 이었다.

마사하루는 잠자코 고개만 끄덕였다. 달리 할 수 있는 게
없었다.

"약간 쌀쌀한 날이었어요. 그래서 엄마가 떠 준 카디건을

입고 학교에 갔죠. 그 카디건, 지금도 간직하고 있어요."

그녀가 서랍장 쪽으로 시선을 돌렸다. 아마도 그 안에 괴로운 기억의 물건이 들어 있는 모양이었다.

"충격이 컸겠구나."

마사하루가 말했다. 무슨 말이든 해야 한다고 생각했지만 어이없게도 그런 말이 나와 버리고 만 것이다. 자신이 한심스러웠다.

"꿈을 꾸는 기분이었어요. 물론 악몽이지만요."

유키호가 어색하게 웃더니 다시 슬픈 표정으로 돌아갔다.

"그날 학교 수업이 끝나고 친구들이랑 좀 놀았어요. 그래서 귀가가 늦어졌죠. 그러지만 않았어도 한 시간쯤 일찍 들어갈 수 있었는데……."

그녀가 무슨 말이 하고 싶은 건지 마사하루는 충분히 짐작할 수 있었다. 그 한 시간에 중대한 의미가 있는 것이다.

"만약 그랬다면……."

유키호가 입술을 깨물었다.

"그랬다면 우리 엄마는 돌아가시지 않았을 거예요. 그 생각만 하면……."

그녀의 목소리가 울먹이는 소리로 변해 가는 것을 마사하루는 바짝 긴장한 채 들었다. 손수건을 꺼낼까 생각했지만 손을 움직일 타이밍을 잡을 수 없었다.

"제가 돌아가시게 만들었다는 생각이 들 때도 있어요."

"그렇게 생각하는 건 좋지 않아. 일부러 집에 늦게 간 게 아니잖아."

"그런 뜻이 아니에요. 우리 엄마는요 저를 고생시키지 않으려고 굉장히 힘들게 사셨어요. 그래서 그날도 너무 지친 나머지 그렇게 되신 거예요. 제가 좀 더 든든한 딸이 돼서 엄마의 고생을 덜어 드렸다면 그렇게까지 되지는 않았을 텐데."

커다란 눈물방울이 그녀의 흰 뺨을 타고 흘러내렸다. 마사하루는 숨을 죽이고 그 모습을 바라보았다. 그녀를 꼭 안아 주고 싶었지만 그럴 수는 없었다.

내가 정신이 나갔지, 하고 마사하루는 마음속으로 자신을 꾸짖었다. 부동산에서 다가와로부터 사건의 개요를 들은 후로 그의 뇌리에는 실로 끔찍한 상상이 맴돌고 있었다.

과도한 분량의 감기약, 술, 부자연스럽게 닫혀 있던 창문 등등 어느 것 하나 자살을 가리키지 않는 것이 없었다. 그것을 부정하는 것은 끓어 넘친 된장국 냄비뿐이었다.

하지만 그 냄비는 끓어 넘쳤다기에는 주변이 너무 깨끗했다고 경찰도 지적했다지 않는가.

그래서 마사하루는 실제로는 자살인데 누군가 냄비의 국물이 넘친 것처럼 현장을 조작해 사고사로 위장한 것이 아닐까 생각했다.

그리고 그 '누군가'는 유키호 말고는 가능성이 없었다. 감기약과 술의 부자연스러움에 대해 그녀가 해명했다는 점과도 앞뒤가 맞았다.

그렇다면 왜 사고사로 위장했을까. 그것은 세상의 이목을 의식했기 때문이다. 앞으로의 인생을 생각할 때 엄마가 자살했다는 건 이미지에 마이너스가 될 것이다.

단, 이 상상에는 끔찍한 의문이 뒤따른다.

유키호가 처음 자기 엄마를 발견했을 때 과연 그녀는 이미 죽은 상태였을까, 아니면 살아날 여지가 있었을까 하는 것이다.

다가와는 말했다. 30분만 빨리 발견했어도 살았을지 모른다고.

당시 유키호에게는 이미 가라사와 레이코라는, 의지할 만한 인물이 있었다. 어쩌면 유키호는 그녀와 교류하면서, 친엄마에게 무슨 일이 생길 경우 이 우아한 부인이 자기를 거둬 줄지도 모른다고 상상했는지도 모른다. 그랬다면 거의 죽어 가는 니시모토 후미요를 발견했을 때 유키호는 어떻게 행동했을까.

이 상상의 끔찍함은 바로 거기에 있다. 그래서 마사하루는 그 이상 추리를 진전시키지 않기로 했다. 그러나 그 일이 줄곧 머리에서 떠나지 않은 것도 사실이다.

지금 그녀의 눈물을 보면서 마사하루는 자신이 얼마나 비뚤어진 정신의 소유자인지 통감했다. 이 어린 소녀가 그런 끔찍한 짓을 할 리 없지 않은가.

"네 탓이 아니야."

그가 말했다.

"네가 그렇게 말하면 천국에 계신 엄마도 슬퍼하실 거야."

"그때 제가 열쇠만 갖고 있었어도……. 그랬다면 부동산 아저씨에게 갈 필요도 없이 좀 더 빨리 발견할 수 있었을 텐데."

"운이 나빴어."

"그래서 지금은 집 열쇠를 꼭 가지고 다녀요, 이렇게."

유키호가 일어나 옷걸이에 걸어 둔 교복 주머니에서 열쇠를 꺼내 보였다.

그것을 본 마사하루가 "열쇠고리가 오래된 것 같네." 하고 말했다.

"그렇죠? 그때도 집 열쇠가 여기 달려 있었어요. 그런데 하필 그날 집에 두고 나오는 바람에……."

그렇게 말하고 그녀는 열쇠고리를 교복 주머니에 도로 넣었다.

그때 열쇠고리에 달린 조그만 방울에서 딸랑, 소리가 났다.

5
장

1

개찰구를 나올 때부터 이미 주위가 시끌시끌했다.

남자 대학생들이 경쟁하듯 전단지를 나눠 주고 있었다.

"잘 부탁합니다. ××대학교 테니스 클럽입니다."

소리를 많이 지른 탓인지 다들 목소리가 잠겨 있다.

가와시마 에리코는 다행히 전단지 한 장 받지 않고 역 밖으로 빠져나올 수 있었다. 그리고 동행한 가라사와 유키호와 얼굴을 마주 보며 웃었다.

"대단하네. 다른 대학에서도 권유하러 오나 봐."

에리코가 말했다.

"저 사람들한테는 오늘이 1년 중 가장 중요한 날이잖아."

유키호가 대답했다.

"그렇지만 이런 데서 전단지 나눠 주는 거에 걸려들면 안 돼. 저 사람들은 다 하바리야."

그러고서 유키호는 긴 머리카락을 쓸어 올렸다.

도요나카 시에 있는 세이카 여자 대학은 학교 건물이 오래

된 주택가 한가운데에 세워져 있다. 문학부와 가정학부, 체육부밖에 없는 대학이라 평소에는 길을 오가는 학생도 그리 많지 않다. 게다가 당연히 여대생들뿐이라 길거리에서 소란이 벌어지거나 하는 일은 거의 없었다. 하지만 오늘 같으면 이 동네 사람들도 대학이 옆에 있다는 걸 참 성가시게 여기겠다고 에리코는 생각했다. 세이카 여자 대학과 가장 교류가 많은 에이메이 대학 등에서 자기네 클럽이나 동아리에 신선하고 매력적인 멤버를 유치하기 위해 남학생들이 대거 몰려오기 때문이다. 그들은 시선을 번뜩이며 통학로를 어슬렁거리다가 이 사람이다 싶은 신입생을 발견하면 장소를 가리지 않고 아무 데서나 권유를 해 왔다.

"유령 회원이라도 괜찮아. 뒤풀이에만 와도 좋고. 회비도 필요 없어."

그런 말들이 여기저기서 난무하고 있었다.

에리코와 유키호는 여느 때 같으면 5분밖에 안 걸리는 길을 무려 20분이나 걸려서 겨우 학교 정문에 도착했다. 물론 남학생들이 끈질기게 물고 늘어지는 목표가 유키호 쪽이라는 사실을 에리코는 익히 알고 있다. 그 같은 일은 중학교 때 같은 반이 된 후로 익숙해져 있었다.

신입생 유치 전쟁은 정문을 들어서고 나서야 일단락됐다. 에리코와 유키호는 체육관으로 향했다. 거기서 입학식이 거행되기 때문이다.

체육관 안에는 철제 파이프 의자가 죽 놓여 있고, 각 줄 맨 앞에는 학과 이름이 적힌 팻말이 세워져 있었다. 두 사람은 영문과 자리에 나란히 앉았다. 영문과 신입생은 40명 정도로 알고 있는데 그 절반에 가까운 자리가 비어 있었다. 입학식에 참석하는 것은 의무 사항이 아니었다. 다수의 신입생이 입학식 후에 있을 동아리 소개 시간에 맞추어 들어올 것이라고 에리코는 예상했다.

입학식 내내 학장과 학부장의 인사말이 계속됐다. 그 내용이 졸음이 쏟아질 정도로 시답잖은 것뿐이라 에리코는 이를 악물고 하품을 참아야 했다.

입학식이 끝나고 체육관을 나서자 캠퍼스에는 책상이 줄줄이 놓여 있고 각 클럽과 동아리 부원들이 큰 소리로 신입 부원 유치 경쟁을 벌이고 있었다. 개중에는 남학생의 모습도 간간이 눈에 띄었다. 아마도 세이카 여자 대학과 연합으로 활동하는 에이메이 대학 학생들인 듯하다.

"어떻게 할래, 우리도 한 군데 들어 볼까?"

에리코가 걸어가면서 유키호에게 물었다.

"글쎄."

유키호가 포스터와 팻말을 하나하나 들여다보며 대답했다. 관심이 전혀 없는 것 같지는 않다.

"테니스랑 스키 동아리가 많네."

에리코가 말했다. 아닌 게 아니라 거의 절반이 테니스나 스키 동아리였다. 그것도 정식 동아리나 동호회가 아니라 단순히 테니스나 스키를 좋아하는 학생들이 모인 클럽 성격의 모임이 대부분이다.

"나는 저런 데 안 들어갈 거야."

유키호가 딱 잘라 말했다.

"왜?"

"까맣게 타 버리면 어떡해."

"아아, 그야 그렇지만……."

"너 아니? 피부는 기억력이 굉장히 좋아서 그 사람이 쬔 자외선의 양을 정확히 기억한대. 그래서 한번 햇볕에 탄 피부는 다시 하얘지더라도 나이가 들면 그 영향이 나타난다는 거야. 다시 말해 기미가 낀다는 거지. 햇볕에 태울 수 있는 것도 젊을 때뿐이라고들 하지만 사실은 젊을 때도 태우면 안 된다는 거야."

"어머, 그래?"

"응. 하지만 뭐, 너무 신경 쓰지 마. 네가 스키나 테니스를 하고 싶다면 말리진 않을게."

"아니야, 별로 하고 싶지 않아."

에리코는 얼른 고개를 저었다.

그 이름이 암시하듯이 친구의 눈처럼 하얀 피부를 보면서 에리코는 '그 정도로 신경 써서 지킬 만한 가치가 있긴 해.' 라고 생각했다.

둘이 대화를 나누는 동안에도 마치 케이크에 꼬이는 파리마냥 남학생들이 잇달아 다가왔다. 그것도 테니스, 스키, 골프, 서핑 등 하필이면 햇볕에 타는 걸 피할 수 없는 것들뿐이라 에리코는 웃음이 나왔다. 당연하지만 유키호는 그들의 얘기에 조금도 귀를 기울이지 않았다.

그러던 유키호가 문득 걸음을 멈췄다. 고양이처럼 살짝 치켜 올라간 그녀의 눈이 어느 동아리의 포스터를 향해 있었다.

에리코가 보니 그 동아리에서 갖다 놓은 책상 앞에서 신입생인 듯한 여학생 둘이 부원들의 얘기를 듣고 있었다. 그런데 그 부원들은 다른 동아리들처럼 스포츠웨어를 입지 않고, 여자 부원이나 에이메이 대학에서 온 듯한 남자 부원이나 모두 짙은 색 윗도리를 걸치고 있었다. 그래서인지 다들 다른 동아리의 학생들보다 세련되고 어른스러워 보였다.

포스터를 보니 사교댄스부, 라고 적혀 있다. 그리고 괄호 속에 '에이메이 대학 합동'이라는 글자도 덧붙여져 있었다.

유키호 같은 미녀가 걸음을 멈추고 서 있는 것을 남학생들이 놓칠 리 없었다. 그중 한 명이 재빨리 다가왔다.

"댄스에 관심이 있나요?"

얼굴 윤곽이 뚜렷하고 꽤 잘생긴 학생 하나가 또렷한 말투로 유키호에게 물었다.

"조금요. 하지만 해 본 적이 없어서 아무것도 몰라요."

"누구나 처음에는 다 초보죠. 괜찮아요, 한 달만 지나면 다 출 수 있게 돼요."

"견학할 수 있나요?"

"물론이죠."

남학생은 유키호를 책상 앞으로 데리고 가더니 그곳에 대기하고 있던 여자 부원에게 그녀를 안내했다. 그리고 다시 돌아보면서 에리코에게 물었다.

"그쪽은?"

"아니, 전 됐어요."

"그래요, 알았어요."

에리코에게는 그저 예의상 권유해 본 것인지 그는 이내 유키호에게 돌아갔다. 자신이 애써 낚았는데 안내 역할을 다른 사람에게 빼앗길까 봐 초조한 모양이었다. 실제로 다른 남학생 세 명이 이미 유키호를 둘러싸고 있었다.

"견학이라도 해 보지그래?"

멍하니 서 있는 에리코의 귀에 대고 누군가가 그렇게 말했다. 깜짝 놀란 그녀가 고개를 돌려 보니 키 큰 남학생 하나가 그녀를 내려다보고 있다.

"아, 아니요. 전 괜찮아요."

에리코는 손을 내저었다.

"왜?"

키 큰 남학생이 웃으며 다시 묻는다.

"그러니까…… 댄스 같은 건 제 체질이 아니거든요. 제가 댄스를 한다면 저희 가족이 모두 웃을 거예요."

"체질은 아무 상관 없어. 네 친구가 견학에 참가한다면서? 그때 같이 보는 정도는 괜찮잖아. 보는 건 공짜고, 견학했다고 해서 억지로 입회하라고 하지도 않을 테니까."

"아…… 그래도 역시 안 되겠어요."

"댄스를 하고 싶지 않은 거야?"

"그렇지는 않아요. 할 수만 있다면 멋질 거라고 생각해요. 하지만 제게는 무리예요. 못할 거예요."

"왜일까?"

키 큰 남학생은 이상스럽다는 듯이 고개를 갸우뚱했다. 그러나 그 눈은 웃고 있었다.

"그게, 저, 금방 멀미를 하거든요."

"멀미?"

"자동차나 배를 타면요. 흔들리는 것에 약해요."

그녀의 말에 그가 눈썹을 찡그렸다.

"정말 모르겠군, 멀미와 댄스가 무슨 상관이 있다는 건지."

"그게요……"

에리코의 목소리가 한층 작아졌다.

"사교댄스는 남자가 여자 손을 잡고 빙빙 돌리는 거잖아요. '바람과 함께 사라지다'에서 보면 상복을 입은 스칼렛이 레드 버틀러랑 춤추는 장면 있죠? 그런 걸 보고만 있어도 눈이 핑핑 도는 것 같아요."

에리코로서는 진지하게 얘기하는 것이었지만 상대 남학생은 도중에 그만 웃음을 터뜨렸다.

"댄스라면 눈살을 찌푸리는 사람이 많기는 해도 그런 이유는 처음 듣는군."

"농담 아니에요. 정말 그게 걱정이라고요."

"정말로?"

"네."

"좋아, 그럼 정말 눈이 핑핑 돌고 멀미를 하는지 어떤지 네 눈으로 확인해 보면 되겠다."

그리고 그는 에리코의 손을 잡더니 접수하는 곳으로 데리고 갔다.

이미 신청서에 이름을 적은 유키호는 세 명의 남학생과 이야기를 나누며 웃고 있었다. 그녀는 에리코가 남학생 손에 이끌려 오는 것을 보고 조금 놀란 듯했다.

"이 학생도 견학하게 해 줘."

키 큰 남학생이 말했다.

"아, 시노즈카 씨······."

접수를 맡은 여자 부원이 중얼거렸다.

"아무래도 댄스에 대해 크게 오해하고 있는 것 같아서 말이지."

그리고 그는 에리코를 향해 하얀 이를 드러내며 웃었다.

2

댄스부 견학은 오후 5시 정각에 끝났다. 그 후 에이메이 대학 남자 부원 몇 명은 자신이 점찍은 견학자들을 데리고 찻집에 간 듯하다. 실은 이 뒤풀이를 목적으로 댄스 동아리에 적을 두고 있는 부원도 꽤 있었다.

그날 밤 시노즈카 가즈나리는 오사카의 시티 호텔에 있었다. 그는 창가에 놓인 소파에 앉아 대학 노트를 펼쳤다.

스물세 명의 이름이 열거되어 있었다. 그런대로 괜찮군, 하면서 가즈나리는 고개를 끄덕였다. 아주 많은 것은 아니지만 작년을 웃도는 숫자다. 문제는 이 중 몇 명이 실제로 들어오느냐다.

"남자애들이 예년보다 훨씬 흥분하던걸."

침대에서 그렇게 말하는 소리가 들려왔다.

돌아보니 구라하시 가나에가 담배에 불을 붙이고 회색 연기를 내뿜고 있었다. 어깨는 고스란히 드러나 있지만 가슴은 담요로 가리고 있다. 나이트 스탠드의 은은한 불빛이 이국적인 그녀의 얼굴에 짙은 그림자를 만들어 내고 있었다.

"예년보다…… 그랬나?"

"그런 느낌 안 들었어?"

"늘 그러지 않았나 싶은데."

그러자 가나에는 고개를 저었다. 긴 머리카락이 출렁거렸다.

"오늘은 유난히 더 그랬어. 단 한 명 때문에."

"단 한 명?"

"그 가라사와라는 여학생, 들어온다지?"

"가라사와?"

가즈나리는 명단에 적힌 이름을 손가락으로 더듬어 내려갔다.

"가라사와 유키호…… 영문과군."

"기억 안 나? 설마."

"전혀 기억에 없지는 않지만 얼굴은 생각이 안 나. 오늘은 견학하는 애들도 많았잖아."

가나에가 흐흥, 하고 코웃음을 쳤다.

"하기야 가즈나리는 그런 타입 별로지."

"그런 타입?"

"요조숙녀 타입. 그런 여자 말고 살짝 불량기 있는 여자를 좋아하잖아, 나처럼."

"꼭 그런 건 아니야. 그런데 가라사와라는 애가 그렇게 요조숙녀 타입이었나?"

"나가야마는 그 애가 분명히 처녀일 거라느니 어쩌느니 하면서 흥분해서 난리도 아니던데."

그러고서 가나에는 재미있다는 듯 키득키득 웃었다.

"한심한 녀석."

가즈나리도 피식 웃고는 룸서비스로 주문한 샌드위치를 한 입 베어 물었다.

그는 오늘 견학 온 신입생들을 떠올려 보았다.

정말로 가라사와 유키호라는 여학생은 그 모습이 잘 기억나지 않았다. 예쁘게 생겼다는 인상을 받은 것은 사실이지만 그뿐이었다. 어떻게 생겼는지 정확하게 떠오르지 않았다. 한두 마디 얘기를 나눴을 뿐 진득하니 관찰한 것도 아니어서 요조숙녀 타입인지 어떤지 판단할 수 없었다. 같은 학년인 나가야마가 호들갑을 떨었던 것은 기억나지만 그게 그 여자애 때문이었다는 것조차 지금 알았다.

오히려 가즈나리의 기억에 남아 있는 사람은 가라사와 유키호의 곁다리처럼 왔던 가와시마 에리코 쪽이었다. 화장기

하나 없는 얼굴에 차림새도 얌전해서 소박하다는 말이 딱 어울리는 여학생이었다.

아마도 가라사와 유키호가 견학 신청서에 이름을 적고 있을 때였을 것이다. 가와시마 에리코는 조금 떨어진 곳에 혼자 덩그러니 서서 친구를 기다리고 있었다. 자기 옆으로 사람이 지나가든 누가 큰 소리를 지르든 전혀 신경을 쓰지 않는 듯했다. 마치 그렇게 기다리는 것에 아주 익숙해진 것처럼 보이기까지 했다. 그녀의 그런 모습이 꽃을 피운 들풀을 연상시켰다. 길가에 피어 바람에 흔들리는, 이름 따위는 아무도 모르는 조그만 꽃.

그런 꽃을 살짝 따 보고 싶어지는 것과 똑같은 심리로 가즈나리는 그녀에게 말을 건넸다. 원래는 댄스부 부장인 그가 신입생을 유치하는 일이란 좀처럼 없었다.

역시 가와시마 에리코는 독특한 여자였다. 가즈나리의 말에 예상 밖의 반응을 보였다. 그 말도 표정도 지극히 신선했다.

견학하는 동안에도 그는 내내 에리코를 주시하고 있었다. 왠지 마음이 쓰였다는 표현이 정확할지도 모르겠다. 자신도 모르게 어느새 그녀 쪽으로 눈길이 향하곤 하는 것이었다.

견학생 중에서도 그녀의 눈빛이 가장 진지했다는 게 이유인지도 모르겠다. 게다가 그녀는 다른 학생들이 다 철제 의자에 앉아 있는데도 끝까지 혼자 서 있었다. 앉아서 보는 건 선배들에 대한 예의가 아니라고 여겼는지도 모른다.

견학이 끝나고 학생들이 돌아갈 때 가즈나리는 얼른 쫓아가 그녀에게 말을 건넸다. 감상을 묻기 위해서였다.

"굉장히 좋았어요."

가슴 앞에 양손을 모은 채 에리코는 그렇게 말했다.

"사교댄스 같은 건 시대에 뒤떨어진 거라고 생각했는데, 저런 춤을 출 수 있다는 건 대단한 일이네요. 선택받은 사람들이라는 생각이 들어요."

"그렇지는 않아."

가즈나리는 고개를 저으면서 부정했다.

"그래요, 왜요?"

"선택받은 사람들이 사교댄스를 배우는 게 아니라, 기회가 왔을 때 춤을 추고자 하는 사람이 선택받는 거야."

"아, 그렇군요……."

가와시마 에리코는 마치 목사의 설교를 듣는 신자처럼 감탄과 선망이 뒤섞인 시선으로 가즈나리를 올려다보았다.

"대단하네요."

"대단하다니, 뭐가?"

"그런 말을 할 수 있다는 거요. 선택받은 사람이 춤을 추는 게 아니라 춤을 추는 사람이 선택받는 거라는 말, 정말 명언이라고 생각해요."

"에이, 무슨. 생각난 걸 그럴싸하게 말해 본 것뿐인데."

"아니에요. 잊지 않을 거예요. 그 말을 격려 삼아 열심히 해 볼게요."

에리코가 야무지게 말했다.

"그 말은, 댄스부에 들어오기로 했다는 뜻이야?"

"네, 친구랑 둘이 결정했어요. 앞으로 잘 부탁드립니다."

에리코는 옆에 있는 친구 유키호를 보았다.

"좋아, 그럼 나도 잘 부탁할게."

가즈나리는 그렇게 대답하고 에리코 옆에 서 있는 친구에 게도 눈길을 주었다.

"저도 잘 부탁드립니다."

친구도 공손하게 머리를 숙였다. 그리고 고개를 들더니 가 만히 가즈나리의 얼굴을 바라보았다.

그가 가라사와 유키호의 얼굴을 정면에서 본 건 그때가 처음이었다. 얼굴이 참 반듯하게 생겼다는 인상을 받았다.

하지만 그때 그는 그녀의 고양이처럼 생긴 눈에 대해 또 다른 감상을 품었다. 그리고 지금 새삼 떠올리면서, 그 탓에 그녀가 단순히 요조숙녀로 보이지만은 않았다는 것을 깨달았다.

그녀의 눈에는 말로 다 표현할 수 없는 미묘한 가시가 들어 있었다. 그렇다고 댄스부 부장이 자신을 무시하고 친구하고 만 얘기한다고 자존심이 상한 것도 아닌 듯했다. 그 눈에 깃

들어 있는 빛은 그런 종류의 것이 아니었다.

그보다는 좀 더 위험한 빛이다, 라는 것이 가즈나리의 느낌이었다. 천박함을 은닉한 빛이라고 할까. 진짜 요조숙녀라면 눈에 그런 빛을 담고 있을 리 없었다.

3

입학식으로부터 2주일이 지났다.

영문과 4교시 수업이 끝나자 에리코는 유키호와 나란히 에이메이 대학으로 향했다. 에이메이 대학은 세이카 여자 대학에서 전철로 30분 정도 거리에 있다. 그녀들이 댄스 동아리의 합동 연습에 참가하는 것도 오늘로 네 번째였다.

"오늘이야말로 제대로 출 수 있기를."

전철 안에서 에리코가 두 손 모아 기도하는 시늉을 했다.

"잘 추면서 뭘 그래."

유키호가 웃으며 살짝 째려보는 시늉을 한다.

"아니야, 발이 생각대로 움직여 주지 않는걸. 이러다 나만 뒤처지겠어."

"그렇게 우는소리를 하면 시노즈카 선배가 실망할 텐데. 에리코에게 댄스부에 들어오라고 적극적으로 권유한 사람이니까 말이야."

"그런 소리 하지 마. 너무 괴로워."

"부장이 직접 나서서 권유한 회원은 에리코 너뿐이라고 하더라. 다시 말해서 VIP란 말이지. 기대에 부응해야 할 거 아냐."

유키호가 놀리는 듯한 눈빛으로 말했다.

"그러지 마. 스트레스 받는단 말이야. 그런데 왜 시노즈카 선배는 나한테만 말을 걸었을까?"

"네가 마음에 들었던 모양이지."

"그럴 리가 있겠어, 너라면 몰라도? 게다가 부장에게는 구라하시 선배가 있잖아."

"구라하시 선배……."

유키호가 고개를 끄덕였다.

"그래, 꽤 오래 사귄 것 같더라."

"나가야마 선배 말로는 1학년 때부터 사귀었대. 구라하시 선배 쪽에서 먼저 대시했다던데, 정말일까?"

"그럴지도 모르지."

유키호가 또 고개를 끄덕인다. 별로 놀라는 표정은 아니었다. 시노즈카 가즈나리와 구라하시 가나에가 공공연한 사이라는 것은 에리코가 첫 연습에 참가한 날 알았다. 가나에가 시노즈카를 이름만으로 불렀던 것이다. 게다가 신입들에게 과시라도 하듯 몸을 딱 밀착하고 춤을 추었다. 그 점에 대해 다른 부원들이 아무 말도 하지 않는다는 사실이 두 사람 사이를 증명해 주었다.

"구라하시 선배는 우리들에게 어필하고 싶었는지도 몰라."

"어필이라니?"

"시노즈카는 내 거다, 라는 의사 표시."

"아아."

에리코가 고개를 끄덕거렸다. 그럴지도 모르겠다고 생각했다. 또 그러한 심리가 이해가 가기도 했다.

시노즈카 가즈나리를 생각하면 에리코는 가슴 언저리가 살짝 따뜻해졌다. 그것이 연애 감정인지 뭔지는 알 수 없다. 하지만 그가 구라하시 가나에의 연인으로 행동하는 것을 볼 때마다 다소 낙담하는 기분이 드는 것은 사실이었다. 가나에가 그걸 노린 거라면 보란 듯이 성공했다고 할 수 있다.

하지만 시노즈카 가즈나리가 어떤 인물인지를 2학년 선배에게 들었을 때 에리코는 그에게 연애 감정을 품는다는 게 웃기는 소리에 지나지 않는다는 사실을 깨달았다. 그는 제약 회사로는 이 나라에서 다섯 손가락 안에 드는 시노즈카 약품 전무의 맏아들이었다. 게다가 지금의 사장은 그의 큰아버지다. 그러니까 소위 재벌 2세인 것이다. 그런 인물이 자기 주변에 있다는 것 자체가 에리코로서는 믿기 어려운 일이었다.

그래서 자신에게 말을 건넨 것도 그저 일시적인 충동이었겠거니 해석했다.

에이메이 대학 역에서 두 사람은 지하철을 내렸다. 역에서 나오자 뜨뜻미지근한 바람이 뺨을 스쳤다.

"나는 오늘 끝나고 나서 먼저 가 봐야 해. 미안."

유키호가 말했다.

"데이트?"

"그게 아니라 볼일이 좀 있어."

"흠……."

언제부터인지 유키호는 가끔 이런 식으로 에리코와 따로 행동했다. 하지만 이제는 굳이 그 이유를 묻지 않는다. 언젠가 한 번 집요하게 캐물었다가 그녀에게 절교당할 뻔한 적이 있었기 때문이다. 에리코와 유키호의 사이가 어색해진 것은 그때가 유일했다.

"비가 올 것 같네."

잔뜩 흐린 하늘을 올려다보면서 유키호가 중얼거렸다.

4

생각에 잠겨 있느라 미처 몰랐는데 어느 틈엔가 앞 유리창에 자잘한 물방울이 맺혀 있었다. 비가 오는가 보다고 생각하는데 유리창이 점차 많이 젖기 시작하더니 급기야 앞이 보이지 않았다. 가즈나리는 와이퍼를 작동시키기 위해 급히 왼손을 레버로 가져가다가 '아, 아니지.' 하며 다시 왼손으로 핸들을 바꿔 잡고 오른손으로 레버를 조작했다. 외국산 차들은 국산차와 반대로 레버들이 대개 오른쪽에 있다. 지난달에 산 이 폴크스바겐 골프도 예외가 아니었다.

대학 문을 나서니 역으로 향하는 학생들이 우산 대신 가방이나 쇼핑백 같은 것으로 머리를 가리고 뛰어가고 있었다.

그런데 그중에 보도를 걸어가는 가와시마 에리코의 모습이 언뜻 눈에 들어왔다. 그녀는 하얀 재킷이 비에 젖는 것도 개의치 않고 평소처럼 유유히 걸음을 옮기고 있었다. 늘 그녀 옆에 있던 가라사와 유키호가 오늘은 어째 보이지 않는다.

가즈나리는 차를 보도 가까이 붙이고 에리코의 걸음걸이에 맞게 속도를 조절했다. 그런데도 그녀는 전혀 눈치채지 못하는 듯 여전히 똑같은 속도, 똑같은 리듬으로 걷는다. 무슨 즐거운 생각을 하는지 입가에 희미하게 미소를 머금고 있었다.

가즈나리는 가볍게 두 번 경적을 울렸다. 그제야 겨우 에리코가 차 쪽을 돌아본다.

그는 운전석 창문을 내렸다.

"이봐, 비에 젖은 생쥐! 구해 줄까?"

에리코는 그의 농담에 웃는 얼굴을 보이기는커녕 도리어 긴장하는 표정을 짓는가 싶더니 빠른 걸음으로 걷기 시작했다. 가즈나리는 차를 다급히 몰아 그녀를 쫓아갔다.

"아니, 왜 그래? 도망가지 마."

그랬는데도 그녀는 걸음을 멈추기는커녕 오히려 속도를 올린다. 여전히 가즈나리 쪽으로는 눈길도 주지 않았다. 그제야 그는 에리코가 뭔가 착각하고 있다는 생각이 들었다.

"나야, 에리코."

이름이 불리자 그녀가 겨우 걸음을 멈추더니 놀란 표정으로 돌아보았다.

"헌팅이라면 맑은 날 하지 이렇게 남의 약점을 이용하고 싶지는 않다고."

"시노즈카 선배……."

에리코가 눈을 동그랗게 뜨면서 손으로 입을 막았다.

가와시마 에리코는 하얀 손수건을 들고 있었다. 완전히 하얗기만 한 건 아니고 하얀 바탕에 자잘한 꽃무늬가 있다. 그 손수건으로 그녀는 젖은 손과 얼굴을 닦고 목덜미까지 닦았다. 흠뻑 젖은 재킷은 벗어서 무릎에 올려놓은 채. 가즈나리가 뒤 좌석에 두라고 말했지만 시트가 젖는다며 손에서 놓지 않았다.

"정말 죄송해요. 날이 어두워서 얼굴이 잘 보이지 않았어요."

"그래, 괜찮아. 그런 식으로 말을 걸었으니 작업을 거는 걸로 오해했을 수 있지."

가즈나리가 핸들을 돌리며 말했다. 그는 그녀를 집까지 데려다줄 작정이었다.

"네, 가끔 그런 식으로 치근대는 사람들이 있어서요."

"그래? 인기가 많은가 봐."

"아, 아니요. 제가 아니라, 유키호랑 같이 있으면 길거리에서도 말을 거는 사람이 많아요."

"그러고 보니 오늘은 웬일로 혼자네. 연습에는 유키호도 왔던 것 같은데."

"볼일이 있다면서 도중에 먼저 갔어요."

"그래서 혼자였구나. 그건 그렇고……,"

가즈나리가 그녀를 힐끔 보았다.

"왜 걸어가고 있었어?"

"왜 걸어가다니요?"

"아까 말이야."

"그야 집에 가야 하니까……."

"그게 아니라, 왜 뛰지 않고 걸었냐는 말이야. 다른 사람들은 다 뛰어가는데."

"아아, 그야…… 별로 바쁜 일도 없으니까요."

"비에 다 젖잖아."

"하지만 뛰어가면 비가 얼굴에 닿는 걸 더 강하게 느끼잖아요. 이렇게."

그녀는 앞 유리창을 손가락으로 가리켰다. 조금 전까지 부슬부슬 내리던 비가 지금은 본격적으로 쏟아지고 있었다. 유리창에 부딪쳐 튀는 빗방울들을 와이퍼가 밀어내고 있다.

"그래도 젖는 시간은 줄어들잖아."

"제 걸음으로는 기껏해야 3분 정도밖에 짧아지지 않을 거예요. 그 정도 시간을 단축하기 위해 젖은 길을 뛰고 싶지는 않아요. 넘어질 수도 있고요."

"넘어져? 설마."

가즈나리가 웃음을 터뜨렸다.

"농담이 아니라 저는 걸핏하면 넘어져요. 아, 그러고 보니 오늘도 연습 중에 넘어졌어요. 게다가 야마모토 선배의 발을 밟기까지……. 야마모토 선배, 괜찮다고 말은 했지만 아팠을 거예요, 아마."

에리코는 아팠던 기억이 되살아난 듯 주름치마 밑으로 드러난 다리를 오른손으로 문질렀다.

"댄스에는 적응이 좀 됐어?"

"조금요. 하지만 잘 못하는 건 여전해요. 신입 부원들 중에서도 제가 배우는 게 제일 늦나 봐요. 유키호는 벌써 세련된 느낌이 나던데."

에리코는 한숨을 쉬었다.

"곧 나아질 거야."

"그럴까요? 그랬으면 좋겠어요."

신호가 빨강으로 바뀌었을 때 가즈나리는 차를 멈추고 에리코의 옆얼굴을 보았다. 늘 그렇듯이 화장기는 없지만 가로등 불빛에 비친 피부는 매끄럽기 그지없었다. 마치 도자기 같다고 그는 생각했다. 그 뺨에 젖은 머리카락 몇 가닥이 달라붙어 있었다. 그가 손을 뻗어 그것을 떼어 내려고 하자 그녀는 놀란 듯 몸을 움츠렸다.

"아, 미안. 머리카락이 붙어 있어서."

아, 하고 조그맣게 소리를 내며 에리코는 그 머리카락을 귀 뒤로 넘겼다. 뺨이 살짝 발그레해졌다는 것을 어둠 속에서도 알 수 있었다.

신호가 초록으로 바뀌고 그는 다시 액셀러레이터를 밟았다.

"그 헤어스타일, 언제부터 그런 거지?"

시선을 앞에 둔 채 그가 물었다.

"네, 이거 말씀인가요?"

에리코가 젖은 머리에 손을 댔다.

"고등학교 졸업하기 얼마 전부터인데요."

"그렇겠지. 요즘 유행하나 보더라고. 다른 신입 부원 중에도 몇 명 있더군. 세이코 짱 커트라고 하지, 아마. 어울리든 안 어울리든 간에 너 나 할 것 없이 다들 그 스타일이더라고."

세미롱 길이에 앞머리는 내리고 옆머리는 귀 뒤로 넘기는 스타일이다. 작년에 데뷔한 신인 가수의 트레이드 마크이기도 한 그 헤어스타일이 가즈나리는 별로 마음에 들지 않았다.

"안 어울려요?"

에리코가 머뭇거리며 물었다.

"글쎄."

가즈나리는 기어를 바꾸고 커브를 돌았다. 그리고 핸들을 바로 한 뒤 다시 말했다.

"솔직히 말해서 잘 어울린다고는 할 수 없어."

"그렇군요……."

그녀가 연거푸 머리카락을 쓰다듬었다.

"네 마음엔 드는 거야?"

"그런 건 아니지만, 저, 유키호가 권해서……, 그리고 잘 어울린다고 해서요."

"또 유키호야? 뭐든 그녀가 하라는 대로군."

"그렇지는 않아요."

에리코가 눈을 내리뜨는 것을 곁눈으로 바라보던 가즈나리의 머리에 불쑥 아이디어 하나가 떠올랐다. 그는 힐끔 손목시계를 보았다. 7시 조금 전이었다.

"혹시 이 시간 이후에 스케줄 있어? 아르바이트라든가."

"아니요, 없는데요."

"그럼 나랑 어디 좀 같이 가자."

"어딜요?"

"이상한 데 데리고 가지는 않을 테니 걱정 말아."

가즈나리는 액셀을 힘주어 밟았다.

가는 도중에 그는 전화 부스를 찾아 어딘가로 연락을 했다. 하지만 에리코에게는 여전히 어디로 가는지 말해 주지 않았다. 그녀가 다소 불안해하는 모습을 가즈나리는 즐기는 듯했다.

차가 멈춘 곳은 어느 빌딩 앞이었다. 그는 그녀를 데리고 빌딩 2층으로 올라갔다. 그리고 어느 가게 앞에서 걸음을 멈췄다. 그 가게의 간판을 본 에리코는 두 손으로 입을 가리며 뒤로 물러섰다.

"미장원에는 왜요?"

"내가 몇 년 전부터 이용하는 곳이야. 솜씨는 확실하니까 안심해도 돼."

그는 그렇게 말하고 그녀의 등을 밀며 가게 문을 열었다.

미용사는 콧수염을 기른, 서른이 좀 넘은 남자로 여러 콘테스트에서 입상해 기술과 감각에 정평이 나 있는 유명한 사람이었다. 그가 가즈나리에게 인사를 건넸다.

"어서 오세요. 기다리고 있었습니다."

"늦은 시간에 미안합니다."

"천만에요, 가즈나리 씨의 친구 분이라면 몇 시까지라도 기다립니다."

"실은 이 친구의 머리를 좀 잘라 주셨으면 해서요."

가즈나리가 에리코를 가리키며 말했다.

"어울리는 헤어스타일로요."

"아, 네."

미용사는 에리코의 얼굴을 유심히 바라보았다. 마치 머릿속에서 이미지를 펼치는 듯한 시선이었다. 에리코는 부끄러워 어쩔 줄을 몰라 했다.

"그리고,"

가즈나리가 옆에 있는 여자 조수에게 고개를 돌렸다.

"화장도 살짝 해 줬으면 하는데요. 머리가 더 돋보이게요."

"알겠습니다."

조수는 눈을 반짝이며 고개를 끄덕거렸다.

"저, 시노즈카 선배."

에리코가 뭔가 거북한 듯 머뭇거리며 말했다.

"나, 오늘은 가진 돈이 별로 없어요. 그리고 화장은 해 본 적이 거의 없는데……."

"그런 거라면 걱정하지 않아도 돼. 잠자코 앉아 있기만 하면 되는 거야."

"하지만 집에다 미장원 간다는 얘기를 하지 않아서 늦으면 걱정하실 거예요."

"그건 그렇겠군."

가즈나리는 고개를 끄덕이고 나서 여자 조수를 보았다.

"전화기를 빌릴 수 있을까요?"

네, 하고 대답한 조수가 카운터 테이블 위에 놓여 있던 전화기를 가져왔다. 머리를 하러 온 손님이 전화를 사용하는 경우가 종종 있는지 기다란 전화 줄이 달려 있었다. 가즈나리가 전화기를 에리코에게 내밀었다.

"자, 집에 전화해. 미장원에 들렀다 간다고 하면 혼나지는 않겠지?"

이제 와서 거부해 봐야 소용없다는 것을 깨달았는지 에리코는 거의 울먹이는 표정으로 수화기를 들었다.

가즈나리는 에리코의 머리 손질이 끝날 때까지 미장원 구석에 있는 소파에 앉아 기다리기로 했다. 여고생처럼 보이는 아르바이트생이 커피를 가져다주었다. 그 아르바이트생의 마치 벼 베기 하듯 싹둑 잘린 헤어스타일을 보고 가즈나리는 조금 놀랐지만, 그 나름으로 어울린다는 사실에 감탄스러웠다. 앞으로 저런 스타일이 유행할지도 모르겠다는 생각도 들었다.

에리코가 어떻게 변신할지 가즈나리는 내심 기대하고 있었다. 자신의 직감이 틀리지 않는다면 감춰져 있던 그녀의 미모가 꽃처럼 피어날 것이라고 생각했다.

왜 이렇게 가와시마 에리코에게 마음이 쓰이는지 가즈나리 자신도 알 수 없었다. 처음 봤을 때부터 끌렸던 건 분명하지만 에리코의 무엇에 그렇게 끌렸는지 설명을 할 수 없다. 다만 분명하게 말할 수 있는 것은 그녀가 누구에게 소개받은 여자도 아니고 그녀 쪽에서 먼저 접근한 것도 아닌 자기 자신의 눈으로 찾아낸 여자라는 점이었다. 그리고 그 사실에 그는 무척 만족하고 있었다. 지금까지 사귄 여자들은 모두 앞의 두 경우 중 하나였기 때문이다.

생각해 보면 이성 교제만 그랬던 게 아니야, 하고 가즈나리는 지금까지의 일들을 돌이켜 보았다. 장난감이든 옷이든, 모든 게 늘 주어지기만 했다. 무엇 하나 스스로 원해서 찾고 손에 넣은 것이 없었다. 언제나 먼저 주어졌기 때문에 그것이 자신이 원하는 것인지 아닌지 생각조차 안 해 본 적이 많다.

에이메이 대학 경제학부를 선택한 것도 자신의 의사라고는 할 수 없었다. 친척 중에 그 대학 출신이 많다는 점이 가장 큰 이유였을 것이다. 선택했다기보다 아주 오래전부터 그렇게 정해져 있었다고 표현하는 편이 옳았다.

동아리 활동으로 사교댄스부를 선택한 것조차 가즈나리가 스스로 결정한 건 아니었다. 그의 아버지는 학업에 방해된다는 이유로 동아리 활동을 반대했지만 훗날 사교계에서 도움이 될지도 모른다면서 댄스부만은 허락해 주었다.

그리고.

구라하시 가나에 역시 그가 선택한 여자가 아니라 그를 선택한 여자였다. 세이카 여대 부원 중에서도 그녀는 1학년 때부터 눈에 띄게 예뻤다. 신입 부원들의 첫 발표회 때 누가 그녀의 파트너가 되느냐가 남자 부원들 최고의 관심사였는데 그녀 쪽에서 먼저 가즈나리를 찾아온 것이다. 자신을 파트너로 선택해 달라고.

그녀의 미모는 가즈나리가 보아도 눈에 띄게 출중했기 때문에 그는 그 부탁에 그만 우쭐해지고 말았다. 그리고 파트너로서 연습하는 동안 자연스럽게 연애 관계로 빠져들었다.

그러나.

자신이 과연 가나에에게 연애 감정을 품고 있는지 그로서는 자신이 없었다. 예쁜 여자와 사귄다는 것, 육체관계를 할 수 있다는 것에 그저 들떠 있는 것 아닌지 의심스러웠다. 다른 재미난 계획이 있을 때면 그녀와의 만남을 취소하는 일도 적지 않았다. 그것이 그다지 신경 쓰이지도 않았다. 그녀는 하루에 한 번은 꼭 전화해 달라고 했지만 그러기 귀찮다고 생각한 적도 종종 있다.

또한 가나에가 진정으로 자신을 사랑하고 있는지도 의심스러웠다. 그녀는 그저 그의 브랜드가 탐났던 것 아닐까. 때로 그녀는 두 사람의 장래에 대해 언급하곤 하는데 만일 그녀가 가즈나리와의 결혼을 원한다 해도 그건 그의 아내가 되고 싶어서라기보다 시노즈카 가문의 일원이 되고 싶어서가 아닐까, 하고 가즈나리는 추측했다.

아무튼 그는 가나에와의 관계를 슬슬 정리하려던 참이었다. 오늘 연습 시간에도 그녀는 다른 부원들에게 보라는 듯이 몸을 밀착해 왔지만 가즈나리는 이제 그런 짓에 넌더리가 났다.

그런저런 생각을 하며 커피를 마시고 있는데 조수가 눈앞에 나타났다.

"다 끝났습니다."

"어떻게 됐지?"

"그건 직접 확인하세요."

조수는 의미심장한 눈빛으로 그렇게 대답했다.

에리코는 거울 앞 맨 끝자리에 앉아 있었다. 천천히 그녀에게 다가갔다. 거울에 비친 그녀의 얼굴을 보고 그는 자신도 모르게 숨을 헉 삼켰다.

머리는 어깨에 닿을락 말락 한 길이였다. 귓불이 살짝 드러나 보인다. 그런데도 보이시한 느낌이 아니라 매우 여성스러운 느낌이다. 거기다 화장까지 한 그녀의 얼굴에 가즈나리는 그만 넋을 잃고 말았다. 피부의 아름다움이 한결 돋보였던 것이다. 길쭉한 눈이 그의 마음을 흔들었다.

"놀라워."

그가 중얼거렸다. 목소리가 살짝 갈라졌다.

"이상하지 않아요?"

에리코가 불안한 듯 물었다.

"전혀."

그는 고개를 저으며 미용사를 보았다.

"정말 대단해요."

"소재가 좋아서 그런 거죠."

미용사가 싱긋 웃으며 말했다.

"잠깐 일어나 볼래?"

가즈나리가 에리코에게 말했다.

그녀는 조심조심 일어서서 부끄러운 듯 눈을 치켜뜨며 그를 보았다.

가즈나리는 그런 그녀의 모습을 찬찬히 바라보았다. 그리고 말했다.

"내일 무슨 계획 있어?"

"내일요?"

"토요일이잖아. 강의는 오전뿐인가?"

"아, 저, 토요일에는 강의가 없어요."

"마침 잘됐군. 다른 스케줄은? 친구랑 만난다든지."

"아니요, 딱히 없는데요."

"좋아, 그럼 나랑 만나자. 몇 군데 데려가고 싶은 곳이 있어."

"그게…… 어딘데요?"

"그건 내일까지 비밀."

가즈나리는 다시 한 번 에리코의 얼굴과 머리 스타일을 감상했다. 기대 이상이었다. 이 개성파 미인에게는 어떤 옷이 어울릴까. 가즈나리의 마음은 이미 내일의 데이트로 달려가 있었다.

5

월요일 오후, 에리코가 계단식 강의실에 들어서자 먼저 와서 앉아 있던 유키호가 그녀를 보고 눈이 휘둥그레지더니 그대로 표정이 굳었다.

"……에리코, 어떻게 된 거야?"

그녀를 한참이나 바라보던 유키호가 물었다. 그녀답지 않게 흥분된 목소리였다.

"여러 가지 일이 있었어."

에리코는 유키호 옆 자리에 앉았다. 에리코의 얼굴을 알고 있던 학생들도 그녀를 보고 놀라는 표정을 지었다. 그런 반응에 에리코는 기분이 좋았다.

"머리, 언제 잘랐어?"

"금요일. 비 오던 날."

에리코는 그날 있었던 일을 유키호에게 이야기했다. 늘 냉정한 유키호도 놀랍다는 표정을 감추지 못했다. 하지만 그러는 것도 잠시, 그녀는 이내 웃음을 지어 보였다.

"대단하네. 시노즈카 선배, 네가 마음에 들었나 보다."

"그런 걸까?"

에리코가 짧아진 옆머리를 손끝으로 만지작거리며 말했다.

"그래서, 토요일에는 어디 간 거야?"

"그게 말이야……."

토요일 오후, 시노즈카 가즈나리가 에리코를 데리고 간 곳은 고급 브랜드를 취급하는 부티크였다. 그는 익숙한 태도로 가게에 들어서더니 미장원에서 그랬던 것처럼 매니저인 듯한 여자더러 에리코에게 어울리는 옷을 준비해 달라고 했다.

기품 있는 차림새의 매니저는 가즈나리의 그 한마디에 갑자기 분주하게 움직이기 시작했다. 젊은 점원들이 계속해서 옷을 가져왔다. 피팅룸은 에리코 독차지였다.

목적지가 부티크라는 사실을 알았을 때는 어른스러운 옷을 한 벌 정도 사도 괜찮겠다고 생각한 에리코였지만 자신에게 입혀지고 있는 옷의 가격표를 보고는 눈이 동그래지고 말았다. 그렇게 큰돈은 갖고 있지도 않았고 돈이 있다 해도 고작 옷 한 벌을 사는 데 쓸 수 있는 액수가 아니었다.

가즈나리에게 그녀의 생각을 귀띔하자 그는 별일 아니라는 듯이 말했다.

"괜찮아, 내가 선물할 거니까."

"네? 그건 안 돼요. 이렇게 비싼 걸."

"남자가 사 준다고 할 때는 사양하지 않고 받으면 되는 거야. 걱정 마, 그 대가를 요구하지는 않을 테니까. 에리코에게 어울리는 옷을 입히고 싶었을 뿐이야."

"하지만 어제도 미장원에서 돈을 내줬는데……."

"너의 그 소중한 머리를 내 멋대로 자르게 했으니 당연한 거 아냐? 게다가 이건 전부 나를 위한 일이기도 해. 같이 다니는 여자가 어울리지도 않는 세이코 짱 커트를 하고 있거나 보험 영업 사원 같은 옷을 입는 건 참을 수 없거든."

"그렇게 형편없었나요, 제가?"

"뭐, 솔직히 말하자면 그렇지."

가즈나리의 대답에 에리코는 비참한 기분이 들었다. 지금까지 자기 나름으로는 멋을 부리느라고 부렸기 때문이다.

"너는 이제 겨우 고치를 만들기 시작한 거야."

피팅룸 옆에 서서 시노즈카 가즈나리가 말했다.

"얼마나 아름답게 변할지는 너 자신도 몰라. 난 그 고치를 만드는 작업에 힘을 빌려주고 싶은 거야."

"고치에서 나와도 별로 변한 게 없으면······."

"그럴 리 없어. 내가 보장하지."

그는 또 다른 옷을 그녀에게 건네고는 피팅룸 커튼을 닫았다.

결국 그날 원피스 한 벌을 샀다. 가즈나리는 한두 벌 더 사라고 했지만 그럴 수는 없었다. 그 원피스 한 벌조차 집에 가서 엄마에게 뭐라고 설명해야 할지 고민스러웠다. 그러잖아도 그전날 미장원에서의 변신으로 한껏 놀라게 해 드렸던 것이다.

"학교 바자회에서 샀다고 하면 되잖아."

가즈나리가 웃으면서 조언했다. 그리고 이렇게 덧붙였다.

"어쨌든 정말 잘 어울린다. 여배우 같아."

"설마요."

에리코는 쑥스러워하면서 거울을 보았다. 가즈나리의 말이 싫지만은 않았다.

자초지종을 듣고 난 유키호는 놀랍다는 표정으로 고개를 저었다.

"신데렐라 얘기 같아. 너무 놀라서 뭐라고 해야 할지 모르겠어."

"나도 꿈을 꾸는 것 같아. 이렇게 받아도 되는 건가 싶기도 하고."

"아무튼 에리코 네가 시노즈카 선배를 좋아하는 건 사실이잖아."

"글쎄…… 잘 모르겠어."

"그렇게 얼굴을 붉히면서 모르겠다는 건 또 뭐야."

유키호는 다정한 시선으로 에리코를 한참 동안 보았다.

다음 날인 화요일, 에리코가 에이메이 대학에 가자 그녀의 변한 모습에 댄스부 부원들도 벌린 입을 다물지 못했다.

"우와, 머리 스타일이랑 화장으로 이렇게까지 변할 수 있는 거구나. 나도 한번 시도해 볼까."

"갈고닦으면 빛나는 구슬이었던 거지, 에리코가. 바탕이 안 좋으면 무슨 짓을 해도 소용없단다."

"야, 너 정말!"

이렇게 사람들에게 둘러싸여 화제의 중심이 되는 건 여태까지 에리코의 인생에 없었던 일이다. 이런 장면에서 주인공은 늘 유키호였다. 그런 유키호가 오늘은 조금 떨어진 곳에서 미소만 짓고 있다. 믿을 수 없는 일이다.

에이메이 대학 남자 부원들도 그녀를 보고는 득달같이 다가와 갖가지 질문을 던졌다. 와, 어떻게 된 거야. 몰라보게 변했네. 심경의 변화라도 있는 거야? 애인에게 차였어? 아니면 애인이 생긴 건가.

주목받는다는 게 이렇게 기분 좋은 일인 줄 몰랐다. 에리코는 늘 주목받는 유키호가 새삼 부러웠다.

그러나 모두가 그녀의 변화를 반긴 것은 아니었다. 선배 여자 부원들 중에는 노골적으로 못마땅한 티를 내는 사람도 있었다. 구라하시 가나에는 에리코의 얼굴을 빤히 보더니 "섹시해지려면 백 년도 더 걸리겠네."라고 내뱉듯 말했다. 하지만 그렇게 말하는 가나에도 에리코를 변화시킨 사람이 자신의 연인이라는 사실은 미처 모르는 눈치였다.

연습이 시작되기 직전, 에리코는 2학년 선배에게 불려 갔다.

"회비 지출 내용 좀 정리해 줘야겠다."

긴 머리의 선배가 누런 봉투를 내밀며 말했다.

"이 안에 장부하고 전년도분 영수증이 전부 들어 있으니까 날짜와 금액을 적고 월별로 계산해 줘. 알았지?"

"언제까지 하면 돼요?"

"오늘 연습 끝날 때까지."

그리고 선배가 힐금 등 뒤를 보았다.

"구라하시 선배 지시야."

"아, 네. 알겠어요."

2학년 선배가 멀어진 후 유키호가 다가왔다.

"너무하네. 그럼 네가 연습할 시간이 없어지잖아. 내가 도와
줄게."

"괜찮아. 금방 할 수 있을 거야."

에리코가 봉투 안을 들여다보니 자잘한 영수증이 빼곡히
들어차 있었다. 장부를 꺼내 펼쳐 보니 제대로 기입된 것은
2, 3년 전까지인 듯했다.

그때 무언가가 바닥에 툭 떨어졌다. 주워 보니 플라스틱 카
드였다.

"현금 카드잖아."

유키호가 말했다.

"회비를 넣어 두는 계좌인가 보네. 무책임하게 이런 데다
함부로 두다니, 누가 훔쳐 가기라도 하면 어쩌려고."

"그래 봐야 비밀 번호를 모르면 사용할 수 없잖아."

에리코는 그렇게 말하면서 최근에 자기 아빠가 현금 카드
를 만들었는데 현금 인출기를 사용할 자신이 없어서 그걸로
돈을 꺼낸 적이 한 번도 없다고 했던 말을 떠올렸다.

"그건 그렇지만……"

그러고서 유키호는 입을 다물었지만 뭔가 더 하고 싶은 말이 있는 눈치였다.

카드 표면에는 산쿄 은행이라는 글자가 인쇄되어 있었다.

에리코는 연습실 구석에 앉아 장부 정리를 시작했다. 그런데 생각 외로 시간이 많이 걸렸다. 도중에 유키호가 도와주었는데도 계산을 마치고 장부에 기록까지 마쳤을 때는 연습 시간이 거의 끝나 가고 있었다.

둘은 장부를 들고 체육관 복도를 걸어 탈의실 쪽으로 갔다. 구라하시 가나에에게 장부를 전달하기 위해서다. 다른 부원들은 거의 돌아간 듯했다.

"오늘은 뭐하러 왔는지 모르겠다."

유키호가 맥이 빠진 목소리로 푸념하듯 말했다.

두 사람이 여자 탈의실 앞까지 왔을 때였다. 안에서 목소리가 흘러나왔다.

"그러니까 바보 취급 하지 말라고 했잖아."

에리코는 움찔 놀라 걸음을 멈췄다. 구라하시 가나에의 목소리임에 틀림없었다.

"바보 취급 하는 게 아니야. 너를 존중하니까 이런 식으로 분명히 얘기하는 거지."

"뭐가 존중이라는 거야. 그게 바보 취급 하는 거라고."

그리고 문이 벌컥 열리더니 눈을 치켜뜬 구라하시 가나에가 뛰쳐나왔다. 그녀는 거기에 두 신입 부원이 서 있는 모습이 보이지 않는지 아는 척도 않고 빠른 걸음으로 걸어갔다. 두 사람이 말을 붙일 분위기가 아니었다.

뒤이어 시노즈카 가즈나리가 탈의실에서 나왔다. 그는 에리코와 유키호를 보더니 씁쓸하게 웃으며 말했다.

"뭐야, 너희들 여기 있었던 거야? 쓸데없는 얘기를 들었겠군."

"쫓아가지 않아도 괜찮아요?"

유키호가 물었다.

"괜찮아."

그가 짧게 대답했다.

"너희들, 이제 돌아갈 거지? 내가 데려다줄게."

"아, 저…… 저는 볼일이 있어요."

유키호가 대뜸 그렇게 말했다.

"에리코만 데려다주세요."

"유키호……."

"장부는 내가 다음에 구라하시 선배에게 전할게."

그리고 유키호는 에리코의 손에서 빼앗듯 봉투를 가져갔다.

"유키호, 정말 괜찮겠어?"

"네. 그럼 에리코 잘 부탁할게요."

꾸벅 머리를 숙인 뒤 유키호는 구라하시 가나에가 간 방향으로 걸어갔다.

가즈나리가 한숨을 쉬었다.

"에리코를 배려하느라고 저러는 모양이군."

"정말 괜찮은 건가요? 구라하시 선배 말이에요."

"괜찮아. 이젠 됐어."

가즈나리가 그녀의 어깨에 손을 올렸다.

"다 끝났어."

6

검정 미니스커트를 입은 아가씨가 거울 속에서 웃고 있었다. 예전 같으면 절대 입지 못할 만큼 길이가 짧아 허벅지가 훤히 드러났다. 그런데도 에리코는 빙그르 몸을 한 바퀴 돌려 본다. 그가 마음에 들어 할 것 같다고 생각했다.

어떠세요, 하며 다가온 여점원은 그녀의 모습을 보더니 와, 정말 잘 어울려요, 하면서 환하게 미소 지었다. 입에 발린 말로는 들리지 않았다.

"이걸로 할게요."

에리코가 말했다.

값비싼 고급 제품은 아니지만 자신이 봐도 어울렸다.

가게에서 나오니 밖은 완전히 어두워져 있었다. 에리코는 역을 향해 걸음을 서둘렀다.

5월도 후반에 접어들었다. 이번 달에 벌써 네 번째네, 하고 그녀는 머릿속으로 헤아렸다. 요즘 들어 혼자서 쇼핑하는 일이 잦아졌다. 그러는 편이 홀가분하기 때문이다. 가즈나리가 마음에 들어 할 만한 옷을 찾아 발이 부르트도록 돌아다니는 데에 기쁨을 느끼고 있었다.

백화점 쇼윈도 옆을 지나는데 자신의 모습이 유리에 반사되어 보였다. 두 달 전이라면 언감생심 꿈도 못 꾸었을 모습이 거기 있었다.

에리코는 요즘 자신의 용모에 관심이 많다. 다른 사람들에게 어떻게 보이는지, 그리고 가즈나리에게는 어떻게 보이는지 늘 신경을 쓴다. 그래서 화장법을 연구하고, 자신에게 어울리는 패션을 찾는 데에 여념이 없었다. 연구하는 만큼 거울에 비친 자신의 모습이 아름다워지는 보람도 있었다. 그래서 기뻤다.

"에리코, 정말 예뻐졌어. 나날이 변해 가는 게 느껴져. 번데기가 나비로 탈바꿈한 것 같아."

유키호도 그렇게 말했다.

"그만해. 네게 그런 말을 들으니까 부끄럽다."

"하지만 사실인걸, 뭐."

그렇게 말하고 유키호는 고개를 끄덕였다.

가즈나리가 '고치'라고 표현했던 것을 에리코는 기억하고 있었다. 하루빨리 진정한 여자가 되어 고치에서 나오고 싶었다.

가즈나리와의 데이트도 어느새 열 번을 넘었다. 그가 정식으로 교제를 신청한 것은 구라하시 가나에와 말다툼을 한 바로 그날이었다. 차로 집까지 바래다주면서 그가 그 얘기를 꺼냈다.

"구라하시 선배와 헤어졌기 때문에 나랑 사귀자는 건가요?"

에리코가 물었다.

가즈나리는 고개를 저었다.

"그녀와는 벌써부터 헤어질 작정이었어. 그런 참에 네가 나타난 거지. 그래서 결심한 거야."

"내가 시노즈카 선배랑 사귀기로 했다는 걸 알면 구라하시 선배가 엄청 화낼 텐데요."

"당분간 비밀로 하면 돼. 우리가 말하지 않으면 모를 거야."

"그건 무리예요. 보나 마나 들키고 말 거예요."

"그때는 그때고. 내가 알아서 할게. 너를 힘들게 하지는 않을 거야."

"그래도……."라고 말하고서 에리코는 다음 말을 이을 수가 없었다. 가즈나리가 길가에 차를 세우더니 키스를 했기 때문이다.

그 이후로 에리코는 줄곧 꿈을 꾸는 기분이었다. 이렇게 멋진 일이 계속되어도 괜찮은 걸까 하는 생각마저 들었다.

두 사람의 관계는 비밀이 지켜지고 있었다. 댄스부 내에서 아는 사람이라고는 오직 유키호뿐으로, 다른 사람들은 아무도 눈치채지 못한 듯했다. 그 증거로 에리코는 지난 두 주 동안에 두 명의 남자 부원으로부터 데이트 신청을 받기도 했다. 물론 거절했지만, 지금까지는 상상도 못했던 일이었다.

다만 구라하시 가나에는 여전히 마음에 걸렸다.

그 일이 있은 후 가나에는 연습에 두 번 나왔을 뿐 그 후로는 내내 얼굴을 비치지 않았다. 가즈나리와 얼굴을 마주치고 싶지 않은 것일까, 그의 새로운 연인이 자신이라는 걸 아는 것은 아닐까, 에리코는 그런저런 생각을 해 보았다. 학교에서 가끔 마주칠 때마다 쏘는 듯이 날카로운 시선으로 에리코를 보기 때문이다. 일단은 선배이기 때문에 에리코 쪽에서 먼저 인사를 했지만 가나에는 한 번도 답례를 한 적이 없었다.

그 일에 대해 아직은 가즈나리에게 말하지 않았지만 조만간 의논해 봐야겠다는 생각을 하고 있다.

아무튼 그 점을 제외하면 에리코는 행복했다. 혼자 길을 걸을 때도 입에서 웃음이 흘러나올 정도였다.

옷이 든 쇼핑백을 들고 에리코는 집 근처까지 왔다. 5분만 더 걸으면 2층짜리 낡은 집이 보일 터였다.

하늘을 올려다보니 별이 떠 있었다. 내일도 날씨가 맑을 것 같아 그녀는 안심했다. 내일은 금요일, 가즈나리를 만나는 날이다. 에리코는 새 옷을 입고 갈 생각이다.

무의식중에 자신이 또 웃고 있다는 것을 깨달은 에리코는 혼자서 쑥스러워했다.

7

벨이 세 번 울리고 누군가 전화를 받았다. 여보세요, 가와시마입니다, 하는 에리코 어머니의 목소리가 들렸다.

"여보세요, 시노즈카라고 합니다만, 에리코 씨 집에 있습니까?"

순간 상대방이 침묵했다. 좋지 않은 예감이 들었다.

"지금 잠깐 밖에 나갔는데요."

가즈나리가 예상한 반응이었다.

"언제쯤 돌아올까요?"

"그건, 저도 잘 모르겠어요."

"실례지만 어디 갔는지 알 수 있을까요? 전화를 걸 때마다 집에 없어서요."

이번 주 들어 세 번째 거는 전화였다.

"그게…… 우연히 그렇게 됐나 보네요. 지금은 친척 집에 가 있어요."

어머니의 목소리에서 낭패스러워하는 기색이 묻어 나왔다. 그것이 가즈나리를 더욱 초조하게 만들었다.

"그럼 돌아오는 대로 전화해 달라고 전해 주실 수 있을까요? 에이메이 대학의 시노즈카라고 하시면 알 겁니다."

"시노즈카 씨라고요……."

"네, 부탁드리겠습니다."

"저……."

"네?"

가즈나리가 다급히 되물었지만 어머니는 아무 말이 없었다. 그대로 잠시 침묵이 흘렀다. 이윽고 에리코 어머니의 목소리가 다시 전화선을 타고 흘러왔다.

"저, 정말 말씀드리기 어려운 일이지만 앞으로는 전화를 걸지 않으셨으면 해요."

"네에?"

"저희 아이를 잠시 사귀신 것 같은데, 아직 어린애입니다. 다른 사람을 찾아보세요. 그 아이도 그렇게 말하더군요."

"잠깐만요. 그게 무슨 말씀입니까, 그녀가 그렇게 말했다는 건가요? 저와 더는 사귀지 않겠다고요?"

"그런 의미는 아니지만……, 아무튼 그쪽과 사귀도록 놔둘 수 없게 됐어요. 미안합니다. 이쪽의 사정이니까 더는 묻지 마세요. 그럼."

"아, 여보세요!"

가즈나리의 계속되는 외침에도 불구하고 전화는 그대로 끊기고 말았다.

하는 수 없이 그는 전화 부스를 나왔다. 영문을 알 수 없었다.

에리코와 연락이 끊긴 지 일주일이 넘었다. 마지막으로 통화한 것은 지난주 수요일이었다. 그때 그녀는 다음 날 옷을 사러 갈 예정이니 금요일 연습에는 새 옷을 입고 갈 거라고 했다. 그런데 금요일 연습에 그녀가 나타나지 않았던 것이다.

사전에 연락은 있었던 모양이다. 가라사와 유키호가 전화를 해서는 갑자기 교수가 일을 시키는 바람에 에리코와 자신은 그날 연습에 참석할 수 없다고 했다는 것이다.

저녁이 되자 가즈나리는 에리코의 집에 전화를 걸었다. 하지만 오늘 그랬던 것처럼, 그날도 친척 집에 가서 돌아오지 않을 것이라는 대답만 들었다.

토요일 밤에도 전화를 했지만 역시 그녀는 집에 없었다. 둘러대는 에리코 어머니의 말투가 몹시 어색하고 왠지 모르게 안절부절못하는 것 같았다. 가즈나리의 전화를 꺼리는 느낌도 들었다.

그 후로도 전화를 걸었지만 언제나 돌아오는 대답은 똑같

왔다. 집에 들어오면 전화해 달라고 부탁했지만 전화가 걸려
온 적은 없었다.

그녀는 댄스부 연습에도 일절 나오지 않았다. 에리코뿐 아
니라 가라사와 유키호마저 나오지 않으니 누구에게 사정을
물어볼 수도 없었다. 금요일인 오늘 역시 그녀들의 모습은
보이지 않았다. 연습 도중에 빠져나와 전화를 걸었는데 조금
전과 같은 말을 들은 것이다.

가즈나리로서는 아무리 생각해 봐도 에리코가 왜 갑자기
자신을 멀리하는지 이유를 알 수 없었다. 에리코 어머니가
말한 '이쪽 사정'이라는 것이 과연 무엇일지 갖가지 상상을
하면서 그는 체육관 안에 있는 연습 장소로 돌아갔다. 그런
데 그가 연습실에 도착한 지 얼마 후 여자 부원 하나가 그를
찾으러 왔다.

"시노즈카 선배, 좀 이상한 전화가 왔는데요."

"이상한 전화라니?"

"세이카 여대 댄스부 책임자를 바꾸라고요. 구라하시 선배
가 오늘 나오지 않았다고 했더니 그럼 에이메이 대학 책임자
라도 바꾸라고 하네요."

"누군데?"

"그게…… 이름을 밝히지 않아서요."

"알았어."

가즈나리는 체육관 1층에 있는 사무실로 갔다. 그리고 수위 앞에 여전히 내려진 채로 있는 수화기를 들었다.

"전화 바꿨습니다."

"에이메이 대학 책임자요?"

남자 목소리였다. 저음이지만 나이가 많은 사람 같지는 않았다.

"그렇습니다만."

"세이카 여대에 구라하시라는 학생이 있지? 구라하시 가나에."

"그런데 무슨 일 때문에 그러시는지?"

상대에 맞춰 가즈나리도 공손한 태도를 집어치웠다.

"그 여자에게 전해, 빨리 돈을 지불하라고."

"돈?"

"잔금 말이야. 감쪽같이 일을 처리했으니 성공 보수를 줘야 할 거 아니야. 착수금 12만 엔에 일이 끝나면 13만 엔을 받기로 했단 말이야. 빨리 지불하라고 해. 어차피 회비 관리는 그 여자가 하고 있잖아."

"무슨 돈 말이지? 뭘 감쪽같이 처리했다는 거야?"

"그건 당신한테 말할 수 없지."

"그러면서 나한테 말을 전해 달라는 건 또 뭔데?"

그러자 상대 남자는 낮은 소리로 웃었다.

"그건 조금도 이상하지 않지. 당신이 전하는 게 가장 효과적이니까."

"무슨 뜻이지?"

"글쎄다."

그 말을 끝으로 남자는 전화를 끊었다.

하는 수 없이 가즈나리도 수화기를 내려놓았다. 그리고 초로의 수위가 수상히 여기는 것 같아 얼른 그 자리를 빠져나왔다.

착수금 12만 엔에 일이 끝나면 13만 엔…… 합계 25만 엔이다.

그런 돈을 들여 구라하시 가나에가 부탁한 일이란 과연 무엇일까. 전화 목소리로 추측건대 질이 좋은 인간으로 여겨지지는 않았다. 가즈나리가 전하는 게 가장 효과적이라는 말도 신경 쓰였다.

가나에에게 전화해 볼까도 생각했지만 그러기엔 마음이 무거웠다. 헤어진 후로 한 번도 얘기를 나눈 적이 없었기 때문이다. 게다가 지금은 에리코 일로 머리가 복잡하기도 했다.

댄스부 연습이 끝나자 가즈나리는 자신의 차를 타고 집으로 돌아왔다. 그의 방문에는 가즈나리 전용 우편함이 설치되어 있었다. 그의 앞으로 오는 우편물을 가정부가 그곳에 넣어 두었다. 우편함 속을 들여다보니 광고 우편물 두 통과 속달 우

382

편 한 통이 들어 있었다. 속달 우편에는 보내는 사람 이름이 적혀 있지 않았다. 받는 사람의 주소와 이름이 마치 자를 대고 쓴 것처럼 기묘한 글씨로 적혀 있다.

그는 우편물을 들고 방으로 들어갔다. 그리고 불길한 예감을 느끼면서 침대에 걸터앉아 봉투를 뜯었다.

안에는 사진 한 장이 들어 있었다.

그 사진을 보는 순간 커다란 충격이 그를 덮쳤다. 머릿속에서 사나운 회오리바람이 몰아쳤다.

8

가라사와 유키호는 약속 시간보다 5분 늦게 나타났다. 가즈나리가 그녀를 향해 손을 살짝 들었다. 그녀가 이내 알아보고 다가왔다.

"늦어서 죄송해요."

"괜찮아, 나도 지금 막 왔으니까."

종업원이 주문을 받으러 오자 유키호는 밀크티를 주문했다. 평일 낮 시간이라 그런지 패밀리 레스토랑 안은 한산했다.

"여기까지 나오라고 해서 미안해."

"아니에요."

유키호가 살짝 고개를 저었다.

"하지만 전화로도 말씀드렸듯이 에리코에 대해서라면 제가 뭐라고 드릴 말씀이 없어요."

"그건 알고 있어. 분명 엄청난 비밀이 있는 거겠지."

그의 말에 유키호는 눈을 내리깔았다. 속눈썹이 무척 길었다. 댄스부에서 그녀를 프랑스 인형 같다고 하는 부원도 있는데 눈이 조금 더 동그랬다면 그랬을 것 같다고 그도 생각했다.

"하지만 그건 내가 아무것도 모를 경우에나 의미 있는 대응책 아닐까?"

네에? 하면서 그녀가 얼굴을 들었다. 그 얼굴을 보면서 가즈나리는 말했다.

"누가 사진을 보냈더군, 익명으로."

"사진을요?"

"이거야. 유키호에게 보이고 싶지는 않지만."

그리고 가즈나리가 윗도리 주머니에 손을 넣으려 하자 유키호는 "잠깐만요." 라고 다급하게 외쳤다.

"그거, 저…… 트럭 짐칸에서 찍은 사진이죠?"

"그래, 장소는 트럭 짐칸 안이야. 찍힌 사람은,"

"에리코고요."

"그래."

가즈나리는 고개를 끄덕였다. 알몸이라는 설명은 생략했다.

유키호가 손으로 입을 막았다. 당장이라도 울음을 터뜨릴 것 같은 눈빛이었지만 종업원이 밀크티를 들고 오는 바람에 간신히 참는 듯했다. 가즈나리는 내심 안도했다. 이런 곳에서 울면 매우 곤란하다.

"유키호도 사진을 본 거야?"

"네."

"어디서?"

"에리코네 집에서요. 거기로도 왔어요. 까무러칠 뻔했어요. 그렇게 참혹한 모습으로……."

유키호가 목멘 소리로 말했다.

"이게 대체 무슨 일이야."

가즈나리는 테이블 위에 올려놓은 주먹을 꽉 쥐었다. 손바닥에서 땀이 솟았다.

그는 마음을 가라앉히기 위해 창밖으로 눈을 돌렸다. 밖에서는 아까부터 가는 빗줄기가 부슬부슬 내리고 있었다. 아직 6월이 채 안 되었는데 장마가 시작된 건지도 모르겠다. 그는 에리코를 처음 미장원에 데리고 갔을 때를 떠올렸다. 그때도 비가 내렸다.

"말해 줄 수 있을까, 대체 무슨 일이 있었는지?"

"무슨 일이 있었냐면…… 그러니까, 그런 일이에요. 그런 일이 있었어요. 갑자기 덮쳐서……."

"그렇게 말하면 알아들을 수 없잖아. 언제 어디서 무슨 일이 있었던 거야?"

"장소는 에리코의 집 근처예요. 당한 것은…… 지지난 주목요일이고요."

"지지난 주 목요일…… 틀림없어?"

"네, 틀림없어요."

가즈나리는 수첩을 꺼내 달력을 보며 날짜를 확인했다. 짐작했던 대로였다. 마지막으로 통화한 다음 날이다. 옷을 사러 간다고 했던 날.

"경찰에는 신고했어?"

"아니요."

"어째서?"

"소란을 피우다 세상에 알려지면 그쪽이 오히려 타격이 크다고 에리코 부모님이……. 저도 그렇게 생각하고요."

가즈나리가 주먹으로 테이블을 쾅 쳤다. 답답한 얘기지만 부모님 심정은 이해할 수 있었다.

"나랑 에리코네 집에 사진을 보냈다는 건 범인이 단순히 지나가던 사람이 아니란 뜻이야. 그건 유키호도 알지?"

"네, 알아요. 하지만 누가 그렇게 몹쓸 짓을……."

"짚이는 사람이 있어."

"네?"

"딱 한 사람."

"혹시……."

"그래."

그렇게만 답하고 가즈나리는 유키호의 눈을 바라보았다. 그녀도 이해한 듯했다.

"설마 여자가 그런 짓을……."

"남자를 고용한 거야, 그런 비열한 짓을 할 수 있는 남자를."

가즈나리는 정체불명의 남자가 지난주 금요일에 전화를 했었다고 유키호에게 설명했다.

"그 전화를 받은 후 곧바로 사진이 왔어. 양쪽을 연관 지어 생각해 보게 되더라고. 그랬더니 남자가 했던 이상한 소리가 떠오르더군. 댄스부 회비는 가나에가 관리하고 있지 않느냐, 그런 의미였어."

유키호가 헉, 숨을 멈췄다.

"범인에게 줄 돈을 회비에서 썼다는 말인가요?"

"믿기 어려운 얘기지만 확인해 보기로 했지."

"구라하시 선배에게 직접 물어봤다는 건가요?"

"그럴 수는 없지. 하지만 방법은 있었어. 계좌 번호를 아니까 은행에 문의해서 그만한 돈이 인출되었는지 조사해 보면 되잖아."

"하지만 통장은 구라하시 선배가 갖고 있는데요?"

"그건 그렇지만 방법이 없지는 않지."

가즈나리가 말끝을 흐렸다. 실제로는 집에 드나드는 산쿄 은행 사람에게 억지로 부탁했던 것이다.

"그랬더니,"

가즈나리가 목소리를 낮췄다.

"지지난 주 화요일에 12만 엔이 카드로 인출됐더라고. 그리고 오늘 아침에 다시 확인해 봤더니 이번 주 초에 13만 엔이 또 빠져나갔고."

"하지만 그 돈을 꼭 구라하시 선배가 빼냈다고는 할 수 없잖아요. 다른 사람이 그랬을지도……."

"내가 조사한 바로는 지난 3주 동안 그녀 외에는 카드를 만진 사람이 없어. 그 전에 마지막으로 만진 사람은 유키호고."

그렇게 말하면서 그는 유키호의 가슴께를 손가락으로 가리켰다.

"에리코가 장부 계산을 하게 됐을 때였죠. 그러고 나서 이삼 일 후에 장부와 카드를 구라하시 선배에게 돌려줬어요."

"그래, 그 후로는 카드를 내내 그녀가 갖고 있었고. 분명해, 그녀가 남자를 고용해서 에리코를 덮치도록 한 거야."

유키호는 후우, 하고 숨을 길게 토했다.

"정말 믿기지 않네요."

"나도 마찬가지야."

"하지만 그건 시노즈카 선배의 추리일 뿐, 증거가 없잖아요. 계좌만 해도 우연히 똑같은 금액이 출금되었을 수도 있고요."

"그렇게 부자연스러운 우연이 있을 것 같아? 난 경찰에 신고해야 한다고 생각해. 경찰이 나서서 조사하면 반드시 꼬리를 잡을 수 있을 거야."

그러나 유키호가 그 의견에 동조할 뜻이 없다는 것은 그녀의 표정만 봐도 명백했다. 아니나 다를까, 그가 말을 마치자마자 유키호가 입을 열었다.

"아까도 말했지만, 에리코네 집에서는 이 일로 시끄러워지는 걸 바라지 않아요. 설사 경찰 조사로 범인이 밝혀진다 한들 에리코의 상처가 치유되지는 않는다는 거죠."

"그렇다고 이대로 방관하고 있을 수는 없어. 나는 그렇게 못해."

"그건,"

그렇게 말한 다음 유키호는 시노즈카의 눈을 똑바로 보았다.

"시노즈카 선배의 문제 아닐까요."

그 말에 가즈나리는 대꾸할 말을 잃었다. 그는 일단 숨을 삼키고 유키호의 단정한 얼굴을 가만히 바라보았다.

"오늘 제가 여기 나온 건 에리코의 말을 전하려는 이유도 있어요."

"에리코의 말?"

"안녕, 그동안 즐거웠어요. 감사합니다. 이게 그녀가 전해 달라는 말이에요."

유키호는 사무적인 말투로 그렇게 말했다.

"아니, 잠깐만. 그녀를 한번 만나게 해 줘."

"당치도 않아요. 에리코의 심정도 조금은 헤아려 주셔야죠."

유키호가 자리에서 일어났다. 밀크티는 거의 입에도 대지 않은 상태였다.

"이런 역할, 사실은 죽어도 맡고 싶지 않았어요. 하지만 친구를 위한 일이라는 생각에 어쩔 수 없이 나온 거예요. 그걸 좀 알아주셨으면 좋겠네요."

"유키호……."

"그만 가 볼게요."

그러고서 문 쪽으로 걸어가던 유키호는 갑자기 걸음을 멈추더니 뒤돌아서서 이렇게 덧붙였다.

"저는 댄스부를 그만두지 않을 거예요. 저까지 그만두면 에리코가 마음이 많이 쓰일 테니까요."

그리고 그녀는 다시 문으로 향했다.

그녀의 모습이 사라지고 나자 가즈나리는 한숨을 쉬고 창밖으로 눈을 돌렸다.

여전히 비가 내리고 있었다.

9

텔레비전에서는 시시한 정보 프로그램이나 뉴스밖에 나오
지 않았다. 에리코는 이불 위에 던져 놓은 루빅큐브를 집어
들었다. 작년에 대유행했던 이 퍼즐도 지금은 사람들에게 완
전히 잊히고 말았다. 난해한 것으로 화제가 되었었는데, 해
법이 알려진 후에는 초등학생들도 눈 깜짝할 새에 맞출 수
있게 되었기 때문이다. 그럼에도 에리코는 여전히 악전고투
하고 있다. 나흘 전에 이걸 가져온 유키호에게 어느 정도 요
령을 배웠는데도 전혀 진전이 없었다.

난 뭘 해도 되는 게 없네, 그런 생각을 하고 있는데 노크 소
리가 났다. 네, 하고 대답하자 엄마 목소리가 들렸다.

"유키호가 왔어."

"아, 들어오라고 해요."

잠시 후 발소리가 들리더니 천천히 문이 열리고 유키호가
하얀 얼굴을 빠끔 들이밀었다.

"자고 있었니?"

"아니, 이거 하고 있었어."

에리코는 유키호에게 루빅큐브를 들어 보였다.

유키호가 미소를 지으며 방 안으로 들어왔다. 그리고 의자
에 앉기 전에 "이거." 하며 상자를 내밀었다. 에리코가 무지

좋아하는 슈크림이었다. 에리코는 고마워, 라고 감사의 말을
했다.

"조금 이따가 홍차 끓여다 주신대, 너희 엄마가."

"그래?"

고개를 끄덕인 후 에리코가 조심스럽게 물었다.

"그 사람, 만났어?"

"응, 만났어."

"그래서, 내 말 전했어?"

"전했어, 괴로웠지만."

"미안해, 그런 걸 부탁해서."

"아니야, 괜찮아."

유키호는 손을 뻗어 에리코의 손을 꼭 잡았다.

"기분은 어때? 머리는 이제 아프지 않니?"

"응, 오늘은 그런대로 괜찮아."

습격을 당했을 때 클로로포름을 들이마셨다. 그 후유증으
로 한동안 두통이 계속됐다. 물론 의사는 그보다 정신적인
충격을 더 걱정했다.

그 일이 있던 날 밤, 늦게까지 들어오지 않는 딸이 걱정된
엄마가 역에 가 보려고 나가던 길에 트럭 짐칸에 쓰러져 있는
에리코를 발견했다. 에리코는 의식을 잃은 상태였다. 그 불쾌
한 잠에서 깨어났을 때의 충격은 평생 못 잊을 것이라고 그녀

는 생각한다. 그때 엄마는 옆에서 소리 내어 울고 있었다.

그리고 며칠 후에 날아온 그 끔찍한 사진. 보내는 사람 이름도, 그 어떤 메시지도 적혀 있지 않았고, 그런 만큼 더더욱 범인의 깊은 악의가 담긴 것 같아 에리코는 치를 떨었다.

앞으로는 결코 남의 눈에 띄지 않도록 뒤에 숨어서 살겠다고 그녀는 결심했다. 지금까지도 그래 왔고, 그렇게 사는 것이 자신에게 어울린다고.

더없이 비참한 사건이었지만 한 가지 구원은 있었다. 실로 기묘한 일이지만 그녀의 처녀성이 망가지지 않았던 것이다. 벌거벗은 무참한 모습을 사진에 담는 것이 범인의 목적이었던 듯했다.

부모님이 경찰에 신고하지 않기로 결정한 이유도 거기에 있었다. 자칫 소란을 일으켰다가 소문이 어떻게 날지 알 수 없었던 것이다. 사건이 알려지면 모두들 그녀가 강간을 당했다고 여길 터였다.

에리코는 중학 시절에 있었던 한 사건이 떠올랐다. 동급생이 집에 돌아가던 도중에 습격당했고, 하반신이 드러난 그녀를 발견한 사람은 에리코 자신과 유키호였다.

피해자인 후지무라 미야코의 엄마는 에리코와 유키호에게 말했었다. 옷은 벗겨졌지만 몸은 더럽혀지지 않았다고.

당시에는 그런 일이 과연 가능할까 생각했는데 같은 일을 당하고 보니 그런 일도 있을 수 있다는 것을 알게 되었다. 그리고 자신의 경우도 다른 사람들은 믿지 않을 것이라는 생각이 들었다.

"빨리 기운 차려. 내가 도와줄게."

유키호는 그렇게 말하고 에리코의 손을 꼭 잡았다.

"고마워. 유키호밖에 믿을 사람이 없네."

"그래, 내 옆에 있으면 괜찮아."

유키호가 그렇게 말하고서 고개를 끄덕이는데 텔레비전에서 아나운서의 목소리가 들렸다.

"은행 계좌의 예금이 본인도 모르게 인출되는 사건이 있었습니다. 피해를 당한 사람은 도쿄 도 내에 사는 회사원으로, 이달 10일 은행 창구에서 현금을 찾으려다가 약 200만 엔의 잔액이 모두 없어진 것을 발견했습니다. 계좌를 추적한 결과, 4월 22일까지 산쿄 은행 후추 지점에서 총 일곱 번에 걸쳐 현금 카드로 현찰이 인출된 것으로 밝혀졌습니다. 피해를 당한 회사원은 은행 직원의 권유에 따라 1979년경 현금 카드를 만들었는데, 지금까지 한 번도 사용한 적이 없으며 카드는 사무실 책상 속에 그대로 들어 있었다는 것입니다. 경찰은 범인이 카드를 위조했을 가능성이 있다고 보고 수사를……"

유키호가 텔레비전 스위치를 껐다.

6
장

1

사람들 눈에 띄지 않게 심호흡을 한 번 하고 소노무라 도모히코는 자동문 안으로 들어섰다.

무심결에 머리에 손을 댈 뻔했다. 가발이 비뚤어질까 봐 신경이 쓰인 것이다. 하지만 절대로 그래서는 안 된다고 기리하라 료지에게 단단히 주의를 듣고 왔다. 안경도 마찬가지였다. 필요 이상 만지작거리면 변장 도구라는 게 들통날 수 있다고 했다.

산쿄 은행 다마쓰쿠리 출장소에는 현금 인출기가 두 대 설치되어 있었다. 그중 한 대는 다른 사람이 사용 중이었다. 보라색 원피스를 입은 중년 여자다. 인출기 사용에 익숙하지 않은지 조작이 몹시 굼떴다. 때로 주위를 두리번거리는 폼이, 설명해 줄 만한 사람을 찾고 있는 듯했다. 그러나 주위에는 아무도 없었다.

이 뚱뚱한 중년 여자가 자신에게 도움을 청하지는 않을까 싶어 도모히코는 조마조마 했다. 그렇게 되면 오늘 계획은 일단 중지해야 한다.

다른 손님이 없었으므로 언제까지나 이렇게 서성거릴 수도 없었다. 어떻게 할까. 포기하고 걸음을 되돌려야 하나. 그러나 한시라도 빨리 '실험'을 해 보고 싶은 욕구도 적지 않았다.

그는 비어 있는 기계 쪽으로 천천히 다가갔다. 중년 여자가 빨리 사라져 주기를 바랐지만 그녀는 여전히 조작 패널 쪽으로 고개를 기울이고 있었다.

도모히코는 가방을 열고 그 안에 손을 집어넣었다. 손가락 끝에 카드가 만져졌다. 그것을 집어 꺼내려고 했을 때였다.

"저⋯⋯."

옆에 선 여자가 느닷없이 말을 걸었다.

"입금을 하고 싶은데 아무리 해도 잘 안 되네요."

도모히코는 카드를 얼른 가방 안에 도로 넣었다. 그리고 여자 쪽은 보지도 않은 채 고개를 숙이고 손만 살짝 흔들었다.

"몰라요? 누구나 쉽게 할 수 있다고 하던데."

여자는 도모히코가 대답을 안 하는데도 계속 집요하게 물어 댔다. 도모히코도 계속 손을 흔들었다. 말을 할 수는 없었다.

그때였다.

"아니, 뭘 하는데 그렇게 오래 걸려?"

입구 쪽에서 다른 여자의 목소리가 들렸다. 중년 여자의 동행인 듯했다.

"서둘러, 이러다 늦겠어."

"그것참, 이상하네. 잘 안 돼. 너는 해 본 적 있어?"

"어, 그거? 못하지. 난 그런 기계 아예 안 만져."

"나도 못하겠어."

"그럼 다음에 다시 와서 창구에서 넣지그래? 급한 것도 아니잖아."

"그렇긴 한데, 우리 집에 드나드는 은행원이 기계 쪽이 훨씬 편리하다고 했거든. 그래서 카드도 만들었고."

중년 여자는 결국 포기하고 돌아섰다.

"그건 말이지, 손님에게 편리하다는 뜻이 아니라 은행이 사람을 덜 써도 된다는 얘기야."

"정말 그런가 봐. 내 참 기가 막혀서. 뭐가 앞으로는 카드 시대라는 건지."

중년 여자는 투덜거리면서 은행을 나갔다.

도모히코는 살짝 한숨을 내쉬고는 다시 가방에 손을 넣었다. 다른 사람에게 빌린 핸드백이었다. 요즘 유행하는 제품인지 어떤지는 알 수 없다. 다만 지금 자신의 모습이 요즘 여성으로서 이상하지는 않은지, 그 점이 줄곧 신경 쓰였다. 기리하라 료지는 "더 이상한 여자도 당당하게 걸어 다녀." 라고 했지만 말이다.

그는 천천히 카드를 꺼냈다. 크기나 형태는 산쿄 은행의 현금 카드와 똑같지만 아무것도 인쇄되어 있지 않고 자기 테이프만 달랑 붙어 있는 카드다. 따라서 가능한 한 방범 카메라에 손이 찍히지 않도록 주의를 기울일 필요가 있다.

도모히코는 키보드를 훑어본 뒤 '현금 인출' 버튼을 눌렀다. 그러자 '카드를 삽입구에 넣으세요.' 라고 쓰인, 가로로 긴 램프가 깜빡거렸다. 그는 심장이 쿵쿵 뛰는 것을 느끼며 손에 쥔 하얀 카드를 재빨리 카드 삽입구에 밀어 넣었다.

기계는 아무런 거부 반응을 보이지 않고 카드를 스르륵 빨아들였다. 이어 비밀 번호를 요구하는 표시가 떴다.

지금이 고비로군, 하고 그는 생각했다.

키보드의 숫자 버튼에서 4, 1, 2, 6을 차례로 눌렀다. 그리고 확인 버튼.

잠시 시간적인 공백이 있었다. 그 순간이 몹시 길게 느껴졌다. 기계가 조금이라도 이상한 반응을 보이면 곧장 자리를 떠야 한다.

그런데 기계는 전혀 의심하는 기색 없이 인출할 금액을 물었다. 도모히코는 펄쩍 뛰어오르고 싶은 것을 간신히 참고 2, 0, 만, 엔, 이라는 버튼을 차례로 눌렀다.

몇 초 후 그는 만 엔짜리 지폐 스무 장과 명세서를 손에 넣었다. 그리고 하얀 카드를 회수한 후 서둘러 은행을 빠져나왔다.

길이가 무릎 아래까지 오는 주름치마가 다리에 휘감겨 걷기가 힘들었다. 그래도 부자연스럽게 보이지 않도록 주의하며 걸었다. 은행 앞 도로는 버스가 다니고 교통량이 많지만 보도에는 사람이 많지 않았다. 그나마 다행이었다. 화장을 해서 어색한 얼굴이 풀이라도 바른 것처럼 뻣뻣했다.

20미터쯤 떨어진 길에 승합차가 서 있었다. 도모히코가 다가가자 안쪽에서 조수석 문이 열렸다. 도모히코는 잠시 주변을 살핀 뒤 치맛자락을 살짝 들면서 올라탔다.

기리하라 료지는 읽고 있던 만화 잡지를 덮었다. 그 잡지는 도모히코가 산 것이다. 거기에 연재되고 있는 '시끌별 녀석들'이라는 만화에 등장하는 라무 짱이 마음에 들었기 때문이다.

"결과는?"

시동을 걸면서 기리하라 료지가 물었다.

"여기."

도모히코는 20만 엔이 든 봉투를 들어 보였다. 기리하라 료지는 봉투를 힐끔 보고 나서 기어를 저단에 넣고 차를 출발시켰다. 표정에 별다른 변화가 없었다.

"우리의 수수께끼 풀이가 잘못되지는 않았나 보군."

시선을 앞으로 향한 채 기리하라가 말했다. 말투 역시 들뜬 기색이 없다.

"하기야 자신은 있었지만."

"자신은 있었지만 돈이 나왔을 때는 나도 모르게 몸이 떨리더라."

도모히코가 무릎 안쪽을 긁적거리며 말했다. 스타킹을 신은 다리가 몹시 가려웠다.

"방범 카메라는 조심했겠지."

"걱정 마. 절대 얼굴을 들지 않았으니까. 다만……."

"다만, 뭐?"

기리하라가 곁눈으로 도모히코를 보았다.

"이상한 아줌마가 있어서 조금 위험했어."

"이상한 아줌마?"

"응."

도모히코는 현금 인출기 앞에서 있었던 일을 그에게 얘기했다. 기리하라의 얼굴빛이 순식간에 흐려졌다. 다음 순간 그는 급브레이크를 밟으면서 길가에 차를 세웠다.

"야! 애초에 주의를 줬잖아, 조금이라도 꺼림칙한 일이 있으면 바로 철수하라고."

"물론 그랬지만 그 정도는 괜찮겠다 싶어서……."

도모히코의 목소리가 자신도 모르게 떨려 나왔다.

그러자 기리하라가 도모히코의 옷깃을 움켜잡았다. 여자용 블라우스의 옷깃이었다.

"네 멋대로 판단하지 마. 나는 목숨 걸고 하는 일이란 말이야. 너 하나만 잡혀 들어가면 되는 일이 아니라고."

그는 눈을 부라렸다.

"얼굴은 보여 주지 않았어."

도모히코가 컥컥거리는 소리로 말했다.

"목소리도 내지 않았고. 정말이야. 그러니까 내 정체를 절대 알 수 없다니까."

기리하라는 혀를 차며 도모히코의 옷깃을 놓아주었다.

"너, 바보야?"

"뭐라고?"

"내가 뭣 때문에 너한테 그런 꼴을 하라고 했겠어?"

"그야, 이건 변장……이잖아."

"그래, 그런데 누구의 눈을 속이기 위한 변장이냔 말이야. 은행과 경찰의 눈이잖아. 위조 카드가 사용되었다는 걸 알면 그들은 맨 먼저 방범 카메라를 조사하겠지. 그리고 지금 네 모습이 찍힌 걸 보고서 열이면 열 여자라고 생각할 거야. 남자치고는 선이 가는 편이고 학교에 팬클럽이 생길 정도로 예쁘니까."

"그러니까 카메라에는……."

"카메라에는 그 말 많은 아줌마도 찍혔을 거 아니야. 경찰은 그 중년 여자를 찾으려 들겠지. 그 여자를 찾아내는 건 간단해. 옆에 있는 기계를 만지작거렸으니까 그 기계에도 기록이 남아 있을 거라고. 그리고 찾아내면 그 여자에게 묻겠지. 그때 옆에 있던 여자에 대해 뭔가 기억나는 게 없느냐고. 그 아줌마가 '그 사람은 여장 남자였다'고 하면 어쩔 거야? 애써 변장한 게 다 물거품이 되는 거잖아."

"그건 진짜로 걱정하지 마. 그 아줌마는 아무것도 눈치채지 못했으니까."

"그걸 어떻게 장담할 수 있어? 여자란 쓸데없이 다른 사람 관찰하기를 좋아하는 동물이라고. 어쩌면 네가 들고 있던 핸드백의 상표까지 기억하고 있을지도 모른단 말이야."

"설마……."

"그럴 가능성도 있다는 얘기야. 설사 아무것도 기억하지 못한다 해도 그건 운이 좋아서일 뿐이야. 이런 일을 하는 이상 그런 행운을 기대해서는 안 돼. 이건 네가 예전에 옷 가게에서 물건을 슬쩍하던 것과는 차원이 다르다고."

"……알았어. 미안해."

도모히코는 고개를 숙였다.

기리하라는 길게 숨을 내뱉고서 다시 기어를 넣었다. 그리고 천천히 차를 출발시켰다.

"하지만."

도모히코가 주뼛거리며 입을 열었다.

"그 아줌마는 정말로 걱정할 필요 없어. 자기 일 때문에 정신이 하나도 없었으니까."

"너의 직감이 옳다 해도 변장한 의미가 없어진 건 확실해."

"그건 또 왜?"

"아무 소리도 안 했다며, 일절?"

"응, 그게 왜?"

"그러니까 잘못된 거야."

기리하라가 나지막한 소리로 말했다.

"그렇게 집요하게 물어보는데 아무 대답도 안 하는 사람이 어디 있어? 뭔가 이유가 있으니까 말을 하지 않는 거라고 경찰은 판단할 거야. 그 결과, 여장을 한 게 아닐까 하는 의견이 나올 거고. 그 시점에서 변장은 무용지물이 되는 거야."

도모히코는 대꾸할 말이 없었다. 틀린 말이 아니라고 생각했기 때문이다. 역시 그때 곧장 돌아 나왔어야 했다고 후회했다. 기리하라의 말이 백번 옳았다. 조금만 생각해 보면 알 수 있는 일이었다. 그럼에도 거기까지 생각이 미치지 못한 자신의 어리석음에 화가 났다.

"미안해."

도모히코는 기리하라의 옆얼굴을 향해 다시 한 번 사과했다.

"이런 얘기는 두 번 다시 하지 않을 테니까 그렇게 알아."

"알았어."

기리하라가 같은 실수를 두 번 다시 용서하지 않으리라는 것은 충분히 알고 있었다.

도모히코는 운전석과 조수석 사이의 좁은 틈을 불편한 자세로 빠져나왔다. 그리고 짐칸에 놓아둔 종이봉투 안에서 자신의 옷을 꺼내 차의 흔들림을 견디며 갈아입기 시작했다. 팬티스타킹을 벗을 때는 묘한 해방감을 느꼈다.

큰 사이즈의 여자 옷과 구두, 핸드백, 가발, 안경, 화장품 등 변장에 필요한 물품들은 모두 기리하라가 조달했다. 어디에서 어떻게 구했는지는 절대 알려 주려 하지 않았다. 도모히코도 묻지 않았다. 기리하라에게는 다른 사람이 절대 범접해서는 안 되는 영역이 많다는 것을 도모히코는 지금까지의 경험을 통해 뼈저리게 느끼고 있었다.

옷을 다 갈아입고 화장을 지웠을 무렵 승합차가 지하철역 근처에 멈췄다. 도모히코는 내릴 준비를 했다.

"저녁때 사무실에 들러."

기리하라가 말했다.

"그래, 알고 있어. 그럴게."

도모히코는 문을 열고 차에서 내렸다. 그리고 승합차가 떠나는 것을 확인한 후 지하철역 계단을 내려가기 시작했다. 계단 벽에 '기동 전사 건담' 포스터가 붙어 있었다. 보러 가야 하는데, 하고 그는 생각했다.

2

고전압 공학 강의는 졸렸다. 출석을 부르지 않는 데다 시험 때 커닝이 가능하다는 소문이 난 탓에 쉰 명 이상 앉을 수 있는 강의실에 열 명 남짓한 학생이 앉아 있을 뿐이었다. 도모히코는 앞에서 두 번째 줄 의자에 앉아, 때로 의식이 가물가물해지려는 것을 참으며 백발의 조교수가 느릿한 말투로 강의하는 아크 방전과 글로 방전의 메커니즘을 노트에 필기했다. 손이라도 움직이지 않으면 이내 책상에 푹 고꾸라지고 말 것 같았다.

소노무라 도모히코는 착실한 학생으로 통했다. 적어도 신와 대학 공학부 전기공학과에서는 다들 그렇게 알고 있다. 실제로 그는 수강 신청을 한 강의에는 빠짐없이 출석하고 있었다. 그가 땡땡이를 치는 과목은 법학이나 예술학, 일반심리학 등 전기공학과는 무관한 교양 과목뿐이다. 아직 2학년인 그의 커리큘럼에는 그런 과목도 여럿 있다.

도모히코가 전공과목 강의를 착실하게 듣는 이유는 하나다. 기리하라 료지가 그러라고 했기 때문이다. 사업을 위해서라고 했다.

애당초 도모히코가 전기공학과를 선택한 것도 기리하라의 영향이 작지 않았다. 고등학교 3학년 1학기까지 이과 성적이 좋았기 때문에 공학부나 자연계로 진학할 생각을 하고 있었지만 학과까지는 결정하지 못한 상태였다. 그런 그에게 기리하라가 이렇게 말했다.

"앞으로는 컴퓨터의 시대야. 네가 그 방면의 지식을 습득하면 내게도 도움이 될 거다."

그 무렵 기리하라는 예의 게임 프로그램 통신 판매 사업으로 꽤 성과를 올리고 있었다. 도모히코도 프로그램 개발 등으로 그를 거들었다. 기리하라가 도움이 될 거라고 말한 것은 자신의 사업을 꾸려 가는 데 그럴 거라는 뜻이었다.

기리하라의 말에 도모히코는 "그럴 거면 네가 그쪽으로 진학하는 게 낫지 않아?"라고 물었다. 기리하라도 도모히코 못지않게 이과 성적이 좋았기 때문이다.

하지만 그때 그는 뺨을 살짝 일그러뜨리며 쓴웃음을 지었다.

"대학에 갈 여유가 있으면 이런 장사를 하겠냐."

그 말에 도모히코는 그가 대학에 가지 않는다는 것을 처음으로 알았다. 동시에, 그렇다면 자신이 전기나 컴퓨터 관련 지식을 습득해야겠다고 결심했다. 그저 막연하게 진로를 결정하는 것보다 누군가에게 도움이 되겠다는 목적을 가지고 결정하는 편이 진학하는 의미도 크다고 생각했다.

또한 도모히코에게는 기리하라에게 몇 년이 걸리든 반드시 갚아야 하는 빚이 있다. 고등학교 2학년 여름의 그 사건은 지금도 그의 마음속 깊은 곳에 상처로 남아 있었다.

그런 이유로 도모히코는 전공과목 강의를 가능한 한 착실하게 듣기로 결심했는데, 놀랍게도 자신이 노트에 정리한 것을 기리하라는 정말로 열심히 공부하는 것이었다. 노트 내용을 이해하기 위해 전문 서적을 옆에 두고 읽기도 했다. 기리하라는 신와 대학의 강의를 한 번도 들은 적이 없지만 그 강의 내용을 가장 잘 이해한 사람임에 틀림없었다.

그런 기리하라가 요즘 관심을 보이는 것이 있었다. 현금 카드나 신용 카드 등의 이른바 자기 카드다.

처음 거기에 손을 댄 것은 도모히코가 대학에 입학한 지 얼마 안 되었을 때였다. 계기는 도모히코가 학교 내에서 어떤 장치를 목격한 것이다. 그것은 자기 테이프에 저장된 정보를 읽어 내거나 그 정보를 변환할 수 있는 장치로, 엔코더라고 불렸다.

그 장치에 대해 얘기하자 기리하라의 눈빛이 달라졌다. 그리고 이렇게 말했다.

"그걸 사용하면 현금 카드도 복제할 수 있겠는데."

"그야 가능할지도 모르지만 복제해 봐야 무슨 의미가 있겠어. 현금 카드를 사용하려면 비밀 번호가 필요한데. 그래서 현금 카드를 잃어버려도 걱정이 없는 거잖아."

"비밀 번호라……."

기리하라는 한동안 말없이 무언가를 골똘히 생각했다.

그로부터 2, 3주 후 기리하라는 사무실에 카세트 라디오 크기의 종이 상자를 들고 나타났다. 상자 안에는 엔코더가 들어 있었다. 자기 카드를 넣는 삽입구와 그 정보를 표시하는 패널이 있는 것이었다.

"그런 걸 용케 구했네."

도모히코의 말에 기리하라는 어깨를 들먹거리며 픽픽 웃었다.

그 중고 엔코더를 입수하고 얼마 안 있어 기리하라는 현금 카드 한 장을 위조했다. 그 카드의 원본이 누구 것인지는 도모히코도 모른다. 카드가 기리하라의 손에 있었던 것이 불과 몇 시간에 지나지 않았기 때문이다.

기리하라는 그것으로 이십여만 엔의 돈을 두 번에 걸쳐 인출했다고 한다. 놀라운 것은 그가 자기 카드에 입력된 정보로부터 비밀 번호를 해독해 냈다는 점이다.

그런데 거기에는 약간의 사전 단계가 있었다. 실은 엔코더를 손에 넣기 전에 기리하라는 이미 자기 카드의 패턴을 읽는 데 성공했던 것이다.

특별한 기계 장치도 없이 어떻게 패턴을 해독했을까. 어느 날 기리하라가 그 방법을 실제로 보여 줬다. 그것은 그야말로 콜럼버스의 달걀이었다.

그가 준비한 것은 고운 자석 분말이었다. 그는 그것을 카드의 자기 테이프 부분에 뿌렸다. 다음 순간 도모히코는 어, 하고 소리를 내지르고 말았다.

자기 테이프 위에 가느다란 줄무늬가 드러났던 것이다.

"결국은 모스 부호랑 같은 거야."

기리하라가 말했다.

"비밀 번호를 알고 있는 카드에 이런 작업을 해 본 결과 패턴의 의미를 읽을 수 있게 됐어. 그럼 반대로, 비밀 번호를 모르더라도 패턴만 만들어지면 해독할 수 있다 이거지."

"그러니까 줍거나 훔친 현금 카드도 이렇게 자석 분말을 뿌리면……."

"사용할 수 있다는 거지."

"어떻게 이런……."

도모히코는 어처구니가 없어서 말이 나오지 않았다.

그런 그의 모습이 우스웠는지 기리하라가 오랜만에 정말로 유쾌하게 웃었다.

"웃기는 얘기지, 이런 게 뭐가 안전하다는 건지. 은행에서는 통장과 도장을 반드시 따로 보관하라고 하는데, 현금 카드는 금고랑 열쇠가 같이 있는 거나 마찬가지잖아."

"이래도 괜찮다고 생각하는 걸까?"

"아마 관계자 중 일부는 알고 있을 거야. 이게 상당히 위험한 물건이라는 사실을. 하지만 이젠 빼도 박도 못하게 됐으니 입 다물고 있는 거지. 조마조마해하면서 말이야."

기리하라는 또 소리 내어 웃었다.

그러나 그는 이 비밀스러운 기술을 당장은 사용하려 들지 않았다. 본업인 마이컴 프로그램 제작이 바쁘기도 했지만 무엇보다 남의 카드를 쉽게 구할 수 없었기 때문이다. 딱 한 번, 엔코더를 입수한 직후에 누군가의 현금 카드를 복제했을 뿐이다. 한동안 그가 카드 얘기를 하는 일은 없었다.

그런데 올해 들어 기리하라가 이런 얘기를 했다.

"생각해 보니 굳이 남의 카드를 구할 필요가 없겠더라고."

좁은 사무실에서 낡은 테이블을 사이에 두고 앉아 인스턴트커피를 마시고 있을 때였다.

"무슨 뜻이지?"

"요컨대 필요한 건 실제로 있는 계좌 번호지 비밀 번호가 아니야. 생각해 보니까 당연한 거더라고."

"무슨 소린지 잘 모르겠는걸."

"그러니까 말이야."

기리하라는 의자에 기대어 앉더니 테이블에 다리를 얹었다. 그리고 주위에 있던 명함 하나를 집어 들었다.

"이걸 현금 카드라고 하자. 이 카드를 기계에 넣으면 기계는 자기 테이프에 기록돼 있는 각종 정보를 읽어들이겠지. 그중에는 계좌 번호와 비밀 번호도 있고. 당연한 얘기지만 기계는 카드를 넣은 사람이 카드 소유자 본인인지 아닌지는 몰라. 그러니 그걸 판단하기 위해 비밀 번호를 누르라는 거지. 자기 테이프에 기록돼 있는 번호와 같은 숫자가 입력되면 의심하지 않고 돈을 뱉어 내. 그렇다면 아무것도 기록돼 있지 않은 백지 상태의 자기 테이프를 가져와서 거기에 계좌 번호 등 필요한 사항을 기록하고 마지막으로 적당한 비밀 번호를 입력하면 되지 않을까 싶은 거지."

"아……!"

"그렇게 만들어진 카드는 물론 진짜 카드와는 내용이 달라. 비밀 번호가 다르니까. 하지만 기계는 그걸 판정할 능력이 없어. 기계가 확인하는 것은 자기 테이프에 기록된 번호와 인간이 누르는 번호가 일치하느냐 하는 것뿐이니까."

"그럼 실제로 존재하는 계좌 번호만 알면……."

"얼마든지 현금 카드를 위조할 수 있다는 얘기지. 가짜지만 돈은 틀림없이 인출할 수 있는."

기리하라는 입술을 일그러뜨리며 미소 지었다.

도모히코는 온몸에 소름이 돋았다. 기리하라의 말이 결코 꿈 같은 얘기만은 아니라는 것을 이해했기 때문이다.

그때부터 두 사람은 가짜 카드를 만들기 시작했다.

우선 카드에 기록돼 있는 코드를 다시 한 번 분석해 보았다. 그 결과 개시 부호, ID 코드, 승인 코드, 비밀 번호, 은행 코드순으로 배열되어 있다는 것을 밝혀냈다.

그다음으로 은행 쓰레기통에 버려진 계좌 이용 명세서를 여러 장 주워 거기에 기록된 계좌 번호와 대충 정한 비밀 번호를 앞에서 밝혀낸 규칙성에 따라 76자리 숫자와 알파벳으로 변환했다. 그리고 그것을 엔코더를 이용해 자기 테이프에 입력한 다음 플라스틱 카드에 붙이면 완성이었다.

조금 전 도모히코가 현금 인출에 성공한 하얀 카드가 그 완성품 제1호였다. 여러 장 주운 이용 명세서 중에서 잔액이 가장 많은 계좌를 선택했다. 그러는 편이 쉽게 발각되지 않을 거라는 기리하라의 의견에 따른 것이다. 도모히코도 같은 생각이었다.

범죄임에는 틀림없지만 도모히코에게는 죄책감이 없었다. 그 이유 중 하나는 위조 카드를 만드는 과정이 마치 게임 같았기 때문인지도 모른다. 그리고 돈을 훔치려는 대상이 전혀 보이지 않는 탓도 있을 것이다. 그러나 무엇보다 기리하라의 다음과 같은 말이 머릿속에 각인돼 있는 것이 큰 이유였다.

"떨어져 있는 것을 줍는 것과 그냥 놓고 간 것을 가지는 게 뭐가 다르지? 돈이 든 가방을 멍청하게 놓고 가는 인간이 나쁜 거지. 안 그래? 이 세상은 빈틈을 보이는 쪽이 지게 돼 있어."

414

도모히코는 이 말을 들을 때마다 전율과 함께 가슴 설레는 쾌감을 느꼈다.

3

강의가 끝나자 도모히코는 곧장 사무실로 향했다. 사무실이라고 해 봐야 간판 따위를 내걸고 있는 것은 아니고 낡은 아파트 하나를 이용하고 있을 뿐이다.

그래도 도모히코에게는 온갖 추억이 서려 있는 곳이다. 처음 왔을 때는 자신이 이곳을 이런 식으로 드나들게 될 줄 꿈에도 몰랐다.

304호 앞에 이르자 그는 자신의 보조 열쇠로 문을 열었다. 안으로 들어서면 곧바로 부엌이 나온다. 기리하라는 작업대 앞에 앉아 있었다.

"일찍 왔네."

기리하라가 도모히코 쪽으로 몸을 틀며 말했다.

"끝나고 곧장 왔으니까."

신발을 벗으면서 도모히코가 대답했다.

"서서 먹는 메밀국수 집이 만원이어서 들어갈 수가 없었어."

작업대 위에 NEC의 PC 8001 컴퓨터가 놓여 있었다. 그 녹색 화면에 글자가 줄지어 떠 있는 것이 보였다. 오늘은 맑음. 안녕하세요? 야마다 타로입니다…….

"워드 프로세서야?"

도모히코가 기리하라 뒤에 선 채 물었다.

"응, 칩과 소프트웨어가 도착했어."

기리하라는 양손을 능숙하게 놀리면서 키보드를 두드렸다. 자판에는 알파벳이 쓰여 있었지만 화면에 표시되는 것은 일본어의 히라가나다. 즉, 알파벳 MAL을 차례로 누르자 '말'이라는 글자가 표시된 것이다. 그리고 기리하라가 스페이스 키를 누르자 컴퓨터에 연결된 디스크 드라이브가 딸깍, 소리를 내더니 화면 오른쪽 아래 귀퉁이에 馬와 牛라는 한자가 나타났다. 각각의 한자에는 1과 2의 번호가 붙어 있었다. 기리하라가 1번 키를 누르자 다시 디스크 드라이브가 작동하는 소리가 나고 '말'이 '馬'로 바뀌었다. 이어 그는 사슴이라는 글자를 썼다. 그리고 똑같은 방법으로 '鹿'이라는 한자로 변환시켰다. 그렇게 해서 바보라는 뜻의 '馬鹿(바카)'이 완성되었다. 시간은 10초가량 걸렸다.

도모히코는 피식 웃고 말았다.

"손으로 쓰는 게 훨씬 빠르겠다."

"프로그램이 플로피 디스크에 들어 있어서 변환할 때마다 일일이 불러내는 방식을 사용할 수밖에 없으니까 시간이 걸리는 것도 당연해. 프로그램 전체를 메모리에 저장한다면 속도가 빨라질 거야. 아무튼 이 컴퓨터로는 여기까지가 한계지. 그렇긴 해도 플로피는 정말 대단해."

"앞으로는 플로피인가."

"당연."

도모히코는 고개를 끄덕이고 나서 디스크 드라이브로 시선을 돌렸다. 지금까지는 프로그램 입력과 출력에 주로 카세트테이프를 사용했다. 그러나 카세트테이프는 기억 용량이 적고 입출력에 시간이 많이 걸린다. 플로피 디스크를 사용하면 속도와 기억 용량 모두 한 단계 상승한다.

"문제는 소프트웨어인데 말이야."

기리하라가 중얼거렸다.

도모히코는 또 한 번 고개를 끄덕이고 책상 위에 놓여 있던 5인치짜리 플로피 디스크를 집어 들었다. 기리하라의 생각이 손에 잡힐 듯이 이해되었다.

컴퓨터 게임 프로그램을 통신 판매 했을 때도 반응이 엄청났다. 어느 날을 기점으로 현금이 들어 있는 등기 우편이 수북하게 쌓이기 시작했다. 물론 게임 소프트웨어 주문서와 그 대금이었다. '반드시 히트 칠 것'이라고 했던 기리하라의 예상이 적중한 것이다.

그 후 한동안은 매출이 호조를 보였다. 수익도 상당히 올렸을 것이다. 그러던 것이 요즘 들어 침체 상태에 빠졌다. 경쟁 상대가 늘어난 탓도 있지만 가장 큰 요인은 저작권 문제였다.

지금까지는 인베이더 게임 등 인기 소프트웨어의 해적판을 당당히 광고까지 해 가며 팔았지만 이제 그러기가 힘들어진 것이다. 복제 소프트웨어를 단속하려는 움직임이 있어 어떤 회사는 소송에 걸렸고 기리하라의 '회사'에도 경고장이 날아 왔다.

기리하라는 '재판까지 가면 아마 프로그램 복제는 인정되지 않을 것'이라고 예상했다. 그 근거는 1980년 미국에서 단행된 저작권법 개정이었다. 개정된 법은 '프로그램은 작성자 개인의 독자적인 학술적 사상의 창작적인 표현이며 저작물이다.'라고 명시했다.

복제 프로그램의 판매가 인정되지 않는다면 이 장사로 살아남기 위해서는 독자적으로 프로그램을 개발하는 수밖에 없다. 하지만 그럴 만한 자금이나 노하우가 기리하라와 도모히코에게는 없었다.

"아, 맞다. 이걸 줘야지."

기리하라가 생각났다는 듯 주머니에서 봉투를 꺼냈다.

도모히코가 내용물을 보니 만 엔짜리 여덟 장이 들어 있었다.

"오늘의 보수. 네 몫이야."

도모히코는 봉투를 버리고 지폐만 청바지 주머니에 쑤셔
넣었다.

"그건 앞으로 어떻게 할 거야?"

"그거라니?"

"그러니까……."

"현금 카드 말이야?"

"응."

"글쎄."

기리하라가 팔짱을 끼었다.

"그 수법으로 한밑천 챙기려면 서두르는 게 좋지. 꾸물거리
는 사이에 대응책이 나올 테니까."

"대응책이라면…… 제로 비밀 번호 시스템 말이야?"

"그렇지."

"하지만 그 방법은 비용이 많이 들어서 대부분의 금융 기관
이 꺼린다고……."

"현금 카드의 결점을 우리만 알고 있다고 생각해? 얼마 안
있으면 오늘 우리가 한 일이 전국적으로 발생할 거야. 그렇
게 되면 아무리 인색한 은행이라도 비용에 대해 이러쿵저러
쿵하고 있을 수만은 없지. 당장 바꿀 거라고."

"그렇군."

도모히코는 한숨을 쉬었다.

제로 비밀 번호 시스템이란 현금 카드의 자기 테이프에 비밀 번호를 기록하지 않는 방식을 말한다. 그 대신 고객의 비밀 번호는 중앙 컴퓨터에 기록해 둔다. 즉 이용자가 카드를 사용할 때마다 현금 인출기는 일일이 중앙 컴퓨터에 문의해서 비밀 번호가 맞는지 확인하는 것이다. 그렇게 되면 이번에 기리하라와 도모히코가 했던 방식의 현금카드 위조는 아무런 의미가 없게 된다.

"그렇다고 오늘 같은 일을 계속 반복하는 것도 위험하지. 방범 카메라는 속일 수 있다 해도 어디서 꼬리가 잡힐지 모르니까 말이야."

"하긴, 자신도 모르게 은행 잔고가 줄어들면 누구라도 경찰에 신고하겠지."

"요는 위조 현금 카드가 사용됐다는 사실조차 발각되지 않으면 좋은데."

기리하라가 거기까지 말했을 때 현관 벨이 울렸다. 둘은 얼굴을 마주 보았다.

"나미에 씨인가."

도모히코가 말했다.

"오늘은 오지 않는다고 했어. 그리고 아직 일이 끝날 시간도 아니잖아."

기리하라가 시계를 보면서 고개를 갸웃거렸다.

"아무튼 좀 나가 봐."

도모히코가 현관문 안쪽에 서서 렌즈를 통해 바깥쪽 상황을 살폈다. 회색 작업복을 입은 남자가 혼자 서 있었다. 나이는 서른 전후로 보였다.

도모히코는 도어체인을 풀지 않은 채 문을 빠끔히 열었다.

"무슨 일이죠?"

"환기구 점검입니다."

남자가 무표정하게 말했다.

"지금요?"

남자는 말없이 고개만 끄덕거렸다. 거참, 무뚝뚝하기도 하군. 그렇게 생각하면서 도모히코는 일단 문을 닫았다. 그리고 도어체인을 풀고서 다시 문을 열었다.

그런데 밖에 서 있는 남자는 한 명이 아니었다. 감색 윗도리를 입은 덩치 큰 남자와 녹색 양복을 입은 젊은 남자가 다가섰다. 작업복을 입은 남자는 뒤로 물러났다. 도모히코는 순간적으로 위험을 감지하고 문을 닫으려고 했다. 그러나 덩치 큰 남자가 가로막는 바람에 실패로 돌아갔다.

"실례 좀 해야겠는데."

"뭡니까, 당신들?"

도모히코가 외쳤지만 남자는 들은 척도 하지 않고 현관으로 들이닥쳤다. 그 넓은 어깨에 도모히코는 그만 떠밀리고 말았다. 양복에 감귤류의 냄새가 배어 있는 것 같았다.

덩치 큰 남자에 이어 녹색 양복을 입은 젊은 남자도 들어왔다. 젊은 남자의 오른쪽 눈썹 옆에는 상처를 꿰맨 흉터가 있었다.

기리하라가 의자에 앉은 채 남자에게 "누구시죠?"라고 물었다.

그러나 덩치 큰 남자는 대답하지 않았다. 그는 구두를 신은 채 들어와 실내를 두리번거리더니 조금 전까지 도모히코가 앉아 있던 의자를 끌어당겨 앉았다.

"나미에는?"

남자가 기리하라에게 물었다. 새까만 머리를 뒤로 바짝 빗어 넘긴 남자의 눈빛이 차갑게 빛났다.

"글쎄요."

기리하라는 고개를 삐딱하게 기울였다.

"그보다, 댁은 누구시죠?"

"나미에 어디 있어!"

"모르겠는데요. 그 사람에게 무슨 볼일이 있는 겁니까?"

남자가 기리하라의 질문을 무시한 채 녹색 양복 입은 젊은 남자에게 눈짓을 했다. 젊은 남자 역시 신발을 신은 채 들어오더니 거실을 가로질러 안쪽 방으로 들어갔다.

덩치 큰 남자가 작업대 위에 놓인 컴퓨터로 눈길을 돌렸다.

그리고 턱을 앞으로 쑥 내민 채 화면을 들여다보았다.

"뭐야, 이건?"

"워드 프로세서인데요."

"흐음."

남자는 이내 흥미를 잃었는지 다시 실내를 둘러보았다.

"벌이가 되나, 이런 일로?"

"잘만 하면요."

기리하라가 그렇게 대답하자 남자가 어깨를 흔들며 낮은 소리로 웃었다.

"아무래도 오빠들이 별로 잘나가지 못하는 것 같군. 응?"

기리하라가 도모히코 쪽을 보았다. 도모히코도 그를 마주 보았다.

안쪽 방에서는 젊은 남자가 종이 상자 속을 뒤지고 있었다. 그 방은 창고로 사용하는 곳이었다.

"니시구치 씨에게 볼일이 있는 겁니까?"

기리하라가 나미에의 성을 말했다.

"그렇다면 토요일이나 일요일에 다시 오셔야겠는데요. 평일에는 여기 오지 않아요."

"그런 건 다 알고 있어."

남자가 웃옷 안주머니에서 던힐 갑을 꺼냈다. 그리고 한 개비를 입에 문 다음 역시 던힐 라이터로 불을 붙였다.

"나미에에게서 연락은?"

남자가 한바탕 연기를 내뿜고 나서 물었다.

"오늘은 아직이에요. 전할 말이라도 있습니까?"

기리하라가 물었다.

"그 여자한테 전할 필요는 없어."

그러고서 남자는 담뱃재를 테이블 위에 떨려고 했다. 기리하라가 재를 받으려고 재빨리 자신의 왼손을 내밀었다.

남자가 한쪽 눈썹을 치켜세웠다.

"뭐하는 짓이야."

"여기는 전자 기기가 많아서 담뱃재가 날리면 안되거든요."

"그럼 재떨이를 내놓든가."

"재떨이가 없어요."

"호오."

남자가 입술을 일그러뜨리며 웃었다.

"그렇다면 네놈을 사용해야겠군."

그는 기리하라의 손바닥에 재를 떨었다.

그런데도 기리하라가 눈썹 하나 까딱하지 않자 남자는 "재떨이가 꽤 괜찮은데." 라며 이번에는 담뱃불을 기리하라의 손바닥에 비벼 껐다.

기리하라가 온몸의 근육을 긴장시키고 있다는 걸 도모히코는 금세 알아차렸다. 그러나 기리하라는 표정 하나 변하지 않고 왼손을 내민 채 남자의 얼굴을 빤히 노려보고 있었다.

"네놈의 근성을 보여 주겠다 이거야?"

남자가 물었다.

"별로요."

그러자 남자는 안쪽 방에 대고 "스즈키, 뭐 좀 찾았나?" 하고 소리쳤다.

"아니요, 아무것도 없는 것 같은데요."

스즈키라고 불린 젊은 남자가 대답했다.

"그래?"

덩치 큰 남자는 던힐 갑과 라이터를 주머니에 넣었다. 그리고 책상 위에 굴러다니던 볼펜을 집더니 펼쳐져 있던 워드 프로세서 취급 설명서의 한 귀퉁이에 무언가를 적었다.

"나미에게 연락이 오면 이리로 전화해. 전기상이라고 하면 알아들을 테니."

"댁의 성함은요?"

"내 이름은 알아서 뭐해."

그러고서 남자는 일어섰다.

"연락을 안 한다면요?"

기리하라가 묻자 남자는 웃으면서 코로 숨을 토해 냈다.

"연락을 왜 안 해. 그래 봐야 오빠들에게 득 될 일이 없을 텐데 말이야."

"니시구치 씨가 연락하지 말라고 할지도 모르잖아요."

"잘 들어, 이 애송이야."

남자가 기리하라의 가슴께를 가리켰다.

"연락을 하든 안 하든 네놈들에게 득 될 건 없어. 하지만 연락을 안 하면 확실히 손해는 있을 거야. 평생 후회해도 모자랄 만큼 큰 손해일지도 몰라. 자, 이제 어떻게 해야 할지 알아듣겠나?"

기리하라는 잠시 남자의 얼굴을 바라보다가 살짝 고개를 끄덕였다.

"알겠습니다."

"그럼, 그렇게 나와야지. 바보가 아니잖아?"

그리고 남자가 스즈키라는 젊은 남자에게 눈짓을 하자 스즈키가 방에서 나왔다.

남자는 자기 지갑에서 만 엔짜리 지폐 두 장을 꺼내 도모히코에게 내밀었다.

"치료비야."

도모히코가 잠자코 돈을 받아 드는데 손가락이 떨렸다. 남자가 그걸 봤는지 비웃듯 피식 웃었다.

남자가 나가자 도모히코는 문을 잠그고 도어체인을 걸었다. 그리고 기리하라를 돌아보았다.

"괜찮아?"

기리하라는 아무 대답 없이 안쪽 방으로 들어갔다. 그리고 창문 커튼을 열었다.

도모히코도 그의 옆으로 가서 창밖을 내려다보았다. 아파트 앞 도로에 까만 벤츠가 서 있었다. 잠시 후 좀 전의 남자들이 나타났다. 덩치 큰 남자와 스즈키라는 젊은 남자가 뒤 좌석에 올라타고 작업복을 입은 남자는 운전석에 앉았다.

벤츠가 움직이는 것을 보고 나서 기리하라가 말했다.

"나미에에게 전화해 봐."

도모히코는 고개를 끄덕이고 부엌에 있는 전화로 니시구치 나미에의 집에 전화를 걸었다. 그러나 벨만 울릴 뿐 받지 않았다. 수화기를 내려놓으면서 도모히코가 고개를 저었다.

"하긴, 집에 있다면 놈들이 여기까지 쳐들어올 리 없겠지."

기리하라가 말했다.

"그럼 은행에도 없다는 뜻이잖아."

나미에의 본래 직장은 다이토 은행 쇼와 지점이다.

"쉬고 있는지도 모르지."

기리하라는 소형 냉장고 문을 열고 얼음 통을 꺼내 싱크대에 통째로 쏟아붓고서 그중 한 개를 왼손에 쥐었다.

"손은 괜찮냐?"

"응, 별거 아냐."

"저 인간들 대체 뭐지? 야쿠자처럼 보이던데."

"아마 그럴 거야."

"그런데 왜 저런 놈들이 나미에 씨를……."

"글쎄."

기리하라는 얼음이 손바닥 안에서 다 녹자 또 하나를 손에 쥐었다.

"너는 일단 집으로 돌아가. 무슨 일이 생기면 연락할 테니까."

"너는 어떻게 할 생각인데?"

"나는 오늘 밤 여기서 잘 거야. 나미에가 연락할지도 모르니까."

"그럼 나도……."

"너는 돌아가."

기리하라가 자르듯이 말했다.

"아까 그놈들이 지켜보고 있을지도 모르잖아. 우리 둘 다여기서 자면 수상하게 여길 거야."

듣고 보니 맞는 말이었다. 도모히코는 하는 수 없이 집에가기로 했다.

"은행에서 무슨 일이 있었던 걸까?"

"글쎄."

기리하라가 화상 입은 왼손을 오른손으로 만졌다. 그러자갑자기 고통이 밀려오는지 얼굴을 찡그렸다.

4

소노무라 도모히코가 집에 들어갔을 때 그의 가족은 이미 저녁 식사를 끝낸 후였다. 전자 기기 회사에 다니는 아버지는 다다미방인 거실에서 프로 야구 중계를 보고 있고, 고등학생인 여동생은 자기 방에 틀어박혀 있었다.

최근 들어 부모님은 도모히코의 생활에 대해 전혀 간섭하지 않았다. 그들은 아들이 유명 대학의 전기공학과에 진학한 것을 기쁘게 생각했고, 여느 대학생들과 달리 성실하게 강의를 들으며 학점을 잘 취득하고 있는 것에 만족했다. 도모히코는 기리하라의 일을 거드는 것에 대해 컴퓨터 가게에서 아르바이트를 하고 있다고 설명했다. 물론 부모님이 반대할 이유가 없었다.

세 식구가 먹고 난 설거지를 하던 엄마가 식탁에 차려 준 것은 생선구이와 채소찜과 된장국이었다. 밥은 도모히코 스스로 펐다. 엄마의 손맛이 담긴 음식을 먹으면서 그는 기리하라가 저녁을 어떻게 했을까 생각했다.

알고 지낸 지 3년이 다 됐지만 도모히코는 기리하라의 성장 과정이나 가족에 대해 아는 바가 거의 없다. 그나마 아는 것이라고는 예전에 그의 아버지가 전당포를 했었고, 지금은 아버지가 돌아가시고 없다는 것 정도였다. 형제는 없고, 어머니는 살아 계신 것 같지만 같이 사는지 어떤지는 모른다. 친한 친구도 도모히코가 아는 한은 없다.

니시구치 나미에라는 여자에 대해서도 마찬가지다. 경리 직으로 있다는 것 정도만 알 뿐 사적인 얘기를 그녀의 입으로 들어 본 적이 없다. 은행에 다니는 것 같은데 무슨 일을 하는지도 구체적으로는 모른다.

그런 니시구치 나미에가 야쿠자에게 쫓기고 있다.

대체 무슨 일일까 궁금했다. 나미에의 조그맣고 동그란 얼굴이 떠올랐다.

저녁을 먹고 난 도모히코가 자기 방으로 가는데 거실 텔레비전에서 흘러나오는 뉴스가 귀에 들어왔다. 어느새 야구는 끝난 모양이다.

"오늘 오전 8시경, 쇼와 초 노상에서 중년 남성이 가슴 등에 피를 흘리며 쓰러져 있는 것을 행인이 발견, 경찰에 신고했습니다. 남성은 즉시 병원으로 옮겨졌으나 잠시 후 사망했습니다. 이 남성은 고노하나 구 니시쿠조에 사는 은행원인 마흔여섯 살 마나베 미키오 씨로, 가슴 등을 예리한 흉기에 찔린 것으로 경찰은 보고 있습니다. 행인이 마나베 씨를 발견하기 직전 현장 부근에서 식칼로 보이는 것을 손에 든 수상한 남자를 목격했다는 증언이 있어 경찰은 사건과 관련이 있을 것으로 보고 수상한 남자의 행방을 쫓고 있습니다. 마나베 씨는 현장

430

에서 100미터 정도 떨어져 있는 다이토 은행 쇼와 지점에 출근하던 길이었다고 합니다. 다음 소식은……"

중간쯤까지는 요사이 급증하고 있는 묻지 마 살인인가 생각했다. 그런데 마지막 부분을 들으며 도모히코는 그만 움찔했다. 다이토 은행 쇼와 지점, 바로 니시구치 나미에가 근무하는 은행이다.

도모히코는 급히 복도로 나가 수화기를 들었다. 그리고 초조한 마음으로 버튼을 눌렀다.

그런데 사무실에 있어야 할 기리하라가 전화를 받지 않았다. 벨이 열 번 울린 후 도모히코는 수화기를 제자리에 내려놓았다.

잠시 생각에 잠겨 있던 그는 거실로 돌아갔다. 아버지가 늘 10시 뉴스를 본다는 사실을 알고 있었기 때문이었다.

아버지와 나란히 앉은 그는 아버지가 말을 걸지 못하도록 뉴스 프로그램에 열중하는 척했다. 그의 아버지는 무슨 말만 나왔다 하면 아들의 장래와 연관시키는 버릇이 있다.

뉴스가 끝날 즈음에야 예의 사건이 나왔다. 그러나 그 내용은 조금 전에 들은 것과 거의 같았다. 뉴스 앵커는 이유 없는 묻지 마 살인의 일종이 아닐까 싶다는 의견을 피력했다.

전화벨이 울린 것은 그 직후였다. 도모히코는 반사적으로 엉덩이를 들었다. 내가 받을게, 하고서 복도로 나갔다.

그는 수화기를 들고 "네, 소노무라입니다."라고 대답했다.

"나야."

수화기 속에서 예상했던 목소리가 흘러나왔다.

"조금 전에 전화했었는데."

도모히코가 목소리를 낮추고 말했다.

"그래? 뉴스를 봤나 보군."

"응."

"나도 그 뉴스 방금 봤어."

"그 뉴스……라니?"

"설명하자면 길어. 그보다, 지금 좀 나올 수 있어?"

"뭐?"

도모히코가 거실 쪽을 돌아보았다.

"지금 바로?"

"그래."

"어떻게든 나갈 수는 있겠지만……."

"잠깐 나와 봐. 의논하고 싶은 일이 있어. 나미에에 관한 일이야."

"연락 왔어?"

수화기를 잡은 도모히코의 손에 힘이 들어갔다.

"지금 옆에 있어."

"어떻게 된 일이야?"

"설명은 나중에. 아무튼 곧장 와. 아, 사무실 말고 호텔로."

기리하라는 호텔 이름과 방 번호를 말했다.

그 순간 도모히코는 심경이 약간 복잡해졌다. 고등학교 2학년 때 예의 사건이 일어났던 호텔이었다.

"알았어. 곧 갈게."

방 번호를 다시 한 번 확인한 도모히코는 전화를 끊었다. 그리고 엄마에게는 아르바이트하는 컴퓨터 가게에 문제가 생겨서 가 봐야 한다고 말하고 집을 나섰다. 엄마는 전혀 의심하는 기색 없이 "고생이 많네."라고 대견한 듯 말했다.

서둘러 집을 나온 덕분에 전철이 끊기기 전에 탈 수 있었다. 도모히코는 하나오카 유코와 데이트하던 당시를 떠올리며 그때와 같은 길을 더듬어 갔다. 환승구도, 플랫폼에서 전철을 기다리는 자리도 씁쓸한 한편으로 그리움을 불러일으켰다. 그 유부녀가 그로서는 첫 여자였다. 그녀가 죽은 후로는 작년에 미팅에서 알게 된 모 여대생과 섹스를 하기 전까지 도모히코는 여자와 키스조차 해 본 적이 없었다.

그런 추억이 있는 호텔에 도착하자 그는 곧장 엘리베이터 홀로 향했다. 이 호텔 어디에 뭐가 있는지는 익히 알고 있었다.

20층에서 엘리베이터를 내리자 2015호실을 찾았다. 복도 맨 끝에 있었다. 도모히코는 방문을 노크했다.

"누구시죠?"

기리하라의 목소리였다.

"헤이안쿄 에일리언."

도모히코가 대답했다. 컴퓨터 게임의 이름이다.

문이 열렸다. 수염이 텁수룩한 기리하라가 들어오라는 듯 엄지손가락을 세워 안쪽을 가리켰다.

방은 트윈 룸이었다. 창문 근처에 테이블과 의자 두 개가 놓여 있다. 그중 하나에 체크무늬 원피스를 입은 니시구치 나미에가 앉아 있었다.

"안녕."

나미에 쪽에서 먼저 인사했다. 미소를 짓고 있지만 몹시 초췌해 보였다. 원래 얼굴은 동그란 타입인데 턱이 뾰족해져 있다.

"안녕하세요."

도모히코는 그렇게 답하고서 잠시 실내를 둘러본 후, 아직 주름 하나 없는 침대에 걸터앉았다.

"어떻게 된 일이야?"

그가 기리하라를 보며 물었다.

기리하라는 면바지 주머니에 양손을 찔러 넣은 채 벽 쪽에 놓인 책상에 걸터앉았다.

"네가 가고 한 시간쯤 있다가 나미에한테 전화가 왔어."

"응."

"이제 우리 일을 도울 수 없게 됐으니 장부와 관련 서류를 돌려주고 싶다는 거야."

"도와줄 수 없다고?"

"도망갈 생각인가 봐."

"아니, 왜?"

도모히코가 나미에를 보았다. 동시에 그는 아까 본 뉴스를 떠올렸다.

"혹시 같은 은행 사람이 살해당한 사건과 관계있는 거야?"

"그렇다고 할 수 있지."

기리하라가 대답했다.

"하지만 나미에가 죽인 건 아니야."

"아니, 그렇게 생각하진 않았어."

말은 그렇게 했지만 실은 도모히코도 순간적으로 그런 생각을 하기는 했다.

"아까 우리 사무실에 왔던 사람들이 죽인 모양이야."

기리하라의 말에 도모히코는 헉, 숨을 삼켰다.

"왜 그런 짓을……?"

나미에는 고개를 숙인 채 아무 말이 없었다. 그 모습을 보고 기리하라가 다시 도모히코 쪽으로 고개를 돌렸다.

"감색 재킷을 입고 있던 덩치 큰 야쿠자, 이름이 에노모토라고 하던데, 나미에가 그 인간 뒤를 대 주고 있었나 봐."

"뒤를 대다니…… 돈?"

"그래, 돈 말고 뭐가 있겠어. 단, 자기 돈이 아니었어."

"뭐라고? 그럼 혹시……."

"그래."

기리하라가 고개를 끄덕했다.

"은행 돈이지. 온라인 시스템을 이용해서 에노모토의 계좌로 돈을 빼돌렸나 봐."

"얼마나?"

"총액이 얼마나 되는지는 나미에 자신도 모른대. 아무튼 많을 때는 2천만 엔 이상이나 움직였다는 거야. 1년도 넘게 그랬다는군."

"그게 가능해?"

도모히코가 나미에에게 물었다. 그녀는 여전히 고개를 숙인 채 말이 없었다.

"가능하다는 거지. 본인이 그랬다고 하니까. 그런데 나미에의 횡령을 눈치챈 사람이 있었어. 바로 마나베라는 남자야."

"마나베…… 아까 그 뉴스에 나온……."

기리하라가 고개를 끄덕였다.

"마나베는 나미에가 당사자인 줄 모르고 자신이 품고 있던 의문을 털어놓았나 봐. 그 말을 듣고 모든 걸 포기한 나미에가 에노모토에게 얘기한 거지. 결국 발각됐다고 말이야. 에노모토로서는 끝없이 돈을 끌어낼 수 있는 요술 방망이를 잃고 싶지 않았겠지. 그래서 부하를 시켜 마나베를 살해한 거야."

얘기를 듣는 동안 도모히코는 목이 바짝바짝 타들어 갔다. 심장도 쿵쿵 뛰었다.

"그렇게 된 거였구나……."

"하지만 나미에로서는 쾌재를 부를 기분이 아니었던 거지. 마나베가 죽은 건 자기 때문이니까."

기리하라의 말이 끝나기가 무섭게 나미에가 오열하기 시작했다. 그녀의 가녀린 어깨가 파르르 떨렸다.

"그런 식으로 말할 필요까지는 없잖아."

도모히코가 그녀를 배려하는 듯한 말을 했다.

"이런 일은 포장해서 얘기해 봐야 의미가 없어."

"아무리 그래도……."

"괜찮아."

나미에가 마침내 입을 열었다. 눈이 붓긴 했지만 그 눈에 어떤 결의가 담겨 있는 듯했다.

"사실인걸, 뭐. 료지가 말한 대로야."

"그야 그렇지만……."

도모히코는 말문이 막히고 말았다. 할 수 없이 그는 얘기를 계속하라는 뜻으로 기리하라를 보았다.

"그래서 결국 나미에도 에노모토와 인연을 끊기로 마음을 먹은 거지."

그리고 기리하라는 손가락으로 책상 옆을 가리켰다. 그곳에는 큼직한 여행 가방 두 개가 잔뜩 부푼 상태로 놓여 있었다.

"아아, 그래서 놈들이 눈이 시뻘게 가지고 나미에 씨를 찾는 거구나. 나미에 씨가 없어지면 마나베라는 사람을 죽인 의미가 없어지니까."

"그뿐이 아니야. 에노모토는 당장 거금이 필요한 모양이야. 원래는 오늘 낮에 나미에가 평소처럼 돈을 보내 주기로 돼 있었대."

"그 사람, 몇몇 사업에 손을 댔지만 제대로 되는 게 없었나 봐."

나미에가 중얼거렸다.

"왜 그딴 남자에게……."

"이제 와서 그런 걸 따져 봐야 무슨 소용이 있겠어."

기리하라가 퉁명스럽게 말했다.

"그건 그렇지만……."

도모히코는 머리를 긁적였다.

"그럼 이제 어떻게 할 건데?"

"어떻게든 도망치는 수밖에 없겠지."

"하긴."

자수하라는 말은 꺼낼 수조차 없겠다고 도모히코는 생각

했다.

"물론 당장 몸을 숨길 만한 곳이 있는 것은 아니야. 그렇다고 이 호텔에 마냥 있다가는 언젠가 들키고 말 거고. 에노모토는 피할 수 있을지 몰라도 경찰까지 피할 수는 없을 테니까. 장기간 숨어 있어도 문제없을 만한 곳을 오늘내일 중으로 찾아볼 생각이야."

"그런 곳이 있을까?"

"찾아봐야지."

그리고 기리하라는 냉장고를 열어 캔 맥주 하나를 꺼냈다.

"미안해, 둘 다한테. 경찰에 잡히더라도 너희들이 나를 도왔다는 얘기는 절대 하지 않을게."

나미에가 진심으로 미안한 듯이 말했다.

"돈은 있어?"

도모히코가 물었다.

"응, 그거야 어떻게든……."

그렇게 말하는 그녀의 말투가 어딘가 좀 모호했다.

"과연 나미에야. 에노모토 손에 놀아나기만 한 게 아니었어."

기리하라가 맥주 캔을 한 손에 든 채 말했다.

"이런 날이 올 걸 예상하고 비밀 계좌를 다섯 개나 준비했다는 거야. 그 각 계좌에 몰래 송금을 해 뒀고. 대단하지?"

"우아, 정말이야?"

"자랑할 일은 아니니까 그만 얘기해."

나미에가 이마에 손을 댔다.

"어쨌든 돈이 없는 것보다야 있는 편이 낫지."

도모히코가 말했다.

"그건 그래."

그렇게 말하고서 기리하라가 맥주를 벌컥 들이켰다.

"그럼 난 뭘 하면 되는 거지?"

나미에와 기리하라의 얼굴을 번갈아 보면서 도모히코가 물었다.

"이틀 동안 네가 여기서 나미에와 같이 있어 줬으면 좋겠어."

"무슨 소리야?"

"나미에는 함부로 밖에 나갈 수가 없잖아. 필요한 게 있으면 대신 해 줄 사람이 있어야 하는데, 이런 일을 부탁할 사람이 너밖에 없어."

"그렇긴 한데……."

도모히코가 앞머리를 쓸어 올리면서 나미에를 보았다. 그녀가 매달리는 듯한 눈빛으로 그를 마주 보았다.

"알았어, 그렇게 할게."

그가 힘주어 대답했다.

5

토요일 낮, 도모히코는 백화점 지하 식품 매장에서 산 도시락을 들고 호텔 방으로 돌아갔다. 잡곡밥에 생선구이와 프라이드치킨이 든 도시락이었다. 그는 호텔에 준비돼 있는 티백으로 녹차를 우리고 조그만 테이블에다 점심을 차렸다.

"미안해, 이런 밥을 같이 먹게 해서."

나미에가 염치없다는 듯 말했다.

"소노무라 군은 밖에서 먹고 와도 되는데."

"괜찮아요. 혼자 먹는 것보다는 누군가와 같이 먹는 편이 저도 좋아요."

젓가락으로 생선구이를 헤치면서 도모히코가 대답했다.

"게다가 이 도시락, 꽤 맛있는걸요."

"그래, 맛있어."

나미에의 얼굴에 살짝 웃음이 번졌다.

도시락을 다 먹자 도모히코는 디저트용으로 사 온 푸딩을 냉장고에서 꺼냈다. 그걸 본 나미에가 소녀처럼 기뻐했다.

"굉장히 세심하네. 좋은 남편이 되겠어."

"그런가요."

푸딩을 입으로 가져가면서 도모히코는 쑥스러워했다.

"소노무라 군은 애인 없어?"

"네, 작년에 잠깐 사귀다가 헤어졌어요. 정확하게 말하면 차였죠."

"그래? 왜 차였을까?"

"나보다 더 잘 노는 남자가 좋대요. 내가 너무 촌스러운가 봐요."

"다들 남자 보는 눈이 없네."

나미에가 고개를 절레절레 젓더니 이내 자조적으로 웃었다.

"나야 그런 말 할 자격도 없지만 말이야."

그러고는 컵 속의 푸딩을 스푼으로 헤저었다. 그 손짓을 보면서 도모히코는 묻고 싶은 말이 떠올랐지만 그만두기로 했다. 물어봐야 소용없는 일이라고 생각했기 때문이다.

그러나 나미에는 그런 그의 표정을 놓치지 않았다.

"에노모토에 대해서 묻고 싶지? 왜 그런 남자에게 걸려들었는지, 왜 1년 이상이나 돈을 대 줬는지."

"아니요, 딱히⋯⋯."

"괜찮아, 물어봐도. 누가 들어도 어리석기 짝이 없는 얘기니까."

나미에는 아직 푸딩이 남아 있는 컵을 테이블에 내려놓았다.

"담배 있어?"

"마일드 세븐인데⋯⋯."

"괜찮아."

도모히코가 건넨 담배에 도모히코의 일회용 라이터로 불을 붙인 나미에는 연기를 깊이 빨았다가 내뿜었다. 하얀 연기가 우아하게 허공에서 너울거린다.

"1년 반쯤 전에 차를 몰고 가다가 작은 사고를 일으킨 적이 있어."

　창문을 바라보며 그녀가 이야기를 시작했다.

"접촉 사고였지. 그래 봐야 아주 살짝 부딪쳤을 뿐이지만. 게다가 내 쪽에 잘못이 있는 것도 아니었어. 그런데 말이야, 상대가 정말 질이 나쁜 사람이었어."

　도모히코의 머리에 단박에 떠오르는 게 있었다.

"야쿠자?"

　나미에가 고개를 끄덕거렸다.

"한꺼번에 나를 에워싸는데, 순간 어떻게 되는 줄 알았어. 그때 다른 차 안에서 에노모토가 나타난 거야. 상대 야쿠자와는 서로 아는 사이 같았어. 그는 내가 나중에 수리비를 지불하는 걸로 얘기를 매듭지어 줬어."

"변상금을 엄청나게 요구하던가요?"

　나미에는 고개를 저었다.

"아니, 아마 10만 엔 정도였을 거야. 그런데도 에노모토는 협상을 잘못해서 미안하다고 사과하더라고. 믿어지지 않겠지만 그 무렵의 에노모토는 둘도 없는 신사였어."

"믿기지 않는 얘기네요."

"차림새도 반듯했고, 자신은 야쿠자가 아니라고 했어. 사업을 몇 가지 하고 있다면서 명함도 줬고."

지금은 다 버렸지만, 이라고 그녀는 덧붙였다.

"그래서 좋아하게 된 거예요?"

도모히코가 물었다.

나미에는 바로 대답하지 않고 잠시 담배를 피우면서 연기의 흐름을 눈으로 좇았다.

"변명처럼 들리겠지만 정말 친절했어. 나를 진심으로 사랑하는 것 같았고. 그런 기분이 든 거, 40년 가까이 살면서 그때가 처음이었어."

"그래서 나미에 씨도 그 사람에게 뭐든 해 주고 싶었던 거군요."

"그렇다기보다, 에노모토가 내게 관심을 끊는 게 두려웠던 거지. 그에게 도움이 되는 여자라는 것을 보여 주고 싶었어."

"그래서 돈을 대 준 거예요?"

"어리석었지. 새로운 사업에 돈이 필요하다는 말을 조금도 의심하지 않았어."

"하지만 그때는 이미 에노모토가 야쿠자라는 사실을 눈치챘을 텐데요?"

"그야 그렇지. 하지만 그때는 상관없다고 생각했어."

"상관이 없다니요?"

"그 사람이 야쿠자든 아니든 중요하지 않았다는 뜻이야."

"흐음……."

도모히코는 테이블에 놓여 있는 재떨이를 내려다보았다. 할 말이 생각나지 않았다.

"결국 나라는 여자는 이상한 남자들한테만 걸려드나 봐. 남자 운이 없달까."

"그 전에도 무슨 일이 있었어요?"

"응. 담배 하나 더 줄래?"

도모히코가 내민 담뱃갑에서 그녀가 한 개비를 뽑았다.

"전에 사귀던 남자는 바텐더였어. 그렇지만 제대로 일을 한 적이 거의 없었지. 도박에 빠져서 나한테 뜯어낸 돈도 몽땅 날려 버리고. 그러다가 내 예금이 바닥나니까 더는 볼일이 없다는 듯 모습을 감춰 버렸어."

"그게 언제 적 얘기예요?"

"한 3년 전?"

"3년 전……."

"그래, 그 무렵이야, 소노무라 군을 처음 만났을 때. 그런 일을 겪고 나서 살아 있다는 데에 염증이 느껴져서 그런 곳에도 가 볼까 했던 거지."

"아……."

그런 곳이란 젊은 남자들과 난잡하게 노는 곳을 말할 터였다.

"이 얘기는 오래전에 료지에게도 한 적이 있어. 그러니 료지는 아마도 이번 일에 어이없어할 거야."

나미에는 테이블 위에 놓인 일회용 라이터를 집어 담배에 불을 붙였다.

"왜요?"

"왜는, 똑같은 실수를 반복하니까 그렇지. 료지는 그런 거 싫어하잖아."

"아아."

맞는 말이라고 도모히코는 생각했다.

"한 가지 더 물어봐도 돼요?"

"뭔데?"

"은행에서 돈을 빼돌려 송금하는 거, 그렇게 간단히 할 수 있는 일인가요?"

"어려운 질문이네."

나미에는 다리를 꼬고 연거푸 담배를 빨아들였다. 어떻게 설명하면 좋을지 생각하는 듯했다.

"간단한 거지, 결국은. 하지만 그게 함정이었어."

"무슨 뜻이죠?"

"한마디로 말하자면 송금 전표를 위조하기만 하면 되는 일이야."

나미에는 담배를 두 손가락 사이에 끼운 채 관자놀이를 긁적거렸다.

"전표에 금액과 받는 사람의 계좌 번호를 기입하고 계장과 과장의 도장만 찍으면 끝이니까. 과장은 자리를 비우는 일이 많아서 도장을 무단으로 사용하기 어렵지 않았고, 계장의 직인은 위조했어."

"그런데 들키지 않았어요? 체크하는 사람도 없나요?"

"자금의 잔고를 나타내는 일계표라는 게 있어. 경리부 직원이 그걸 점검하도록 돼 있지만, 그 직원의 인감만 있으면 대조가 끝난 서류도 위조가 가능해. 그렇게만 해 두면 일단은 넘어갈 수 있어."

"일단은, 이라뇨?"

"이 방법은 결제 자금이 금방 줄어들기 때문에 발각되는 건 시간문제거든. 그래서 난 가불금을 유용하기로 했지."

"그게 뭔데요?"

"금융 기관 상호 간의 송금이나 입금은 입금을 받은 쪽 금융 기관이 먼저 고객에게 대체를 한 후에 상대편 금융 기관이 결제하는 방식을 취하거든. 그때 대체하는 돈을 가불금이라고 하는데, 어느 금융 기관이든 그 돈을 특별히 비축해 두지. 나는 그 돈에 주목한 거야."

"복잡해서 뭐가 뭔지 모르겠네요."

"가불금을 움직이기 위해서는 전문적인 지식이 필요해. 또 오랫동안 그 실무를 담당해 온 사람이 아니면 전체를 파악할 수 없고. 다이토 은행 쇼와 지점에서는 그 사람이 바로 나야. 그러니까 원래는 경리부와 검사부에서 이중 삼중으로 체크해야 하지만 실질적으로는 모든 걸 내가 도맡고 있었다는 얘기지."

"그러니까 체크가 규칙적으로 이루어지지 않았다는 건가요?"

"쉽게 말하자면 그렇지. 예를 들어서 우리 은행의 경우 백만 엔 이상을 송금할 때는 관리자가 승인한 서류에 입금처와 금액을 기입하고, 과장의 허락을 받아 키를 빌려서 컴퓨터 단말기를 조작하게 돼 있어. 그리고 그 송금 결과는 다음 날 컴퓨터로 일괄 보고되어 과장이 확인하도록 돼 있지. 하지만 그게 원칙대로 빈틈없이 체크되는 일은 거의 없어. 그러니까 부정이 저질러진 날의 송금 전표와 송금 결과 보고서는 숨기고 정상적인 날의 전표와 보고서만 상사에게 보이면 아무 일 없이 지나갈 수 있지."

"흐음, 결국은 상사가 태만했던 거군요."

"그런 거지. 하지만……"

나미에는 고개를 기울이더니 한숨을 크게 내쉬었다.

"마나베 씨처럼 언젠가는 누군가가 알아차리게 돼 있어."

"그걸 알면서도 부정 송금을 그만둘 수 없었던 거군요."

"응, 마약 같다고나 할까."

나미에는 담뱃재를 재떨이에 떨었다.

"키보드 몇 개만 누르면 거금이 이쪽에서 저쪽으로 이동하거든. 마치 마법의 손을 갖고 있는 듯한 기분이었지. 물론 전부 착각이었지만."

그리고 나미에는 덧붙였다.

"컴퓨터를 속이는 건 적당히 하는 게 좋아."

집에는 당분간 아르바이트하는 곳에서 먹고 잔다고 말해 두었다. 도모히코는 나란히 놓인 두 개의 침대 중 하나를 사용하기로 했다. 그가 먼저 샤워를 하고서 잠옷을 입은 뒤 침대에 들었다. 그 후에 나미에가 욕실로 들어갔다. 그때는 풋라이트 외에는 불을 모두 끈 상태였다.

나미에가 욕실에서 나와 침대로 들어가는 기척을 도모히코는 등으로 느꼈다. 비누 냄새가 풍겨 오는 느낌이었다.

어둠 속에서 도모히코는 꼼짝 않고 있었다. 잠이 올 것 같지 않았다. 마음이 가라앉지 않는 것이었다. 어떻게든 나미에를 무사히 도망치도록 해야 한다는 의식이 그를 흥분시키는지도 몰랐다. 기리하라는 하루 종일 연락이 없었다.

"소노무라 군."

등 뒤에서 나미에의 목소리가 들렸다.

"자?"

"아니요."

그는 눈을 감은 채 대답했다.

"잠이 안 오네."

"네."

나미에가 잠 못 드는 것도 당연한 일이라고 도모히코는 생각했다. 앞날을 전혀 알 수 없는 도피의 길을 떠나야 하니 말이다.

"있잖아."

그녀가 다시 말을 꺼냈다.

"그 사람, 생각해?"

"그 사람이라니요?"

"하나오카 유코 씨."

"아……."

그 이름을 들으면 마음의 평정을 잃을 수밖에 없다. 자신이 동요하는 걸 눈치채이지 않도록 주의하며 대답했다.

"가끔요."

"그렇구나, 역시."

나미에는 그럴 줄 알았다는 듯이 말했다.

"좋아했어?"

"모르겠어요, 그때는 젊었으니까."

도모히코의 말에 후훗, 하고 그녀가 웃었다.

"지금도 젊으면서."

"그야 그렇죠."

"그때, 나는 도망쳤어."

"그랬죠."

"이상한 여자라고 생각했을 거야. 제 발로 거기까지 와 놓고 도망쳤으니."

"아니······."

"간혹 후회를 하기도 해."

"후회요?"

"응. 그때 도중에 돌아가지 않았으면 어땠을까 하고. 도망치지 않고 모든 것을 흐름에 맡겼다면 다시 태어났을지도 몰라."

도모히코는 입을 다물고 있었다. 그녀의 중얼거림에 무거운 의미가 담겨 있다는 것을 그도 알 수 있었다. 그래서 경솔하게 대답할 수가 없었다.

무거운 분위기 속에서 그녀가 다시 말했다.

"이젠 늦은 걸까?"

그 물음의 의미는 도모히코도 충분히 이해가 갔다. 실은 그역시 같은 질문이 내내 머리에서 떠나지 않았기 때문이다.

"나미에 씨."

그가 결심한 듯 말을 건넸다.

"할까요?"

그녀는 침묵했다. 도모히코는 괜히 이상한 말을 했나 보다고 생각했다. 그러나 잠시 후 그녀가 되물었다.

"이런 아줌마라도 괜찮겠어?"

"3년 전이나 지금이나 나미에 씨는 변하지 않았어요."

"3년 전부터 아줌마였다는 뜻이야?"

"아니, 그게 아니라⋯⋯."

몇 초 후, 나미에가 침대에서 나오는 기척이 느껴졌다. 그리고 도모히코의 이불 속으로 그녀가 들어왔다.

"다시 태어났으면 좋겠어."

그녀가 도모히코의 귀에 대고 속삭였다.

6

월요일 아침, 기리하라가 두 사람을 데리러 왔다. 그는 우선 나미에에게 사과했다. 숨어 지낼 만한 집을 확보하지 못했으니 당분간 나고야의 비즈니스호텔에 몸을 숨겨야겠다고 한 것이다.

"어제는 그렇게 말하지 않았잖아."

도모히코가 말했다. 어제 기리하라가 전화로, 좋은 장소를 찾았으니 내일 아침에 출발하자, 고 했기 때문이다.

"오늘 아침에 갑자기 상황이 바뀌었어. 오래 걸리지 않을 테니 조금만 참아 줘."

"나는 괜찮아."

나미에가 나섰다.

"나고야라면 예전에 산 적이 있어서 지리도 그런대로 익숙하니까."

"그 얘기를 듣고 나고야로 정한 거야."

기리하라가 말했다.

호텔 지하 주차장에는 흰색 마크Ⅱ가 세워져 있었다. 자신들의 업무용 승합차로 움직이면 에노모토가 수상하게 여길까봐 렌터카를 빌려 왔다고 기리하라가 설명했다.

"여기, 신칸센 열차표랑 호텔 지도."

차에 탄 후 기리하라가 봉투와 하얀 복사 용지를 나미에에게 건넸다.

"여러 가지로 고마워."

나미에의 감사 인사에 기리하라는 무덤덤한 표정으로 "그리고 또 한 가지, 이걸 갖고 가는 게 좋을 거야."라며 종이 봉지 하나를 더 내밀었다.

"뭐야, 이게?"

그러면서 종이 봉지 안을 들여다본 그녀가 쓴웃음을 지었다.

도모히코가 옆에서 들여다보니 봉지 안에는 몹시 구불거리는 여자용 가발과 커다란 선글라스, 그리고 마스크가 들어 있었다.

"그 가짜 계좌에 들어 있는 돈을 카드로 꺼내야 할 거 아니야."

차의 시동을 걸면서 기리하라가 말했다.

"그때는 될 수 있으면 변장하는 편이 좋을 거야. 다소 부자연스럽더라도 카메라에 얼굴이 찍히지 않도록 해야지."

"정말 빈틈이 없네. 고마워, 잘 쓸게."

나미에는 이미 무언가로 가득 차 있을 보스턴백에 종이 봉지를 밀어 넣었다.

"도착하면 연락 줘요."

도모히코가 말했다.

"응."

나미에는 웃는 얼굴로 고개를 끄덕였다.

기리하라가 차를 출발시켰다.

나미에를 신칸센에 태운 후 도모히코와 기리하라는 함께 사무실로 돌아왔다.

"잘 피해 다닐 수 있으면 좋겠는데."

도모히코의 말에 기리하라는 대답 대신 이렇게 물었다.

"에노모토 얘기 들었어?"

응, 하고 도모히코는 대답했다.

"바보 아냐, 저 여자?"

"뭐?"

"에노모토는 처음부터 나미에에게 접근하는 게 목적이었어. 은행에서 나미에가 하는 일을 이용하기 위해서지. 교통사고가 났을 때 야쿠자에게 위협당한 것도 틀림없이 에노모토가 전부 꾸민 짓일 거야. 그렇게 단순한 사실을 눈치채지 못하다니 어떻게 된 거 아니냔 말이야. 그 여자, 옛날부터 그랬어. 남자에게 빠졌다 하면 판단력이 흐려진다니까."

도모히코는 아무 대꾸도 못하고 침만 삼켰다. 마치 납덩어리를 삼킨 것처럼 위 속이 무거웠다. 기리하라의 말처럼 생각해 본 적은 없었다.

이날 도모히코는 일찍 집에 들어갔다. 그리고 나미에에게서 전화가 오기를 기다렸다.

그러나 끝내 전화는 오지 않았다.

니시구치 나미에의 사체가 나고야의 한 비즈니스호텔에서 발견된 것은 도모히코가 그녀를 배웅한 지 나흘 째 되는 날의 일이었다. 흉부와 복부를 나이프 같은 것으로 찔려 사망

했다고 한다. 발견 시점에 이미 사후 72시간 이상 경과된 것으로 판단됐다.

나미에가 근무하는 은행에는 이틀간의 휴가가 신청되어 있었다. 사흘째부터는 무단결근이기에 은행에서도 그녀의 행방을 찾고 있는 중이었다고 한다.

나미에의 소지품 중에는 예금 통장 다섯 개가 있었다. 거기에 들어 있던 예금 총액은 월요일 기준으로 2천만 엔을 훌쩍 넘었었지만 사체 발견 시에는 거의 제로에 가까웠다.

은행의 조사 결과 그녀는 장기간에 걸쳐 돈을 빼돌렸고, 다섯 개의 예금 통장 역시 그 목적으로 사용된 듯했다.

경찰은 니시구치 나미에가 송금한 계좌를 추적해 어느 회사의 중역인 에노모토 히로시를 횡령 혐의로 체포했다. 또한 니시구치 나미에 살해 사건과 관련해서도 에노모토를 취조할 방침이라고 했다.

다만, 나미에가 다섯 개의 계좌에서 인출했을 것으로 추정되는 현금은 아직 발견되지 않았다. 나미에 자신이 카드로 돈을 뽑은 것은 확실했다. 현금 인출기의 방범 카메라에 변장한 여자가 찍혔는데, 변장에 사용된 가발과 선글라스, 마스크가 그녀의 소지품 속에서 나왔기 때문이다.

이런 내용이 실린 신문을 읽은 후 소노무라 도모히코는 화장실로 뛰어 들어가 위 속이 텅 빌 때까지 토했다.

7
장

1

원고에는 '유도 전류식 탐상 코일의 형상'이라는 제목이 붙어 있었다. 라디에이터 튜브의 결함을 발견하는 기구에 관한 특허 출원용 원고다. 그것을 쓴 기술자들과 전화로 협의를 끝낸 후 다카미야 마코토는 자리에서 일어났다. 그리고 컴퓨터 단말기 넉 대가 늘어서 있는 벽 쪽으로 눈을 돌렸다. 각 컴퓨터마다 담당자 한 명씩이 그가 있는 쪽으로 등을 보인 채 앉아 있다. 담당자는 모두 여자다. 네 사람 중 도자이 전기 장치사의 작업복을 입고 있는 사람은 맨 오른쪽 한 명뿐, 나머지 셋은 사복 차림이었다. 그녀들은 파견 사원이기 때문이다.

종전에는 이 회사의 특허 정보가 모두 마이크로필름에 저장되었지만 앞으로는 컴퓨터로 쉽게 검색할 수 있도록 플로피 디스크에 기록하기로 했다. 그들은 그 기록을 옮기는 작업을 위해 고용된 것이다. 최근에는 이렇게 파견 사원을 이용하는 기업이 늘어나고 있다. 인력 파견업은 엄밀히 따지면 직업 안정법 위반일 가능성이 짙었지만 지난번 국회에서 법적으로 허용되었다. 대신, 파견 노동자의 보호를 목적으로 하는 '노동자 파견 사업법'도 동시에 성립되었다.

마코토는 그녀들에게 다가갔다. 아니, 정확하게 말하면 맨 왼쪽에 있는 등을 향해 걸어갔다. 긴 머리를 뒤로 묶은 것은 키보드 작업을 하는 데 방해가 되기 때문이라고, 전에 잠깐 서서 얘기를 나눌 때 들었다.

미사와 지즈루는 단말기 화면과 옆에 놓인 종이를 번갈아 보면서 매우 빠른 속도로 키보드를 두드리고 있었다. 그 속도가 얼마나 빠른지 마치 생산 라인의 기계가 돌아가는 소리처럼 들린다. 물론 그건 나머지 세 명도 마찬가지였다.

"미사와 씨."

마코토가 비스듬히 뒤에 서서 그녀를 불렀다.

마치 기계의 스위치를 내리기라도 한 것처럼 지즈루의 두 손이 동작을 멈췄다. 그리고 한 박자 늦게 마코토 쪽을 돌아본다. 그녀는 검은 테에 렌즈가 커다란 안경을 끼고 있다. 그 렌즈 너머의 눈은 화면을 오랫동안 바라본 탓인지 약간 험상궂어 보였지만 마코토의 얼굴을 보는 것과 동시에 힘이 쭉 빠진 듯이 부드럽게 변했다.

"네."

그렇게 대답할 때 그녀는 이미 입가에 미소를 머금고 있었다. 뽀얗고 결이 고운 피부에 밝은 분홍색 립스틱이 참 잘 어울린다. 얼굴형이 동그래서 조금 어려 보이지만 마코토보다 겨우 한 살 아래라는 것을 지금까지의 두서없는 대화를 통해 알아냈다.

"유도 전류식 탐상이라는 항목으로 지금까지 어떤 출원이 있었는지 조사하고 싶은데."

"유도 전류요?"

"한자로는 이렇게 쓰지."

마코토는 손에 든 서류의 제목을 그녀에게 보여 주었다.

지즈루는 얼른 그것을 메모했다.

"알겠어요. 검색해서 찾으면 출력해서 자리에 갖다 드리면 되죠?"

그녀가 또박또박 말했다.

"미안하군, 바쁠 텐데."

"아니에요. 이것도 일인데요, 뭐."

지즈루가 미소 지었다. '이것도 일'은 그녀가 늘 하는 말버릇이다. 어쩌면 파견 사원 특유의 말버릇인지도 모르지만, 다른 여자들과는 거의 이야기를 나눈 적이 없기 때문에 사실이 어떤지 마코토는 알지 못한다.

마코토가 자리로 돌아가자 선배 남자 사원이 그에게 잠시 쉬지 않겠느냐고 물었다. 이 회사에서는 중역실과 내빈실 등 특수한 장소를 제외하고는 여사원에게 차 심부름을 시키는 것이 금지되어 있다. 쉬고 싶으면 자동판매기에서 종이컵에 든 음료를 사 마셔야 한다.

"아니요. 전 조금 이따가."

마코토는 그렇게 대답했다. 선배는 혼자서 방을 나갔다.

다카미야 마코토가 도자이 전기 장치 도쿄 본사의 특허 라이선스부에 배속된 지 3년이 됐다. 도자이 전장은 스타터와 플러그 등 자동차에 사용되는 전기 부품을 제조하는 회사다. 그리고 특허 라이선스부에서는 자사 제품에 관한 모든 공업적 권리를 관리하고 있다. 구체적으로는 기술자가 고안한 기술 등에 대해 특허를 출원하려고 할 때 도와주거나 특허에 관련해 타사와 분쟁이 생겼을 때 대항 조치를 마련하기도 한다.

잠시 후 미사와 지즈루가 출력한 종이를 들고 그에게 왔다.

"이거면 될까요?"

"아, 그래. 고마워."

마코토가 서류를 눈으로 훑으며 말했다.

"미사와 씨, 좀 쉬었나?"

"아니요. 아직."

"그럼 내가 차 한잔 사지."

그렇게 말하고 마코토는 일어서서 출입문 쪽으로 향했다. 그는 도중에 뒤를 힐끔 돌아보며 지즈루가 따라오는지 확인했다.

자동판매기는 복도에 설치되어 있다. 마코토는 커피가 든 종이컵을 들고 거기서 조금 떨어진 창가에 서서 마시자고 했다. 지즈루도 레몬 티가 든 종이컵을 두 손으로 들고 따라왔다.

"늘 수고가 많아. 그렇게 키보드를 계속 두드리면 어깨가 결리지 않아?"

마코토가 물었다.

"어깨보다 눈이 피곤해요. 하루 종일 모니터를 들여다보고 있으니까요."

"아, 그렇겠군. 눈이 나빠지겠어."

"이 일을 시작하고 나서 시력이 굉장히 나빠졌어요. 전에는 안경 없이도 잘 보였는데."

"흠, 일종의 직업병이군."

지즈루는 컴퓨터 앞에 앉아 있을 때가 아니면 안경을 쓰지 않는다. 그리고 안경을 벗으면 그녀의 눈이 매우 크다는 걸 확연히 알 수 있다.

"이 회사 저 회사 옮겨 다니면서 일하는 게 체력적으로나 정신적으로나 참 힘들겠어."

"힘들죠. 하지만 시스템 설계 업무로 파견되는 남자들에 비하면 훨씬 편해요. 그런 사람들은 납기가 임박하면 야근에 철야까지 불사하는걸요. 낮에는 컴퓨터를 통상 업무에 사용하니까 수리나 점검은 어쩔 수 없이 밤에 하게 되잖아요. 야근을 170시간이나 했다는 사람도 있어요."

"와, 대단하군."

"시스템에 따라서는 프로그램을 출력하는 데만 두세 시간씩 걸리는 경우가 있는걸요. 그럴 때에는 컴퓨터 앞에서 침낭에 들어가 잔대요. 그러다가 출력하는 소리가 들리지 않으면 눈이 떠진다나요."

"그것참, 가혹하네."

마코토는 고개를 저었다.

"그래도 그만큼 보수는 좋지 않겠어?"

그 말에 지즈루는 쓴웃음을 지었다.

"인건비가 싸니까 파견 사원을 찾는 거죠. 말하자면 일회용 라이터 같은 존재라고 할까요."

"그런 악조건에도 용케 견디는군."

"어쩔 수 없잖아요. 먹고살기 위해서는요."

지즈루는 레몬 티를 호로록 마셨다. 그럴 때마다 그녀의 입술이 살짝 오므라지는 것을 마코토는 슬쩍 곁눈질한다.

"우리 회사는 어떤지 모르겠군. 역시 파견 사원들을 값싸게 고용한 건가?"

"도자이 전장은 아주 좋은 편이에요. 분위기가 쾌적해서 기분도 좋고요."

그러더니 지즈루는 눈썹을 살짝 찌푸렸다.

"하지만 여기서 일할 날도 얼마 안 남았네요."

"어, 그래?"

마코토는 내심 움찔했다. 처음 듣는 얘기다.

"다음 주 중에는 아마 일이 거의 끝날 거예요. 애초에 계약 기간도 반년이었으니까 최종 점검까지 포함해도 다다음 주면 끝나겠죠."

"아, 그렇군……."

마코토는 빈 종이컵을 꽉 쥐어 찌그러뜨렸다. 뭔가 말을 해야겠는데 할 말이 떠오르지 않는다.

"다음에는 어떤 회사에 가게 되려나."

지즈루가 입가에 미소를 머금고 창밖을 바라보며 중얼거렸다.

2

다카미야 마코토가 자동판매기에서 레몬 티를 사 준 날, 업무가 끝난 후 미사와 지즈루는 같은 용역 회사에서 파견 나온 우에노 아케미와 둘이서 아오야마에 있는 이탤리언 레스토랑에서 저녁을 먹기로 했다. 동갑내기인 데다 둘 다 혼자 사는 처지라 간혹 이렇게 식사를 같이하곤 한다.

"드디어 도자이 전장과도 이별이네. 그 엄청난 양의 특허를 전부 정리했으니 우리가 한 일이라도 참 대단하다 싶어."

문어와 셀러리가 들어 있는 샐러드를 입에 넣고 화이트 와인이 든 잔을 기울이면서 우에노 아케미가 투박스럽게 말했다. 그녀는 화장이나 차림새는 여성스럽지만 몸짓이나 말투에는 거칠고 촌스러운 구석이 있었다. 본인 말로는 변두리 출신이라 그렇다고 한다.

"그래도 조건은 나쁘지 않았어. 그전에 다니던 철강 회사는 정말 심했잖아."

"아, 거기는 말할 가치도 없어."

아케미가 입술을 비죽거렸다.

"높은 사람들이 죄다 바보였는걸, 뭐. 파견 사원을 전혀 다룰 줄 모르더라고. 우리가 뭐 노예라도 되는 줄 아는지 만날 말도 안 되는 소리만 하고, 거기다 월급은 쥐꼬리고 말이야."

지즈루는 고개를 끄덕이며 와인을 마셨다. 아케미의 얘기를 듣다 보면 스트레스가 확 풀린다.

"그래서, 어떻게 할 거야?"

아케미의 얘기가 일단락되자 지즈루가 물었다.

"앞으로도 이 일, 계속할 거야?"

"어…… 그게 말이지."

아케미는 호박튀김에 포크를 꽂고 다른 손으로 턱을 괴었다.

"역시 그만둬야 할까 봐."

"아, 그렇구나."

"그이가 하도 시끄럽게 굴어서 말이지."

아케미가 얼굴을 찡그린다.

"말로는 일을 계속해도 상관없다고 하는데 아무래도 본심은 그렇지 않은 것 같아. 서로 엇갈리는 건 싫다느니 어쩌느니 하고 말이야. 이젠 그런 얘기 듣기도 짜증나. 게다가 아이를 일찍 가졌으면 하는 것 같은데 그렇게 되면 나는 당연히 일할 수 없게 되잖아. 그럴 바에야 지금 그만두자 싶어서."

아케미가 얘기하는 동안 지즈루는 연신 고개를 끄덕였다.

"그러는 게 좋겠네. 어차피 언제까지나 계속할 수 있는 일도 아니잖아."

"그러게."

아케미는 호박튀김을 입에 밀어 넣었다.

다음 달이면 아케미는 결혼식을 올린다. 상대는 그녀보다 다섯 살 많은 회사원이다. 문제는 결혼 후에도 맞벌이를 하느냐 마느냐였는데 드디어 결론이 난 모양이다.

두 사람 앞에 파스타 접시가 놓였다. 지즈루는 성게 알 크림 스파게티, 아케미는 페페론치니를 주문했다. 마늘 냄새를 감수해야 맛있는 음식을 먹을 수 있다는 게 아케미의 지론이다.

"지즈루는 어떻게 할 건데? 당분간 이 일을 계속할 생각이야?"

"글쎄, 어쩔까 망설이고 있어."

지즈루는 포크에 스파게티를 둘둘 말았다. 하지만 바로 입으로 가져가지는 않는다.

"일단은 고향으로 내려갈까 해."

"아, 그것도 괜찮겠다."

지즈루의 고향은 삿포로다. 도쿄에 있는 대학으로 진학하면서 상경했는데, 학생 시절과 사회인 시절을 통틀어 여유롭게 고향을 다녀온 적이 한 번도 없었다.

"언제 내려가려고?"

"잘은 모르겠지만 아마 도자이 전장 일 끝나면 바로 내려가게 되지 않을까 싶어."

"그럼 다음다음 주 토요일이나 일요일이네."

아케미가 페페론치니를 입에 넣었다. 그리고 그것을 삼킨 후 다시 말했다.

"일요일이 다카미야 씨 결혼식이라고 들은 것 같은데."

"뭐, 정말?"

"그럴 거야, 아마. 얼마 전에 누가 얘기하는 걸 들었어."

"으응…… 그렇구나. 상대는 회사 사람?"

"아닌가 봐. 대학 때부터 사귀던 사람이라는 것 같던데."

"아아, 그렇구나."

지즈루도 스파게티를 입에 넣었다. 하지만 맛이 전혀 느껴지지 않는다.

"어떤 여자인지는 모르겠지만, 운도 좋지. 그렇게 좋은 남자, 흔치 않잖아."

"자기도 결혼식이 코앞이면서 무슨 소리야. 혹시, 실은 그런 남자가 아케미 타입이었다는 거야?"

지즈루가 일부러 장난스럽게 묻는다.

"어떤 타입이라서가 아니라 조건이 좋잖아. 그 사람, 지주 아들이래. 알고 있어?"

"아니, 전혀."

개인적인 일에 대해 얘기한 적이 없으니 알 기회도 없었다.

"엄청나대. 우선 집이 세이조에 있는데, 그 근처 땅을 여러 군데 갖고 있나 봐. 그리고 맨션도 있다고 들었어. 아버지는 돌아가셨나 보던데 임대 수입만으로도 편하게 먹고살 수 있을 정도라더라. 하기야 그 정도로 풍족하면 시집가는 쪽으로서는 시아버지가 없는 편이 나을지도 모르지."

"넌 참 잘도 안다."

지즈루는 감탄스러운 표정으로 친구의 얼굴을 바라보았다.

"특허 라이선스부에서는 유명한 얘기던데, 뭐. 그동안 다카미야 씨에게 눈독 들이는 여자도 많았는데 결국은 학생 시절부터 사귀던 그 여자를 아무도 이기지 못했다는 거야."

아케미의 말투에 어딘가 모르게 통쾌한 울림이 담겨 있는 것은 그녀에게는 애당초 해당 사항이 없었기 때문인지도 모른다.

"다카미야 씨 정도면."

지즈루가 큰맘 먹고 말을 꺼냈다.

"재산이 없다 해도 모두들 선망하지 않을까? 잘생겼지, 품위 있지, 게다가 우리들을 대하는 것도 신사적이잖아."

그 말에 아케미가 손바닥을 살살 흔들었다.

"바보 같은 소리 하지 마. 집에 돈이 있으니까 그런 신사가 만들어지는 거지. 생김새나 기품도 그렇고. 아무리 그 사람이라도 가난한 집에서 태어났다면 훨씬 품위 없고 초라했을 거야."

"하긴 그럴지도 모르지."

지즈루는 가볍게 웃어넘겼다.

잠시 후 메인 디시인 생선 요리가 나왔다. 두 사람은 여러 가지 얘기를 나눴지만 다카미야 마코토가 다시 화제에 오르는 일은 없었다.

지즈루가 와세다에 있는 집으로 돌아온 시각은 10시가 조금 지날 무렵이었다. 아케미는 한잔 더 하러 가고 싶은 눈치였지만 지즈루가 피곤하다며 거절하고 그냥 돌아온 것이다.

현관문을 열고 벽에 붙은 스위치를 켜자 단칸방에 희부연 형광등 빛이 퍼졌다. 그와 동시에 옷가지와 일용품들이 어지럽게 널려 있는 모습이 눈에 들어오자 그녀는 피로가 배가되는 느낌이었다. 대학교 2학년 때부터 살아온 방이다. 그간 겪은 온갖 고뇌와 좌절이 구석구석에 고여 있는 것처럼 생각되었다.

옷을 입은 채로 구석에 놓인 침대에 쓰러졌다. 침대 밑에서 삐거덕거리는 소리가 났다. 모든 게 확실하게 낡아 가고 있는 것이다.

불쑥 다카미야 마코토의 얼굴이 떠올랐다.

그에게 특정한 상대가 있다는 사실을 전혀 몰랐던 것은 아니다. 특허 라이선스부의 여사원들이 얘기하는 것을 우연히 들은 적이 있다. 그러나 어느 정도의 관계인지까지는 몰랐다. 당연한 일이지만 누구에게 물어볼 수도 없었다. 물론 알았다고 해도 지즈루가 뭘 어떻게 할 수 있는 것도 아니었다.

파견 사원으로 일하면 좋은 점이 딱 하나 있다. 그것은 다양한 남자들과 만날 기회가 생긴다는 것이다. 새 직장에 갈 때마다 이번에야말로 자신에게 어울리는 상대가 있지 않을까 하고 남몰래 가슴 설레기도 한다.

하지만 그런 기대는 늘 어긋났다. 자사 여사원들과 라이벌이 되지 않도록 배려하는 게 아닌가 싶을 정도로 그런 만남의 기회가 전혀 없는 직장이 대부분이었다.

그런데 도자이 전장은 달랐다. 출근 첫날 그녀는 거기서 자신의 이상형을 발견했다. 바로 다카미야 마코토였다.

물론 맨 처음 그녀의 마음을 사로잡은 것은 그의 외모였다. 그러나 단순히 잘생겨서가 아니라 내면으로부터 우러나오는 성품과 좋은 인간성 같은 것이 얼굴에서 느껴지기 때문이었다. 겉모습만 꾸미고 다니는 여느 젊은 남자 사원과는 그 점이 명백하게 달랐다.

업무상으로 그를 접하면서 지즈루는 자신의 직감이 틀리지 않았다는 것을 확신했다. 그는 파견 사원들의 입장을 배려하는 친절함에, 상사를 대할 때조차 거짓말이나 눈속임을 허용하지 않는 성실함을 갖추고 있었다.

결혼을 한다면 이런 사람과 해야지, 하고 지즈루는 생각했다.

사실 다카미야 마코토 역시 자신을 의식하고 있지 않을까 하는 자만심이 그녀에게는 있었다. 그가 그런 뜻을 말로 직접 내비친 적은 없다. 그러나 사소한 행동과 그녀를 향한 눈빛이나 말투에서 느낄 수 있다고 생각했다.

그러나 그것은 아무래도 그녀만의 착각이었던 모양이다. 오늘 낮의 일을 떠올리면서 지즈루는 자학적으로 웃었다. 하마터면 창피를 당할 뻔했던 것이다.

차를 사 주겠다고 했을 때 지즈루는 다카미야 마코토가 슬슬 자신에게 데이트 신청을 하려나 보다고 기대했다. 그러나 그는 그런 말을 꺼낼 기미조차 보이지 않았다. 그래서 그녀는 자신이 이 회사에서 일할 날이 얼마 남지 않았다는 사실을 넌지시 얘기했다. 그 말을 들으면 그가 초조해하지 않을까 생각했던 것이다.

하지만 다카미야 마코토는 별다른 느낌이 없는 듯했다. 그럼 새 직장에서도 열심히 일해. 그가 한 말은 그것뿐이었다.

아케미의 말을 되새기면서 지즈루는 그것이 당연한 일이었음을 통감했다. 결혼을 2주일 앞둔 사람이 파견 사원 따위에게 마음을 둘 리 없었다. 그가 마지막까지 친절했던 것은 어디까지나 그의 인간성 때문이었다.

이제 그 사람 생각은 하지 말자고 지즈루는 결심했다. 그리고 몸을 일으켜 머리맡에 놓인 전화기로 손을 뻗었다. 삿포로 집에 전화를 걸기 위해서였다. 갑자기 내려가면 부모님이 어떤 반응을 보일까. 설날에도 내려오지 않은 딸에게 화가 나 있을지도 모르겠다.

3

들창으로 불어드는 바람에 가을 기운이 완연했다. 이 방을
처음 보러 왔을 때는 장마철답게 부슬부슬 비가 내렸는데,
하고 다카미야 마코토는 석 달 전 일을 떠올렸다.

"이사하기 딱 좋은 날씨네."

마른걸레로 바닥을 닦고 있던 요리코가 잠시 손을 놓고 말
했다.

"그저 날씨가 걱정이었는데, 이런 날씨라면 이삿짐센터 사
람들도 정말 편하겠네."

"이사 업체 사람들은 전문가예요. 날씨 같은 거 아무 상관
없어요."

"아니야, 그렇지 않아. 야마시타 씨네는 며느리 짐이 지난
달에 들어왔잖니. 그런데 태풍 때문에 고생이 이만저만 아니
었다더라."

"태풍은 특별한 경우죠. 이젠 10월이에요."

"10월이라도 큰비가 내리는 일이 없진 않아."

요리코가 다시 걸레질을 시작했을 때 인터폰이 울렸다.

"누구지?"

"새아기 아니겠니?"

"하지만 유키호라면 열쇠를 갖고 있을 텐데."

마코토는 거실 벽에 붙어 있는 인터폰용 수화기를 들었다.

"네."

"유키호예요."

"뭐야, 당신이었군. 열쇠는 깜박했어?"

"그런 건 아닌데……."

"알았어, 일단 열게."

마코토는 자동 잠금장치의 해제 버튼을 누른 뒤 현관으로 가서 문을 열고 기다렸다.

엘리베이터 서는 소리가 들리고, 발소리가 점점 가까워졌다. 잠시 후 복도 모퉁이에서 가라사와 유키호가 모습을 드러냈다. 엷은 초록색 니트에 하얀 면바지를 입고 있었다. 재킷을 손에 든 것은 오늘 날씨가 유난히 따뜻해서일 것이다.

"왔어?"

마코토가 웃음으로 반겼다.

"미안해요. 이것저것 사다 보니 늦어졌네."

유키호가 손에 쥐고 있던 슈퍼마켓 봉지를 들어 보였다. 그 안에는 세제와 스펀지, 고무장갑 등이 들어 있었다.

"청소는 지난주에 다 했잖아."

"그래도 벌써 일주일이 지났는걸요. 그리고 가구 들어올 때 보나 마나 여기저기 더러워질 거예요."

그녀의 말에 마코토는 고개를 절레절레 흔들었다.

"여자들은 하나같이 똑같은 말을 하는군. 어머니도 그렇게 말하면서 청소 도구를 잔뜩 들고 오셨는데."

"어머, 그럼 빨리 가서 도와드려야겠네."

유키호가 서둘러 스니커를 벗기 시작했다. 그 모습을 보면서 마코토는 의외라는 생각이 들었다. 그녀는 늘 굽이 높은 구두만 신었기 때문이다. 그러고 보니 바지를 입은 유키호의 모습도 처음이다.

마코토가 그렇게 말하자 그녀는 어이없다는 표정을 지었다.

"이사하는 날 치마 입고 하이힐 신고 오면 일을 어떻게 해요."

"그러게 말이다."

안쪽에서 목소리가 들려왔다. 그리고 셔츠 소매를 걷어 올린 요리코가 웃으면서 나왔다.

"어서 오너라."

"안녕하세요, 어머니."

유키호가 고개를 꾸벅 숙였다.

"얘가 옛날부터 이렇단다. 자기 방도 제 손으로 청소해 본 적이 없으니 쓸고 닦는 게 얼마나 힘든 일인지를 몰라요. 유키호가 앞으로 고생이 많겠구나. 각오해야겠어."

"아니에요, 그런 건 괜찮아요."

요리코와 유키호, 두 사람은 거실로 가서 청소할 순서를 정하기 시작했다. 그녀들의 대화를 들으면서 마코토는 아까처럼 창가에 서서 아래쪽 도로를 내려다보았다. 슬슬 가구가 도착할 시간이다. 전자 제품 대리점에는 가구점과 약속한 시간보다 한 시간 늦게 오라고 얘기해 두었다.

드디어, 하고 마코토는 생각했다. 앞으로 2주일 후면 가정을 꾸리게 된다. 지금까지는 좀처럼 실감이 나지 않더니 이제 슬슬 긴장이 된다.

유키호는 벌써 앞치마를 두르고 옆에 있는 다다미방을 닦기 시작했다. 저렇게 가정적인 모습을 하고서도 그녀의 아름다움은 조금도 훼손되지 않는다. 그러니까 태생이 미인인 것이다.

꼬박 4년이로군, 하고 마코토는 입속으로 중얼거렸다. 유키호와 사귄 기간 말이다.

유키호를 처음 알게 된 건 대학교 4학년 때였다. 그가 활동하는 에이메이 대학 사교댄스부는 세이카 여자 대학 사교댄스부와 합동으로 연습을 하는데 거기에 그녀가 들어온 것이다.

여러 명의 신입 부원 중에서도 유키호는 각별히 빛나 보였다. 그녀의 반듯한 얼굴과 균형 잡힌 몸매는 그대로 패션 잡지의 표지를 장식하기에도 부족함이 없었다. 남자 부원 여러 명이 그녀에게 반해 그녀의 애인이 되기를 꿈꿨다.

마코토도 그중 한 명이었다. 그 무렵 사귀는 여자가 없기도 했지만, 처음 봤을 때부터 이미 그녀에게 마음을 빼앗겼다.

그래도 특별한 계기가 없었다면 그가 유키호에게 먼저 사귀자고 하는 일은 없었을 것이다. 그녀에게 퇴짜 맞은 부원이 여러 명이라는 사실을 알고 있었기 때문이다. 자신도 창피만 당할 거라고 생각했다.

그런데 어느 날 유키호 쪽에서 먼저, 도무지 잘 안 되는 스텝이 있는데 좀 가르쳐 줬으면 좋겠다고 했다. 마코토로서는 절호의 기회가 찾아온 것이다. 그는 일대일로 특별 훈련을 실시한다는 명목으로 만인의 아이돌을 독점하는 데 성공했다.

그리고 둘만의 연습을 거듭하면서 유키호 역시 자신에 대해 나쁜 인상을 가진 것 같지는 않다는 느낌을 받았다. 그래서 어느 날 그는 용기를 내어 데이트 신청을 했다.

마코토를 가만히 바라보며 유키호는 이렇게 물었다.

"어디로 데려갈 건데요?"

마코토는 춤이라도 추고 싶은 심정을 억누르며 "네가 가고 싶은 곳으로."라고 대답했다.

그날 두 사람은 뮤지컬을 보고 이탈리언 레스토랑에서 식사를 했다. 그리고 물론 그녀를 집까지 바래다주었다.

그로부터 4년 남짓, 두 사람은 줄곧 연인 사이였다.

그때 그녀 쪽에서 먼저 춤을 가르쳐 달라고 하지 않았더라면 자신들이 사귀는 일은 아마 없었을 것이라고 마코토는 생각한다. 그가 그다음 해에 졸업했기 때문이다. 그리고 그 후로는 얼굴을 마주하는 일이 없었을 것이다. 그렇게 생각하면 유일한 기회를 잡았다는 느낌도 든다.

그런 데다 여자 부원 하나가 탈퇴한 것도 둘의 관계에 미묘한 영향을 미쳤다. 사실 마코토에게는 또 한 명, 마음이 쓰이는 신입 부원이 있었다. 당시 그는 유키호를 그림의 떡으로 여겼기 때문에 그쪽 여자에게 데이트를 신청할까 하는 생각도 있었던 것이다. 가와시마 에리코라는 그 여자 부원에게는 유키호 같은 화려함은 없어도 같이 있으면 마음이 편안해지는 독특한 분위기가 있었다.

그런데 어느 날 가와시마 에리코가 갑자기 댄스부를 그만두었다. 그녀와 친했던 유키호도 자세한 이유를 모른다고 했다.

에리코가 그만두지 않고 마코토가 그녀에게 데이트 신청을 했었으면 어떻게 되었을까. 만일 거절을 당했더라도 그 후 유키호로 갈아타는 일은 없었을 것이라고 그는 생각한다. 그렇게 됐다면 현재 상황도 완전히 달라졌을 것이다. 적어도 2주 후에 도내 호텔에서 유키호와 결혼식을 올리는 일은 없을 것이다.

사람의 운명이란 참으로 알 수 없다는 걸 실감하지 않을 수 없었다.

"그런데 왜 열쇠가 있는데도 인터폰을 누른 거지?"

주방을 청소하고 있는 유키호에게 마코토가 물었다.

"멋대로 들어올 수는 없잖아요."

그녀가 손을 멈추지 않은 채 대답했다.

"어째서? 그러라고 당신에게도 열쇠를 준 건데."

"하지만 아직 식도 올리기 전인데……."

"그런 건 굳이 신경 쓸 필요 없어."

그러자 옆에 있던 요리코가 끼어들었다.

"분명히 하자는 거지."

그리고 요리코는 2주일 후면 며느리가 될 여자에게 미소를 지어 보였다.

유키호 역시 2주 후면 시어머니가 될 여자를 향해 고개를 끄덕였다.

마코토는 숨을 길게 내쉬고 창밖으로 눈을 돌렸다. 그의 어머니는 처음 유키호를 봤을 때부터 그녀가 마음에 드는 눈치였다.

운명의 끈은 자신과 가라사와 유키호를 엮으려 하는 것이겠지, 하고 마코토는 생각했다. 그리고 그 운명을 따르면 모든 것이 순조롭게 흘러갈지도 모른다.

그러나.

지금 그의 뇌리에는 한 여자의 얼굴이 각인되어 떠나질 않는다. 생각지 않으려 해도 문득 정신을 차리고 보면 그녀를 생각하고 있었다.

마코토는 머리를 저었다. 초조함에 가까운 감정이 그의 내면을 지배하고 있었다.

몇 분 후 가구점 트럭이 도착했다.

4

다음 날 저녁 7시, 마코토는 신주쿠 역 빌딩 안에 있는 찻집에 앉아 있었다.

옆 테이블에서는 간사이 지방 사투리를 쓰는 남자 둘이서 큰 소리로 야구 얘기를 하고 있었다. 물론 타이거스 얘기다. 전문가들조차 아무도 예상하지 못했는데, 줄곧 부진을 면치 못하던 타이거스가 올해는 우승을 목전에 두고 있다. 이 이례적인 사태에 간사이 출신들이 크게 기운을 얻는 모양이었다. 마코토의 회사에서도 여태까지 한신 팬이라고 입도 뻥끗하지 않았던 부장이 갑자기 사내 팬클럽을 결성해서 매일같이 퇴근 후에 술자리를 벌이고 있었다. 이 소동이 당분간은 가라앉지 않겠구나 싶어 교진 팬인 마코토는 넌더리를 내고 있다.

그러나 오랜만에 듣는 간사이 사투리가 정겨워서 기분이 나쁘지는 않았다. 그가 졸업한 에이메이 대학은 오사카에 있다. 그리고 그는 지난 4년간 센리에 있는 아파트에서 혼자 살았다.

그가 커피를 두 모금 마셨을 때 만나기로 한 상대가 나타났다. 회색 양복을 말쑥하게 차려입은 모습이 이제 완연한 회사원이다.

"앞으로 2주일 후면 독신 생활과도 안녕이군. 그래, 기분이 어때?"

시노즈카 가즈나리가 싱글거리면서 맞은편 자리에 앉았다. 웨이트리스가 다가오자 그는 에스프레소를 주문했다.

"갑자기 불러내서 미안하다."

"괜찮아. 월요일은 비교적 한가하거든."

시노즈카가 가늘고 긴 다리를 꼬았다.

그와는 같은 대학을 다녔고 댄스부에서도 같이 활동했다. 시노즈카가 부장이었고 마코토는 부부장이었다.

사교댄스를 배우려는 학생은 가정환경이 웬만한 경우가 많다. 시노즈카는 큰아버지가 대형 제약 회사의 사장인 재벌가 자제였다. 본가는 고베에 있지만 현재는 도쿄에 올라와 자기네 회사 영업부에서 일한다.

"나보다 네가 바쁘지 않겠어? 여러 가지로 분주할 텐데."

시노즈카가 말했다.

"그렇지, 뭐. 어제 신혼집에 가구랑 가전제품이 들어왔어.

오늘 밤부터는 내가 혼자 거기서 자게 될 거야."

"살림살이가 착착 갖춰져 가는구나. 이제 신부만 들어오면 완성인가."

"다음 토요일에는 그녀의 짐도 들어올 거야."

"그래, 드디어 네가 장가를 가는구나."

"그러게 말이다."

마코토는 시노즈카의 눈을 슬쩍 피하며 커피 잔을 입으로 가져갔다. 시노즈카의 웃는 얼굴이 오늘따라 왠지 눈부시다.

"그런데 할 얘기가 뭐야? 어제 통화할 때는 목소리가 자못 심각하던데."

"어, 그게⋯⋯."

어젯밤, 집에 돌아온 마코토는 시노즈카에게 전화를 걸었다. 그리고 전화로는 하기 어려운 얘기가 있다고 했다.

"설마 이제 와서 독신 생활에 미련이 남는다는 얘기는 아니겠지?"

그러고서 시노즈카는 웃었다.

물론 그는 농담으로 던진 말일 것이다. 하지만 지금의 마코토는 재치 있는 농담으로 받아칠 만한 여유가 없었다. 어떤 의미에서 시노즈카의 농담은 정곡을 찔렀기 때문이다.

마코토의 표정에서 무언가를 감지했는지 시노즈카가 눈썹을 세우며 몸을 앞으로 내밀었다.

"이봐, 다카미야."

그때 웨이트리스가 에스프레소를 들고 왔다. 시노즈카는 테이블에서 몸을 약간 뗐지만 눈은 그대로 마코토를 바라보고 있었다.

웨이트리스가 멀어지자 시노즈카는 커피 잔에 손도 대지 않은 채 다시 마코토에게 물었다.

"설마 너, 장난이지?"

"망설이고 있어, 사실은."

마코토는 팔짱을 끼고 친구의 눈을 똑바로 바라보았다.

시노즈카가 눈을 휘둥그레 뜨며 입을 반쯤 벌렸다. 그리고 주위를 살피듯 두리번거리더니 다시 마코토를 보았다.

"망설일 게 뭐 있어, 새삼스럽게?"

"그러니까……"

마코토가 결심한 듯 입을 열었다.

"이대로 결혼을 해도 좋은지 어떤지 말이야."

시노즈카의 표정이 굳어졌다. 그는 마코토의 얼굴을 빤히 바라보다가 천천히 고개를 끄덕거렸다.

"걱정할 거 없어. 남자들 대부분이 결혼 날짜가 다가오면 도망치고 싶어 한다는 얘기는 나도 들은 적이 있어. 가정을 갖게 된다는 중압감과 갑갑함이 갑자기 밀려오기 때문이겠지. 괜찮아, 너만 그런 게 아니야."

시노즈카는 마코토의 말을 호의적으로 해석한 듯했다. 그러나 마코토는 고개를 젓지 않을 수 없었다.

"안타깝지만 그런 의미가 아니야."

"그럼 도대체 무슨 의미인데?"

당연한 질문을 하는 시노즈카의 눈을 마코토는 똑바로 바라볼 수가 없었다. 지금의 솔직한 심정을 털어놓으면 그가 자신을 얼마나 경멸할지 불안했다. 그러나 이 남자 말고는 의논할 상대가 없다.

마코토는 잔을 들어 물을 벌컥벌컥 마셨다.

"실은 좋아하는 여자가 생겼어."

뜻밖의 말에 시노즈카는 아무 반응을 보이지 않았다. 표정도 변하지 않았다.

마코토는 의미가 제대로 전달되지 않았나 보다고 생각했다. 그래서 다시 한 번 말하려고 숨을 들이쉬었다.

그때 시노즈카가 입을 열었다.

"어떤 여자야?"

그가 심각한 눈빛으로 마코토를 똑바로 보았다.

"지금은 우리 회사에 다니고 있어."

"지금은……이라니?"

당혹감을 나타내는 시노즈카에게 마코토는 미사와 지즈루에 대해 얘기했다. 시노즈카의 회사에서도 용역 사원을 이용하는 경우가 있는지 그는 사정을 금세 이해하는 듯했다.

"그럼 아직은 업무상으로만 만난다는 얘기지, 개인적으로 만나거나 하지는 않고?"

얘기를 다 듣고 나서 시노즈카가 물었다.

"지금 내 입장에서 데이트 신청을 할 수는 없잖아."

"그야 그렇지. 게다가 상대 여자가 너를 어떻게 생각하는지도 모른다는 얘기잖아."

"그래."

"그렇다면,"

시노즈카의 입가에 희미한 미소가 떠올랐다.

"그 여자는 잊는 편이 좋지 않겠어? 내게는 일시적인 흔들림으로밖에 보이지 않는데."

친구의 말에 마코토도 희미하게 미소 지었다.

"그렇게 말할 줄 알았어. 내가 너라도 똑같은 말을 했을 거야."

"아, 미안."

시노즈카가 아차 싶었는지 얼른 사과했다.

"그래, 그 정도는 너도 충분히 알고 있겠지. 그런데도 마음을 다스릴 수 없으니까 내게 상담을 청했을 텐데."

"말도 안 되는 생각을 하고 있다는 건 나도 알아."

그렇겠지, 하면서 시노즈카가 고개를 끄덕였다. 그리고 이미 미지근해졌을 에스프레소를 한 모금 마셨다.

"언제부터였어?"

"뭐가?"

"그 여자에게 마음을 두기 시작한 거 말이야."

"아아."

마코토는 잠시 생각을 하는 듯했다.

"올 4월쯤인가…… 그녀를 처음 봤을 때부터야."

"그럼 반년도 더 됐잖아. 왜 좀 더 빨리 어떻게든 하지 않았어?"

시노즈카의 목소리에서 답답함이 묻어났다.

"어떻게도 할 수 없었어. 예식장 예약도 끝났거니와 약혼식을 바로 앞두고 있었어. 아니, 그보다도 내가 내 마음을 믿을 수 없었어. 좀 전에 너도 말했지만 일시적인 흔들림일 거라고 생각했으니까. 그러니 이상한 마음은 버려야 한다고 나 자신을 달래려고 했지."

"그런데 오늘까지 버리지 못했다는 거군."

시노즈카는 한숨을 쉬고 나서, 학생 시절에는 살짝 파마를 했었지만 이제는 단정하게 자른 머리카락 사이에 손가락을 넣고 머리를 긁었다.

"겨우 2주를 남겨 두고 참 골치 아픈 얘기를 하는구나."

"미안하다. 하지만 이런 걸 상담할 수 있는 사람이 너밖에 없어."

"그래, 이해해."

그렇게 말하면서도 시노즈카는 계속 얼굴을 찡그리고 있었다.

"하지만 현실적인 문제로, 상대 여자의 마음도 모르잖아. 너를 어떻게 생각하는지 말이야."

"그야 그렇지."

"그렇다면 문제는 지금 네 마음이야."

"이런 마음으로 결혼을 해도 좋은 건지 어떤 건지 나도 잘 모르겠어. 아니, 더 솔직히 말하면 지금 상태로는 식을 올리고 싶지 않아."

"그래, 나도 그 마음은 이해할 수 있을 것 같다."

시노즈카는 다시 한숨을 쉬었다.

"그럼 유키호에 대해서는 어떻게 생각하는데? 이제 좋아하지 않는 거야?"

"아니, 그런 건 아니야. 그녀를 지금도……."

"하지만 백 퍼센트는 아니라는 거군."

마코토는 시노즈카의 말을 반박할 수가 없었다. 그는 컵에 남은 물을 한입에 다 털어넣었다.

"내가 이래라저래라 할 건 아니지만 아무래도 지금 그 기분으로 결혼식을 올리는 건 두 사람 모두에게 좋지 않을 것 같다. 물론 너와 유키호, 두 사람을 말하는 거야."

"너라면 어떻게 하겠어?"

마코토가 물었다.

"나 같으면 결혼이 결정됐다면 가능한 한 딴 여자와는 얼굴을 마주치지 않을 거야."

시노즈카 특유의 농담에 마코토는 웃었다. 하지만 진심으로 웃을 수 있는 기분은 결코 아니었다.

"그래도 만일 식을 올리기 전에 좋아하는 여자가 생겼다면,"

시노즈카는 잠시 말을 끊고 비스듬히 위쪽으로 시선을 주었다가 다시 마코토를 보았다.

"나라면 결혼을 보류할 거야."

"2주일 남았는데도?"

"하루 전이라도."

마코토는 입을 다물었다. 친구 말이 무겁게 다가왔다.

시노즈카가 분위기를 누그러뜨리려는 듯 하얀 이를 드러내고 웃었다.

"내 일이 아니니까 이렇게 멋대로 말할 수 있는 거겠지. 그렇게 간단한 일이 아니라는 거 잘 알아. 게다가 마음의 정도라는 문제도 있어. 그 여자에 대한 네 마음이 어느 정도인지 나는 모르잖아."

그 말에 마코토는 고개를 깊이 끄덕였다.

"참고할게."

"사람은 저마다 가치관이 달라. 네가 어떤 결론을 내리든 나는 뭐라 하지 않을 거야."

"결론이 나면 보고하지."

"기분 내키면."

그렇게 말하고 시노즈카는 또 웃었다.

5

손으로 그린 약도에 표시된 빌딩은 신주쿠 이세탄 백화점 바로 옆에 있었다. 그 빌딩 3층에 '민예 선술집'이라는 간판이 붙어 있었다.

"이왕 하는 거, 좀 더 멋진 데서 해 주면 좋잖아."

엘리베이터를 타고 올라가면서 아케미가 투덜거렸다.

"아저씨들이 정한 거라 그렇지, 뭐."

지즈루의 말에 "하긴 그래." 하며 아케미가 넌더리 난다는 표정으로 고개를 끄덕였다.

가게 입구에는 격자 모양의 자동문이 있었다. 아직 7시도 안 되었는데 벌써 술 취한 손님들의 고성이 들려온다. 문이 열리자 넥타이를 느슨하게 풀어 놓은 회사원 같은 남자들의 모습이 보였다.

지즈루와 아케미가 들어서자 가게 안쪽에서 "아, 여기야, 여기." 하는 소리가 들렸다. 도자이 전장 특허 라이선스부에서 알고 지냈던 얼굴들이 나란히 보인다. 여러 개의 테이블을 차지하고 있는 그들 중 몇 명은 벌써 얼굴이 벌겠다.

"술을 따르라고 하면 테이블을 걷어차고 나가 버리자."

지즈루의 귀에 대고 아케미가 속삭였다. 실제로 어떤 직장에 가든 술자리에서 술을 따르라고 강요하는 경우가 많았다.

하지만 설마 오늘이야 그런 일이 있겠냐고 지즈루는 생각했다. 오늘은 그녀들을 위한 송별회 자리이기 때문이다.

뻔한 인사말과 건배가 이어졌다. 이것도 일이라고 마음먹은 지즈루는 미소를 지어 보였다. 하지만 돌아갈 때는 조심해야 한다고 생각했다. 사내에서 여직원에게 이상한 짓을 했다가 시끄러워지면 골치 아프지만, 파견 사원이라면 뒤탈이 없다고 생각하는 남자들이 의외로 많다는 것을 지즈루는 지금까지의 경험으로 잘 알고 있다.

다카미야 마코토는 그녀와 대각선 자리에 앉아 있었다. 그는 이따금 안주를 집어 먹으면서 생맥주를 마셨다. 평소에도 말수가 많지 않은 그는 오늘도 사람들 얘기를 듣는 역할이다.

그런 그의 시선이 자꾸 자신을 힐끔거리고 있다고 지즈루는 느꼈다. 그러다가 그녀가 그를 보면 슬며시 눈길을 피한다, 는 게 그녀의 생각이었다.

설마. 자의식 과잉이야. 지즈루는 속으로 자신을 그렇게 타일렀다.

어느새 화제는 아케미의 결혼 얘기로 옮아갔다. 그녀를 꼬드겨 보려고 한 남자가 한둘이 아니었다는 뻔한 농담이 혀가 살짝 꼬부라진 계장의 입에서 나왔다.

"요즘 같은 격동의 시기에 결혼을 해서 앞으로 어떻게 살아나갈지 걱정이에요. 아들을 낳게 되면 꼭 한신 타이거스처럼 되라고 도라오라고 이름을 지을 거예요."

아케미도 알코올기가 도는지 그런 말로 모두를 웃겼다.

"그러고 보니 다카미야 씨도 결혼하신다면서요?"

목소리가 어색하지 않도록 조심하면서 지즈루가 물었다.

"어, 뭐……."

마코토가 난처한 표정으로 말을 얼버무렸다.

"내일 모레야, 내일 모레."

지즈루 맞은편에 앉아 있는 나리타라는 남자가 다카미야 마코토의 어깨를 두드리며 말했다.

"내일 모레면 이 친구의 화려한 독신 생활도 끝나는 거지."

"축하드려요."

지즈루의 인사에 마코토는 고마워, 라고 작은 소리로 답했다.

"이 친구 말이지, 모든 면에서 축복받은 남자라고. 그러니까 축하한다 어쩐다 할 필요가 전혀 없어요."

그렇게 말하는 나리타도 발음이 엉켰다.

"축복이라니 당치 않아요."

마코토는 난감한 표정을 지으면서도 웃어 보였다.

"아니, 당신은 진짜 축복받았어. 미사와 씨, 좀 들어 보라고. 이 친구, 나보다 두 살 아래인데 벌써 자기 집이 있단 말이야. 이게 말이나 되는 소리야?"

"제 집이 아니에요."

"자네 집이 아니라고? 집세 안 내도 되는 맨션이잖아. 그게 자기 집이 아니고 뭐야?"

나리타가 침을 튀기며 덤벼들 듯 말했다.

"그거 어머니 명의예요. 거기 살도록 해 주신 것뿐이라고요. 그러니까 빌붙어 사는 셈이죠."

"허어, 어머니가 맨션을 갖고 있다……, 그거 대단한 거 아니야?"

나리타는 지즈루에게 동의를 구하면서 자신의 잔에 술을 따랐다. 그리고 그 잔을 단숨에 비우더니 얘기를 계속했다.

"게다가 말이야, 보통은 맨션을 갖고 있다고 하면 20, 30평짜리가 하나 있나 보다고 생각하잖아. 그런데 이 친구네는 달라요. 맨션 건물을 통째로 갖고 있단 말이야. 그중 한 채를 받은 거고. 이게 말이 돼?"

"이제 그만하세요."

"아니지, 말이 안 되지. 그런 데다 이번에 맞이하는 신부가 또 엄청난 미인이거든."

"나리타 씨."

마코토가 매우 난처한 표정을 지었다. 그리고 어떻게든 나리타의 입을 막으려는 듯 그의 잔에 술을 따랐다.

"그렇게 아름다운 분이에요?"

지즈루가 나리타에게 물었다. 궁금한 부분이었다.

"아름답지. 여배우 뺨치는 미모야. 게다가 다도에 꽃꽂이까지 할 줄 안다면서?"

"뭐, 조금요."

"대단하네. 영어도 유창하다던데. 제길, 대체 왜 자네한테만 그런 행운이 굴러 들어오느냐 말이야."

"기다려 봐, 나리타. 사람이란 게 그렇게 좋은 일만 계속되지는 않는 법이야. 그러니까 자네한테도 언젠가는 행운이 굴러 들어올 거라고."

맨 끝자리에 앉은 과장이 말했다.

"허어, 그럴까요? 그게 과연 언제일까요?"

"글쎄, 반세기쯤 지나면 어떻게 되지 않겠어?"

"하 참, 50년 후면 제가 살아 있을지 죽었을지도 모른다고요."

나리타의 말에 모두가 웃었다. 지즈루도 웃으면서 슬쩍 마코토 쪽을 살폈다. 그 순간 두 사람의 눈이 마주쳤다. 지즈루는 그가 무언가를 전하고 싶어 한다고 느꼈다. 하지만 그것도 착각일 것이라고 자신을 다독였다.

송별회는 9시에 끝났다. 가게를 나올 때 지즈루는 마코토를 불러 세웠다.

"이거, 결혼 선물이에요."

그녀는 가방에서 조그만 상자를 꺼냈다. 어제 집에 가는 길에 산 것이다.

"오늘 회사에서 전하려고 했는데 기회가 없었어요."

"그러지 않아도 되는데……."

그가 포장을 풀었다. 안에 든 것은 파란색 손수건이었다.

"고마워. 소중하게 간직할게."

"반년 동안 고마웠습니다."

그녀는 두 손을 앞으로 모으고 고개를 숙였다.

"내가 뭐 해 준 게 있다고. 그보다, 앞으로 어떻게 할 거지?"

"잠시 고향에 내려가 있으려고 해요. 모레 삿포로로 출발할 거예요."

"으응……."

그는 고개를 끄덕이면서 손수건을 상자에 넣었다.

"아카사카에 있는 호텔에서 식을 올리신다면서요? 그때 저는 아마 삿포로에 있을 거예요."

"아침 일찍 출발하나 보군."

"내일 밤은 시나가와의 호텔에서 묵을 예정이에요. 다음 날 아침 일찍 출발하려고요."

"어느 호텔이야?"

"파크 사이드 호텔이에요."

그러자 마코토는 또 뭔가 말하고 싶은 표정을 지었다. 그런데 그때 입구 쪽에서 부르는 소리가 들렸다.

"이봐, 뭐해? 다들 내려갔어."

다카미야는 가볍게 손을 들어 보이며 입구로 향했다. 그를 따라가면서, 이제 이 사람의 등을 바라보는 일도 없겠지, 하고 지즈루는 생각했다.

6

지즈루와 아케미의 송별회가 끝난 후 마코토는 세이조에 있는 본가로 돌아갔다.

본가에는 어머니 요리코와 외할머니, 외할아버지가 살고 있다. 돌아가신 아버지는 데릴사위였고, 어머니 요리코가 몇 대에 걸친 자산가인 다카미야 가문의 직계다.

"이제 드디어 이틀 남았네. 내일은 바쁘겠어. 미장원에도 가야 하고 주문한 보석도 찾으러 가야 하고. 아침 일찍 일어 나야겠는걸."

앤티크풍의 식탁 위에 신문을 펼쳐 놓고 사과 껍질을 깎으 면서 요리코가 말했다.

마코토는 그녀와 마주 앉아 잡지를 읽는 척하면서 시계에 신경을 쓰고 있었다. 11시가 되면 전화를 걸자고 마음먹었다.

"결혼은 마코토가 하는데 네가 그렇게 치장해서 뭐하려고."

소파에 앉아 있던 외할아버지 진이치로가 말했다. 앞에는 체스판이 놓여 있고 왼손에는 파이프를 쥐고 있다. 여든이 넘 었는데도 걸음걸이가 꼿꼿하고 목소리도 쩌렁쩌렁한 분이다.

"아버지도 참! 자식 결혼식이 어디 두 번 있는 일인가요. 그 핑계로 멋을 부려도 괜찮잖아요. 안 그래요?"

'안 그래요'는 외할아버지와 마주 앉아 뜨개질을 하고 있 는 외할머니 후미코를 향한 것이다. 몸집이 자그마한 외할머 니는 잠자코 방글거리기만 했다.

외할아버지의 체스, 외할머니의 뜨개질, 그리고 어머니의 명랑한 수다. 이것들은 마코토의 어린 시절부터 이 집안 특 유의 분위기를 만들어 온 것이다. 그리고 그가 결혼식을 이 틀 앞둔 오늘 밤 역시 조금도 변함이 없었다. 이 집에 남아 있 는 그런 불변의 것들을 그는 사랑한다.

"마코토가 신부를 맞게 되다니, 나는 쭈그렁 할배가 됐다는 얘기지."

진이치로가 감회에 젖은 듯 말했다.

"두 사람 다 결혼하기에는 아직 이른 감이 있지만, 사귄 지 벌써 4년이나 됐으니 더 끌어 봤자 좋을 게 없어요."

그렇게 말하면서 요리코는 마코토를 보았다.

"새아기가 아주 참해서 안심이에요."

후미코의 말에 진이치로도 "그래, 좋은 아이지. 아주 야무지기도 하고."라고 맞장구쳤다.

"저도 마코토가 처음 집에 데려왔을 때부터 마음에 들었어요. 역시 가정교육을 잘 받은 아이는 다르더라고요."

요리코가 깎은 사과를 접시에 담으며 말했다.

마코토는 가족에게 처음으로 유키호를 소개했던 날을 떠올렸다. 요리코는 우선 그녀의 외모를 마음에 들어 했고, 다음으로 양모와 둘이 사는 그녀의 처지에 연민을 느끼는 듯했다. 게다가 그 양모라는 사람이 집안일뿐 아니라 다도와 꽃꽂이까지 유키호에게 가르쳤다는 사실을 알고 상당히 감동하는 눈치였다.

요리코가 깎아 준 사과 두 쪽을 먹은 후 마코토는 식탁에서 일어났다. 11시가 다 돼 가고 있었다.

"2층에 올라갈게요."

"내일 밤은 사돈댁과 식사하기로 했으니까 잊지 마라."

요리코가 불쑥 말했다.

"식사라니요?"

"며늘아기와 사부인이 내일 밤에 호텔에서 묵잖니. 그래서 저녁 식사를 같이하면 어떻겠느냐고 했다."

"왜 그런 걸 마음대로 정하세요."

마코토가 언성을 조금 높였다.

"아니, 그러면 안 되는 거니? 어차피 너는 내일 밤에 유키호를 만날 거 아니야."

"……약속이 몇 시인데요?"

"레스토랑에 7시로 예약해 놨다. 그 호텔 프렌치 레스토랑이 유명하단 말이야."

마코토는 더 말하지 않고 거실을 나왔다. 그리고 계단을 올라가 자기 방으로 갔다.

최근에 산 양복 등을 제외하고 나머지 짐은 거의 그대로 남아 있었다. 마코토는 학생 시절부터 사용해 온 책상 앞에 앉아 수화기를 들었다. 그만이 사용하는 전화로, 아직은 끊지 않았다.

벽에 붙여 놓은 전화번호 메모를 보면서 그는 버튼을 눌렀다. 벨이 두 번 울렸을 때 전화가 연결되었다.

"여보세요."

무뚝뚝한 대답이 들렸다. 클래식이라도 들으면서 피로를 풀고 있었는지도 모른다.

"시노즈카? 나야."

"어, 그래."

목소리 톤이 조금 높아졌다.

"웬일이야?"

"지금, 통화 괜찮아?"

"응."

시노즈카는 요쓰야에 혼자 살고 있었다.

"실은 중요한 얘기가 있어서 말이지. 놀라지 말고 차분히 들어 줘."

마코토 입에서 어떤 얘기가 나올지 짐작한 듯 시노즈카는 대답이 없었다. 마코토 역시 잠시 침묵했다. 수화기 속에서 지직거리는 잡음만 오갔다. 석 달 전쯤부터 어쩐 일인지 잡음이 심해지더니 이젠 상대의 목소리조차 잘 들리지 않는 일이 잦았다.

"혹시 그 얘기야?"

한참 뜸을 들이던 시노즈카가 드디어 그렇게 물었다.

"그래, 그 일이야."

"야."

가볍게 웃는 소리가 들렸다. 하지만 그 얼굴은 웃고 있지 않을 것이다.

"결혼식이 내일 모레야."

"전에 네가 그랬잖아, 설사 하루 전이라도 결혼을 보류하겠다고."

"그랬지."

시노즈카의 숨소리가 조금 높아졌다.

"너, 진심이냐?"

"진심이야."

그리고 마코토는 침을 한 번 삼키더니 이렇게 말했다.

"내일, 내 마음을 그녀에게 고백할 거야."

"그녀라는 건, 그 파견 사원 말이지? 미사와 씨라고 했던가?"

"응."

"고백해서 어쩌려고, 프러포즈라도 할 참이야?"

"거기까지는 생각해 보지 않았어. 아무튼 내 마음을 전하고 싶어. 그녀의 마음도 알고 싶고. 그뿐이야."

"네게 마음이 없다고 하면?"

"그럼 거기서 끝이지."

"너는 아무 일 없었다는 듯 시치미 뚝 떼고 그다음 날 가라사와랑 결혼할 거고?"

"비겁한 짓이라는 건 나도 알아."

"……아니야."

잠시 간격을 두었다가 시노즈카가 입을 뗐다.

"그런 교활함도 때로는 필요하다고 생각해. 중요한 건 네가 후회하지 않을 길을 선택하는 거지."

"그렇게 말해 주니 조금은 마음이 편해지는군."

"문제는,"

시노즈카의 목소리가 낮아졌다.

"상대편 여성도 너를 좋아한다고 할 경우야. 그때는 어떻게 할 거야?"

"그때는……."

"모든 걸 버릴 수 있겠어?"

"그럴 생각이야."

후우, 숨을 토하는 소리가 들렸다.

"마코토, 그게 얼마나 큰일인지 생각해 봤어? 여러 사람에게 폐를 끼칠 뿐 아니라, 몇몇 사람에게는 마음의 상처를 주는 일이라고. 그리고 무엇보다, 가라사와 씨가 어떻게 생각할지……."

"그녀에게는 어떻게든 보상할 거야."

두 사람은 다시 침묵했다. 잡음만이 전화선을 타고 흘렀다.

"알겠어. 그렇게까지 말하는 걸 보니 어지간히 각오를 한 모양이군. 더는 이러쿵저러쿵하지 않을게."

"걱정 끼쳐서 미안하다."

"나한테 미안할 건 없어. 그보다, 경우에 따라서는 내일 모레 큰 소동이 벌어질 수도 있겠네. 이거 나까지 소름이 돋는걸."

"나도 굉장히 긴장하고 있어."

"그렇겠지."

"그런데 너한테 부탁이 하나 있어. 내일 밤에 시간 있니?"

7

운명의 날은 아침부터 비가 추적추적 내렸다. 늦은 아침을 먹은 후 마코토는 자기 방에서 멍하니 하늘을 바라보고 있었다. 어젯밤 잠을 제대로 못 잔 탓에 머리가 몹시 아팠다.

그는 어떻게 하면 미사와 지즈루에게 연락을 취할 수 있을까 궁리하고 있었다. 그녀가 오늘 밤 시나가와의 호텔에서 묵는다는 것은 안다. 그러니까 여차하면 찾아갈 수도 있지만, 가능하면 낮 시간에 만나 자신의 마음을 털어놓고 싶었다.

그런데 연락할 방법이 없었다. 개인적인 교류가 전혀 없었기 때문에 전화번호도 주소도 몰랐다. 파견 사원이므로 회사 명부에도 그녀의 이름은 기재돼 있지 않았다.

과장이나 계장은 알고 있을지도 모르지만 무슨 핑계를 대고 물어본단 말인가.

남은 방법은 단 하나였다. 회사로 가서 미사와 지즈루의 연락처를 알아내는 것이다. 토요일이지만 출근한 사원이 적지 않게 있을 터였다. 마코토가 회사에서 뭔가를 찾는다고 해서 뭐라 할 사람은 없었다.

생각이 거기까지 미친 마코토가 의자에서 일어났을 때 현관 벨이 울렸다. 예감이 좋지 않았다.

약 1분 후, 그는 자신의 예감이 적중했다는 것을 확신했다. 누군가 계단을 올라오는 소리가 들렸다. 슬리퍼를 끄는 듯한 특유의 발소리는 틀림없이 요리코의 것이었다.

"마코토, 유키호가 왔다."

요리코가 문밖에서 말했다.

"유키호가요? ……금방 내려갈게요."

아래층으로 내려가니 유키호가 거실에서 식구들과 홍차를 마시고 있었다. 그녀의 오늘 차림은 짙은 갈색 원피스다.

"유키호가 케이크를 가져왔구나. 너도 먹겠니?"

그렇게 묻는 요리코는 기분이 퍽 좋은 모양이었다.

"아니요, 전 됐어요. 그보다, 어쩐 일이야?"

마코토가 유키호를 보며 물었다.

"신혼여행 때 가져갈 물건 몇 가지를 깜빡 잊고 안 샀어요.

504

그래서 같이 사러 가려고요."

그녀는 노래하듯이 말했다. 아몬드 모양의 눈이 보석처럼 반짝반짝 빛났다. 이 여자가 이제는 영락없이 신부 표정이로군, 하고 생각하자 마코토는 가슴이 뜨끔뜨끔 아팠다.

"그래……. 그런데 어떡하지? 잠시 회사에 들를 일이 있는데."

"이런 때에 무슨."

요리코가 미간을 찡그렸다.

"결혼식 직전 휴일에 출근을 시키다니, 그 회사 어떻게 된 거 아니니?"

"아니, 일이라고까지 할 건 아니고 잠깐 훑어볼 자료가 있어서 그래요."

"그럼 쇼핑하러 가는 길에 들르면 어떨까요?"

유키호가 물었다.

"이번 기회에 나도 회사에 한번 가 보고요. 휴일에는 유니폼을 입지 않으니까 외부인도 자유롭게 출입할 수 있다고 언젠가 당신이 그랬잖아요."

"아아, 그건 그렇지만……."

마코토는 내심 당황했다. 유키호가 그렇게 나올 줄은 꿈에도 몰랐던 것이다.

"아니, 넌 회사가 전부니?"

요리코가 입술을 비죽거렸다.

"알았어. 급한 일 아니니까 가지 않을게."

"정말요? 나는 괜찮은데."

"아니야, 됐어."

마코토는 약혼자에게 미소를 지어 보였다. 동시에 머릿속
으로는 오늘 밤 호텔로 미사와 지즈루를 직접 찾아가서 고백
해야겠다고 생각하고 있었다.

옷을 갈아입을 테니 기다리라고 하고서 마코토는 자기 방
으로 올라갔다. 그리고 곧바로 시노즈카에게 전화를 걸었다.

"나 마코토야. 부탁한 거, 문제없는 거지?"

"응, 9시쯤 갈 거야. 그보다, 그녀에게 연락은 했어?"

"아니. 역시 연락처 알아내기가 쉽지 않아. 게다가 지금 유
키호랑 뭘 좀 사러 가야 해."

전화기 저편에서 한숨을 쉬는 소리가 들렸다.

"듣기만 해도 나까지 괴롭다."

"미안하다, 이런 일에 끌어들여서."

"하는 수 없지, 뭐. 그럼 9시에."

"부탁한다."

전화를 끊고 옷을 갈아입은 후 방문을 연 마코토는 복도에
유키호가 서 있는 것을 보고 흠칫 놀랐다. 그녀는 뒷짐을 지
고 벽에 기댄 자세로 그를 쳐다보았다. 입가에는 희미한 미

소를 머금고 있었는데 그 미소가 어쩐지 평소와는 조금 달라 보였다.

"안 내려오길래 뭘 하나 보러 왔어요."

그녀가 말했다.

"미안, 옷 좀 고르느라고."

그리고 그가 계단을 내려가려는데 유키호가 뒤에서 물었다.

"부탁한 게 뭐예요?"

마코토는 하마터면 발을 헛디딜 뻔했다.

"듣고 있었어?"

"들렸어요."

"그래? ……일 얘기야."

그는 다시 계단을 내려가기 시작했다. 그녀가 또 뭘 물을지 조마조마했지만 그 이상의 질문은 없었다.

쇼핑은 긴자에서 하기로 했다. 두 사람은 미쓰코시와 마쓰 야 등 유명 백화점의 유명 브랜드를 돌아보았다.

여행 준비물을 산다더니 유키호는 딱히 뭘 살 생각이 없어 보였다. 그렇게 얘기하자 그녀는 어깨를 으쓱하고서 혀를 쏙 내밀었다.

"사실은 느긋하게 데이트를 하고 싶었어요. 우리에게는 오 늘이 독신으로서 마지막 날이잖아요. 괜찮죠?"

마코토는 조그맣게 한숨을 내쉬었다. 괜찮지 않아, 라고 할 수는 없었다.

윈도쇼핑을 즐기는 유키호의 모습을 바라보며 마코토는 지난 4년간의 일을 떠올렸다. 그리고 그녀에 대한 자신의 마음을 새삼 곱씹어 보았다.

좋아했기에 오늘까지 교제를 이어 온 것은 분명했다. 그러나 결혼을 결심하게 된 직접적인 이유는 무엇이었을까. 과연 그녀에 대한 깊은 애정 때문이었을까.

유감스럽지만 그렇지 않을지도 모른다고 마코토는 생각했다. 결혼에 대해 진지하게 생각하기 시작한 것은 2년 전쯤이었다. 그 무렵 한 가지 사건이 있었다.

어느 날 아침 그는 유키호가 불러내는 바람에 도내에 있는 작은 비즈니스호텔로 갔다. 왜 그녀가 그런 곳에 묵었는지는 잠시 후에 알게 되었다.

유키호는 그때껏 본 적이 없을 만큼 심각한 표정으로 그를 기다리고 있었다.

"이것 좀 봐요."

그렇게 말하면서 그녀가 테이블 위를 가리켰다. 거기에는 담배의 절반 길이쯤 되는 투명하고 가는 파이프 같은 것이 놓여 있었다. 그 안에는 소량의 액체가 들어 있었다.

그녀는 "만지지 말고 그냥 위에서 봐요." 라고 덧붙였다.

그녀가 시키는 대로 위에서 들여다보니 그 파이프 같은 것의 아래쪽에 조그맣고 빨간 두 겹의 동그라미가 보였다. 그가 보이는 대로 말하자 유키호는 말없이 종이 한 장을 내밀었다.

그것은 임신 판정 기구의 취급 설명서였다. 거기에 의하면 두 겹의 동그라미는 임신을 뜻했다.

"아침에 일어나서 첫 소변으로 검사를 하라고 돼 있었어요. 나, 결과를 당신에게 보여 주고 싶어서 여기서 묵었어요."

유키호의 말투로 보아 그녀 자신은 임신을 확신하고 있었다는 걸 알 수 있었다.

마코토가 몹시 어두운 표정을 짓고 있었는지 유키호가 밝은 얼굴로 말했다.

"안심해요, 낳겠다고 하지 않을 테니까. 병원에도 혼자서 갈 거예요."

"괜찮겠어?"

"응. 아직 아이는 곤란하잖아요."

솔직히 말하자면 유키호의 그 말에 마코토는 안도했다. 자신이 아빠가 된다는 것은 상상도 못한 일이었다. 따라서 그런 각오도 있을 리 없었다.

마코토에게 말한 대로 유키호는 혼자 병원에 가서 은밀하게 낙태 수술을 받았다. 그러는 일주일 동안 그녀는 모습을 보이지 않았고, 그 후로는 그때까지와 마찬가지로 밝게 지냈다. 그녀 쪽에서 아기 얘기를 입에 담는 일도 없었다. 그가 그 일에 관해 물으려 해도 그녀는 늘 낌새를 먼저 알아채고 고 개를 저었다.

"아무 말도 하지 말아요. 다 지난 일이야. 난 정말 괜찮아 요."

그 일을 계기로 마코토는 그녀와의 결혼을 진지하게 고려 하게 되었다. 그것이 남자의 책임이라고 생각했다.

그러나, 하고 마코토는 지금에야 생각한다. 더 중요한 것을 당시의 자신은 잊고 있었던 것 아닐까.

8

식사 후 커피를 마시는 척하면서 마코토는 시계를 보았다. 9시가 조금 지나 있었다.

7시부터 시작된 다카미야 집안과 가라사와 집안의 식사에 서는 시종일관 요리코가 수다를 떨었고, 유키호의 양모 가라 사와 레이코는 관대한 미소를 머금은 채 듣는 역할에만 충실 했다. 그녀는 지성이 뒷받침된 진정한 품위를 갖춘 여성이었 다. 내일이면 이 사람까지 배신하게 될지도 모른다고 생각하 자 마코토는 마음이 몹시 괴로웠다.

레스토랑을 나온 시각은 9시 15분경이었다. 거기서 요리코는 예상대로 또 하나의 제안을 했다. 아직 시간이 이르니 바에라도 가지 않겠느냐는 것이었다.

"바는 무척 붐빌 거예요. 1층 라운지로 가시죠. 거기서도 술은 마실 수 있으니까요."

마코토의 의견에 가라사와 레이코가 먼저 동의했다. 그녀는 술을 마시지 못하는 듯했다.

일행은 엘리베이터를 타고 1층으로 내려가 라운지로 향했다. 마코토는 또 시계를 보았다. 9시 20분이 넘었다.

네 사람이 라운지로 들어가려 했을 때였다.

"다카미야."

뒤에서 부르는 소리가 들렸다. 돌아보니 시노즈카가 다가오고 있었다.

"어!"

마코토는 깜짝 놀라는 척했다.

"왜 이렇게 늦었어? 계획을 취소하는 줄 알았잖아."

시노즈카가 작은 소리로 소곤거렸다.

"식사가 길어졌어. 와 줘서 고맙다."

그리고 한두 마디 얘기를 나눈 후 마코토는 가족에게 돌아갔다.

"에이메이 대학 출신들이 이 근처에 모였대요. 잠깐 얼굴만 내밀고 올게요."

"이럴 때 꼭 거길 가야 하니?"

요리코가 노골적으로 언짢은 표정을 지었다.

"어때서요. 친구들과의 교제도 중요하지요."

가라사와 레이코가 그렇게 말했다.

죄송합니다, 라며 마코토는 그녀를 향해 머리를 숙였다.

"될 수 있으면 빨리 돌아와요."

유키호가 그의 눈을 보며 말했다.

응, 하고 마코토는 고개를 끄덕였다.

라운지에서 나오자마자 마코토는 시노즈카와 함께 호텔을 뛰쳐나갔다. 고맙게도 시노즈카는 자신의 포르셰를 몰고 와 있었다.

"속도위반으로 딱지 떼면 벌금은 네가 내는 거다."

그리고 시노즈카는 힘껏 액셀을 밟았다.

파크 사이드 호텔은 시나가와 역에서 도보로 5분 거리에 있었다. 10시 조금 전에 마코토는 호텔 정문 앞에 선 시노즈카의 포르셰에서 내렸다.

그는 프런트로 곧장 걸어가 "미사와 지즈루라는 여성이 묵고 있을 텐데요." 라고 말했다. 머리를 단정하게 자른 프런트 직원이 공손한 말투로 대답했다.

"미사와 씨가 예약을 하신 것은 맞습니다만 아직 체크인을 하지 않으셨습니다."

도착 예정 시간은 9시였습니다, 라고 직원은 덧붙였다.

마코토는 고맙다고 인사하고 프런트를 떠났다. 로비 안을 둘러본 후 그는 근처에 있는 소파에 앉았다. 프런트가 잘 보이는 위치였다.

잠시 후면 그녀가 나타난다. 그런 상상만으로 그의 심장 박동이 빨라졌다.

9

지즈루가 시나가와 역에 도착한 시각은 10시 10분 전이었다. 짐을 싸고 방을 정리하는 데에 생각보다 시간이 오래 걸렸던 것이다.

한 무리의 사람들과 함께 그녀는 역 앞 교차로를 건너 호텔로 향했다.

파크 사이드 호텔의 보행자용 입구는 도로변에 있지만, 정면 현관으로 가려면 거기에서 부지 내 정원을 통과해야 한다. 지즈루는 무거운 여행 가방을 끌면서 구불구불하고 좁은 길을 걸었다. 갖가지 꽃들이 조명을 받아 알록달록한 색상을 뽐냈지만 그것까지 감상할 여유는 없었다.

드디어 정면 현관이 바로 앞에 보였다. 택시들이 잇달아 들어와서 현관 앞에 손님을 내려놓고 있었다. 역시 이런 호텔에 올 때는 차를 타고 와야 폼이 나는구나 하고 지즈루는 생각했다. 벨보이들도 걸어오는 손님에게는 별 관심이 없어 보였다.

지즈루가 정면 현관의 자동문을 지나려 할 때였다.

"저, 죄송합니다만,"

뒤에서 누가 불쑥 말을 걸었다.

돌아보니 거무스름한 양복을 입은 젊은 남자가 서 있었다.

"실례지만 이 호텔에 체크인 하실 분인가요?"

남자가 물었다.

"그런데요."

지즈루는 경계를 늦추지 않은 채 대답했다.

"실은 저, 경시청에서 나왔습니다."

남자는 웃옷 안주머니에서 검은 수첩을 살짝 빼 보였다.

"긴히 부탁드릴 일이 있는데요."

"저한테…… 말인가요?"

지즈루는 당황스러웠다. 자신이 어떤 사건에 연루됐던 기억은 없었다.

잠깐 이쪽으로, 라며 남자가 정원 쪽으로 걸음을 옮겼다. 하는 수 없이 지즈루는 그를 따라갔다.

"오늘 밤, 혼자 묵으실 예정입니까?"

"네, 그런데요."

"죄송하지만 이 호텔이 아니면 안 되겠습니까? 그러니까…… 저 안쪽에도 호텔이 있는데 그쪽에서 묵으시면 안 될까요?"

"그거야 상관없지만 이 호텔에 예약을 했는데……."

"그러시겠죠. 그래서 부탁드리는 겁니다."

"무슨 일인데 그러시죠?"

"실은 이 호텔에 어떤 사건의 범인이 묵고 있습니다. 그래서 저희로서는 가능한 한 가까운 곳에서 감시하고 싶은데, 공교롭게도 오늘 밤은 단체 손님 예약이 있어서 수사에 필요한 방을 확보하지 못한 상태입니다."

남자가 하고 싶은 말이 무엇인지 지즈루는 이해할 수 있었다.

"그래서 제 방을 쓰고 싶다는 건가요?"

"그렇습니다."

남자는 고개를 끄덕였다.

"이미 체크인 한 손님에게 방을 바꿔 달라고 하기는 어려운 일이죠. 수상한 움직임을 보여서 범인이 눈치채게 해서도 안 되고요. 그래서 아직 체크인 하지 않은 손님을 기다리고 있었습니다."

"하아, 그렇군요."

지즈루는 상대 남자를 다시 찬찬히 보았다. 꽤 젊은 인상이었다. 아직 풋내기인지도 모른다. 그래도 양복을 말쑥하게 차려입은 모습과 성의를 다하려는 자세는 호감이 갔다.

"만약 양해해 주신다면 오늘 밤 숙박비는 저희 쪽에서 지불하겠습니다. 그리고 호텔 앞까지 모셔다드리죠."

남자가 그렇게 말했다. 억양에 간사이 사투리가 살짝 섞여 있었다.

"저 안쪽에 있는 호텔이라면 퀸 호텔을 말하는 거죠?"

지즈루가 물었다. 그 호텔이라면 파크 사이드 호텔보다 급이 한층 높다.

"퀸 호텔의 4만 엔짜리 방을 확보해 두었습니다."

그녀의 속내를 간파하기라도 한 것처럼 남자는 방의 등급을 분명하게 밝혔다.

내 돈 주고는 절대 묵을 일이 없는 방이다, 라고 지즈루는 생각했다. 그래서 그녀는 마음을 굳혔다.

"그런 일이라면 그렇게 하셔도 좋아요."

"감사합니다. 그럼 제가 호텔 앞까지 모셔다드리겠습니다."

남자가 지즈루의 가방으로 손을 뻗었다.

10시 반이 넘었는데도 미사와 지즈루는 나타나지 않았다.

마코토는 누군가 두고 간 신문을 펼쳐 들고서도 시선을 프런트에서 떼지 않았다. 빨리 마음을 고백하고 싶다기보다 지금은 그저 그녀의 얼굴을 보고 싶었다. 심장은 여전히 빠른 속도로 뛰고 있었다.

여자 손님 하나가 프런트로 다가갔다. 순간 퍼뜩 놀랐지만 다른 사람이라는 것을 알고는 실망하며 눈을 내리깔았다.

"여기서 묵고 싶은데, 방이 있나요?"

여자 손님이 물었다.

"한 분이신가요?"

프런트 직원이 묻는다.

"네."

"그럼 싱글이라도 괜찮겠습니까?"

"네, 괜찮아요."

"알겠습니다. 준비해 드리죠. 1만 2천 엔, 1만 5천 엔, 1만 8천 엔, 이렇게 세 종류의 방이 있는데 어느 걸로 하시겠습니까?"

"1만 2천 엔짜리로 할게요."

다행히 예약하지 않고도 잘 수 있나 보군, 하고 마코토는 생각했다. 오늘 밤은 단체 손님도 없는 모양이다.

그는 입구 쪽을 한 번 바라보고 나서 다시 멍하니 신문을 들여다보았다. 글자를 읽고 있기는 한데 내용은 하나도 머리에 들어오지 않는다.

그 와중에도 한 가지, 그의 관심을 끄는 기사가 있긴 했다. 도청에 관한 것이었다.

작년에서 올해에 걸쳐 공산당원의 전화가 경찰에 의해 도청당하는 일이 잇따라 발생했던 모양이다. 그래서 공안 경찰의 행태 등에 관해 각처에서 논의가 이루어지고 있다는 내용이었다.

그러나 마코토의 관심은 그런 정치적인 부분에 있지 않았다. 도청이 발각되기까지의 경위가 마음에 걸렸다.

전화의 잡음이 늘고 수화 음량이 작아져서 전화 소유자가 통신 회사에 조사를 의뢰한 것이 계기였다고 한다.

문득 자기 집은 괜찮은 걸까 생각했다. 그의 전화도 기사에 쓰여 있는 것과 똑같은 증상을 보이고 있기 때문이다. 하기야 그의 전화를 도청해서 이득을 볼 만한 사람이 있을 것 같지는 않았다.

마코토가 신문을 접었을 때였다. 프런트 직원이 그에게 다가왔다.

"미사와 씨를 기다리고 계신가요?"

"네, 그런데요."

마코토는 저도 모르게 엉덩이를 들었다.

"실은 방금 전화가 왔습니다, 예약을 취소하시겠다고요."

"취소라고요?"

마코토는 온몸의 힘이 쭉 빠져나가는 것을 느꼈다.

"지금 어디 있답니까?"

"그런 말씀은 없었습니다. 그리고 전화를 하신 분은 남자였습니다."

"남자요?"

"네."

직원이 고개를 끄덕했다.

마코토는 휘청휘청 걸음을 옮기기 시작했다. 뭘 어떻게 해야 할지 알 수 없었다. 하지만 적어도 여기서 마냥 기다려 봐야 무의미하다는 것만은 분명했다.

그는 정면 현관을 통해 밖으로 나갔다. 택시가 주욱 늘어서 있었다. 맨 앞에 있는 택시에 올라탄 그는 세이조로, 라고 말했다.

갑자기 웃음이 터져 나왔다. 자신의 어처구니없음이 우스꽝스러워 견딜 수 없었다.

결국 자신과 그녀 사이의 운명의 끈은 이어지지 않았다고 그는 생각했다. 호텔 예약을 취소하는 것은 흔치 않은 일이다.

그리고 그런 흔치 않은 일이 벌어진 것은 뭔가 초자연적인 힘이 작용했다고밖에는 생각되지 않았다.

그러나 돌이켜 보면 고백할 기회는 얼마든지 있었다. 그 기회를 다 놓치고 오늘까지 왔다는 것 자체가 애당초 잘못된 일인지도 모른다.

그는 주머니에서 손수건을 꺼내 이마에 맺힌 땀을 닦았다. 그 손수건을 도로 주머니에 넣으려던 그는 그것이 지즈루에게 선물 받은 것임을 깨달았다.

내일의 피로연 순서를 떠올리며 그는 눈을 감았다.

8
장

1

  가게 문을 닫을 시각인 6시가 되어 갈 무렵, 쉰 살 전후로 보이는 체구가 작은 중년 남자와 고등학생으로 보이는 깡마른 소년이 함께 들어왔다. 분위기로 보아 부자간인가 보다고 소노무라 도모히코는 짐작했다. 게다가 아들 쪽은 도모히코가 아는 얼굴이었다. 가게에 몇 번인가 온 적이 있기 때문이다. 그러나 소년은 좀처럼 입을 여는 일도, 무언가를 사는 일도 없이 전시돼 있는 고급 컴퓨터를 들여다보다가 돌아갈 뿐이었다. 그런 손님은 그 소년 외에도 여럿이 있었다. 도모히코는 전혀 눈치를 주지 않았다. 눈치를 줬다가는 구경만 하는 것은 안 되는 줄 알고 두 번 다시 발걸음을 하지 않을 우려가 있기 때문이다. 마음껏 구경하고, 만에 하나 생각지 못했던 수입이 생기거나 성적이 올라 부모님이 선물을 사 주겠다고 했을 때 손님으로 찾아와 주면 된다는 것이 이 가게의 경영자, 즉 기리하라 료지의 생각이었다.

  금테 안경을 낀 아버지는 좁은 가게 안을 한 바퀴 둘러본 후 우선 간판 상품인 컴퓨터에 눈길을 주었다. 소년이 늘 들여다보던 물건이었다. 부자는 그 컴퓨터를 보면서 뭐라고 소곤소곤 얘기하고 있었다. 이윽고 아버지가 "뭐야, 이게." 하면서 몸을 뒤로 크게 젖혔다. 상품의 가격표를 본 모양이다. 아무리 그래도 이건 너무 비싸지, 하고 어림없다는 투로 아들에게 말한다. 그러자 아들은 이것 말고도 종류가 많다고 했다.

도모히코는 컴퓨터 화면을 향한 채 손님에게는 전혀 관심이 없는 척하면서 부자의 모습을 관찰하고 있었다. 아버지 쪽은 외국 경치라도 감상하는 듯한 시선으로 가게에 진열된 컴퓨터와 주변 기기를 물끄러미 바라볼 뿐이었다. 컴퓨터에 관한 지식이 없는 게 분명했다. 흰머리가 약간 섞인 머리를 단정하게 손질한 그는 목이 올라오는 스웨터 위에 털실로 짠 카디건을 걸친 캐주얼한 차림이지만 회사원 냄새를 지울 수는 없었다. 어느 회사의 부장쯤 되겠지, 하고 도모히코는 값을 매겼다. 12월인데 이런 차림이라는 것은 자가용을 타고 왔다는 뜻이다.

진열 케이스 안에 든 부품류를 체크하던 나카지마 히로에가 도모히코를 힐끔 보았다. 말이라도 건네 보는 게 좋지 않겠어, 하는 시선이다. 알고 있어, 라는 의미로 그는 살며시 고개를 끄덕였다.

적당한 기회를 보던 도모히코가 자리에서 일어섰다. 그리고 부자를 향해 친절하게 미소 지었다.

"어떤 물건을 찾으시죠?"

그러자 아버지 쪽에서는 옳다구나 싶으면서도 다소 기가 죽은 표정을 지었다. 아들 쪽은 타인과의 소통이 서툰지, 부루퉁한 얼굴로 선반에 전시된 소프트웨어에 눈길을 준 채 돌아보지 않는다.

"아니, 아들이 컴퓨터를 사고 싶다고 하는데……."

그리고 아버지는 씩 웃어 보였다.

"어떤 걸 사야 좋을지 도무지 알 수가 있어야지."

"어떤 용도로 사용하실 건데요?"

도모히코는 부자의 얼굴을 번갈아 보았다.

"어디다 쓸 거지?"

아버지가 아들에게 물었다.

"문서 작성도 하고 통신도 하고……."

아들은 고개를 숙인 채 중얼중얼 대답했다.

"게임도 하고?"

도모히코의 물음에 아들은 희미하게 고개를 끄덕였다. 여전히 부루퉁한 표정을 짓고 있는 것은 컴퓨터를 사는 데 아버지와 함께 올 수밖에 없었던 것에 대한 겸연쩍음 때문일 것이다.

"예산은 어느 정도죠?"

도모히코가 아버지에게 물었다.

"글쎄…… 10만 엔 정도로 생각하고 있는데."

"10만 엔 갖고는 못 산다니까."

아들이 퉁명스럽게 말한다.

"잠깐 기다려 보시죠."

도모히코는 자신의 자리로 가서 키보드를 두드렸다. 화면에 곧 재고 목록이 나타났다.

"88 중에 마침 좋은 게 있군요."

"88이라니?"

아버지가 미간에 주름을 잡았다.

"NEC의 88 시리즈 말입니다. 올 10월에 갓 출시된 상품으로, 본체 가격만 10만 엔 정도 하죠. 그런데 좀 더 할인을 해드릴 수도 있을 것 같아요. 품질은 절대 나쁘지 않습니다. CPU 클럭이 14메가헤르츠, 표준 램은 64킬로바이트고 여기에 모니터를 합해서 12만 엔까지 드릴 수 있습니다."

도모히코는 뒤쪽 선반에서 카탈로그를 꺼내 부자에게 내밀었다. 아버지가 먼저 받아 들어 훌훌 넘겨 본 후 아들에게 주었다.

"프린터는 필요하지 않아?"

고민하는 표정의 아들에게 도모히코가 물었다.

"있으면 좋겠는데."

소년이 중얼거리듯 대답한다.

도모히코는 다시 컴퓨터로 재고를 조사했다.

"6만 9천 8백엔짜리 열 전사 프린터가 있네요."

"다 합하면 19만 엔이군."

아버지가 떨떠름한 표정을 지었다.

"완전히 예산 초과야."

"죄송하지만 이 외에 소프트웨어도 구입하셔야 합니다."

"소프트웨어?"

"컴퓨터가 여러 가지 일을 할 수 있도록 해 주는 프로그램이죠. 그게 없으면 컴퓨터는 그저 상자에 불과합니다. 스스로 프로그램을 만들 수 있으면 얘기가 다르지만요."

"뭐야, 그런 건 세트로 들어 있는 거 아닌가?"

"용도별로 다른 프로그램이 필요합니다."

"흐음……."

"워드 프로세서와 그 밖에 대표적인 소프트웨어 몇 개를 추가하면……."

도모히코가 전자계산기를 두드려 최종적으로 16만 9천8백엔이라는 숫자를 아버지 쪽에 보였다.

"이 정도면 어떠시겠습니까? 다른 가게에서는 절대 나올 수 없는 금액입니다."

아버지가 입술을 일그러뜨렸다. 예상보다 돈이 더 들게 되어 기분이 좋지 않은 듯했다. 그런데 아들 쪽은 전혀 다른 생각을 하고 있었다.

"98은 많이 비싼가요?"

"98 시리즈는 30만 엔 정도는 생각해야지. 거기에 주변 기기까지 갖추려면 40만 엔이 넘을지도 몰라."

"그건 안 돼. 어린애 장난감치고는 너무 비싸."

아버지가 고개를 흔들었다.

"그 88인가 뭔가 하는 것도 비싼데 말이야."

"어떻게 하시겠습니까? 부득이 예산에 맞추시겠다면 그런 상품도 있긴 합니다만, 성능은 상당히 떨어집니다. 기종도 오래된 것이고요."

아들의 얼굴을 바라보는 아버지의 눈에 망설이는 기색이 드러났다. 그러나 결국 아들의 애원하는 듯한 시선을 이겨 내지 못하고 "그럼 그 88이라는 걸 사지."라고 대답했다.

"감사합니다. 직접 들고 가시겠습니까?"

"그래, 차로 왔으니까 싣고 가면 되겠지."

"그럼 바로 물건을 가져오겠습니다. 잠깐만 기다려 주세요."

지불 절차는 나카지마 히로에에게 맡기고 도모히코는 가게를 나왔다. 가게라고 해 봐야 사무실용으로 개조한 소형 아파트 하나다. 문에 붙어 있는 '컴퓨터 숍 MUGEN'이라는 간판이 없다면 무얼 하는 곳인지도 모를 정도였다. 그리고 창고용으로 사용하는 곳은 바로 옆집이었다.

그곳에는 사무용 책상과 간단한 소파 세트가 놓여 있다. 도모히코가 들어서자 마주 보고 앉아 있던 두 남자가 거의 동시에 그를 보았다. 한 사람은 기리하라고 다른 한 사람은 가네시로라는 남자였다.

"88이 팔렸어."

기리하라에게 전표를 보이면서 도모히코가 말했다.

"모니터와 프린터 세트로 일, 육, 구, 팔."

"간신히 88을 다 팔았군. 잘했어, 골칫거리가 사라졌으니."

기리하라가 한쪽 뺨에 미소를 떠올렸다.

"이제부터는 98 시대니까 말이야."

"맞아."

아파트 안에는 컴퓨터와 관련 기기가 든 종이 상자들이 천장 근처까지 줄줄이 쌓여 있었다. 도모히코는 상자에 인쇄된 모델 번호를 살피면서 물건들 사이를 걸었다.

"참 소박한 장사로군. 10만 엔 정도를 떨어뜨리고 가는 손님이 간간이 오는 정도잖아."

가네시로가 비아냥조로 말했다. 종이 박스들 사이에 서 있는 도모히코에게는 가네시로의 얼굴이 보이지 않지만, 그 표정이 어떨지는 미루어 짐작하고도 남았다. 홀쭉한 뺨을 일그러뜨리며 움푹 파인 눈을 부라렸을 것이다. 그 남자를 볼 때마다 도모히코는 해골을 연상하지 않을 수 없었다. 회색 양복을 입는 경우가 많은데, 크기가 맞지 않는 옷걸이에 걸린 것처럼 어깨 부분이 늘 불거져 나와 있었다.

"소박한 게 제일이에요."

기리하라 료지가 대답했다.

"수입은 적지만 리스크도 작으니까요."

낮고 불분명한 웃음소리. 가네시로의 것이 틀림없었다.

"이봐, 작년 일 잊었어? 꽤 짭짤했잖아. 덕분에 이런 가게도 얻었고 말이야. 다시 한 번 승부를 걸어 보겠다는 생각은 안드나?"

"전에도 말했지만 그렇게 위험한 다리를 건너는 줄 알았으면 당신들과 같이 눈 감고 건너는 짓은 안 했을 겁니다. 한 발만 헛디뎠어도 모든 걸 잃어버릴 뻔했다고요."

"거참, 과장도 심하네. 우리가 바보인 줄 알아? 준비만 빈틈없이 하면 걱정할 거 없다고. 그쪽도 우리 정체를 몰랐던 거 아니잖아. 전혀 위험성 없는 다리라고는 생각하지 않았을 텐데."

"아무튼 이번 일은 사양하겠습니다. 다른 데 가서 알아보시죠."

무슨 얘기지, 하고 물건을 찾으면서 도모히코는 생각했다. 몇 가지 가설이 머리에 떠올랐다. 가네시로가 어떤 용건으로 기리하라를 찾는지는 대충 파악하고 있다고 생각한다.

드디어 찾는 상자가 모두 나왔다. 컴퓨터 본체와 모니터, 프린터, 이렇게 세 가지다. 도모히코는 그 상자들을 하나씩 밖으로 날랐다. 그때마다 기리하라와 가네시로 옆을 지나갔지만 두 사람은 말없이 서로를 노려볼 뿐 더는 얘기를 엿들을 수 없었다.

"기리하라."

창고를 나오기 전에 도모히코가 그를 불렀다.

"이제 가게 문을 닫아도 될까?"

"응." 하고 기리하라가 대답했다. 마음이 딴 데 가 있는 듯한 목소리다.

"닫아."

알았어, 라고 대답하고 도모히코는 창고를 나왔다. 두 사람이 말을 주고받는 동안 가네시로는 한 번도 도모히코 쪽을 보지 않았다.

손님에게 물건을 건넨 후 도모히코는 가게 문을 닫았다. 그리고 나카지마 히로에에게 밥을 먹으러 가자고 했다.

"그 사람 와 있지?"

히로에가 눈살을 찌푸리며 묻는다.

"그 해골처럼 생긴 사람 말이야."

그녀의 말에 도모히코는 푸, 웃음을 터뜨렸다. 히로에가 자신과 똑같은 인상을 받았다는 사실이 우스웠던 것이다. 그 말을 하자 그녀 역시 한바탕 웃었다. 하지만 그녀는 이내 표정이 어두워졌다.

"기리하라 씨는 그 사람과 무슨 얘기를 나누고 있는 걸까? 그 사람 대체 뭐야, 도모히코 씨는 뭐 아는 거 없어?"

"글쎄, 그 문제라면 좀 이따가 천천히 얘기하자."

그렇게 말하고 도모히코는 코트를 팔에 꿰었다. 한마디로 설명할 수 있는 일이 아니다.

가게에서 나온 도모히코는 히로에와 나란히 밤거리를 걸었다. 12월 초순인데 벌써 거리 여기저기에 크리스마스 장식이 등장했다. 이브에는 어디 갈까, 도모히코는 속으로 생각했다. 작년에는 유명한 호텔에 있는 프렌치 레스토랑을 예약했다. 하지만 올해는 아직 이렇다 할 아이디어가 떠오르지 않는다. 아무튼 올해도 히로에와 함께 보내게 될 것이다. 그녀와 같이 보내는 세 번째 크리스마스이브다.

도모히코는 히로에를 아르바이트하는 곳에서 만났다. 대학교 2학년 때였다. 당시 도모히코는 싸게 팔기로 유명한 대형 전자 제품 매장에서 아르바이트를 했다. 그곳에서 컴퓨터와 워드 프로세서 판매를 담당했다. 그 분야에 상세한 지식이 있는 사람이 많지 않아 도모히코의 역할이 컸고, 판매 담당으로 들어갔음에도 때로는 서비스 관련 업무까지 도맡아 했다.

그가 그런 곳에서 아르바이트를 하게 된 것은 그때까지 기리하라를 도와 일하던 '무한기획'이 휴업 상태에 들어갔기 때문이었다. 컴퓨터 게임 붐을 타고 프로그램을 판매하는 회사가 난립하는 바람에 조악한 소프트웨어가 나돌았고, 그 결과 소비자의 신뢰를 배신한 꼴이 되고 말아 다수의 회사가 도산했던 것이다. '무한기획'도 그 격랑을 이기지 못했다.

하지만 지금은 그렇게 된 것을 고맙게 여기고 있다. 덕분에 나카지마 히로에를 만나게 되었으니 말이다. 히로에는 도모히코가 일하는 층에서 전화기와 팩스를 판매했다. 얼굴을 마주치는 일이 잦았고, 그러다 대화를 나누게 되었다. 첫 데이트는 아르바이트를 시작한 지 한 달쯤 됐을 때였다. 그리고 서로를 연인이라고 여기게 되기까지 그리 오래 걸리지 않았다.

나카지마 히로에는 미인은 아니었다. 쌍꺼풀이 없는 눈에 코도 그리 높지 않다. 동그란 얼굴에 작은 체구, 게다가 '소녀처럼'이라기보다 '소년처럼'이라고 표현해도 좋을 정도로 깡마른 몸매다. 그러나 그녀에게는 사람의 마음을 안심시키는 평온한 분위기가 있었다. 도모히코는 그녀와 함께 있으면 그때그때 자신이 안고 있는 고민을 잊을 수 있었다. 그리고 그녀와 헤어져 집에 돌아온 후에도 그 고민의 태반이 별일 아니라고 생각하게 되었다.

그런데 그런 그녀에게 딱 한 번 고통을 준 일이 있다. 2년 전쯤의 일이다. 그녀를 임신시켜 결국 낙태 수술을 하게 만든 것이다.

그런데도 히로에는 수술한 날 밤에만 울었을 뿐이다. 그날 밤, 그녀는 혼자 있고 싶지 않다면서 같이 호텔에 묵기를 원했다. 그녀는 아파트에 혼자 세 들어 살면서 낮에는 일하고 밤에는 전문학교에 다니는 생활을 하고 있었다. 물론 도모히코는 그녀가 원하는 대로 해 주었다. 침대에 든 후 그는 수술을 받고 온 그녀의 몸을 꼭 안아 주었다. 그녀는 떨면서 눈물을 흘렸다. 그리고 그 후로 그녀가 당시의 일을 떠올리며 우는 일은 결코 없었다.

도모히코의 지갑 속에는 투명하고 가는 파이프 같은 것이 들어 있다. 담배를 절반으로 가른 정도의 크기다. 한쪽에서 들여다보면 두 겹의 빨간 동그라미가 보인다. 히로에가 임신을 확인할 때 사용했던 임신 판정 기구다. 두 겹의 동그라미는 임신을 뜻한다. 사실 도모히코가 갖고 있는 기구의 바닥에 보이는 두 겹의 동그라미는 나중에 그가 빨간 유성 펜으로 그려 넣은 것이다. 실제로 사용했을 때는 히로에의 소변을 넣은 기구 바닥에 빨간 침전물이 생겼고, 그것이 판정의 표시였다.

도모히코가 그것을 소중하게 간직하고 있는 까닭은 스스로를 경계하기 위해서다. 두 번 다시 히로에에게 그런 고통을 안기고 싶지 않았다. 그래서 지갑 속에는 콘돔도 늘 넣고 다닌다.

그 '부적'을 단 한 번, 기리하라에게 빌려준 적이 있다. 사연을 얘기하며 보여 주었더니 기리하라가 빌려 달라고 했던 것이다.

어디에 쓸 거냐고 묻자 보여 주고 싶은 사람이 있다고 할 뿐 기리하라는 그 이상의 자세한 얘기는 하지 않았다. 다만 그것을 돌려줄 때 기리하라는 의미심장한 미소를 지으며 이렇게 말했다.

"남자란 참 약한 동물이야. 임신이라는 말만 나왔다 하면 꼼짝을 못하니 말이야."

그가 그 '부적'을 어디에 사용했는지는 지금도 모른다.

2

도모히코와 히로에가 들어간 곳은 입구에 격자 미닫이문이 달린 조그만 선술집이었다. 퇴근한 회사원들이 벌써 자리를 대부분 차지하고 있어 빈자리는 맨 앞에 있는 테이블뿐이었다. 도모히코는 히로에와 마주 앉은 후 코트를 옆 자리에 벗어 놓았다. 머리 위쪽에 있는 텔레비전에서는 버라이어티 프로그램이 방영되고 있었다.

앞치마를 두른 중년 여자가 주문을 받으러 오자 맥주 두 병과 요리 몇 가지를 주문했다. 이 가게는 생선회 말고도 계란 말이와 채소찜이 각별히 맛있다.

"그 가네시로라는 남자를 처음 만난 건 작년 봄이었어."

오징어명란무침을 안주 삼아 맥주를 마시면서 도모히코가 얘기를 시작했다.

"기리하라가 나를 불러내더니 소개해 줬어. 그때는 가네시로도 인상이 그다지 흉악하지 않았어."

"해골에 살이 좀 붙어 있었나 보네."

히로에의 말에 도모히코는 웃었다.

"뭐, 그렇다고 할 수 있지, 본색을 숨기고 있었던 거지만 말이야. 용건은 게임 프로그램을 하나 만들어 달라는 거였어. 물론 기리하라에게 의뢰한 거지."

"어떤 게임인데?"

"골프 게임."

"아니, 그런 걸 개발해 달라는 의뢰였던 말이야?"

"간단히 말하면 그런데, 사실은 얘기가 좀 복잡해."

도모히코는 잔에 반쯤 남은 맥주를 단숨에 마셨다.

일단 처음부터 수상쩍은 얘기였다. 가네시로가 그들에게 보여 준 것은 게임의 사용 설명서와 완성이 덜 된 프로그램이었다. 의뢰 내용은 그 프로그램을 두 달 내로 완성해 달라는 것이었다.

"이렇게까지 만들었는데 왜 나머지를 다른 사람에게 부탁하는 거죠?"

도모히코가 가장 의문스러운 점을 물어보았다.

"프로그램을 만들던 사람이 갑자기 심장 마비로 죽었어. 그런데 그 회사에는 달리 쓸 만한 기술자가 없고, 이대로 있다가는 납기를 맞출 수 없을 것 같아 이렇게 대신 만들어 줄 사람을 찾아다니고 있는 거야."

지금의 가네시로를 봐서는 상상도 할 수 없을 만큼 부드러운 말투로 그는 대답했다.

"언제?"

이번에는 기리하라가 도모히코에게 물었다.

"완성이 덜 되기는 했지만 시스템은 얼추 구축돼 있잖아. 우리가 할 일은 구멍을 메우는 일뿐이라고. 두 달 정도면 어떻게든 되지 않겠어?"

"버그가 문제야."

도모히코가 대답했다.

"프로그램이야 한 달이면 만들 수 있겠지만, 완벽하게 마무리하려면 남은 한 달 가지고 될까 모르겠네."

"제발 부탁할게. 달리 얘기할 곳이 없어서 그래."

가네시로가 엎드려 빌듯이 말했다. 그 남자가 그런 행동을 보인 건 딱 그때뿐이었다.

결국 기리하라와 도모히코는 그 일을 맡기로 했다. 무엇보다 큰 이유는 좋은 조건 때문이었다. 잘하면 '무한기획'을 다시 일으킬 수 있을지도 몰랐다.

게임의 내용은 골프를 현실감 있게 표현한 것이었다. 플레이어는 상황에 따라 클럽과 스윙을 선택할 수 있고, 그린 위에서는 잔디의 결까지 읽을 수 있도록 되어 있었다. 그 특성을 이해하기 위해서 도모히코와 기리하라는 골프를 공부해야 했다. 둘 다 골프에 대해서는 아무런 지식이 없었다.

완성된 게임은 게임 센터나 찻집 등에 판매될 것이라고 했다. 잘하면 제2의 인베이더 게임이 될 수도 있다고 가네시로는 큰소리쳤다.

가네시로라는 남자에 대해 도모히코는 아는 것이 별로 없었다. 기리하라가 자세하게 말해 주지 않았기 때문이다. 그런데 몇 번 얘기를 나누다 보니 아무래도 에노모토 히로시와 관련이 있을 것 같이 느껴졌다.

에노모토 히로시라면 과거 기리하라와 함께 일했던 니시구치 나미에의 연인이었다.

나미에가 나고야에서 살해당한 사건은 아직 해결되지 않았다. 경찰은 나미에가 빼돌린 돈을 송금해 왔던 에노모토에게 혐의를 두었지만 결정적인 증거는 잡지 못한 듯했다.

아직 횡령 사건에 관해서조차 뚜렷한 결말이 나지 않았다.

사건 당사자인 나미에가 죽고 없기 때문에 경찰 조사가 순조롭게 이루어지지 않은 것 같다.

도모히코는 나미에를 살해한 사람이 에노모토일 것이라고 확신했다. 문제는 나미에가 나고야에 있다는 사실을 에노모토가 어떻게 알았느냐는 것이다.

물론 그 답도 도모히코는 알고 있다. 하지만 절대로 입 밖에 낼 수는 없다.

니시구치 나미에에 대해서는 얘기하지 않고 도모히코는 자신들이 어떤 계기로 골프 게임 프로그램을 만들게 됐는지만 히로에에게 설명했다. 그러는 사이에 생선회 모둠과 계란말이가 테이블에 놓였다.

"그래서 그 골프 게임은 완성한 거야?"

나무젓가락으로 계란말이를 반으로 가르면서 히로에가 물었다. 도모히코는 고개를 끄덕였다.

"예정대로 두 달 후에 프로그램이 완성되었어. 그리고 그로부터 한 달 후에는 전국으로 출하가 시작됐고."

"잘 팔렸지?"

"응. 그런데 그걸 어떻게 알아?"

"그 게임은 나도 알거든. 몇 번 해 본 적도 있고. 어프로치와 퍼팅이 꽤 어렵더라."

히로에의 입에서 골프 용어가 튀어나와서 도모히코는 조금 의외라고 생각했다. 골프에 대해서는 전혀 모를 줄 알았던 것이다.

"아이고, 감사합니다, 손님, 이라고 말하고 싶지만 히로에가 해 봤다는 게임이 우리가 만든 건지는 잘 모르겠어."

"아니, 왜?"

"그 골프 게임은 전국적으로 약 만 개가 팔렸지만, 우리가 만든 건 그중 절반뿐이고 나머지는 다른 회사에서 판매한 거야."

"그럼 인베이더 때처럼 여러 회사가 베껴서 팔았다는 거네."

"얘기가 좀 달라. 인베이더 때는 먼저 한 회사에서 만들어 팔다가 붐이 일자 다른 회사들도 복제해서 팔기 시작한 거였지. 그런데 골프 게임은 메가비트 엔터프라이즈라는 대형 메이커에서 발매된 것과 거의 동시에 해적판이 나돌기 시작했거든."

"뭐라고?"

히로에가 구운 가지를 입으로 가져가다 말고 눈을 동그랗게 떴다.

"어떻게 그럴 수 있지? 같은 시기에 똑같은 게임이 출시되다니……, 어떻게 그런 우연이 있을 수 있어?"

"그런 일이 우연히 생길 수는 없지. 누군가 사전에 프로그램을 입수해서 베꼈다고 봐야지."

"혹시나 해서 묻는 건데, 도모히코 씨가 만든 건 오리지널이야, 아니면 해적판이야?"

히로에가 눈을 살짝 치켜뜨고 도모히코를 보았다.

"그야 말할 필요도 없지."

"그래, 그렇겠지."

"어떤 루트를 거쳤는지는 모르겠지만, 가네시로 일당이 게임의 개발 단계에서 프로그램과 설계도를 입수한 거였어. 그런데 프로그램이 불완전하니까 우리에게 완성해 달라고 했던 거지."

"용케 지금까지 문제가 안 됐네."

"문제가 안 되기는. 메가비트 사에서 눈이 벌게 가지고 해적판의 출처를 조사했다던데, 뭐. 하지만 끝내 알아내지 못했어. 상당히 복잡한 루트를 통해서 유통시켰나 봐."

그 유통 루트라는 건 단적으로 말해 폭력 조직이 개입된 것이지만 히로에에게 거기까지 들려주고 싶지는 않았다.

"그럼 도모히코 씨나 기리하라 씨에게 불똥이 튈 걱정은 없는 거야?"

히로에가 불안한 표정으로 물었다.

"그거야 알 수 없지. 만일 경찰에 불려 가는 일이 생긴다면 아무것도 모른다고 딱 잡아뗄 수밖에 없어. 사실이 그렇기도 하고."

"그렇겠지. 하지만 두 사람이 그렇게 위험한 일을 하고 있었다니⋯⋯."

히로에가 도모히코의 얼굴을 물끄러미 바라보았다. 그 눈에는 놀라움과 호기심이 섞여 있었을 뿐 경멸하는 기색은 없었다.

정말 넌더리가 나, 라고 도모히코는 내뱉듯 말했다.

히로에에게는 말하지 않았지만 기리하라는 아마도 처음부터 모든 사정을 눈치채고 있었을 것이라고 생각한다. 그 눈치 빠른 인간이 가네시로라는 수상한 남자의 말을 곧이곧대로 믿었을 리 없다. 그 증거로 자신들이 만든 프로그램이 해적판이었다는 사실을 알았을 때도 기리하라는 그리 놀라는 기색을 보이지 않았다.

도모히코는 기리하라가 지금까지 한 일들을 눈앞에서 목격해 왔다. 그 생각을 하면 컴퓨터 게임의 해적판을 만드는 일 따위는 아무것도 아니다.

전에 기리하라는 은행 카드 위조에 열중했던 적이 있다. 실제로 그것을 사용해 돈을 인출하기도 했다. 도모히코도 거들었던 일이다. 그렇게 해서 벌어들인 돈이 얼마나 되는지는 모르지만 일이백만 엔 선이 아닌 것만은 확실하다.

또 바로 얼마 전에는 도청에 열을 올렸다. 누구의 부탁으로 어떤 사람의 대화를 도청하는지는 알 수 없었지만 그 효과적인 방법에 대해 몇 번인가 도모히코와 의논한 적도 있다.

하지만 현재의 기리하라는 컴퓨터 가게를 아무 탈 없이 운영하는 데에만 신경을 집중하고 있는 것 같다. 가네시로 같은 자의 꼬드김에 넘어가지 않았으면 좋겠는데, 하고 도모히코는 생각했다. 하기야 그가 남의 말 때문에 자신의 의사를 바꾸는 남자가 아니라는 것을 도모히코는 잘 알고 있다.

히로에를 역까지 바래다준 도모히코는 다시 가게로 돌아가기로 했다. 어쩌면 기리하라가 아직 남아 있을지도 모른다고 생각한 것이다. 기리하라는 가게가 들어 있는 건물과는 다른 맨션에 방을 빌려 지내고 있다.

아파트 건물 바로 앞까지 와서 올려다보니 가게 창문에 불이 켜져 있었다. '컴퓨터 숍 MUGEN'은 2층에 있다.

계단을 올라간 도모히코는 자신의 열쇠로 가게 문을 열었다. 입구에서 안쪽을 보니 기리하라는 컴퓨터 앞에 앉아 캔맥주를 마시고 있었다.

"왜 돌아왔어?"

도모히코의 얼굴을 보며 기리하라가 물었다.

"아, 신경 쓰이는 게 있어서."

도모히코는 벽에 기대어 둔 파이프 의자를 펼쳐 앉았다.

"가네시로가 또 무슨 제안을 한 거야?"

"지난번이랑 비슷한 거지, 뭐. 골프 게임으로 한탕 했던 기억이 잊히지 않나 봐."

기리하라는 새 캔을 따서 꿀꺽꿀꺽 마셨다. 그의 발치에는
소형 냉장고가 놓여 있고 그 안에는 늘 하이네켄 캔 맥주 한
다스 정도가 들어 있다.

"이번에는 뭔데?"

"말도 안 되는 얘기."

그러고서 기리하라는 픽 웃었다.

"말이 되는 얘기라면 약간의 위험은 감수할 수도 있지만 이
번 얘기는 그게 아니야. 절대 못해."

그의 말보다는 표정으로 보아 상당히 위험한 일인가 보다
고 도모히코는 짐작했다. 기리하라의 눈에는 그가 무언가를
진지하게 생각할 때 보이는 날카로운 빛이 어려 있었다. 가
네시로의 제안을 받아들일 생각은 없지만 관심은 상당히 있
다는 뜻일 것이다. 그 해골 같은 남자가 도대체 무슨 제안을
했는지 도모히코는 점점 더 신경이 쓰였다.

"물건이 뭔데?"

도모히코가 묻자 기리하라는 그를 보면서 히죽 웃었다.

"듣지 않는 게 좋아."

"설마……."

도모히코는 입술을 핥았다. 기리하라가 이 정도로 긴장할
만한 물건이라면 생각할 수 있는 건 한 가지밖에 없다.

"혹시 도깨비는 아니겠지?"

그러자 빙고, 라고 하듯이 기리하라가 맥주 캔을 높이 들었다.

도모히코는 할 말이 없어 고개만 절레절레 흔들었다.

도깨비란 도모히코와 기리하라가 어느 게임 소프트웨어에 붙인 별명이다. 게임의 내용 때문이 아니라 그 상상을 초월하는 판매량 때문에 그렇게 부르게 된 것이다.

게임의 실제 이름은 '슈퍼마리오 브러더스'. 닌텐도가 개발한 게임기용 소프트웨어로, 올 9월에 출시되자마자 품절이 속출할 만큼 큰 인기를 모아 벌써 2백만 개 가까이 팔렸다. 게임의 내용은 주인공 '마리오'가 적의 방해를 물리치며 공주를 구출해 내는 것이다. 단순히 한 단계씩 클리어만 해 나가는 것이 아니라 군데군데에 샛길과 지름길을 만들어 보물찾기의 요소까지 갖추어 놓았다. 더 놀라운 점은 게임뿐만 아니라 이 게임의 공략법을 정리한 책과 잡지까지 폭발적으로 팔리고 있다는 것이다. 그리고 그 기세가 크리스마스를 앞두고 한층 맹렬해지고 있었다. 내년에도 마리오 붐은 계속될 것이라는 게 도모히코와 기리하라의 공통된 견해다.

"마리오로 뭘 하자고. 설마 또 가짜를 만들자는 얘기는 아니겠지?"

"바로 그 '설마'야."

기리하라가 재밌다는 듯이 말했다.

"슈퍼마리오의 해적판을 만들어 보지 않겠냐고 하더군, 기술적으로는 그다지 어렵지 않을 거라면서."

"물론 기술적으로야 가능하지. 이미 완성품이 나와 있으니까 그 IC를 복제해서 기판에 얹으면 그만이잖아. 조그만 공장만 있으면 당장 할 수 있는 일이야."

도모히코의 말에 기리하라는 고개를 끄덕였다.

"그걸 우리보고 해 달라는 거지. 설명서와 패키지 인쇄는 시가에 있는 인쇄소를 이미 확보했다나 봐."

"시가, 왜 또 그렇게 먼 데 있는 인쇄소야?"

"뻔하지, 뭐. 그 인쇄소 사장이 가네시로 뒤에 있는 폭력 조직에게 돈을 빌렸겠지."

"하지만 지금부터 만들어서는 크리스마스 대목에 맞출 수 없을 텐데."

"가네시로는 애초부터 크리스마스 따위에는 관심도 없어. 놈들이 노리는 건 어린애들 세뱃돈이라고. 하지만 지금 시작한다 쳐도 제품이 나오려면 포장까지 하는 데 빨라야 한 달 반이야. 그때까지 애들 지갑이 빵빵한 채로 있을지는 알 수 없지."

"그래서 만들었다 치자. 어디다 어떻게 팔 건데? 도매로 넘기려면 현금 거래를 전문으로 하는 중간상에게 팔 수밖에 없을 텐데……."

"그건 위험하지. 중간상 놈들은 냄새를 귀신같이 맡는단 말이야. 품절이 속출하는 마당에 갑자기 대량으로 물건을 가져가면 단박에 수상하다고 여길 거야. 닌텐도에 확인하면 그걸로 끝이라고."

"아니면 어떻게 팔아?"

"걔네들 특기 있잖아, 암시장. 단 이번에는 인베이더나 골프 게임 때와 달라서 고객이 게임 센터나 찻집의 아저씨 손님들이 아니야. 보통 애들이지."

"아무튼 그 얘기는 거절한 거지?"

"당연하지. 놈들과 같이 죽을 생각은 없어."

"그래, 그럼 안심이다."

도모히코도 냉장고에서 하이네켄을 꺼내 뚜껑을 땄다. 크림 같은 하얀 거품이 사방으로 튀었다.

3

그 남자가 찾아온 것은 도모히코가 기리하라와 슈퍼마리오에 대한 얘기를 나눈 그다음 주 월요일이었다. 기리하라는 상품 반입 때문에 외출하고 도모히코 혼자서 손님을 상대하고 있었다. 나카지마 히로에도 있지만 그녀의 업무는 가게로 걸려 오는 전화를 응대하는 데에 국한돼 있었다. 잡지에 광고를 낸 덕분에 전화로 문의하거나 주문하는 일이 꽤 많았다. 'MUGEN'을 오픈한 건 작년 말이지만 그때는 아직 히로에가 나오기 전이라 도모히코와 기리하라, 둘이서 정신없이 바빴다. 그녀가 나오게 된 건 올 4월부터다. 도모히코의 부탁에 그녀는 그 자리에서 바로 승낙했다. 그러잖아도 다니던 직장이 재미없어서 그만두려는 참이었다고 말했다. 그 직장이란 것은 작년 가을까지 도모히코가 일했던 예의 대형 전자제품 매장이다.

구형 컴퓨터를 절반 가격에 산 손님이 돌아간 직후 그 남자가 들어왔다. 평범한 체구에 나이는 쉰 살 조금 안 되어 보였다. 살짝 벗어진 머리를 모두 뒤로 빗어 넘긴 헤어스타일에 하얀 코듀로이 바지와 검은 스웨이드 점퍼 차림이었다. 점퍼 가슴에는 주머니가 있고 그곳에 초록색 렌즈의 금테 선글라스가 꽂혀 있었다. 안색이 좋지 않고 눈빛은 더욱더 좋지 않았으며 입은 뭔가 못마땅한 듯이 꾹 다물려 있었는데, 그 입술 양 끝이 약간 처진 것을 보고 도모히코는 이구아나를 연상했다.

남자는 가게에 들어오더니 우선 도모히코의 얼굴을 보았다. 그러고 나서 한창 통화 중인 히로에를 도모히코를 볼 때

보다 배는 시간을 들여 관찰했다. 통화 도중에 시선을 느낀 히로에는 불쾌했는지 의자를 반대편으로 돌려 버렸다.

　그다음으로 남자는 선반에 진열돼 있는 컴퓨터와 주변 기기를 멀뚱멀뚱 바라보았다. 그 표정으로 도모히코는 그가 컴퓨터를 살 생각도, 관심도 없다는 것을 익히 알 수 있었다.

　"게임은 없나?"

　마침내 남자가 입을 열었다. 쉰 목소리였다.

　"어떤 게임을 찾으시는데요?"

　도모히코는 여느 손님에게 하듯 물었다.

　"마리오, 슈퍼마리오같이 재미있는 거, 그런 건 없나?"

　"죄송합니다만, 컴퓨터용으로는 그런 게임이 없습니다."

　"그런가? 거참, 아쉽군."

　말과는 달리 남자는 조금도 낙담하는 기색이 없었다. 그리고 의미를 알 수 없는 묘한 웃음을 띤 채 다시 실내를 두리번거렸다.

　"……그러시면 워드 프로세서로 하는 게 좋을 것 같아요. 컴퓨터도 워드 프로세서로 사용할 수 있지만 좀 불편한 점이 있거든요. ……아, NEC 말씀인가요? 네, NEC 것도 나와 있습니다. 고급 기종으로는 문호5V나 5N이 있고요. ……저장은 플로피 디스크에 합니다. ……저렴한 기종은 한 번에 표시할 수 있는 행의 수가 적은 데다 용량이 큰 문서를 저장하려면 문서를 몇 개로 나눠야 해서요. 역시 문서 작성 일을 하시는 분이라면 고급 기종이 어떨까 싶네요."

수화기에 대고 설명하는 히로에의 음성이 평소보다 훨씬 또랑또랑하게 들렸다. 그녀가 뭘 노리는지 알 수 있었다. 우리 가게는 바빠서 이상한 손님을 상대할 여력이 없다는 것을 남자에게 보이려는 것이다.

도모히코는 그가 대체 뭐하는 사람일까 생각하는 한편 그를 경계했다. 단순한 손님이 아닌 것만은 확실했다. 슈퍼마리오 브러더스를 운운하는 게 더욱 불안했다. 지난주에 가네시로가 제안한 일과 관련이 있는 것일까.

히로에가 전화를 끊자 기다렸다는 듯이 남자의 눈이 다시 두 사람을 향했다. 어느 쪽에게 말을 걸까 망설이는 듯 두 사람의 얼굴을 번갈아 보더니 히로에에게 시선을 고정했다.

"료는?"

"료요?"

히로에가 당황한 눈빛으로 도모히코를 보았다.

"료지 말이야, 기리하라 료지."

남자가 무뚝뚝하게 말했다.

"여기 주인이 그자잖아. 지금 없나?"

"일 때문에 외출했는데요."

도모히코의 대답에 남자가 그를 향해 고개를 돌렸다.

"언제 돌아오지?"

"그건 잘 모르겠습니다. 늦을 거라고만 했거든요."

거짓말이었다. 예정대로라면 슬슬 돌아올 시간이었다. 그러나 도모히코는 직감적으로 이 남자가 기리하라를 만나게 해서는 안 된다고 느꼈다. 적어도 이대로 만나게 해서는 안 된다. 기리하라를 료, 라고 부르는 사람은 도모히코가 아는 한 니시구치 나미에뿐이었다.

"흐음."

남자가 도모히코의 얼굴을 뚫어져라 보았다. 이 젊은 남자의 말 뒤에 무슨 속내가 있는지 투시하려는 눈이다. 도모히코는 그 눈을 피하고 싶었다.

뭐, 아무튼, 하고 남자가 다시 입을 열었다.

"잠시 기다리기로 하지. 기다리는 건 괜찮겠지?"

"네, 물론입니다."

안 된다고 할 수는 없었다. 이런 경우 기리하라 같으면 요령 있게 돌려보냈을 텐데, 라고 도모히코는 생각했다. 매사를 기리하라만큼 능란하게 처리하지 못하는 자신에게 화가 났다.

파이프 의자에 앉은 남자는 점퍼 주머니에서 담배를 꺼내다가 벽에 붙은 금연 표시를 보았는지 도로 집어넣었다. 새끼손가락에 플래티넘인 듯한 반지를 낀 것이 눈에 띄었다.

도모히코는 남자를 무시하고 전표 정리를 시작했다. 하지만 남자의 시선이 신경 쓰여 계산을 몇 번이나 틀렸다. 히로에는 남자를 등지고 주문서를 확인하고 있었다.

"그런데 그 녀석 제법이군. 가게가 꽤 번듯하잖아."

남자가 또 가게 안을 휘휘 둘러보며 입을 열었다.

"료 그 녀석, 잘 지내나?"

"잘 지냅니다."

도모히코가 시선을 그대로 전표에 둔 채 대답했다.

"그래? 그거 다행이군. 하기야 옛날부터 병 같은 거 별로 앓지 않는 놈이었으니까."

도모히코가 얼굴을 들었다. '옛날부터'라는 말이 걸렸다.

"손님은 기리하라와 어떻게 아는 사이시죠?"

"오래전부터 알고 지냈어."

남자가 얼굴에 야비한 미소를 띠며 말했다.

"그 녀석이 아주 어릴 때부터 말이야. 그 녀석뿐만 아니라 그 녀석의 부모도."

"친척이신가요?"

"친척은 아니지. 하지만 친척이나 다름없다고 할 수 있지."

남자는 그렇게 말하고 나서 자신의 대답이 만족스러운 듯 응응, 하며 고개를 여러 번 끄덕거렸다. 그리고 그 움직임이 멈출 때쯤 이번에는 그가 도모히코에게 물었다.

"료 그 녀석, 여전히 어둡나?"

네? 하고 도모히코가 되물었다.

"여전히 어둡냐고 물었어. 어렸을 때부터 아주 음울한 녀석이었거든. 무슨 생각을 하는지 도무지 알 수 없었지. 지금은 좀 나아졌나 해서 물은 거야."

"딱히…… 보통인데요."

"그래? 보통이라……."

뭐가 우스운지 남자가 소리 없이 웃었다.

"보통이란 말이지. 그거 잘됐군."

도모히코는 설사 이 남자가 정말로 기리하라의 친척이라고 해도 절대 알고 지내고 싶지 않다고 생각했다.

남자가 손목시계를 보더니 양쪽 허벅지를 탁 치면서 엉덩이를 들었다.

"오지 않는군. 다시 와야겠는걸."

"전할 말씀이 있으면 하시죠."

"아니, 됐어. 만나서 해야지."

"그럼 손님 이름이라도 전하겠습니다."

"됐다고 하잖아."

남자는 도모히코를 힐끗 노려본 뒤 문 쪽으로 향했다.

됐지, 뭐, 하고 도모히코는 생각했다. 이 남자의 특징을 얘기하면 기리하라가 금방 알아챌 게 틀림없다. 그리고 지금은 이 남자를 빨리 돌려보내는 것이 우선이다.

"그럼 또 오십시오."

도모히코의 인사에도 남자는 아무 대꾸 없이 문손잡이로 손을 뻗었다.

그런데 그 손이 닿기 전에 손잡이가 먼저 움직였다. 그리고 바깥쪽으로 문이 열렸다.

문밖에 기리하라가 서 있었다. 순간 놀란 표정을 지은 것은 코앞에 사람이 있어서였을 것이다.

그러나 남자의 얼굴에 눈의 초점이 맞춰지는 것과 동시에 그의 표정이 확 바뀌었다. 놀란 건 확실하지만 그 정도가 평소와는 달랐다.

얼굴 전체가 구겨지는가 싶더니 다음 순간 콘크리트로 만든 마스크마냥 굳어졌다. 그리고 어두운 그림자가 드리웠다. 눈에는 빛이라고는 한 점도 없고 입술은 이 세상 모든 것을 거부하고 있었다. 그의 그런 모습을 보기는 처음이었다. 도모히코로서는 대체 무슨 일이 일어난 건지 알 수 없었다.

그러나 기리하라의 그런 변화는 찰나에 지나지 않았다. 다음 순간 그는 이미 웃는 얼굴을 하고 있었다.

"아니, 마쓰우라 씨 아닙니까."

어, 하고 남자도 웃으며 대답했다.

"오랜만이야. 잘 지냈어?"

두 사람은 도모히코가 보는 앞에서 악수를 했다.

4

남자의 이름은 마쓰우라로, 역시 옛날부터 아는 사이라고 했다. 그러나 기리하라가 도모히코에게 알려 준 것은 그게 전부였다. 그렇게만 설명하고 기리하라는 남자와 둘이 창고로 사용하는 옆집으로 가 버렸다.

도모히코는 혼란스러웠다. 기리하라가 웃는 얼굴을 보이는 걸 보면 만나기 싫은 상대는 아닌 듯도 하다. 그렇다면 만나지 않도록 하는 게 좋겠다고 생각한 도모히코의 직감은 틀렸다는 얘기가 된다.

하지만 그는 웃는 얼굴 직전에 보인 기리하라의 표정이 마음에 걸렸다. 지극히 짧은 순간이었지만 어두운 에너지를 응축해 놓은 듯한 기운이 기리하라의 온몸에서 뿜어져 나왔다. 그 모습과 그 후의 웃는 얼굴이 도무지 연결되지 않았다. 어쩌면 자신이 지나치게 예민했는지도 모른다는 생각도 들지만, 그 이상한 기운이 착각의 산물이라고는 여겨지지 않았다.

히로에가 돌아왔다. 옆집에 녹차를 갖다 주고 오는 길이었다.

"뭐 하고 있어?"

도모히코가 물었다.

히로에는 고개를 한 번 갸웃하더니 말했다.

"뭔지는 모르지만 즐거워 보이던데. 내가 들어가니까 둘이서 시시껄렁한 농담을 하면서 웃고 있더라고. 기리하라 씨가 농담을 다 하다니, 믿겨?"

"안 믿겨."

"하지만 사실이야. 나도 내 귀를 의심했다니까."

히로에는 자신의 오른쪽 귀를 후비는 시늉을 했다.

"마쓰우라라는 사람, 무슨 용건으로 온 것 같아?"

그러자 그녀는 아쉬운 듯한 표정으로 고개를 저었다.

"내 앞에서는 잡담만 했어. 다른 사람이 들으면 안 되는 얘기인가 봐."

"흐음……."

가슴이 술렁거렸다. 옆집에서 두 사람은 과연 무슨 얘기를 나누고 있을까.

그로부터 약 30분 후, 옆집 문이 열리는 기척이 났다. 그리고 10초 정도 있다가 가게 문이 열리더니 기리하라가 얼굴을 들이밀었다.

"잠깐 마쓰우라 씨 좀 바래다주고 올게."

"아, 가시는 거야?"

"응, 얘기가 좀 길어졌어."

바깥에 서 있던 마쓰우라가 그럼 이만, 이라며 손을 흔들었
다.

문이 닫히는 것과 동시에 도모히코와 히로에는 서로를 마
주 보았다.

"대체 무슨 일이지?"

도모히코가 중얼거렸다.

"기리하라 씨가 저러는 거 처음 봐."

히로에도 눈을 동그랗게 뜨고 고개를 저었다.

잠시 후 기리하라가 돌아왔다. 그는 문을 열자마자 도모히
코에게 잠깐 옆집으로 오라고 말했다.

"어, 알았어……."

도모히코가 대답했을 때는 문이 이미 닫혀 있었다.

도모히코는 히로에에게 가게를 부탁했다. 그녀는 궁금하다
는 듯 고개를 갸웃했다. 하지만 도모히코도 고개를 저을 수
밖에 없었다. 알고 지낸 지는 꽤 오래됐지만 기리하라에 대
해 모르는 게 너무 많았다.

옆집으로 가 보니 기리하라는 창문을 활짝 열고 환기를 시
키고 있었다. 이유는 금세 알 수 있었다. 실내에 담배 연기가
자욱했던 것이다. 기리하라가 이곳에 들어온 사람에게 담배
를 피우도록 허락한 것은 도모히코가 아는 한 이번이 처음이
었다. 배달시킨 냄비우동의 알루미늄 냄비가 재떨이로 사용

된 모양이었다.

"저 사람한테 마음의 빚이 있어. 달리 대접할 것도 없고 해서 담배라도 피우게 놔두고 싶었어."

도모히코의 마음을 읽기라도 한 듯 기리하라가 말했다. 하지만 그것마저 변명처럼 들렸으므로 역시 이 녀석답지 않은 일이라고 도모히코는 생각했다.

환기가 되어 실내가 12월의 바깥 날씨만큼이나 싸늘해지자 기리하라는 창문을 닫았다.

"우리 둘이 무슨 얘기를 했냐고 히로에 씨가 물으면,"

소파에 걸터앉으면서 그가 말했다.

"마쓰우라 씨에게 컴퓨터 두 대를 도매가로 주자는 얘기를 했다고 해. 아마 지금 우리가 무슨 얘기를 나누는지 이런저런 상상을 하고 있을 테니까."

"그러니까 사실은 다른 얘기를 하겠다는 거군. 그녀가 들으면 안 되는 얘기야?"

"그렇지, 뭐."

"그 마쓰우라라는 사람과 관계있는 얘기야?"

어, 하고 기리하라가 고개를 끄덕였다.

도모히코는 두 손으로 머리를 훑어 넘겼다.

"뭐랄까, 느낌이 별로 안 좋네, 그 사람이 어떤 사람인지는 모르지만."

"직원이었어."

"뭐?"

"우리 가게에서 일하던 직원. 옛날에 우리 집이 전당포를 했다는 얘기는 했지? 그때 일하던 사람이야."

"전당포……, 그렇군."

도모히코로서는 전혀 예상치 못한 대답이었다.

"아버지가 돌아가신 후로도 우리가 가게를 접을 때까지 일했어. 그러니까 나와 우리 엄마를 실질적으로 먹여 살린 셈이지. 마쓰우라 씨가 없었다면 우리는 그대로 길거리에 나앉았을 거야."

기리하라의 말에 도모히코는 어떤 반응을 보여야 할지 알 수 없었다. 이렇게 삼류 소설풍으로 얘기하는 것도 평소의 기리하라라면 상상할 수 없는 일이었다. 옛 은인을 만나 흥분한 것일까.

"그런데 그런 은인이 왜 이제야 나타난 거야? 아니 그보다, 기리하라가 여기 있다는 걸 어떻게 알았지? 네가 먼저 연락한 거야?"

"그건 아니야. 그 사람 쪽에서 내가 여기서 장사한다는 걸 알고 찾아온 거야."

"어떻게 알았대?"

"그게……,"

기리하라의 한쪽 볼이 미묘하게 일그러졌다.

"가네시로에게 들은 모양이야."

"가네시로에게?"

도모히코는 불길한 예감이 가슴속에 번지는 것을 느꼈다.

"얼마 전에 너랑 한 얘기 있잖아, 슈퍼마리오의 해적판을 만든다 해도 어떻게 판매할 거냐는 얘기. 그 해답을 찾았어."

"무슨 묘안이라도 있는 거야?"

"묘안이랄 것까지는 없고,"

기리하라가 고개를 저었다.

"간단해. 요컨대 애들 물건은 그 나름의 암시장이 있나 봐."

"무슨 뜻이지?"

"마쓰우라 씨는 다소 위험한 상품을 전문으로 취급하는 브로커 일을 하고 있대. 취급하는 물건에 제한은 없고, 어떤 물건이든 돈이 될 만하면 사들였다가 되파는 거지. 특히 요즘 주력하는 상품이 아동용 게임 소프트웨어인가 봐. 슈퍼마리오 같은 건 정규 대리점에서도 물건이 귀하니까 정가보다 그다지 많이 낮추지 않아도 날개 돋친 듯 팔린대."

"그 사람은 어디서 마리오를 사들이는데? 닌텐도에 특별한 연줄이라도 있는 거야?"

"그런 게 아니고…… 특별한 거래처가 있는 모양이야."

기리하라는 하얀 이를 드러내며 의미심장하게 웃었다.

"그게 그저 보통의 아이들이래. 아이들이 마쓰우라 씨한테 물건을 가져오나 봐. 그럼 그 아이들은 어디서 물건을 입수하느냐, 가게에서 훔치거나 마리오를 갖고 있는 아이들에게서 갈취한다는 거야. 웃기는 얘기지. 마쓰우라 씨 수중에 그런 불량한 아이들의 명단이 3백 명 넘게 있대. 그들이 정기적으로 자기가 확보한 물건을 팔러 온대. 그걸 정가의 10퍼센트에서 30퍼센트 가격에 사들여서 70퍼센트 정도의 가격에 되판다는 거야."

"그럼 슈퍼마리오 해적판을 그 사람을 통해서 팔겠다는 얘기야?"

"마쓰우라 씨는 네트워크를 갖고 있어. 유사한 브로커가 여러 명 있는 모양이야. 그들에게 맡기면 슈퍼마리오 5천 개나 6천 개쯤은 순식간에 팔 수 있다는 거야."

"기리하라."

도모히코가 오른손을 내밀어 기리하라의 말을 중단시켰다.

"하지 않겠다고 했잖아. 이번 일은 너무 위험하다고 이미 나랑 의견의 일치를 봤잖아."

도모히코의 말에 기리하라는 쓸쓸하게 웃었다. 그 웃음의 의미가 무엇인지 도모히코로서는 알 수 없었다.

"마쓰우라 씨는,"

기리하라가 말을 이었다.

"가네시로에게 내 얘기를 듣고 옛날 자신이 일하던 전당포집 아들이란 것을 알았어. 그래서 나를 설득하러 여기까지 온 거야."

"그래서 너, 설마 설득당한 건 아니지?"

도모히코가 집요하게 물었다. 기리하라는 한숨을 푹 쉬었다. 그리고 몸을 약간 앞으로 내밀었다.

"이 일은 나 혼자서 할 거야. 너는 일절 관여할 필요가 없어. 그저 내가 하는 일에 무관심하기만 하면 돼. 히로에 씨에게도 내가 뭘 하는지 눈치채지 못하게 하고."

"기리하라."

도모히코가 고개를 저었다.

"위험해. 이번 일은 진짜 위험하단 말이야."

"그건 나도 알아."

그렇게 말하는 기리하라의 진지한 눈빛을 보며 도모히코는 절망적인 기분이 들었다. 이런 눈빛을 할 때의 그를 자신이 설득한다는 것은 절대 불가능하다는 걸 도모히코는 알고 있었다.

"그럼 나도 도울게."

"거절하겠어."

하지만 위험하단 말이야, 라고 도모히코는 입속으로 중얼거렸다.

5

'MUGEN'은 12월 31일에도 문을 열기로 했다. 기리하라는 그 이유로 두 가지를 들었다. 하나는 연말 막바지에 이르러서야 연하장을 쓰려고 하는 사람들이 워드 프로세서를 사용하면 편리하지 않을까 기대하며 사러 올 가능성이 있다는 것이고, 다른 하나는 연말이 되어 여러 가지로 돈 계산을 해야 하는 사람들이 갑자기 컴퓨터의 상태가 안 좋아져서 새로 사러 달려올 수도 있다는 것이다.

그러나 실제로는 크리스마스가 지나자 가게를 찾는 손님이 거의 없었다. 어쩌다 있다는 것이 게임기 가게로 착각하고 들어온 초등학생이나 중학생 정도였다. 도모히코는 한가한 시간을 히로에와 트럼프 놀이를 하면서 보냈다. 책상 위에 카드를 늘어놓으면서 다음 세대 아이들은 어쩌면 '홀라'나 '원카드'도 모를지 모르겠다고 둘이서 얘기했다.

손님이 없는데도 기리하라는 연일 바쁘게 나돌아 다녔다. '슈퍼마리오 브러더스'의 해적판을 만드느라 움직이고 있는 것이 틀림없었다. 기리하라 씨는 만날 어딜 가는지 모르겠다고 궁금해하는 히로에에게 도모히코는 그럴싸한 변명을 둘러대느라고 고생깨나 했다.

마쓰우라가 다시 나타난 것은 29일이었다. 히로에는 치과에 가서 없고 도모히코 혼자 가게를 지키고 있을 때였다.

그는 여전히 안색이 거무칙칙하고 눈빛이 탁했다. 그걸 감추려는 속셈인지 이날은 색이 엷은 선글라스를 끼고 있었다.

기리하라는 나가고 없다고 하자 지난번처럼 그는 "그럼 잠깐 기다리지." 하면서 파이프 의자에 앉았다. 그리고 옷깃에 털이 달린 가죽 블루종을 벗어 의자 등받이에 걸쳐 놓으면서 가게 안을 둘러보았다.

"세밑인데 참 끈질기게도 가게 문을 열고 있군. 31일까지 하나?"

그렇습니다, 라고 도모히코가 대답하자 마쓰우라는 어깨를 흔들며 웃었다.

"유전이야, 유전. 그 녀석 아버지도 31일 밤늦게까지 가게 문을 닫지 않는 주의였는데. 연말은 좋은 물건을 싸게 후려치기 좋은 때라면서 말이야."

기리하라 아버지에 대한 얘기를 기리하라 이외의 사람에게 듣는 건 처음이었다.

"기리하라 아버지가 돌아가실 때의 일을 아십니까?"

도모히코의 질문에 마쓰우라는 눈알을 번들거리며 그를 보았다.

"료에게 듣지 못했나?"

"자세한 내용은 듣지 못했습니다. 묻지 마 살인범에게 찔려 돌아가셨다는 정도만 얼핏……."

그 얘기를 들은 건 몇 년 전이었다. 아버지는 거리에서 찔려 죽었다. 기리하라가 자기 아버지에 대해 얘기한 것은 그게 거의 전부였다. 도모히코는 부쩍 호기심이 일었지만 더는 물을 수 없었다. 그 얘기를 꺼내는 것을 기리하라가 허락하지 않는 듯한 분위기를 풍겼기 때문이다.

"묻지 마 살인범이었는지 어떤지는 모르지. 범인이 끝내 잡히지 않았으니까."

"그래요?"

"근처에 방치된 빌딩 안에서 살해당했어, 가슴을 단칼에 찔려서."

마쓰우라가 입술 한끝을 일그러뜨렸다.

"돈이 없어져서 경찰은 강도의 짓으로 추정했지. 하필이면 그날따라 큰돈을 갖고 있었기 때문에 면식범의 소행이 아닐까 의심했나 보더라고."

뭐가 우스운지 그는 말을 하던 도중에 히죽히죽 웃기 시작했다. 그 웃음의 의미를 도모히코는 알 것 같았다.

"마쓰우라 씨도 용의자였나요?"

"그렇지, 뭐."라고 대답하고 나서도 마쓰우라는 소리 없이 계속 웃었다. 그 인상 나쁜 얼굴은 웃을수록 더 섬뜩해 보였다. 그는 웃는 얼굴로 얘기를 계속했다.

"료의 엄마는 그때 삼십 대 중반으로 여자로서의 매력도 있었어. 그런 가게에 남자 점원이 있었으니 있는 의심 없는 의심 다 받았지."

도모히코는 놀라서 눈앞에 있는 남자의 얼굴을 다시 보았다. 이 남자와 기리하라 어머니의 사이가 의심을 받았다는 말인가.

"사실은 어땠는데요?"

"무슨 사실? 난 죽이지 않았어."

"그게 아니라 기리하라 어머니와의 사이가……."

아아, 하고 마쓰우라가 다시 입을 열었다가 잠시 망설이는 듯이 턱을 문지르더니 "아무 사이도 아니었어."라고 대답했다.

"그래요?"

"왜, 믿지 못하겠나?"

"아니요……."

도모히코는 그 점에 대해 더는 파고들지 않기로 했다.

그러나 자기 나름의 결론은 있었다. 기리하라 어머니와 마쓰우라 사이에는 아마도 모종의 관계가 있었을 것이다. 물론 그것이 기리하라 아버지가 살해된 것과 관련이 있는지 어떤지는 알 수 없지만.

"알리바이 같은 것도 조사당하셨나요?"

"물론이지. 형사들이란 집요한 인간들이라서 말이야. 어설

픈 알리바이는 받아들이지 않았어. 다만 내가 운이 좋았던 건, 료의 아버지가 살해당한 그 시간에 마침 가게로 전화가 걸려 왔다는 거야. 우연히 걸려 온 전화라는 게 밝혀져서 혐의를 벗을 수 있었지."

"그랬군요."

마치 추리 소설 같은 얘기로군, 하고 도모히코는 생각했다.

"기리하라는요?"

"료? 그 녀석은 피해자의 아들이니까 세간의 동정을 많이 샀지. 사건 발생 시각에는 자기 엄마랑 나랑 함께 있었던 것으로 되어 있었고."

"되어 있었다니, 그게 무슨 뜻이죠?"

"아니, 뭐 특별한 의미가 있는 건 아니고."

그러면서 마쓰우라는 누런 이를 드러내며 또 웃었다.

"그런데 말이야, 료가 나에 대해 뭐라고 말했지? 전에 가게에서 일하던 사람이라고만 했나?"

"아, 저…… 은인이라고 했어요. 먹여 살렸다고요."

"그래? 은인이란 말이지……."

마쓰우라는 어깨를 흔들며 웃었다.

"그거 좋군, 은인이라. 그래서 그 녀석이 내게는 고개를 못 드는 거야."

무슨 뜻인지 이해하지 못한 도모히코가 다시 질문을 하려

했을 때였다.

"옛날 고릿적 얘기를 하고 있군."

갑자기 기리하라의 목소리가 들렸다. 그가 가게 입구에 서 있었다.

"어, 왔어?"

"그런 옛날 얘기, 들어 봤자 따분하기밖에 더해?"

기리하라가 목도리를 풀면서 말했다.

"아니야, 처음 듣는 얘기라 상당히 놀랐어, 솔직히 말하자면."

"그날의 알리바이에 대해 얘기하고 있었네."

마쓰우라가 말했다.

"기억나나, 사사가키라는 형사? 그놈 참 끈질겼지. 나와 료, 그리고 료의 엄마, 이 세 사람한테 대체 몇 번이나 알리바이를 확인했느냔 말이야. 아주 지겨울 정도로 같은 얘기를 반복했어."

기리하라는 가게 구석에 놓인 전기온풍기 앞에 앉아 두 손에 온기를 쐬고 있다가 그 자세로 마쓰우라 쪽을 보았다.

"오늘은 무슨 일로 오셨죠?"

"특별한 용건은 없어. 그저 해가 바뀌기 전에 자네 얼굴이나 한번 보려고 왔지."

"그럼 봤으니까 이제 그만 가시죠. 죄송하지만 오늘은 여러 가지로 할 일이 많아서요."

"아, 그래?"

"네, 마리오 일도 그렇고."

"그래, 알겠네. 부지런히 해야지. 그런데 잘되고 있나?"

"네, 예정대로로요."

"그거 다행이군."

마쓰우라는 만족스러운 듯 고개를 끄덕였다.

기리하라가 바래다주겠다고 일어서면서 다시 목에 목도리를 감았다. 마쓰우라도 그를 따라 일어섰다.

"아까 하던 얘기는 다음에 계속하자고."

마쓰우라는 도모히코에게 그렇게 말했다.

두 사람이 나가고 잠시 후 히로에가 돌아왔다. 아래층에서 기리하라와 마쓰우라를 봤다고 한다. 마쓰우라가 탄 택시가 움직일 때까지 기리하라가 길가에 서 있었던 모양이다.

"기리하라 씨는 왜 저런 사람을 따르는 걸까. 예전에 신세를 졌다고는 하지만 그건 아버지가 돌아가신 후에도 계속 가게에서 일한 것뿐이잖아."

이해할 수 없다는 듯 히로에는 고개를 절레절레 흔들었다.

도모히코도 같은 생각이었다. 조금 전 얘기를 들으니 더욱더 이해할 수 없었다. 기리하라 어머니와 마쓰우라 사이에 무슨 일이 있었다면 그 예리한 기리하라가 눈치채지 못했을 리 없다. 그리고 눈치를 챘다면 지금 같은 태도로 마쓰우라를 대할 리 없을 것이다.

"기리하라 씨가 안 들어오네."

책상 앞에 앉아 있던 히로에가 고개를 들며 말했다.

"뭘 하고 있는 거지?"

"그러게 말이야."

마쓰우라를 배웅만 하고 오는 거라면 벌써 돌아왔어야 한다. 걱정이 된 도모히코는 가게를 나섰다. 그리고 계단을 내려가려다 멈칫했다.

기리하라가 1층과 2층 사이 층계참에 서서 바깥을 바라보고 있었다. 2층에 있는 도모히코로서는 그의 등을 내려다보는 모양새가 됐다.

저녁 6시가 가까운 시각. 층계참에 있는 창문을 통해 들어오는 자동차 전조등 불빛이 그의 몸을 스캔하듯 훑고 지나간다.

물끄러미 창밖을 내다보는 기리하라의 등에서 예사롭지 않은 기운이 느껴졌다.

그때도 저랬는데, 하고 도모히코는 생각했다. 마쓰우라와 재회했을 때였다.

도모히코는 발소리를 죽이고 가게로 되돌아왔다. 그리고 소리를 내지 않도록 주의하며 문을 열고 안으로 미끄러지듯 들어갔다.

6

'MUGEN'의 1985년 영업은 12월 31일 오후 6시에 종료되었다. 대청소를 한 후 도모히코는 기리하라, 히로에와 함께 조촐하게 건배했다. 히로에가 내년의 포부를 물었다.

"게임기를 넘어서는 컴퓨터 게임을 만들고 싶어."

도모히코가 그렇게 대답했다.

기리하라의 대답은 이랬다.

"낮에 바깥을 걸어 다니고 싶다."

그 대답에 히로에는 초등학생 같다면서 웃었다.

"기리하라 씨, 그 정도로 불규칙한 생활을 하는 거야?"

"내 인생이 백야를 걷는 거나 다름없으니까."

"백야라니?"

"아니, 아무것도 아니야."

기리하라는 하이네켄 맥주를 들이켠 후 도모히코와 히로에를 번갈아 보았다.

"그런데 너희들은 결혼 안 해?"

"결혼?"

도모히코는 하마터면 입에 머금고 있던 맥주를 뿜을 뻔했다. 그런 말이 나올 줄은 꿈에도 몰랐기 때문이다.

"아직 생각해 본 적이 별로 없는데."

그러자 기리하라가 팔을 뻗어 책상 서랍을 열었다. 그리고 A4 용지 한 장과 길쭉하고 납작한 상자를 꺼냈다. 도모히코는 한 번도 본 적 없는, 모서리가 해진 낡은 상자였다.

기리하라가 상자를 열어 안에 든 것을 꺼냈다. 가위였다. 날이 10센티미터 이상은 되어 보인다. 끝이 상당히 뾰족하고 은색으로 빛나는 그 가위에서 오래된 물건의 품격이 느껴졌다.

"굉장히 고급스러운 가위네."

히로에가 감상을 말했다.

"옛날에 누가 우리 가게에 맡기고 찾아가지 않은 물건이야. 독일제인 것 같아."

기리하라는 가위를 들고 날을 두세 번 벌렸다 오므렸다 했다. 싹둑싹둑, 경쾌한 소리가 났다.

그는 왼손에 쥔 종이를 가위로 오리기 시작했다. 세심하게, 천천히 조금씩, 그리고 매끄럽게 종이를 움직였다. 도모히코는 숨죽이며 그 손을 바라보았다. 오른손과 왼손의 움직임이 절묘한 조화를 이루었다.

마침내 종이를 다 오리자 기리하라는 그것을 히로에에게 건넸다. 그것을 본 그녀의 눈이 휘둥그레졌다.

"우와, 멋지다."

그것은 소년과 소녀가 손을 마주 잡고 있는 모양이었다. 남자아이는 모자를 썼고 여자아이는 머리에 리본을 달았다. 정말 훌륭한 솜씨였다.

"대단한데."

도모히코도 감탄사를 내뱉었다.

"이런 재주가 있는 줄은 전혀 몰랐어."

"미리 주는 결혼 축하 선물이라고 해 두지."

히로에가 고마워, 라고 말하고 종이를 옆에 있는 유리 상자 위에 조심스럽게 올려놓았다.

"도모히코."

기리하라가 낮고 진지한 음성으로 도모히코를 불렀다.

"앞으로는 컴퓨터의 시대야. 어떻게 하느냐에 따라 이 장사도 얼마든지 돈을 벌 수 있어."

"그야 그렇지만 이 가게는 네 거잖아."

기리하라는 고개를 저었다.

"앞으로 이 가게가 어떻게 될지는 너희들에게 달렸어."

"뭐야, 그렇게까지 심하게 압박감을 주고."

도모히코는 가볍게 웃어넘기려 했다. 기리하라의 말에 뭔지 모를 심각한 울림이 담겨 있었기 때문이다.

"농담하는 거 아니야."

"기리하라……."

도모히코는 다시 웃어 보이려고 했지만 볼이 경련만 일으킨 꼴이 되고 말았다.

그때 전화벨이 울렸다. 전화기에서 가장 멀리 떨어져 앉아 있던 히로에가 평소 습관 때문인지 얼른 다가가 수화기를 들었다.

"네, 무겐입니다."

그리고 다음 순간, 히로에의 표정이 흐려졌다. 그녀는 수화기를 기리하라에게 내밀었다.

"가네시로 씨야."

"이런 때에 무슨 일이지?"

도모히코가 말했다.

기리하라가 수화기를 받아 귀에 댔다.

"네, 전화 받았습니다."

몇 초 후, 기리하라 또한 표정이 굳어졌다. 그리고 수화기를 손에 쥔 채 벌떡 일어서더니 다른 한 손을 의자에 걸쳐 놓은 야구 점퍼로 뻗었다.

"알겠습니다. 이쪽 일은 내가 알아서 하죠. 케이스와 패키지는…… 네, 부탁합니다."

수화기를 내려놓은 기리하라는 두 사람을 향해 말했다.

"잠깐 나갔다 올게."

"어디 가는데?"

"설명은 나중에. 시간이 없어."

기리하라는 늘 하던 목도리를 목에 두르고 현관으로 향했다.

도모히코가 급히 그 뒤를 쫓아갔지만 기리하라의 걸음이 워낙 빨라 빌딩을 나선 후에야 그를 따라잡을 수 있었다.

"기리하라, 무슨 일이라도 생겼어?"

"생긴 건 아니야. 이제 생길 거야."

　기리하라는 업무용 승합차가 세워져 있는 주차장을 향해 성큼성큼 걸어가며 대답했다.

"해적판 마리오가 덜미를 잡힌 모양이야. 내일 아침 일찍 방범과에서 공장과 창고를 수색한대."

"어쩌다 들켰대?"

"글쎄, 누가 찔렀는지도 모르지."

"확실한 거야? 내일 아침에 경찰이 수색한다는 건 어떻게 알았는데?"

"매사에 특별한 루트가 있는 법이거든."

　주차장에 도착한 기리하라는 차에 올라타고 시동을 걸었다. 12월 추위에 얼어붙은 엔진에 쉽게 시동이 걸리지 않았다.

"언제 돌아올지 모르니까 알아서 퇴근해. 문단속 잘하고. 그리고 히로에게는 적당히 둘러대."

"같이 안 가도 되겠어?"

"이건 내 일이야. 처음부터 그러기로 했잖아."

　그리고 기리하라는 타이어 소리를 요란하게 울리며 차를 출발시키더니 난폭하게 핸들을 돌리며 밤의 어둠 속으로 사라졌다.

　도모히코는 하는 수 없이 가게로 돌아왔다. 히로에가 걱정스러운 표정으로 기다리고 있었다.

　"기리하라 씨는 이런 시간에 대체 어딜 가는 거야?"

　"게임 하청 업체에 간대. 전에 기리하라가 관계했던 게임기 프로그램에 문제가 생겼나 봐."

　"12월 31일 밤에?"

　"게임기 회사는 1월이 대목이잖아. 한시라도 빨리 해결하고 싶겠지."

　"흐음……."

　히로에는 도모히코의 말이 거짓이라는 것을 눈치챈 게 분명했다. 하지만 지금은 그걸 따질 때가 아니라는 것도 아는 듯했다. 그녀는 시무룩한 얼굴을 한 채 시선을 창밖으로 돌렸다.

　그 후 얼마 동안 두 사람은 텔레비전을 보았다. 어느 채널에서나 두 시간 넘게 편성된 특별 프로그램을 방영하고 있었다. 올 한 해를 돌아보는 코너에서는 한신 타이거즈 감독을 헹가래 치는 영상이 나왔다. 대체 이 장면을 몇 번째 보는 것일까, 하고 도모히코는 생각했다.

　기리하라가 돌아올 것이라는 예감은 없었다. 도모히코와 히로에, 두 사람은 거의 말을 하지 않았다. 도모히코도 그랬지만 히로에 역시 의식이 텔레비전이 아닌 딴 곳에 가 있었다.

"히로에는 먼저 집에 가는 게 좋겠어."

NHK 홍백가합전이 시작되는 걸 계기로 도모히코가 말했다.

"그럴까?"

"응, 그러는 게 낫겠어."

히로에는 잠시 망설이는 듯했지만 결국 알았다며 일어섰다.

"기리하라 씨가 올 때까지 기다릴 거지?"

응, 하고 도모히코가 고개를 끄덕였다.

"감기 걸리지 않게 조심해."

"응, 고마워."

"오늘 밤, 어떻게 할 거야?"

히로에가 그렇게 물은 것은 12월 31일 밤을 함께 지내자고 전부터 약속했기 때문이다.

"갈게, 좀 늦을지 모르겠지만."

"그래, 그럼 메밀국수 준비해 놓을게."

히로에는 코트를 걸치고 가게를 나갔다.

혼자 남은 도모히코의 머릿속에 온갖 상상이 오락가락했다. 텔레비전에서는 매년 하는 송년 프로그램을 방영하고 있었지만 그 내용이 하나도 머리에 들어오지 않았다. 그러다 문득 정신을 차려 보니 어느새 신년 축하 프로그램으로 바뀌어 있었다. 자정이 지나는 것도 모르고 있었던 것이다. 그는 히로에의 집에 전화를 걸어 어쩌면 못 갈지도 모르겠다고 말했다.

"기리하라 씨, 아직도 안 왔어?"

히로에의 목소리가 살짝 떨렸다.

"응, 뭐가 잘 안 되는 모양이야. 조금 더 기다려 볼게. 히로에는 졸리면 먼저 자."

"아니야, 괜찮아. 아침까지 재미있는 영화 많이 하니까 그거 보고 있을게."

히로에가 애써 밝은 목소리로 말했다.

문이 열린 것은 새벽 3시가 넘어서였다. 멍하니 심야 영화를 보고 있던 도모히코는 인기척에 고개를 번쩍 들었다. 기리하라가 어두운 표정으로 서 있었다. 기리하라의 모습을 자세히 본 도모히코는 깜짝 놀랐다. 청바지는 흙투성이에 야구 점퍼는 소매가 약간 찢어졌고 목도리를 손에 들고 있었다.

"대체 어떻게 된 거야, 그 꼴이……."

기리하라는 대답하지 않았다. 도모히코에게 왜 아직 여기 있느냐고 묻지도 않았다. 아무튼 몹시 지쳐 보였다. 그가 바닥에 철퍼덕 주저앉더니 고개를 푹 꺾었다.

"기리하라……."

"가."

고개를 숙이고 눈을 감은 채 기리하라가 말했다.

"뭐?"

"가라고."

"하지만……."

"가."

그 외의 다른 말은 할 생각이 없어 보였다.

하는 수 없이 도모히코는 돌아갈 준비를 시작했다. 기리하라는 여전히 조금도 움직이지 않았다.

"그럼 나 간다."

마지막으로 도모히코가 말을 건넸지만 기리하라는 대답하지 않았다. 포기한 도모히코가 입구로 걸어가 문을 열려고 하는데 "소노무라." 하고 부르는 소리가 들렸다.

"어, 그래."

하지만 기리하라는 또 말없이 바닥만 내려다보았다. 그래서 도모히코가 다시 입을 열려고 하는 순간 그가 말했다.

"조심해서 가라."

"아……, 그래. 기리하라도 빨리 집에 가서 쉬는 게 좋겠다."

그러나 대답은 없었다. 도모히코는 뒤돌아 문을 열고 가게를 나섰다.

7

1월 3일 아침 신문에 '슈퍼마리오'의 해적판 소프트웨어가
대량으로 발견되었다는 기사가 실렸다. 발견된 장소는 어느
브로커의 자택 주차장이었다. 그 브로커는 게임기 중고 소프
트웨어를 판매하는 사람이라고 했다.

도모히코는 기사를 읽고 그 브로커가 마쓰우라임에 틀림없
다고 생각했다. 마쓰우라는 행방을 감춘 듯했다. 해적판 소
프트웨어를 만든 범인과 유통 루트에 대해서는 폭력 조직이
관여했을 가능성이 높다는 것 외에는 경찰도 파악하지 못하
고 있는 듯했다. 물론 기리하라라는 이름은 전혀 등장하지
않았다.

도모히코는 즉시 기리하라에게 전화를 걸었다. 하지만 전
화벨만 울릴 뿐 받지 않았다.

1월 5일이 되자 예정대로 가게 문을 열었다. 하지만 기리하
라는 나타나지 않았고 도모히코는 히로에와 둘이서 상품을
반입하고 판매했다. 겨울 방학이라 그런지 중고등 학생 손님
이 많았다.

일하는 틈틈이 기리하라에게 전화를 걸어 봤지만 역시 받
지 않았다.

"기리하라 씨한테 무슨 일 생긴 거 아니야?"

손님이 없을 때 히로에가 불안한 표정으로 물었다.

"그 녀석 걱정은 안 해도 될 거야. 집에 가는 길에 내가 들러 볼게."

"그래, 그러는 게 좋겠어."

히로에는 기리하라가 늘 앉던 의자를 바라보았다. 의자 등받이에 목도리가 걸쳐져 있었다. 31일 밤에 기리하라가 목에 둘렀던 것이다. 그리고 그 의자 위 벽에는 조그만 액자가 걸려 있다. 히로에가 가져와서 걸어 둔 것으로 액자 안에 들어 있는 것은 그날 밤 기리하라가 멋지게 오려 준 소년과 소녀였다.

도모히코는 불현듯 생각나는 것이 있어 기리하라가 사용하던 책상 서랍을 열었다. 예의 가위를 넣어 둔 상자가 보이지 않았다.

도모히코는 불길한 예감이 들었다. 기리하라가 다시는 나타나지 않으리라는 예감이었다.

그날 도모히코는 일을 끝내고 기리하라의 집에 들렀다. 하지만 벨을 눌러도 문 안쪽에서 사람이 움직이는 기척이 없었다. 밖으로 나와 창문을 올려다보니 불이 꺼져 있었다.

다음 날도 그다음 날도 기리하라는 가게에 나오지 않았다. 그리고 얼마 후에는 계약 기간이 끝났는지 기리하라의 전화가 불통이었다. 도모히코는 다시 그의 집에 가 보았다. 그런데 낯선 남자들이 그의 집에서 가구와 전자 제품을 들어내고 있었다.

"뭐 하시는 겁니까?"

리더인 듯한 남자에게 물었다.

"방을 정리하고 있는데요. 여기 살던 사람이 부탁했습니다."

"댁들은 누구시죠?"

"이사 업체에서 나왔습니다."

남자는 왜 그러느냐는 듯한 눈초리로 도모히코를 보았다.

"기리하라가 이사를 하는 겁니까?"

"그렇겠죠, 방을 빼는 거니까요."

"어디로 가죠?"

"글쎄요, 그 얘긴 듣지 못했는데요."

"듣지 못하다니…… 이 짐을 그리로 옮기는 거 아닙니까?"

"이건 전부 처분하라고 했어요."

"처분하라고요, 전부 다요?"

"네, 대금도 선불로 받았습니다. 죄송하지만 서둘러 일을 해야 해서……."

그리고 남자는 다른 사람들에게 이것저것 일을 지시했다.

도모히코는 한 걸음 물러나 기리하라의 짐이 하나둘씩 빠져나가는 광경을 바라보았다.

그 얘기를 들려주자 히로에는 낭패한 기색이었다.

"왜 그렇게 급하게……."

"녀석 나름으로 생각이 있겠지. 아무튼 지금은 우리 둘이서 어떻게든 가게를 지켜야 해."

"언젠가는 연락이 올까?"

"반드시 올 거야. 그때까지 우리 둘이 힘내서 일하자."

도모히코의 말에 히로에는 불안한 표정을 지으면서도 고개를 끄덕였다.

새해 들어 가게를 연 지 닷새째 되던 날 오후에 한 남자가 찾아왔다. 낡은 헤링본 코트를 걸친 쉰 전후의 남자였다. 그 연령대치고는 키가 크고 어깨가 넓었다. 두툼한 외까풀 눈에는 예리함과 부드러움이 함께 있었다.

컴퓨터를 사러 온 손님은 아니군, 도모히코는 그렇게 직감했다.

"그쪽이 여기 책임자인가?"

남자가 물었다.

도모히코는 네, 하고 대답했다.

"흠, 젊군. 기리하라 군과 비슷한 나이겠어."

남자의 입에서 기리하라라는 이름이 나오자 도모히코는 눈을 크게 떴다. 그의 반응에 남자는 만족한 듯 보였다.

"잠시 시간 좀 내 줄 수 있나? 물어볼 게 있는데."

"손님은……."

그러자 남자는 손을 저으며 말했다.

"손님은 아니고, 이런 사람이네."

남자가 안주머니에서 수첩을 꺼냈다.

도모히코로서는 처음 보는 것이 아니었다. 고등학교 2학년 때 형사들이 집으로 찾아온 적이 있다. 그때의 형사들과 비슷한 분위기가 이 남자에게서 풍기고 있었다.

마침 히로에가 외출하고 없어서 다행이라고 생각했다.

"기리하라에게 무슨 일이라도 있습니까?"

"아, 잠깐. 여기 좀 앉아도 되겠나?"

남자가 도모히코 바로 앞에 있는 파이프 의자를 가리켰다.

"그러시죠."

"그럼 실례하겠네."

남자는 의자에 앉아 등받이에 몸을 기댔다. 그리고 그 자세로 가게 안을 둘러보았다.

"골치 아픈 것들을 팔고 있군. 이런 건 아이들이 사 가나?"

"성인들이 더 많지만 때로는 중학생 손님도 있습니다."

흐음, 하며 남자는 고개를 저었다.

"세상이 참 복잡해졌어. 도무지 따라갈 수가 없군."

"그런데 무슨 용건이시죠?"

초조해진 도모히코가 급기야 그렇게 물었다.

형사는 그런 그의 표정을 즐기듯 옅은 미소를 머금었다.

"이 가게의 원래 경영자는 기리하라 료지 군이겠지. 그는 지금 어디 있나?"

"기리하라에게 무슨 볼일이 있으신데요?"

"내 질문에 먼저 대답해 줬으면 하는데."

형사가 히죽거렸다.

"기리하라는 지금…… 여기 없습니다."

"음, 그건 나도 알아. 작년까지 세 들어 살던 집도 해약하고 비웠더군. 그래서 이리로 찾아온 걸세."

도모히코는 한숨을 쉬었다. 속여 봐야 별 의미가 없을 것 같았다.

"실은 그래서 우리도 무척 당혹스러워하고 있습니다. 경영자가 갑자기 행방불명됐으니까요."

"경찰에 신고는 했나?"

아니요, 라며 도모히코는 고개를 저었다.

"조만간 연락이 있겠지 하던 참이었습니다."

"마지막으로 만난 게 언제지?"

"지난 연말요. 31일에 가게 문을 닫을 때까지 같이 있었어요."

"그 후로 통화한 적은?"

"없습니다."

"친구인 자네에게도 아무 말 없이 자취를 감췄다. 그런 일이 있을 수 있을까?"

"그러니까 우리도 당혹스럽다고 하지 않습니까."

"흠, 그렇군."

남자는 자신의 턱을 만지작거렸다.

"마지막 만났을 때 뭔가 이상한 점은 없었나, 기리하라 군의 태도에?"

"아니요, 딱히 이상한 점은 없었습니다. 평소와 다르지 않았어요."

표정이 바뀌지 않도록 주의하며 대답했다. 그러면서 왜 이 남자는 꼭 기리하라의 이름에 군 자를 붙여 부를까 생각했다.

남자가 다시 안주머니에 손을 넣고 또 무언가를 꺼냈다.

"이 남자를 본 적이 있나?"

그것은 마쓰우라의 상반신 사진이었다.

뭐라고 대답해야 하나. 도모히코는 순간적으로 판단해야만 했다. 결국 거짓말을 하지 않는 편이 좋겠다고 결론 내렸다.

"아는 사람입니다. 마쓰우라 씨잖아요. 전에 기리하라네 가게에서 일했다던데요."

"여기에 온 적이 있나?"

"몇 번 왔습니다."

"무슨 용건으로 왔지?"

"글쎄요."

도모히코는 고개를 갸웃해 보였다.

"오랜만에 기리하라를 만나러 왔다, 그렇게 들은 것 같습니다. 저는 직접 얘기를 나눈 적이 거의 없어서 잘 모르겠습니다."

"흐음."

남자가 도모히코의 눈을 말없이 보았다. 도모히코의 말에 거짓이 섞여 있는지 알아내려는 것이다. 도모히코는 그 눈을 피하고 싶었지만 꾹 참고 마주 보았다.

"마쓰우라 씨가 나타났을 때 기리하라 군은 어떤 반응을 보였지? 인상에 남을 만한 일은 없었나?"

"딱히 없었습니다. 반가운 듯이 얘기를 나눴어요."

"반가운 듯이?"

순간 남자의 눈이 빛났다고 도모히코는 느꼈다.

"네……."

"호오."

남자가 흥미롭다는 표정으로 고개를 끄덕였다.

"두 사람이 무슨 얘기를 나눴는지도 기억하나? 옛날 얘기도 나왔지 싶은데."

"네, 옛날 얘기도 나누는 것 같긴 했지만 자세한 내용은 듣지 못했습니다. 저는 손님을 응대하느라고 바빴으니까요."

도모히코는 속으로 기리하라 아버지가 살해당한 사건에 대해서 마쓰우라가 얘기했던 것을 떠올렸다. 하지만 지금 그 말은 하지 않는 편이 좋겠다고 직감적으로 판단했다.

그때 문이 열리면서 고등학생으로 보이는 손님이 들어왔다. 어서 오세요, 라고 도모히코가 인사했다.

"그렇군."

남자가 마침내 엉덩이를 들었다.

"그럼 또 오지."

"저…… 기리하라가 뭘……."

도모히코의 말에 남자는 잠깐 망설이는 표정을 짓다가 입을 열었다.

"뭘 했는지는 아직 몰라. 하지만 무슨 짓인가 저지른 것만은 틀림없어. 그래서 찾고 있는 거야."

"무슨 짓이라면……."

"어!"

도모히코가 말하는 도중에 남자가 갑자기 눈을 크게 뜨며 기리하라가 오려 준 종이를 넣은 액자를 바라봤다.

"이거 그가 만든 거지?"

"그렇습니다만……."

"흠, 솜씨가 여전하군. 게다가 소년과 소녀가 손을 잡고 있는 모습이라……. 아주 좋군."

그걸 만든 사람이 기리하라인 줄 어떻게 알았을까. 도모히코는 이 남자가 단순히 슈퍼마리오의 해적판을 만든 범인을 쫓고 있는 것이 아니라고 확신했다.

"실례가 많았네."

남자가 문을 향해 돌아섰다.

"저……."

도모히코가 그의 등에 대고 물었다.

"성함을 물어도 될까요?"

"아아."

남자가 걸음을 멈추고 돌아보았다.

"사사가키라고 하네."

"사사가키…… 씨요……."

"그럼 또 보자고."

남자가 손을 들어 보이며 방을 나갔다.

도모히코는 이마에 손을 갖다 댔다. 사사가키……, 들어 본 기억이 있는 이름이다. 분명 마쓰우라가 말했었다, 기리하라 아버지가 살해당한 사건으로 집요하게 알리바이를 캐물은 형사의 이름이 사사가키라고.

도모히코는 뒤돌아서서 기리하라가 오려 준 종이를 바라보았다.